新丝路文库

一条不容低估的文学带

伊斯坦布尔梦中的秘密

〔土耳其〕内尔敏·耶尔德勒姆 著
刘文俊 译

Rüyalar Anlatılmaz

Nermin Yıldırım

上海文艺出版社
Shanghai Literature & Art Publishing House

新丝路文库

谨以此书献给　琼妮

目　录

1. 碧　　莱

同一屋檐下，
你是你，我是我。

——埃杰·阿伊汉
《钥匙》

当碧莱把丈夫突然失踪的事报告给警察的时候，正好是凌晨三点。而在这之前，想着丈夫可能会突然出现，她一直在家苦苦等待。她询问了三四个丈夫的熟人，还一口气给丈夫一直关机的手机接连发了七条短信，她告诉他，自己心急如焚，希望他赶快回家。她也去过丈夫的工作室，还按照《城市黄页》走访过几家医院询问丈夫的行踪。要按她的脾气，可能早就报警了，只不过她妹妹伊萨贝从马德里打来电话，让她尽量保持冷静，再等等看。她觉得妹妹说得有理，就照办了，才没有急于报警。不过，她仍然觉得等待也是白费。她丈夫根本就不是那种办事冲动、随随便便就离家出走的人。他有责任感，就算可能会回家稍微晚上一小会儿，也一定会提前跟她说一声。所以如果凌晨三点了还音信全无，甚至是手机也联系不上，那情况肯定不妙。碧莱上气不接下气地把丈夫失踪的事在电话里给警察讲了一遍。但电话那头年龄不大的警察却摆出事务缠身的架子，似乎一点也不着急。警察用充满睡意的声音问了一些不着边际的问题，且似乎总也听不清楚碧莱的话。也许是因为他对这类失踪见怪不怪，所以对碧莱的报警一点都没放在心上。可也难怪，有时警察们刚把失踪的案件登记上，没过几个小时，那个让家里人乱作一团、牵肠挂肚的失踪者就可能拿着钥匙，出现在自家门口，在众人惊愕的眼神中若无其事地准备开锁进屋。

可是，碧莱的丈夫埃尤布从不把自己喝得酩酊大醉，或在深更半夜的时候还在外面闲逛。埃尤布的失踪肯定不是这个昏昏欲睡的警察经常受理的那些普通失踪，这一点碧莱心知肚明，所以才特别紧张和担心。她恨不得让警察们立刻都行动起来，不管天涯海角，也要找到她的丈夫。但这个接电话的警察却对她的话根本就没当回事儿，不但没有调动手头上的警力四处寻找，甚至连登记失踪也显得那么心不在焉。

"可是，女士！我跟你说了，一个人失踪 24 小时后我们这儿才能立案。"

"在这一天里，要是失踪的人发生什么不测怎么办呢？或者他就是现在遭遇不测，怎么办呢？你们能负责吗？"

"但是，女士，哪有那么多可能呢……"

"你看，我不能再等下去了。要是有必要，我可以重新报警，就说已经 24 小时没有我丈夫的消息。但我真的没必要那样呀，真是不能再等了，请你们帮助我！"

"其实，这事呀……好吧，我再重新做个记录，看看有什么新的进展，"那位警察的声音最终变得柔和起来，"请再把您丈夫的名字告诉我一下。"

早上七点，另外一名警察打电话过来通报最新情况，这让碧莱因为整晚未眠而布满血丝的眼睛一下子充满了希望。

"怎么样？有我丈夫的消息吗？"

“女士，据说您丈夫昨天下午2点半离开了巴塞罗那。”

听到这里，碧莱的脑袋“嗡”的一下，内心五味杂陈，不知是该惊讶，放松，还是该担心，她自己都不知道该怎么办好了。

“怎么……他是怎么走的？”

“您丈夫是乘伊比利亚航空公司的飞机离开的。”

难道警察是在拿她寻开心？她根本就没问她丈夫是乘哪家航空公司离开的。她的脑袋一片空白，警察跟她说的话是左耳朵进去，右耳朵出来。

“我不是问他是乘哪家航空公司走的，我想问他去哪儿了。”

“根据我们掌握的线索，您丈夫坐的是下午2点半去伊斯坦布尔的航班。”

“你说什么，他去伊斯坦布尔了？”

“是的，女士。”

“就算他要离开，可我为什么事先一无所知呢？”碧莱本来可以这样继续追问警察。可话到嘴边却又咽下，只是匆匆向警察道谢。此时，她的心像是被压上了千斤巨石，又像是悬着十五个吊桶，七上八下，毫无着落。

她把电话听筒放回原处后，电话又响了。是她妹妹伊萨贝。自从碧莱的丈夫失踪后，伊萨贝每隔一段时间就打电话过来询问情况。像碧莱一样，伊萨贝也是一夜未眠，尽管她的丈夫帕科劝她要注意身体，多少睡上一点，可她执意坚守在电话机旁等待消息。要是在平常，都这个点了，她早该上床休息了。她已怀胎十月，即将临盆。

从姐姐嘴里得知最新情况，伊萨贝先是吃了一惊，但又马上冷静下来，她对碧莱说道：“至少他未遭遇什么不测，也没发生什么事故。”尽管知道于事无补，但伊萨贝还是努力劝说姐姐道：“也许是姐夫老家的什么人突然故去，而姐夫是去奔丧了呢！”碧莱顺着这个说法想下去，也许这个臭男人真是突然了解到自己的老家发生了什么变故，顾不上告诉她就匆忙上路了。也许，他真的是急着奔丧才不辞而别的。如果这种假设成立，碧莱的心情似乎可以好受一些，难道让她去怪罪丈夫老家那死去的亲人吗？可这种假设似乎也不成立，丈夫对家乡活着的人都满不在乎，更别说死人了。此时此刻，碧莱想得到的并不是安慰，而是事实的真相。她不断地对自己说：埃尤布没死，也没有遭遇什么交通事故之类的飞来横祸。他就是不辞而别了，是那样的无情无义，无声无息，没有留下只言片语……可是，这到底是因为什么呢？

碧莱躺在床上，想稍微休息一下，但却怎么也睡不着。她眼前看到的全是埃尤布。失眠、失望和不安充满了她的躯体……

碧莱最后一次见到埃尤布时，他还在床上呼呼大睡。那时她恰巧要出门，想和丈夫告个别，但一想到丈夫晚上老睡不好，就放弃了原先的念头。最近一段时间，埃尤布时常噩梦缠身，好好的睡眠被搅得一塌糊涂。他现在已经黑白颠倒了，常常在该睡觉的时间无法入眠。正常人白天黑夜泾渭分明，而埃尤布却恰恰相反，在他的世界里，一天 24 小时都是黑夜。

碧莱反复回忆着前天晚上和埃尤布在一起时所发生的一切，可并没有什么特别值得注意的事情发生。为了把手头上的活儿尽早干完，埃尤布经常要加班，总是不能按时回家。回家后，夫妻两人也经常懒得做饭，把从梅卡多纳超市买回的速冻土豆鸡蛋饼加热后，就算是一顿晚餐了。要是碧莱的母亲维姬知道小两口经常就吃这个，一定会开玩笑说："你们要是晚饭给我吃这个，我肯定以后再也不进你们家门了。"

碧莱接着心里想到：不，不！现在可不是开玩笑的时候，丈夫失踪这件事都已经火烧眉毛了。就这样，她脑子里又出现了各种可怕的假设，着急的都快发疯了，怎么一点儿消息都没有呢?!

碧莱又回忆起出事前一天晚上发生的事儿。那天晚饭后，碧莱和埃尤布在客厅一起看电视，聊起天来。碧莱说了办公室发生的事儿，埃尤布则大多时间在倾听，很少插话。之后，埃尤布去了书房，看了一会儿书。在妻子准备睡觉时，他从书房回来一起上了床。对，埃尤布那天晚上，有点若有所思、想心事的样子，碧莱还以为他是工作劳累的原因。自从失眠以来，可怜的埃尤布就变得消沉、郁郁寡欢。再加上第二天还要上班……市中心有一家大卖场刚开业，且在埃尤布他们那儿定购了一幅室内装饰画，所以埃尤布最近一个星期每天都在赶工，总是很晚才回家。但即便如此，碧莱在出事的前一天晚上，也没有发现埃尤布身上有什么异样。到底有什么事能让他不辞而别、匆匆离开呢？

要是换了其他的女人，如果丈夫失踪了，一定会胡思乱想出各种可能的版本，也会怀疑是否被丈夫欺骗了。比如，拉蒙如果突然失踪了，一声不响地从大家的视线里消失，坐飞机去了另外一个国家，那么佩慈一定会马上觉得是被欺骗了。佩慈会将丈夫办公室的所有女性，还有丈夫以前所有的女同学和情人一一罗列出来。她的眼前甚至会出现这样一幕：这些女人中的一个正和拉蒙肩并肩地坐在飞机靠舷窗的座位上，准备一起私奔呢。佩慈会坚定地认为这不仅仅是想象，而是一件真实的事情。

但是，碧莱可不是这样的人。她和埃尤布的关系可不是佩慈和拉蒙可比的……她真切地预感到丈夫也许正身处险境，但她除了替丈夫担心，还能做什么呢？在她和丈夫相识的 11 年里，两人从未产生过嫌隙。如今，埃尤布只字未留就去了伊斯坦布尔……这让碧莱开始胡思乱想了。难道是因为要不要孩子的问题让埃尤布离开了她吗？还是生活中的一些琐事，让埃尤布对她心生厌倦，而她却一点没有察觉？还是他对两人的生活失去了信心，却没有勇气向碧莱直接挑明，因为想要恢复自由之身，奔向新的生活，就这么头也不回地走了？想到这里，碧莱的心情越发沉重起来。为了让自己感觉好受些，她开始回忆起和埃尤布在一起的快乐日子：他们在巴黎相识，一起度过的第一个假期；一起坐在里斯本如幻如梦、细浪轻拍的水岸边；一起聆听悠扬、动听的葡萄牙法朵乐曲[①]……那段日子是多么的柔情蜜意，令人向往。两个相爱的人似乎已经离开了地球，来到只有他们两个人的小行星，他们靠呼吸对方吐纳的空气而活着。之前在地球上所需的一切欲望和物品，在这里都毫无用处。他们不饿不渴也不困，做爱像每天的吃饭、喝水一样不可或缺。他们停留在对方的胸膛上休息玩乐，聆听彼此心跳，似乎已融为一体。当然，他们的这种近乎疯狂的恋爱激情，既有开始，就有终结。遗憾的是爱情总有两面，一面是甜言蜜意，一面是痛苦心碎。激情渐渐散去，留下的只有平淡。埃尤布和碧莱从只有他们两个人的“行星”又跌回到俗世凡间……如今，两人回到凡间已经太久，爱的激情宛如明日黄花。此时此刻，碧莱的耳畔始终回响着在里斯本度假时听到的阿玛利亚·罗德里格斯[②]演唱的歌曲。每当听到这首忧伤的情歌，她都忧郁地沉醉其中，不能自拔。

碧莱边回忆过去，边昏睡了过去。上午 11 点的时候，她被电话铃声惊醒。想着可能有埃尤布的消息，她几乎是一路小跑地来到放置电话的客厅。

“碧莱，是你吗？”

“是我，妈妈，你好吗？”打电话的是碧莱的妈妈维多利亚，家里人都习惯叫她维姬。碧莱想到可能是妹妹伊萨贝把埃尤布失踪的事情告诉了妈妈，让她也跟着一起提心吊胆。不过，她转念又一想，妹妹从小就不是个信口开河的人，她一定不会把这件事告诉妈妈的。随后不久她就发现，妈妈确实对失

---

① 法朵是一种历史悠久的葡萄牙音乐形式，在葡萄牙大街小巷的酒馆、都会里的咖啡室和会所都可听得到。

② 葡萄牙著名女歌唱家，以演唱法朵音乐而闻名于世。

踪这件事一无所知，只是想跟她随便聊聊。妈妈先是给她的办公室打电话，没有人接，于是就又给家里打。要不是妈妈提醒，碧莱都忘了自己还有工作，还要上班。可现在她所有的心思都在埃尤布身上，哪还有心思去管什么工作？按理说她应该打电话向公司请个假。妈妈是个爱管闲事的人，她对碧莱上下班的时间一清二楚，平时，如果碧莱上班迟到，或是需要在家工作，妈妈总会打电话过来问这问那。加上最近碧莱公司的工作异常繁重，妈妈打来电话表示关心也就不足为奇了……

维姬对自己女儿家里发生的事情的确一无所知。在电话里，她兴致盎然地和女儿聊着家长里短，比如对门邻居家因为还不上贷款房子被查封了，家里顿时变得一贫如洗，可早知今日，何必当初呢？既然从银行贷得起款，就应该还得起钱。再比如碧莱的爸爸成天唠叨着要去海边，一心要去巴伦西亚餐厅品尝那里的名菜海鲜饭。他想去那里想得都要着魔了，从早上起来睁开眼睛开始，就一直唠叨这件事。可是维姬不喜欢骄阳似火的八月，再加上老公还有高血压。于是今年夏天，他们老两口就待在家里哪也不去……

“你做得对。”碧莱对妈妈说，因为她知道妈妈特别喜欢听“你做得对”这句话。之后，她借口说还有几个电话要打，就把电话挂上了。静下神来之后，碧莱很佩服自己在电话中表现出来的冷静。尽管因为没有把埃尤布失踪这件事告诉妈妈，让她感觉有点小小的自责。不过，把自己还没有弄清楚的事情告诉妈妈，只会让妈妈更加担心。还是等事情都搞清楚了再告诉她也不迟。是啊，妈妈爸爸都是六七十岁的人了，这个年龄的人既不能兴奋，也不能过于担忧。而且，妈妈对失踪事件的胡乱猜疑和命令式的建议，根本于事无补。因此，碧莱最后决定悄悄地解决这件事，这样对大家都有好处。

碧莱心里还有一个猜测，只是个猜测，那就是埃尤布回自己的家乡伊斯坦布尔了。正像伊萨贝说的那样，埃尤布之所以回伊斯坦布尔，一定和他自己的家乡有关。但其实，埃尤布和家乡其他成员的关系很差，几乎就没什么来往。埃尤布已经很多年没有回老家看望他的兄弟姐妹们了。结婚这件事，也是度完蜜月之后才给老家人捎的信儿。碧莱开始对这种做法并不适应，可时间长了也就习惯了。她叔叔安德尔曾告诉她说，每个家庭都会有一个与这个家庭格格不入的成员，而这个不和谐的成员，总有一天会来到家庭其他成员的面前，重拾亲情。想到这里，碧莱决定给埃尤布家乡的人打个电话碰碰运气。

埃尤布和伊斯坦布尔家乡的联系方式都写在一个本子上。由于很少使用，他一直把它放在书房里的一个柜子里。想到这，碧莱立刻跑去书房。当她拉开房门时，书房里的阳台门同时发出"呼"的一声巨响，屋子里一直没有关严的窗户似乎等待这一刻许久了，猛地向外撞开，窗帘借着风势高高扬起，把书桌上的各种纸张扫了下来，散落一地，整间屋子瞬时变得像"战场"一般狼藉。碧莱一边捡起地上的纸张，一边自嘲道：在这烈日炎炎的天气里，旁人挥汗如雨，而我却独享了这样一阵清凉的大风，真是够幸运的！

碧莱把工作间里书柜的小抽屉打开，仔细翻看抽屉里一摞一摞的笔记本，被揉皱的便笺纸，还有一些剪报，可就是找不到她想要的那个笔记本。他明明一直放在这儿的，这让她非常失望。她随手打开了桌子下面的抽屉，里面也同样堆满了便笺纸和发黄的笔记本。由于一直低头检查，碧莱感到脖子发酸，于是她把纸和本一股脑地搬到了桌面上。啊！她要找的笔记本原来在这里。她迅速把它翻开，可又不知从哪一页找起，于是就抱着赌徒掷骰子碰运气的心态，先翻开了标有大写字母 E 的那一页。她的手指在纸张上快速滑动，动作简直像个侦探一样。之后，她的手指停在了"EV"[①]一项的电话号

---

① 土耳其语家庭的意思。

码上。

碧莱拿着电话簿来到客厅，坐在一把埃尤布最不喜欢的三脚椅上。这椅子是她和埃尤布一起逛街时买的。但无论是颜色还是样式，埃尤布都看不上它。最后，碧莱坚持把它买了回来。这个碧莱眼中的尤物，却是埃尤布心中的“怪胎”。他从未坐过这把新买的椅子，依旧选择与他的破旧椅子为伴。其实，埃尤布外表看起来安静、谦和、与世无争，但内心却非常固执。

碧莱坐在她喜欢的新三脚椅上，回想着那天买椅子的情景，她的内心有些后悔，觉得自己不该执意把椅子买下来。难道这个家不是他们两个人的吗？难道所有的东西不是两个人共用的吗？那为什么自己当时还要只顾个人喜好执意买下这把椅子呢？当她从茶几上拿起电话的时候，内心又开始了激烈的斗争：现在还琢磨这些鸡毛蒜皮的小事太没必要了，埃尤布可不是那种因为老婆买了自己不喜欢的家具，就赌气离家出走的男人！

碧莱在拨电话号码时，发现自己的手在颤抖。她从未和埃尤布老家的人说过话，这是她头一次打电话给他们，还要问“我丈夫失踪了，是不是在你们那儿呢?”，这么说肯定会吓着对方的。不过，现在可不是考虑别人感受的时候。电话接通了，她凝神静气的等待着。

“喂?”电话那头传来了一个年轻女人的声音。

碧莱在脑袋里迅速整理着要说的话：“你好，我从巴塞罗那给您打的电话，我叫碧莱。”

“……”电话那头一片沉寂。

“我是埃尤布的妻子。”

“你是谁？谁?”

“我是碧莱。埃尤布·巴赫利耶的妻子。”

“啊!?”对方发出一声在任何场合都可以让人笑出声的惊叫。

接电话的人把听筒撂到一边，跟另外一个人说道："是一个女的，外国人，她还说是埃尤布的妻子。"

之后，电话那头发出嘈杂的声响，然后就没有声音了。再过了一会儿，接电话的人易主，声音颤抖地说道："喂？"

"你好，我是碧莱。您是哪一位呢？"

"我是米塞，埃尤布的姐姐。"话音刚落，电话里的双方都陷入死一般的寂静，令人恐惧的冷若冰霜的寂静。正当碧莱为该怎样继续交谈而手足无措的时候，电话那头的女人似乎也察觉到了，她为了打破这窘迫的局面，像拨开挡在二人之间神秘的帘子一样，说道："您好吗？"

"谢谢您！"碧莱只是敷衍地回答。其实按照土耳其人的习惯，这时应该回答"我很好"，可碧莱的心情很差，哪来的很好呢？况且现在根本就没时间彼此寒暄。

"对不起，打扰你们了。事实上我是想……向您打听一下埃尤布的下落。他失踪了，我给您打电话就是想看看您这儿有没有他的消息。"碧莱说。

"你问埃尤布吗？他……我弟弟他，我们已经很久没见过面了。我们还以为他一直和你在一起呢？"埃尤布的姐姐米塞回答道。

"你们现在难道不在一起吗？"米塞怯生生地补充道。

碧莱知道，刚开始和米塞交谈时，就迫不及待地直奔主题，这肯定会在米塞的心里激起一个小小波澜。可事实上，碧莱根本就不知道从何说起。从谈话来看，米塞对弟弟失踪一无所知，也就是说，埃尤布没有去他的老家。现在如果继续和米塞通话，只会让米塞跟着她一起担心，但失踪的消息既然已经放出去了，现在要编个谎话或是找借口挂上电话，为时已晚。

"据说，埃尤布去了伊斯坦布尔。我想他有可能来您这儿。"

"没有，他没来。难道他现在在伊斯坦布尔吗？"

“我想是的。”

“那……难道你们出现了什么问题吗?”米塞仍然怯生生地问道。

听到这话,碧莱突然感觉自己就像是一个需要关爱的无助的孩子。她突然间想向埃尤布这个从未谋面的姐姐敞开心扉。

“他不辞而别,走之前什么也没跟我说。我以为他失踪了,就报了警。警察调查后发现他去了伊斯坦布尔。我不知道他为什么离家出走,如果能找到他我心里就踏实了。我现在很担心他,怕他出事。”

“我懂了,”电话那头小声说道,“没来,他没来我们这儿。他已经很长时间没来过这里了……”

“我不知道怎样才能找到他,如果你有什么消息,可以给我打个电话吗?”

“好的,当然可以。”

“您有我们的电话号码吗?”

“没有。”

碧莱留了自己的电话号码,为了不让米塞记错,她一连说了好几遍。米塞又在电话里重新核对了一遍号码。“对了,没错,”碧莱说,“如果你们有了消息,请一定给我打电话,我很着急。”

“他如果来我们这儿……”米塞轻声答道,“请你放心,我一定会通知你的。”

时间仿佛凝固一般。碧莱先是打电话给办公室同事,告诉他们今天自己在家办公。之后,她想把紧张的神经稍微放松一下,吃了点儿早餐。她喝了一杯咖啡,但眼前的牛角面包却怎么也咽不下去。她把牛角面包拿在手里揉搓得粉碎,然后扔进了垃圾桶。她打开电脑,找到自己正在设计的一个画廊的设计图纸,但根本无法集中精神。随后,她试图摆弄了一下手风琴,但怎么也提不起兴趣来。接着,她又打开电视,想找个轻松的节目看看,却怎么也找不到,最后只好按下了遥控器的关机键。不管干什么，她都无法得到解脱，喉咙里就像堵了什么东西一样，紧张的感觉压迫的她快要透不过气来。现在，她的内心是如此的不安和压抑，用尽了各种方法也不能让自己平静。对一个人来说，寻找和等待是世上最痛苦的事，它会让人从此失去自我，几乎变成聋子和瞎子，除了被找人的声音和面部以外，其他什么也听不见，什么也看不见。不管距离被找的人有多远，寻找的人就像是陷入沼泽一样不能自拔。对碧莱来说，不管最后的结果如何，她都要找下去，反正自己已没有别的选择，也无退路。

因为怕错过任何关于埃尤布的消息，碧莱一直不敢出门。她站在窗边，呼吸着新鲜空气，观察着走在大街上的情侣。那些情侣有的手挽手，有的缠着胳膊，有的像是刚刚吵了架，彼此之间还隔了几个人的空档。那些浓情蜜意的情侣们与埃尤布和自己一样，喜欢身体粘在一起轧马路，就算不是手牵手，也要让彼此身体的某个部分勾搭在一起。碧莱心里想道，那个逛街时总爱搀着她胳膊的埃尤布，怎么会这么狠心地撇下她不管呢？这其中定有他的难言之隐。她知道埃尤布需要她，他也爱她，在家中度过的每分每秒，她都离不开他。碧莱已经不敢再想下去了。但就在这时，她的眼前突然一亮，像是发现了什么东西似的。对，她现在知道应该做什么了。

“你去伊斯坦布尔干什么呀？”伊萨贝又惊又气地说道，“你就在家好好待着吧！今天，或是明天，说不定埃尤布就会给你打电话的。”

伊萨贝的劝告已经无济于事。碧莱马上买了机票，甚至把她要去伊斯坦布尔的事告诉了埃尤布的姐姐。埃尤布在伊斯坦布尔还有一个朋友，碧莱认识他。要是埃尤布的姐姐帮不上忙，还可以找那个朋友。反正现在做点什么总比什么都不做要好得多。碧莱告诉妹妹伊萨贝不要为自己担心，等自己到了伊斯坦布尔，住进酒店的第一时间就会把那里的电话号码告诉她，而且，自己的手机还可以在那个城市享受漫游服务。为了以防万一，她还把埃尤布姐姐家的电话也留给了伊萨贝。不过，由于回程的日期还不能确定，于是她买了可改签的往返机票，她并不想无限期的待在异国他乡，打算找到埃尤布后就立刻回国。她对妹妹伊萨贝还有一个请求，那就是别把这件事告诉妈妈。就说她是因为一个客户临时要改变图纸，只好去塞维利亚出趟差。

碧莱在挂上电话之后，发现自己由于费了太多的口舌跟伊萨贝抱怨和解释，现在已经感觉浑身无力了，讲述痛苦有时候比经历痛苦更加难受。

第二天一早，一阵电话铃声把碧莱吵醒了。最近这几天，她已经习惯清晨被电话铃叫醒。每次拿起电话，她都期盼能有埃尤布的消息，期盼一天比一天强烈。

“早上好，碧莱。”

当她听出打电话来的是佩慈，心里立刻涌起一种失望的情绪。

“我是不是把你吵醒了？”佩慈说。

碧莱看了看墙上的挂钟，正好九点。昨晚睡觉前上的闹铃一会儿就要响了。

“没有，没有，我正好起床了。”碧莱说。她想，一个人就算真是被电话吵醒了，也不能直接回答“是啊，是被你吵醒了。”好像睡觉本身是一件难以启齿的事，被电话吵醒的睡觉人，甚至比打电话的人还不好意思。

逼得佩慈大清早给她打电话的罪魁祸首是拉蒙，这让碧莱一点也不觉得惊讶。于是，碧莱的一天，就从倾听朋友乏味的生活故事开始了。电话那头的佩慈早已泪流满面，她用尖厉发抖的声音讲述了自己的不幸遭遇。佩慈昨天晚上在拉蒙的手机里发现了一条属名为“梅荷”的短信。短信上说，他们今天中午相约麦吉斯蒂克酒店[1] 312 号房间见面。可恨的是，短信的落款是“我

---

① 麦克斯蒂克酒店是巴塞罗那历史悠久的5星级酒店，位于该市埃桑普勒区。

发疯似地想你”。可怜的佩慈想从碧莱那里得到一丝慰藉。不过，碧莱真不知道该对佩慈说些什么。她越想说什么，脑子里就越像热锅里的一群蚂蚁般纷乱。她自己就够烦的了，哪还有精力管别人的事？

佩慈和拉蒙爱吵架是出了名的。两人总会为一些捕风捉影、鸡毛蒜皮的小事从早闹到晚。可这次事情就不那么简单了，拉蒙让佩慈拿到了确凿的证据，这使得佩慈火冒三丈。要是佩慈深究下去，结果肯定会让自己气晕过去，所以她不知道怎么办才好。她想按短信中写的时间去酒店捉奸，可又犹豫不决，于是越想越气，便想从碧莱那里寻求些安慰。碧莱却恨不得是自己的丈夫出轨了，那样好歹也能知道他的下落。碧莱没打算向佩慈倾诉自己的苦衷，因为她知道如果实话实说，再让佩慈胡乱评说一番，只会让自己心里更难受。因此，她把对妈妈说的那番话又对佩慈说了一遍，并说由于要去塞维利亚出差，所以今天不能跟她见面了。她劝佩慈不要为这件事大动肝火，过段时间一定会再给她打电话，然后就挂断了。她这次没能为自己的闺蜜两肋插刀，可如今，自身都难保的她也只能做这些了。

碧莱冲了一杯咖啡想放松一下。她收拾了几件随身的物品放在手提箱里。她又打开自己睡觉那一侧床头柜的抽屉，想取出自己的护照，奇怪的是居然没找到！她的护照明明放在那儿的。她马上又想起上个月因为去图卢兹旅游，她的护照一直让埃尤布保管着。埃尤布一般会把他自己的私人文件，放在靠他睡觉一侧的床头柜中。碧莱打开另一个床头柜的抽屉，果然发现了她的护照。当然，埃尤布的护照不在里面。当她正准备合上抽屉时，突然一个黑色的笔记本映入眼帘。这是埃尤布按照医生的嘱咐，记录自己梦境的本子。有时夜很深了，埃尤布从梦中惊醒也会赶紧打开台灯，把刚刚做的梦记录下来，然后又沉沉睡去。埃尤布从不跟妻子说起自己所做的梦。要是碧莱问起，他就搪塞说：“都是一些不值一提、毫无意义的东西，没什么好讲的！”如此，碧莱从来没多想过丈夫的推委，也没这个习惯把这个本子拿来一探究竟。可现在情况完全不同了。她不会放过任何有关埃尤布出走的蛛丝马迹，包括与此有关的任何人和事：他所有的亲友、做过的梦以及经历的幻觉和真相。那个她平时很难触碰的笔记本，如今却像一只唾手可得的温顺羊羔一般出现在她面前。最终，担心战胜了害羞，她把那个笔记本从抽屉里拿了出来。她开始一页页地翻看本子，里面记录的全是有关梦境的文字和图形，有的记录只有短短几句，有的则连绵数页。这些记录都是用埃尤布的母语土耳其语写的，看到这里碧莱不禁露出一丝苦笑。因为埃尤布时常告诉她，看一个身在异国他乡的人是否融入当地社会，就要看这个人在晚上做梦时使用何种语言。从笔记本上用的语言看出，尽管这么多年过去了，他可能还是不太适应当地的生活。也许埃尤布表面刚强，内心却柔弱，他饱受思乡之苦，所以这次想回乡看看。不，不会，这种假设不可能成立！碧莱不相信一个自愿割断与故乡一切联系的人竟会饱受思乡之苦。况且，就算有这种苦也没必要瞒着自己的妻子。碧莱还注意到了笔记本里使用的字体，那是如蜘蛛爬一般的三岁孩子的水平。她本来是要继续把做梦笔记读下去的，但因为去伊斯坦布尔之前有太多的事情要准备，就随手把笔记本和护照一起放进了手提箱。

出门之前，碧莱打电话给公司请了假。巴塞罗那的八月，是人们休假的时候，建筑公司大都歇业打烊了。但碧莱的公司是个例外，除了一部分人去休假外，剩下的多数人还在上班赶工。因为碧莱好几个月前就表示不会在八月休假，公司就把画廊设计工程的完工日期提前了。如今，碧莱突然请假，一定会让临时接管她那部分工作的同事尼娜很尴尬。她在给可怜的尼娜的电子邮件中写道：“尼娜，把我的工作一下子都推给了你，真的很过意不去。我会尽快返回公司上班的。”

“不用担心，在这种情况下，你当然要待在埃尤布的身边。公司的事由我们来处理，你不用担心。”尼娜回复道。

碧莱哪还有心思管别的事呢？画廊的事她早已无暇顾及。现在，除了埃尤布的事，其他事对她来说都无足轻重。不过碧莱并没有把这些事告诉她好心的同事尼娜。这些天，她早把心直口快的爽朗个性丢得一干二净。两天过去了，她的处境如此艰难，还得编谎话哄别人开心。她跟公司的人说要和埃尤布一起去伊斯坦布尔，参加埃尤布哥哥的葬礼。公司的同事当然不知道埃尤布和老家的人互不往来很多年，因此，碧莱突然出远门也未能引起同事们的注意。她总不能对每个询问她的人直接回答：“请别见怪！我老公离家出走了。我得去找他。”她只能变着花样的用谎话搪塞他们，虽然内心在哭泣。她拿起手提箱，准备出发去找埃尤布。

飞机起飞的时候，碧莱的心被难以形容的痛苦包裹着。她怕此行空手而归，也怕跟埃尤布家乡的人打交道。她能跟他的家人说些什么呢？在哪儿、以何种方式能找到他呢？她从飞机小小的舷窗向外望去，期望能在那里找到问题的答案。白色棉花般的云层在蔚蓝的天空中飘荡，蜂蜜般蜡黄的太阳光束穿透云层，射向大地。飞机就像是一艘飘浮在广阔的乳白色海洋上的帆船，一会儿风平浪静，缓缓前行，一会儿又像是为了躲避海盗船的袭扰，拼命躲藏。碧莱心里想道，开弓没有回头箭，或许这次寻找能有好的结果呢?！想到这里，她的心情一下子轻松了许多。她闭上眼睛，但又不想睡觉。她苦苦思索埃尤布离家出走的原因，怎么也找不到答案。她突然想起了放在手提箱里的那个本子，那是埃尤布的梦境记录本……怀着敬畏和恐惧，她把本子从手提箱里慢慢拿出来，像触碰圣书一样轻轻地翻开第一页。笔记本中展现出了如小孩子一般蜘蛛爬似的笔记，由于她的土耳其语不怎么好，多少影响了阅读。但这也没什么太大的关系，因为她有的是时间。在找到丈夫之前，她除了时间,已经一无所有了。而现在时间却流逝得十分缓慢,这让她感觉格外心痛。她就像一个四处求医问药的病人终于找到一剂良方一般,把笔记本举到胸前,开始慢慢翻阅起来。

*

给我看病的医生认为,我睡眠不规律、爱做噩梦的情况分析起来非常复杂,因此,一定要对我夜间的梦境进行解析。他希望我把所做的梦都记录下来。这些梦不仅让我晚上心力交瘁,白天也搅得我不得安宁、苦不堪言。医生告诉我,要想摆脱这些噩梦的纠缠,就必须首先把梦境记录下来。于是,我遵从医嘱,专门到梅卡多纳超市买来笔记本,用来记录我的梦境。

那些梦害得我好苦,我对它们已经招架不住!自从它们在晚上首次造访我以来,我就坠入了黑白颠倒、虚实不分的深渊。夜晚时分,我刚刚开始做梦,眼前就会涌现出密密麻麻的一条条细小裂缝,我所经历的种种事情,万千回忆和无数幻象,就会顺着这些细缝缓慢地向外渗出,最后汇聚成一个巨大的球,向我碾轧过来。这个球越滚越大,压得我喘不过气来。这让我身心俱疲,即便是早上醒来,也不能解脱。

我的那些梦在白天也不放过我。到了早上,我虽然记不起前一晚梦的模样,但这些梦带给我的痛苦感觉和沉重负担却从未褪去。要是能够搞清楚到底是什么使我的夜晚如此难熬和痛苦,或许可以找出一些应对之策,从而使我能够享受到片刻的安宁和平静。早晨醒来,我喉咙酸涩,心情压抑,并且大脑涨痛,我根本记不起自己前一晚到底做了什么梦,只有一些零星的画面残存于脑海。这让我的心绪更为烦乱。

我个人认为,别人的帮助对于想要从做梦的痛苦中解脱的我来说无济于事。为了让我去看医生,碧莱甚至用“专业支持”这样冠冕堂皇的话语来说服我。尽管对此毫无兴趣，但老婆对我如此关爱，我实在不想伤她的心。最后，我还是敲开了医生办公室的大门。

给我看病的医生叫朱迪·卡杰。为了让诊断真正发挥效果，他建议我把做过的梦境记录下来。我告诉他，我不明白做梦之后为何身心会产生痛苦——事实上我根本就不确定自己到底有没有做过梦。我笑着对他说，如果我真能把晚上做过的梦都记录下来，也就没必要浪费时间和金钱来麻烦他了。听了我的话，卡杰医生一点也没生气。我猜他明白我上述的话语不是针对他个人或是他的职业所说，他也一定明白其实我是因为无法准确回忆起做过的梦境而借机发发牢骚而已。我想，作为医生，他们是受过专门训练的，绝不会跟病人斤斤计较。接着，卡杰医生给我讲了一些有关梦的知识。

他说，每个人都会做梦，即便是那些声称自己从不做梦的人也不例外。人类是由会做梦的和不会做梦的两部分组成的，这样的说法是不正确的。事实上，人类应该由可以回忆起做过的梦和不能回忆起做过的梦这两部分组成。听到这里我感到一丝安慰，并向医生表达了谢意。他的观点让我明白，我并不是这世界上唯一一个因不能回忆起梦境而感到痛苦的人。是的，当我发现我可以像其他人一样，把自己的痛苦拿来对别人倾诉的时候，我的心里舒服了许多。其实，这世界上最糟糕的事情是只有我们自己独自承受痛苦，而别人却置身在外。

卡杰医生认为，一个人在整个晚上可以做许多个梦，但唯一那个可以被回忆起来的，就是当人快要醒来之前所做的梦。人们经常可以回忆起噩梦就是个例子，噩梦做到一半而突然被惊醒的人，比正常醒来的人更容易记住梦境的内容。一个正在做梦而突然被闹钟吵醒的人，也更容易回忆起他还没有做完的梦也是这个道理。人在从梦中醒来之后，大脑控制记忆的部分就开始工作，把梦的痕迹一个一个删除。如果要阻止这种删除，就必须要采取措施。

为了让我能够回忆起做过的梦，卡杰医生做了如下建议：让我的睡觉和起床时间变得有规律，睡觉之前把所有的杂念都排空，让心灵安静下来，因为梦境最容易在杂念丛生的环境中消失。每天在入睡之前，要不厌其烦地告诫自己：明天早上醒来的时候我一定可以回忆起梦境的内容。除此之外，在晚上睡觉前，不要吃得过饱，不能喝酒，也不要吃药。但是我并不太喜欢这些建议，因为医生不让我吃安眠药。不断的做梦已经把我的睡眠搅得支离破碎，再不吃药我就更无法继续入睡了。卡杰医生解释说，安眠药无益于回忆梦境，它只会让我已经堵塞的记忆管道愈发不畅。他的观点是：我要首先解决回忆梦境的问题，其次才是睡眠问题，而不是反过来。

卡杰医生和我谈论关于梦境问题时所用的语气，简直就像在谈论我的肠胃问题，每说一句话都要停顿一下。他建议我把记录梦境的本子放在床头触手可及的地方，从睡梦中醒来的时候要保持冷静，不要一下就从床上坐起，而应该慢慢睁开双眼，继续回味一下刚刚做过的梦。这时人们可能会因睡意正浓、贪恋床榻而迟迟不愿意记录梦境。卡杰医生表示，这种偷懒的做法其实是非常错误的，因为时机稍纵即逝。人在刚刚睡醒的时候，是记录梦境最好的时刻，否则相应的记忆就会很快消失。同时，一些可以回忆起来的、看似非常简单而且毫无意义的细节，都应该被详细记录下来。在这个时刻，我不用去思索这些梦到底意味着什么，而应该在最短的时间里尽可能多地记录梦的细节。

“您应该把梦境的所有部分都记录下来，包括在梦中看到的人以及他所在的位置，听到的声音，甚至是看到的颜色、闻到的气味等。”卡杰医生回答道。口气很像恐怖片《饿鬼街》[①]里的居民。

---

① 美国上世纪八十年代著名恐怖片之一。

“可我应该怎么把梦境记录下来呢?”我问道。之前,我根本就没有记录过梦境,我得先要了解一下记录的方式和方法。

“您就像我说的那样,最重要的是要在刚刚睡醒的时候做好记录。如果您在半夜醒来,一定要马上记录,千万别拖到第二天早上。当然,还要尽可能地把梦的细节都记录下来。有时,如果用语言去描述存在困难,您也可以使用简单的线条和图形来表示。此外,当您把梦境可以回忆起的部分详细记录下来之后,我还希望您能够在醒来之后,把内心感受到的这个梦所带来的启示也记录下来。也就是说,如果您发现梦中的某个部分和现实生活中的一些事情类似,或者是可以唤起您对现实生活中某些事物的回忆和想象,那么请您把这部分也记录下来。”

“有个重要的问题也许我早就该问您了,它一直困扰着我,那就是我为什么要在大半夜刚从梦中醒来的时候,费神费力地做记录呢?我这么问请您不要见怪!”

“为了让您能够回忆起刚刚所做的梦。”

“我虽然对医学一窍不通,但也明白您刚刚所说的意思。可我真正想问的是,回忆梦境到底有什么用处?您说过,这世界上有两种人,一种人可以回忆起做过的梦,一种人则不能。记录做过的梦难道只是为了把我从其中的一种人转变为另一种吗?”

“我们在了解您做过的梦之后,就会掌握更多您的个人情况,这样就可以对症下药了。”

我其实并不想让医生帮忙出什么主意,而是我被噩梦骚扰得太久,想寻求解脱的方法。于是我接着问道:“您难道不认为仅仅依据梦境而去认识一个人,有点像用星座去解释一个人吗?比如,所有人都会梦见自己从高处坠落,我们是不是可以根据这一点就对所有人都得出相同的结论呢?同样的道理，当我的梦，和您看过的其他病人的梦相类似时，您是不是也会把对他们的解释原封不动地说给我听呢？诸如所有双鱼座的人都会在明年夏天有噩运发生……这是不是缺少了科学性，有点占卜的味道呢？”

卡杰医生把那些像我一样的自以为是的病人们都称为“疑问咨询者”，而没有直接唤作我们“病人”。这点我得谢谢他，很明显他是训练有素的专业人士。他在回答老实忠厚的病人和耍小聪明的病人的问题时，面部表情都是同样的充满善意与心平气和，根本看不出任何区别。

“让我这样回答您的问题吧，我们之所以要了解您的梦，是要借此进入您的潜意识中，找到您的痛苦和忧虑所在。在这个环节中，我们当然需要了解您的梦到底象征着什么，之后再归纳总结，得出最终的结论。我们在分析一个做过从高处坠落这种梦的人之前，首先要了解这个人之前的所有经历，然后再做出综合的判断。所以，当我们在对另外一个也做过高空坠落之梦的人进行分析时，因为他们两个人之前的经历截然不同，所以也就会得出不同的结论。”

对两个经历不同的人会得出不同的结论……这样的说法真让人讨厌。这个男人自称是我的梦的监督人，可他西班牙语名字中的姓“Carcel”却是“监狱”的意思，这真是奇怪的巧合。我虽然没有说话，但卡杰医生似乎已经读懂了我内心的想法，他说：

“事实上，记录梦境是一个非常高明的做法。您不要把它当作迫不得已才做的负担。随着时间的推移，您就会不再需要我的帮助而完全可以自己记录梦境了。特别是当您看到夜晚的梦与您白天的活动有着很大关联的时候。”

我问卡杰医生，他自己是否也有一个梦境记录本，他只是嫣然一笑，并未回答。他即便是说没有这样的记录本，又能怎么样呢？我从小就是一个老师怎么说我就怎么做的人，而从没注意过老师们自己到底是怎么做的。

小的时候，每当我得到一个新笔记本时，总是急着要把第一页马上写满。而现在，当我拿到梦境记录本时的兴奋感觉居然还像小时候一样……一会儿，我就把它放到卧室中自己的床头柜里，准备记录做过的梦境，我要看看卡杰医生的方法是否管用，能不能让我很快地就回忆起自己曾经做过的梦。

2. 米　　塞

你一定会轻而易举地找到我，
从出生以来，
除了家乡我再没有去过其他地方。

——法鲁克·纳菲兹·嘉乐贝勒
《石膏像》

当弟弟维伊泽急速地在马路上变道、迅速超过前面的欧宝汽车时，米塞的心都快提到嗓子眼儿了。她感到非常紧张，不自觉地抬起大拇指和食指把耳垂儿往下拉，还在车门上连敲了几下。

“天呐！求求你了，开慢点行不行，咱们还有的是时间！”

米塞根本就不想坐维伊泽的车，他的暴脾气在开车时越发显露得淋漓尽致。维伊泽因为跟别人吵架而开车斗气，米塞遇上过好几次。有一次，因为对方司机没有及时让道，他就破口大骂，并和那个司机打作一团，最后还是路人把他们拉开了。在这样的情况下，米塞是无能为力的，即便她想要说“你冷静点儿，不要感情用事！”旁人也根本听不见。米塞说话细声细语，别人往往听不见她的声音。心里害怕的时候，她的声音就变得更小了，好像所有的声音都咽到了肚子里，在那儿躲藏起来一样。

这次出门，维伊泽开车的风格一点儿也没变。他本来开车就不守规矩，再加上原本他就不愿出门，是米塞相劝多时才勉强同意的。维伊泽的心中生出一股无名邪火，仿佛是故意要报复非让他开车的姐姐一样，坐在他旁边的米塞，心又被揪了起来。

“她不会自己来吗？打个车不就行了，用得着咱们这么费劲去耶什克伊机场[①]吗？”昨天米塞求他开车时，他这样反问道。

维伊泽的妻子派丽汗对碧莱的到来也颇有微词。当米塞恳求维伊泽出车时，她在一旁扇风点火、添油加醋地说道：“对了，为了表示欢迎，我们是不是应该敲锣打鼓地搞个欢迎仪式？这么多年过去了，她居然还好意思回来麻烦咱们？既然她想要风风光光的，那干吗不叫个专车呢？”结果派丽汗的一番话反倒帮了米塞的忙。因为维伊泽向来喜欢和派丽汗对着干，她说要往东，他就偏要向西。也许正是因为这个原因，维伊泽转身对姐姐说道：“好吧，好吧，我去接。但我先声明，把她接回家，以后的事情我可一概不管！可别让我一会送她去这儿，一会又去那儿，我可不是那个外国异教徒的司机，任由她摆布。我也有自己的事。”维伊泽补充道。

米塞本想回敬他一句：“你说的那个外国异教徒，可是你的弟媳妇啊！”但最终还是没有说出口，她不想扩大争吵。埃尤布跟他们冷淡的亲戚关系自不必说，可这件事本身确有蹊跷之处。这也正是弟弟、弟媳不屑一顾，而让米塞牵肠挂肚的疑问：埃尤布为什么要回到伊斯坦布尔？派丽汗应该跟这事无关，因为她根本就不认识埃尤布。可维伊泽对弟弟的去向也表现得毫不关心就有些不正常了。自打碧莱第一次打电话给米塞，米塞就把情况告诉了维伊

① 即伊斯坦布尔阿塔图尔克国际机场，该机场 1985 年以前的名称为耶什克伊机场。

泽，对他说埃尤布的妻子打电话过来，说埃尤布可能来伊斯坦布尔了。

“来就来吧，跟我有什么关系？”维伊泽回答道。

“他妻子说他失踪了。”米塞说。

“你的意思是让我现在提个灯笼去找他吗？一个大活人，怎么可能丢了呢？”维伊泽说。

“他妻子怀疑他是来咱们这里了。”米塞答。

“愿真主赐予她智慧。”维伊泽一边说，一边不耐烦地挂上了电话。米塞想道，埃尤布对维伊泽这个当哥哥的从来不闻不问，也难怪维伊泽有这么大的怨气。不过，他们兄弟之间毕竟是打断了骨头还连着筋，自己的亲弟弟失踪了，维伊泽怎么能一点儿也不担心呢？难道他是有什么事情瞒着我吗？难道维伊泽事先已经知道了埃尤布要来伊斯坦布尔？为什么听到弟弟失踪了，他连一丁点儿的惊讶都没有呢？不过，米塞很快就推翻了自己心中的猜测，维伊泽为什么要瞒着我呢？他根本就没必要这样做，他应该不会事先做了什么准备，因为他刚才对有关埃尤布的事情多一句都懒得问。

当碧莱再次给米塞打电话，告诉她自己决定来伊斯坦布尔的时候，维伊泽十分生气：“啊？她跑这儿来干什么呀？这不是来给咱们找麻烦吗！”维伊泽的妻子派丽汗也不失时机地火上浇油：“肯定是男方把女方甩掉不管，然后就跑到伊斯坦布尔来了。既然都这样了，女方再想把男方追回来还有什么意义呢？大姐，难道您没跟她说吗，一有消息我们就会通知她的，不然她来了也是白跑一趟！”

“我能说不让她来吗？说这话多丢人啊。”米塞答道。不过，她没想到派丽汗随后的回答竟然是这样的冷若冰霜。

“有什么丢人的，您要是不照我说的去做才让人生气呢！他们这么多年对我们不闻不问，如果这都不算丢人，我们不让她来又有什么丢人的？埃尤布这小子连他哥哥的婚礼和侄儿的出生都没有回来过，好像我们求着他来似的。我和他哥结婚这么多年，我们都有了自己的孩子，可到现在为止，我还没见过他的模样呢。现在却不知道为什么，他的老婆居然要来我们这里找他？”

“也许她是替丈夫担心吧。”

“您应该管这叫监视！难道这还是一件光彩的事吗？一个女人为了找寻甩掉她的男人，卑贱地对他死缠烂打，而且他们和咱们家这么多年都没有走动，现在倒好，说走就走，想来就来，真是活见鬼！”

对于派丽汗的尖声指责和维伊泽的无名邪火，米塞并没有随声附和，她想早点结束话题，但也没忘记教训他们两句：“不管怎么说她是我们家的客人。她既是咱们弟弟的妻子，又不远千里地从国外投奔咱们，我们就得做我们应该做的，得尽地主之谊……你们看，借着这次机会，我们不是还可以跟弟弟见上一面吗？”

当米塞说最后一句话的时候，声音非常微小，就像是自言自语一样，仿佛害怕要泄露什么秘密似的。

维伊泽突然把发出“嗞嗞”杂音的车载收音机关掉。米塞趁机打开话匣子，想要安慰一下正在开车的弟弟：

“我就是好奇，要到咱们这儿来的是个什么样的人？”

“有什么可好奇的？就凭她说来就来这一点看，就知道不是什么正常人。聪明的人谁会来找我们呢？”

对于维伊泽最后说的那句话，米塞装作没听见，她说道：“我只知道她是一个外国人，她的具体情况我也一无所知。”

“……”

“可虽然她是个外国人，却能说不少土耳其语呢。开始她说什么我还没太听懂，她的土耳其语当然有些不地道。可我仔细一听，嘿，我的天！居然没有一个词我听不懂,她什么都会说,舌头也会打卷发颤音!她可真学了不少啊,这让我很高兴。”

“……”

“如果她什么都不学的话,肯定就不会说,因为没有人强迫她学。可她为什么要学土耳其语呢?你们看,人家就是从心底里就想学的,这多棒啊!”

“也许他老婆就是个土耳其人呢!就像埃尤布一样,是个旅居海外的土耳其人,她早就把自己的祖国和宗教信仰忘得一干二净了。您倒好,仅仅因为她会说几句土耳其语就高兴成这样?”

“不对!你说谁忘记祖国和信仰了?别瞎说了,我亲爱的弟弟,埃尤布的老婆可是个彻头彻尾的西班牙人。难道埃尤布每次打电话回来不是这么说的么?”

“姐,”维伊泽突然提高了说话的声调,“你别再说什么‘埃尤布每次打电话过来’这种话了,我听着就生气!听到这话,别人还以为埃尤布经常从早到晚不停地打电话向我们嘘寒问暖呢?但事实上,我们这位老弟的终身大事都是婚礼办完以后才通知咱们的。他既不和我们聊家常,也没邀请咱们去喝喜酒,他一年能给咱们打上一次电话就不错了,就这样您还一口一个弟弟的?他跟你说他结婚的时候,也许都已经离过五次婚了呢。这么多年来,这个从小被娇纵坏了的家伙给咱们捎回过消息吗?瞧,咱们要接机的这个女人真就是个土耳其人,这事儿埃尤布怎么会告诉咱们呢!说她是外国人也许是埃尤布自己瞎编的呢?我不敢说他真的把宗教信仰都抛在脑后了,但他确实已经忘记了自己属于哪个国家。他都这么大了,回来祖国看过一眼吗?只有真主才知道!埃尤布也许还加入西班牙国籍了呢!因此,谁知道他现在到底是土耳其人,还是西班牙人呢?这时候您还在袒护他,真是太幼稚了!”

米塞觉得跟维伊泽这么吵下去只会徒增不快,于是把头转向前方默不做声。她既没有努力回忆许多年前埃尤布在打电话时是否告诉过她自己妻子的名字,也没有千方百计地站在埃尤布那边替他说话。因为维伊泽的脾气倔得像头牛,要想让他和自己意见一致,简直比登天还难。而且能够战胜喧闹争论的唯一方法就是保持安静。

维伊泽在机场开着车转过"国际到达"的标志牌后,由于害怕被警察开罚单,就没敢把车停在路边,而是直接开进了停车场。之后,他们来到机场大厅接受安检,米塞很轻松就过了安检,而维伊泽却因为不愿意解下皮带而被机场的工作人员挡在门外。

维伊泽最终还是没有办法,乖乖的按照规定进行了安检。通过安检门之后,他一边系皮带,一边自言自言地抱怨道:"该死的安检! 什么破安检!"这样的场景,难免给在场的所有人都带来不快,不过米塞此时的心里却很高兴。就在维伊泽通过安检后,由于手里攥着一些硬币,所以没法系皮带,正当他不知所措的时候,米塞及时伸出了援手。事后,维伊泽的脸上依旧是一副仿佛谁欠了他一大笔债的表情,但却从牙缝中挤出几个字:"谢谢了!"来自姐姐的小小关心似乎终于在维伊泽那里有了回报。米塞很清楚,弟弟维伊泽虽然表面上脾气很坏,事实上他只是不知道怎么跟别人打交道而已,他性格内向,不愿当众表达自己的情感,时间长了就变成现在这个样子。世事沧桑,人生苦短,维伊泽已经不再是最初的维伊泽了,他好像完全变成另外一个人。即便是他在和别人争吵、打架或者发脾气的时候,米塞也能从他的眼神中捕捉到孩提时的单纯和善良。每当她凝视弟弟的眼睛时,就像吃了梅夫利特糖①一样舒服。

---

① 一种装在锥形纸筒里的薄荷味糖块,土耳其人一般在悼念家中的逝者时,会发给前来吊唁的亲朋好友。

“离飞机降落还有10分钟，”维伊泽说，“咱们先坐着歇会儿吧！”他们走过人头攒动的“国际到达”出口，在一排铁制椅子上坐下。维伊泽和米塞沉默不语，不时地环顾四周。维伊泽好像突然想起了什么，说道：

“真主啊！可咱们怎么认出她呀？”

米塞没有回答维伊泽的问题，再次陷入了沉默。因为害怕激怒弟弟，她一直也没有提及这个棘手的问题。可没想到这个问题还是被弟弟摆在了眼前。碧莱第一次打电话过来的时候，由于交谈太过简短，米塞根本就没顾上问怎么才能在机场认出她。当碧莱第二次打电话过来，首先问有没有埃尤布的消息，当她听到“没有”的回答后，突然说道：“我已经买票了，明天去伊斯坦布尔。”米塞想，对于碧莱这样的外国人来说，从一个国家去另外一个国家应该很容易。

“好的，你来吧。”米塞支支吾吾地回答。她既惊讶，又高兴。如果碧莱能来，弟弟埃尤布当然也会来到她的身边。米塞似乎瞬间忘记了碧莱此行是为了寻找失踪的丈夫，尽管这种忘记仅持续了很短暂的时间，米塞的眼前仿佛浮现出他们一家人高高兴兴地聚在一起吃团圆饭的画面。大家围坐在桌前，品尝着馅饼、蔬菜卷、哈尔瓦[①]和清凉果汁等美味食品，每个人都有说有笑。一边沉浸在这一美好的想象中，米塞一边向碧莱询问了飞机抵达伊斯坦布尔的时间，并说：“我们去接你！”碧莱则有些不情愿地回答：“不用了。”对此，米塞并没有太在意。而对于碧莱说“我住酒店”的话，米塞也没太往心里去。她没有跟家里人提及碧莱要住酒店的事，怕他们顺着话茬儿说“那就由她去吧，她爱住哪就住哪儿”。米塞把碧莱乘坐的航班信息记在纸上，之后怀着喜悦的心情挂上了电话，就像喝了酸甜可口的玫瑰露一样。米塞不好意思问碧莱

---

① 用面粉、糖、油制作的土耳其甜点。

如何在机场认出她。前天也没好意思给碧莱打电话。如果碧莱对这个问题无所谓,那么就说明这根本不是什么问题。米塞对于各种问题都喜欢让别人拿主意,她自己则乐于听从别人的安排。但是维伊泽已经把如何认出碧莱这个问题摆在了眼前,自己要再继续保持沉默只会把弟弟激怒。于是,她立刻胡乱地敷衍道:“她大概会认出我们吧。”

“她怎么会认识我们?”

“她一定见过我们的照片。”

“在哪儿见过照片?”

“埃……埃尤布给她看的照片。”

“姐姐,你是不是脑子进水了?埃尤布哪有什么咱们的照片啊,他那儿的照片都是二十年前的照片了!你和那女的没说过怎么相互辨认吗?比如她的外观是什么类型,穿什么颜色的衣服等等。”

对于维伊泽的提问米塞一时无言以对,她把头转向前方,像一个不小心打碎了花瓶的孩子一样。

“姐姐呀,你可真行。你真是要把我折磨疯掉啊。不过错都在我,谁让我非得听你的了呢!跟你一起办事的结果总是这样!”

对于维伊泽的抱怨,米塞假装听不见。她本来就是一个谨小慎微、喜欢安静且不爱多说话的人。她只是紧盯着从“国际到达”出口走出的旅客,心里勾勒着碧莱的模样。弟弟埃尤布今年三十七岁,所以碧莱应该也是三十多岁。她应该是形单影只,左顾右盼的样子,看起来在寻找来接她的人,她也许还有点担心,也许还有点儿忧愁。

维伊泽抬头看了看机场的电子屏,说道:“飞机降落了。她现在应该在取行李,一会儿就该从里面出来了。我们去‘国际到达’出口继续等吧。”维伊泽说话的语气变得平和起来,这让米塞觉得弟弟的怨气已经消退。恰在此时,他却突然又爆发了：

“现在我们怎么把她认出来呢？我的天啊！”

米塞心里又是一阵难受。“啊，我的维伊泽呀，”她想对弟弟说：“你不让我的内心有片刻安宁。你和谁都吵、都闹，你以为这样做自己心里就能舒服了？喜欢和别人生气的人其实伤害的却是自己，一个人如果总是活在这种伤害中，最后就把自己毁了。”当然，维伊泽不可能知道米塞内心的这些想法，如果他真要听到这些话，一定会暴跳如雷、满脸怒火地和姐姐理论到底。但米塞同样知道，要读懂一个人，除了看他说了什么，还要看他没说什么。想到这里，米塞心里似乎又舒服了很多，他们向“国际到达”出口走去。

到港的旅客有两种，一种是有人接机的，一种是没有人接机的。那些头也不回、径直向前走的旅客，肯定是没有人接机的。为了掩饰无人接机的尴尬，他们似乎在努力地做出各种虚假的举动：比如，加快脚步；好像急着要去什么地点；紧张地给朋友发去平安短信，以此来掩盖内心的窘迫。他们行色匆匆、步履飞快，似乎有着难以言说的孤独。他们不会左顾右盼，而是快步向前，好像要去一个位于远方的神秘目的地一样。剩下的就是有人接机的旅客了。他们像一艘艘安全进港的小船，从“国际到达”出口走出来的时候，脸上是兴奋的神情和幸福的笑容。从出口往外迈出的第一步开始，就开始寻找迎接自己的人，当发现接机人时，他们的眼睛就像夜空的萤火虫一样闪闪发光。米塞猜想，碧莱此时此刻的神情肯定不是兴奋和高兴，而是担心和紧张，正从成百上千张陌生的面孔中焦急地寻找接自己的人。于是，米塞开始按照这个想法寻找碧莱。

有一段时间，米塞在走出来的旅客中发现了两个她认为可能是碧莱的女人。一个是高个儿，身材苗条，皮肤黝黑，穿着网眼开衫外套且表情十分严肃的女人。她在出口处一露面，就好像在四下里寻找着什么，而且刚开始还走错了方向，她的表情似乎还有些沮丧。米塞觉得这个女人像碧莱，当她正要碰维伊泽的胳膊，打算告诉他有可能已经找到碧莱的时候，那个女人突然径直走到了一个西服革履的男子面前，两人相互握手之后一起离去。另一个被米塞怀疑是碧莱的女人身材偏胖，淡黄色的头发。刚从出口处走出来的时候，她好像事先知道该怎么走，可随后又表现的不知所措，四处打量着接机的人群。正当米塞准备迎上前去询问时，出口处又走出来一个女人，快步赶上之前那个女人，两人嬉笑打闹一番，之后就消失在米塞的视线中了。在米塞苦苦寻找碧莱的过程中，维伊泽一直就是一副无所谓的样子，不停地摆弄着挂在自己嘴唇上的八字胡。

就在这时，“国际到达”出口处的自动门又打开了，又一批旅客涌了出来。这里面有一对日本老夫妇；还有一家是年轻的夫妇俩带着几个孩子，一家人全都是淡黄色的头发；还有一些衣衫不整的年轻背包客们，男男女女，形形色色的一大群……其中的一个女人引起了米塞的注意。她身材娇小，神情疲惫，她留着波浪式的浅棕色头发，脸上还带着深深的忧郁，浅蓝色的眼睛毫无生气，眼圈发紫，像是一夜未睡。但是这种疲惫的神情，丝毫没有掩盖住她美丽的脸庞。她的嘴唇圆润，颧骨微突，鼻梁高挑，脸上还星星点点的点缀着一些雀斑，真是一个美人……

这个美丽的女人从自动门中缓缓地走出来。她上身穿着件网纹 T 恤，下面穿着一条白色的亚麻裤子，手里拿着一个根本算不上行李的小手提箱。她一边走，一边朝接机人群所在的地方望去，也许是在审视那里站着的每一个人，也许又谁都没有看。她的眼神茫然无措，不知在寻找着什么，好像不是她在找着谁，而是想被谁找到。米塞拉了一下弟弟维伊泽，指向她认定是碧莱的那个女人。女人这时似乎也察觉到有人在看着她，他们的目光交织在一起，仿佛是在用眼神互相交流。

“是她吗？”维伊泽问。

“不知道，反正她也在向我们这边看呢。咱们过去问问她吧？”米塞答道。

维伊泽没有马上走过去，而是继续用狐疑的眼神观察着那个女人。在他看来，轻易地就相信自己听到的、看到的，那简直就是一个傻瓜。人生随时都会落入别人设计的陷阱或者圈套，在他看来，不轻信一切是一种能力和本事，在没有充分论证之前，所有的人都是坏人。因为害怕遭人算计的想法在他脑子里根深蒂固，所以他做任何事都不愿意先出头。如果问他这算不算胆小，他会说这当然不是，而是一种天生的能力。他的眼睛里充满了对别人的不信任，还有那种被别人视为仇恨的东西……

米塞看到维伊泽固执不动，就没有继续等下去，而是自己走到了那个女人面前。米塞虽然有些害羞，但是她的情绪很快就被勇敢和兴奋所替代，因为她期望能通过这个女人找到自己的弟弟埃尤布。米塞张嘴想说些什么，但又不知道说什么好，一下子僵在那里。站在她面前的人是一个陌生的外国女人，真是不知道说些什么。她和这个外国女人在电话里还可以交谈，但真要面对面地站着，就不知说什么好了。在这之前，她从来没有和外国人说过话。她害怕听不懂这个女人说的话，也担心对方听不懂她说的话。好在，最终还是那个女人先开了口：“您是埃尤布的姐姐吗？”

米塞深深地吸了一口气，高兴地答道：“是的，是的，我就是米塞！”

米塞说完自己的名字，脸上泛起了红晕，就像小孩子见到陌生人一样。她压根儿就不喜欢“米塞”（米塞在土耳其语中是“富有的人”的意思）这个名字，所以她认为所有听到这个名字的人也都不会喜欢。这背后的原因，不是她嫌这个名字土气，不够时尚和现代，而是这个名字在土耳其太普遍了，而且她确信这个名字并没有给她带来好运。在她看来，人的命天注定，而这个命又很大程度上取决于名字的好坏，总之，她不喜欢自己的名字。

“我是碧莱，”碧莱自报家门后，礼节性地把手伸向米塞。米塞的脸上充满了慈祥，仿佛站在对面的不是初次相见的弟媳，而是她朝思暮想的弟弟一样。她入神地看着碧莱，似乎在寻找着有关埃尤布的每一个美好回忆和印象深刻的片断……她看着看着，心里涌起一股暖流。尽管碧莱并不那么热情，但米塞已经顾不上害羞，她主动抱住碧莱的肩膀说：“欢迎你！”

随后，米塞还向碧莱介绍了慢悠悠走过来、满脸困意的维伊泽：“这是维伊泽，我的弟弟，二弟！”

刚和米塞拥抱过的碧莱，现在不知怎样与维伊泽打招呼。她看到维伊泽严肃地伸出手来，仅仅是一副想握手的样子，就顺水推舟地和他握了握手。“好了，”维伊泽说，“我们别在这儿浪费时间了，赶紧上车吧。”他想帮助客人拿手提箱，但没想到被碧莱拒绝了，只好闷闷不乐地退到一边。

米塞劝道：“你远道而来，一定累了。把手提箱给他吧，给他，别不好意思。”听到这话，碧莱不好意思地把手提箱递给维伊泽。维伊泽拿过手提箱后，露出尴尬的笑容说道：“欢迎你，碧莱女士。”维伊泽总是这样，见到陌生人会手足无措。

“给你们添麻烦了。”碧莱答道。

听到维伊泽和碧莱之间的对话，米塞心里一阵兴奋，她高兴地说道：“真棒，她的土耳其语说得多好呀。”

大家上车后，维伊泽问碧莱以前是否来过伊斯坦布尔。当得到否定的答案之后，他的心里像是一块石头落了地。和米塞一样，他们都怕埃尤布来伊斯坦布尔的时候躲着他们。一个人忘记自己的祖国是可怕的，而忘记了一奶同胞的亲人们则更是让人不能宽恕。亲人们在忍受痛苦的同时会认为，那个遗忘他们的人必然也对生活失去了信心。自此以后，思念将成为亲人们永远的痛，他们在痛心疾首的同时，却仍期盼与那个遗忘他们的人重逢。

尽管在去机场接碧莱的问题上，维伊泽并不情愿。但在从机场回来的路上，他却情不自禁地给碧莱当起了向导，一路介绍着沿途的情况。米塞知道，弟弟维伊泽的外表虽然冷漠，但他其实就是一个爱发脾气的“小孩子”。这次碧莱到伊斯坦布尔，维伊泽装作漠不关心，表现冷淡，但实际上他心里是高兴的，他希望能够借助这次机会，或多或少的能够与多年没见面的弟弟建立一些联系。因此，他一边手握方向盘，一边兴致勃勃地给碧莱讲解路旁的街区和大楼，尽管碧莱对他的讲解并不感兴趣。不过，碧莱是一个有教养的女人，因此她表现出一副愿意听的样子：她一会儿点点头，一会又露出微笑。米塞知道，此时的碧莱处境其实很艰难，她的丈夫突然失踪，她都快急疯了，被迫只身一人来到伊斯坦布尔寻夫。米塞因为没有结过婚，因此不能更为深切地理解碧莱的痛苦，但她却品尝过弟弟不在身边的痛苦。究竟是什么让弟弟抛弃妻子离家出走了呢？又是什么让他的脾气变得如此古怪呢？米塞一直无法理解弟弟多年前离开他们远走高飞的原因。她多年来一直扪心自问：难道是我们做错了什么，伤了他的心，把他气走了吗？从孩提时代开始，弟弟的性格就有点不合群，他对家里所有的成员都发脾气，常常故意躲避家人，喜欢独处。米塞认为，很小就离开家庭独立生活，可能是弟弟性格孤僻的原因之一。埃尤布小学毕业后就开始在寄宿制学校学习。他的贴心朋友不多，平时总喜欢把自己一个人关在房间里，他沉迷于带插图的小说，如果不是非常必要，他是不会出门跟大家聊天的。埃尤布长大后，他的性格也没有太大改变。米塞如果想和弟弟交流，只能以看电影为借口，看电影是他们唯一可以在一起聊天的活动。

尽管从埃尤布那里从没得到过任何热情的回应，但米塞还是像妈妈一样爱着他。埃尤布刚出生的时候，米塞才九岁。那个年代九岁的孩子跟现在九岁的孩子可有着天壤之别。米塞现在照看着维伊泽的儿子布伦特，布伦特都十二岁了,可依然像个小孩子一样不懂事。而当时只有九岁的米塞年纪虽小,但却有着与实际年龄不相符的成熟,瘦小的肩膀上担负着养活全家的重担。

在埃尤布出生前几个月的一天早上,当米塞起床时,发现自己的床单上有一摊血迹,她吓了一大跳。开始,她认为是自己可能患上了某种致命的疾病。但应该做些什么?去向谁求助呢?她真的不知所措了。因为害怕怀有身孕的妈妈受到惊吓,她也没敢把这事告诉妈妈。虽然那年她才九岁,但却非常懂事。她知道这件事不能跟妈妈说,否则可能会把她那尚未出生的弟弟的性命置于危险之中。她只能对这件事守口如瓶,如果有必要,那就让她自己在这个可怕的疾病面前自生自灭吧!拿定主意后,她悲伤地痛哭起来,但一想到这是为了实现一个伟大的目标而做出的牺牲,她又感觉十分的自豪。她咬着牙迈开因为害怕而有些发抖的双腿,向厕所走去。回来的时候,妈妈正坐在床边等她,而且一只手不时地抚摸着自己的大肚子。米塞也把目光移向了妈妈的肚子,想着即将出生的弟弟就藏在那肚皮下面。米塞的脑海中飞速猜测着妈妈找她的原因,是不是她已经发现了她床单上的秘密?妈妈先是扫视了一下带血迹的床单,之后目不转睛地盯着米塞。正在这时,妈妈慢慢抬起了放在肚子上的那只手,米塞则惊恐地注视着妈妈的一举一动。妈妈的手只在空中停留了那么一瞬,之后就像是猎人突然发现了野味一样劈头盖脸地打了下来,重重地打在了米塞的脸颊上。这个耳光打的如此突然,让米塞根本来不及躲闪。她一下子失去了平衡,摔倒在妈妈的脚边。疼痛、恐惧和惊慌交织在一起,从她的身体里涌了出来,泪水就像断了线的珠子从她的眼眶中迅速滑落,她怎么也不明白妈妈为什么要打她,是责怪她生了重病,还是怕她把病传染给即将出生的弟弟呢?一时间她的心里没了主意。

不过,很快她就解开了床单上的秘密。她像包括她妈妈在内的所有女人一样，已经在成为一名真正女人的道路上迈出了第一步。自己的女儿来初潮本是一件喜事，可妈妈却打了她。女儿生理上的自然反应，对妈妈来说却是一种羞耻。所以妈妈要惩罚她。从那以后，妈妈对待米塞的态度更不好了，不时地刁难或责骂她。米塞在众人面前，会刻意地让自己的言谈举止都像一个小女人，而当自己独处的时候，她就会和旧布娃娃一起玩。这些布娃娃都是她自己做的，做娃娃的破布头也是她从妈妈做针线活的边角料中偷来的。之前她就帮着家里做家务，而自从妈妈打了她耳光之后，她就把自己当成一个女人看待，开始干更多的家务。埃尤布出生的那天，妈妈首先把婴儿递到她的怀中。

“你看，”妈妈说，“你看他有多么小啊！如果我是他的妈妈，你就是他的第二个妈妈！”

从那一刻起，米塞就对被孤零零地放在角落里的旧布娃娃失去了一切兴趣，因为她有了一个真娃娃！她当妈妈了！她充满关爱地抱着襁褓中的婴儿，她比世界上任何一个人都更爱这个婴儿。

夜里，照看婴儿的工作也落在了米塞身上。每天清晨，她顾不上睡觉，总是第一个从床上起来。平时由于害怕吵到婴儿，她总是屏住呼吸，小心翼翼地行走。她把头放在婴儿的胸前，聆听他的心跳，闻着他身上的奶香。如果看不见婴儿的胸脯平稳地上下起浮，她就一晚上都不知所措。是因为她本身就喜欢小孩子，所以才这么喜爱弟弟呢？还是因为她本身就喜欢弟弟，所以才这么喜爱小孩子？她也不知道答案。但不管怎样有一点是肯定的，从那时开始，米塞就把埃尤布当成了自己的孩子，而她就是一个小妈妈。就这样，她夜以继日地竭尽全力地照看着埃尤布。维伊泽也是米塞的弟弟，米塞也爱他，但她对埃尤布的关爱则显得更加热烈，对她来说，埃尤布就是她的整个世界。米塞把“妈妈”这个角色演绎的十分出色。以至于她妈妈哈菲兹把照看埃尤布的所有活计都交给了米塞，而她自己肩上的担子则轻了许多。

可是埃尤布长大以后，竟然为了躲开所有的人，躲开一直把他当作孩子的姐姐，去了另外一个国家。在大家的眼里，他内向、不善言谈、并不招人喜欢。妈妈把儿子的状况全部归罪于米塞，“埃尤布之所以变成今天这个样子，都是因为你在他婴儿时期总是欺负他，让他受了刺激！”对于儿子变成今天这个样子，哈菲兹当然也生气、伤心，但比她更伤心的人其实是米塞。在这个世界上，米塞深深地爱着，而且也能够爱的唯一一个孩子就是埃尤布，只有在埃尤布那里，她才能体会到做母亲的感觉。弟弟离开伊斯坦布尔后，米塞就失去了关心的对象，这让她伤心欲绝。这么多年来，她不停地在问自己：我这是犯了什么罪过或是在替谁接受惩罚啊？她对母爱有着强烈的渴望，但却无法成为一名真正的母亲。她这辈子没有给任何的其他人带来哪怕是一丁点的伤害，可想成为母亲的愿望却被残酷的现实无情地剥夺了。

碧莱羞怯的说话声，把陷入沉思的米塞又带回到了现实世界中。

“我们这是去哪儿呢？”

“我们能去哪儿呢？回家呀！”维伊泽答道。这个回答听上去充满责备，但也包含了一定程度上的亲近。米塞发现了这一点，她心里一阵高兴。她知道，弟弟维伊泽不会漠不关心，因为维伊泽也想找到埃尤布。

碧莱说：“我去酒店住吧……”

“那怎么行呢？我们不会让你住酒店的。”米塞急切地答道。

“可是，如果那样，我就会麻烦……”

“你说什么？怎么会麻烦我们呢？家里的房子那么大，而且我们已经给你准备好了房间。”

碧莱有些无所适从。米塞想，一个人去自己不认识的人家里，总会有些紧张。虽然碧莱去的是她丈夫的家，但此前，她并不认识这个家里的人，也没有跟他们说过话，所以感觉紧张是非常自然的。就算把所有这些都放在一边，任何一个人来到一个陌生的国度，都会感到不自在的，这一点也同样适用于可怜的碧莱，况且，碧莱还是因为丈夫的失踪才来到这个陌生的国度。

“你有埃尤布的新消息吗？”米塞轻声地问道。她本想在刚刚接到碧莱的时候就问这个问题，但又不想往碧莱心灵的伤口上撒盐。所以挨到现在才问。

“没有，”碧莱说，“我想您这边也没有新消息吧？”

“没有。我们这里也没有什么新消息。既没有人找我们提起埃尤布，也没有人问起过他。”米塞答道。

维伊泽清了清嗓子，像是要说什么重要的事情一样，插话道：“碧莱女士，现在我想说几句话，但请你不要误会。我们的心里其实有你的位置，但你找自己的老公可真找错了地方。这个家伙很多年没回伊斯坦布尔了？大概这方面你一点也不知道吧。就算他来了，我们也没见过他。这么多年了，他竟然一次都没回自己家乡，对自己家乡的人漠不关心，为什么现在要回来呢？你别见怪，你的老公真是不像话，他既然昨天能抛弃我们，那么今天也能抛弃你。如果我是你的话，绝不会为了这件事来折腾自己的。”

听了维伊泽的话，米塞害怕地出了一身冷汗。这个维伊泽，不说点节外生枝的话来他就不舒服。米塞心想，真主保佑！但愿碧莱不要生气啊。

“别再说了，维伊泽，”米塞像是在恳求他。

“这件事实际上跟我没关系，我只是在陈述事实而已。”维伊泽说。

“我真的不知道埃尤布去哪儿了。不过我相信，他并不是您所描述的那种人。我唯一知道的，就是他在伊斯坦布尔。为了找到他，我会用尽全力的。”碧莱说道。她的目光坚定，嘴唇紧咬着。

“你早就饿了吧？”为了打破僵局，米塞插话道，“维伊泽的妻子派丽汗早就在家把饭做好了,就等我们到家开饭呢!”

“我在飞机上吃了一点。”碧莱答道。

碧莱的声音像柠檬一样酸涩。米塞想,碧莱的回答也情有可原。谁让维伊泽说了不好听的话呢,他不说些不中听的话就难受!不过,维伊泽说这些话并不是冲着碧莱的,而是针对他的弟弟埃尤布。维伊泽这样做全是因为他一直记恨着弟弟。孩提时代,维伊泽总是忌妒埃尤布。埃尤布的脑子很聪明,学习成绩好,这让维伊泽望尘莫及。维伊泽整天游手好闲,读到高中就很吃力了。就算他可以用肚子里那仅有的几滴“墨水”办点正经事,但他还是喜欢整天在街上闲逛,总是无所事事。他们的家庭状况还算不错,要是没钱了,就把父亲留下的土地卖上一两块。他明明知道这是坐吃山空,但还是沉浸在玫瑰般美丽的生活幻想中。由于家境殷实,维伊泽也丝毫不担心未来的生活,他不急于担起家庭的责任。他先是去服兵役,退伍后又开了一个杂货店,不过成功之神始终没有青睐过他,杂货店的生意并不怎么好。可埃尤布的情况就完全不同了。从小他就喜欢读书。不论是课本,还是插图的小说,他总是捧着书在看。就是上学,也是他五岁的时候自己提出的要求。家里人看他这么喜欢读书,就索性答应了他。上学后,他虽然是班上年纪最小的学生,但成绩却总是名列前茅,成绩单上几乎全是满分。后来埃尤布考取了法国人在伊斯坦布尔开设的一所中学,之后就去那里上学了。米塞一直反对埃尤布去寄宿制的学校读书,因为埃尤布在小学寄宿期间有几次梦游的经历。但是不管她怎么反对,埃尤布都不会听她的。特别是母亲哈菲兹也支持儿子的想法。她认为,第一,是埃尤布自己坚持要去;第二,在中学里接触的人多了,儿子那孤僻的性格也许会有所改变。哈菲兹的丈夫去世的早,留下了她和三个孩子……也许身边少了一个孩子,她心里还会感觉清静呢!就这样,埃尤布离开家,去了法国人开设的中学。从此以后,埃尤布再也没有把自己的家当成个家来对待。不管周末还是寒暑假，他都不愿意回家，即使回来了也是往椅子上一坐，拉着脸一言不发。

在上学这个问题上，维伊泽当然也妒忌他的弟弟。埃尤布刚走的时候，维伊泽心里还一阵窃喜：这下可没有人跟我竞争了！不过随着时间的推移，他马上就发现，没人竞争也很没意思。不论是学习成绩，还是在街区里混社会的能耐，他都喜欢拿自己跟那些各方面都成功的好孩子相提并论。当然，还有长相问题。埃尤布长得像母亲，他有着一头天然的卷发，眼睛是碧绿色的，睫毛长长的，身躯像柳树一样修长，是个标致帅气的小伙子。而维伊泽呢，虽然比埃尤布大四岁，但站在埃尤布身边就好像矮了半截似的，仿佛怎么也不长个儿。维伊泽的脸跟米塞一样，长得不像妈妈，像爸爸。他的鼻子又高又大，就像一个破败的纪念碑一样矗立在脸的中央，稀疏的睫毛下面，是一双长得奇形怪状的眼睛……

总之，从孩提时代，维伊泽就对埃尤布一直看不顺眼。他所有的梦想和不能实现的东西，埃尤布都能实现，这给他的心理蒙上一层深深的阴影。特别是埃尤布高中毕业后，还要到国外去读书，这更让维伊泽妒忌万分、气得发疯。维伊泽那时还未开他的杂货店，只是刚有开店的想法。可是不管他怎么努力，总也赶不上埃尤布。跟弟弟的八面玲珑相比，他只不过是一只毫不起眼的丑小鸭罢了。他和埃尤布都在为自己的梦想而努力，但弟弟总能心想事成，诸事顺利。可每当埃尤布实现一个梦想的时候，他的心都离自己的家更远一些。他的最大愿望就是不跟家里人在一起，他要去更远的地方上大学，这个愿望最终实现了。此后，埃尤布再也没有回到过伊斯坦布尔。而维伊泽对于弟弟的妒忌和怨气，也愈演愈烈。“他去欧洲上大学，变成高贵的人了，就更看不上我们这些下等人了！”维伊泽经常在背后说这样的怪话。在他心里，妒忌变成生气，而生气又变成了愤怒。这种愤怒不仅没有随着时间的流逝有所减少，反而不断加剧。维伊泽凡事都争强好胜，但又找不到合适的对手和发泄的对象，只好跟自己怄气。其实，他这么多年来不是在跟埃尤布怄气，而是在跟自己过不去。也许正是由于这个原因，即便是想念埃尤布，他也害怕承认，可能是害怕被自己打败。他只是把自己的面子和尊严看得太重了，并非是无药可救的人。他认为，他终将取得自己发起的这场"战争"的最后胜利。尽管他本人已经被这场不见硝烟的战争折磨得筋疲力尽，体无完肤。这在别人看来该是多么可笑的事！这场他和埃尤布之间的战争没有赢家，早在一开始就已经两败俱伤。这场卑贱的斗争给他和埃尤布都带来了痛苦，而他自己对这一点却毫无察觉。米塞知道，维伊泽极少会把他对埃尤布的恨放在一边，但她坚信维伊泽是会想念弟弟的。

当汽车即将抵达米塞家的大门时，米塞看到了正在焦急等待他们回来的派丽汗。米塞心想，真主保佑。她可别像维伊泽那样对碧莱胡说八道啊。这个弟媳妇特别喜欢说怪话。她挖苦别人的每一句话都尖酸刻薄，不留情面。可说完后，她还表现得好像什么事也没有一样。对于派丽汗的这个特点，米塞早已习以为常。她总是对弟媳说出的那些不中听的话装聋作哑，对弟媳数落别人的做法视而不见，想方设法地敷衍过去。其实，派丽汗也不是个坏人，充其量就是一个不成熟、没文化的女人罢了。但不管怎么样，派丽汗都是弟弟的妻子。还有最重要的一点，是她唯一的侄子的母亲。因此，米塞从没有伤害过派丽汗。而且在派丽汗和维伊泽吵架时，她还常常站在弟媳这一边。

"寒舍到了。"维伊泽转身向碧莱说道，语气中似乎带着一种友好。他已经察觉刚才在路上说的话有些不妥当，现在又想讨好碧莱。从孩提时代开始，他就管不住自己的嘴巴，想什么就说什么，从不考虑后果。他经常说完话没多久就后悔了。尽管他没有向别人道歉的习惯，但会去做一些好事来弥补之前的过失。米塞觉得，弟弟的最大弱点就是口不对心。在她看来，维伊泽的良心发现总是来得比一般人要慢一些。如果说他完全没有良心，似乎也正确，因为他几乎从来都不关心是否伤害了别人。可他又并非真的没有良心，他只是不急着从内心的角度去判断，他的坏仅此而已。他就是这么一个人，甚至整日为了他所说出的怪话而惶惶不可终日，内心受尽折磨。可不管怎么后悔，到了下一次，他还是老样子，依旧我行我素，不管不顾。都四十岁的人了，平日里的言谈举止还像个孩子一样，坏脾气怎么也改不掉。

"多漂亮的花园呀，"碧莱打开汽车门说，"我小时候也是在这样一个美丽的院子里度过的，我非常爱那个小院。"

"我从出生以来，就一直生活在这里，"米塞轻声说道，"我甚至不知道生活在其他地方是什么滋味。"

米塞说完这句话就有些后悔了，因为这种表露心迹的话听起来就像是在抱怨。可事实上，别人对她所说的话，根本就不会想那么多，或许压根就没仔细听。维伊泽想从汽车后备厢里把碧莱的手提箱拿出来，但被碧莱拒绝了，她早就准备下车自己去拿手提箱。

"欢迎您！"院子里传来派丽汗那早已等急了的声音。她对即将到来的客人是如此好奇，以致客人还没走进院子，她就迫不及待地送上了问候。"谢谢。"米塞一边说，一边推开大门。她转身给碧莱介绍站在门口的弟媳："这是派丽汗，维伊泽的妻子。"

不知是因为见到陌生人紧张，还是因为旅途劳顿，碧莱比刚下飞机时显得更加疲惫。她有气无力地笑着，把手伸向正在仔细打量着自己的派丽汗。派丽汗把碧莱拉到身边，使劲地亲吻着她的脸颊，就像久别重逢的老朋友又见面一样说道："我亲爱的弟媳妇呀，我们这里关系亲近的人相见，可不仅是这样冷冰冰的握手。我们要拥抱，要脸贴脸，这是规矩。"派丽汗高兴地对碧莱说。刚才她在上下打量碧莱时还显得有些见外，而现在又变得十分亲近和友善。这时,维伊泽询问派丽汗是否准备好了餐饭,接着所有人就都进屋去了。

派丽汗是个特别勤快的女人。她做的饭菜味道鲜美,厨艺水平甚至超过了米塞的母亲。在维伊泽结婚之前,做饭这件事以及其他所有的家务都由米塞打理。米塞做饭的水平很一般,跟派丽汗比简直是有天壤之别。因此,家里有了一个不成文的规矩,那就是由米塞承担除了做饭以外的几乎所有家务,而做饭这件事则交给派丽汗负责。米塞在厨艺方面无论如何也比不过派丽汗,因此她也从不试图打破这样的家务划分。尽管做饭的时候得不到家里任何人的帮忙,派丽汗却一点也不抱怨。因为这是她最得心应手的领域,她也总能醉心其中。她不希望别人在她做饭的时候干扰她,她喜欢听别人夸赞她的好厨艺。米塞也知道派丽汗的这个爱好,因此每当吃饭的时候,她都会主动夸赞一番。每到这时,派丽汗的心里就像乐开了花儿一样。不过,维伊泽却几乎从不夸赞自己的妻子,他认为赞美自己的老婆是一种羞耻,就连"辛苦了"这样的话他都很少说。

早上起床后,派丽汗把做好的铅笔般粗细的蔬菜卷一个一个整齐地码在盘子中。这些蔬菜卷就像是一块块的荣誉勋章,在它们旁边还放着一些玫瑰饼,这些玫瑰饼都是派丽汗用自己灵巧的双手亲自制作而成。除了蔬菜卷和玫瑰饼,餐桌上还摆放着橄榄油拌豆角,小扁豆丸子以及各种各样的烧烤美食。按照当地人的习惯,这些美食一定要配上西红柿酱一起吃才更美味。

看到这些,米塞心里有说不出的高兴,就好像是家里来了贵客一样。米塞平时难得高兴,她总是喜欢把生活中所有的不幸都归结为自己的错误,对谁都是卑躬屈膝、逆来顺受,久而久之变得身心俱疲。

"饭菜都准备好了,我们就坐吧!"米塞羞怯地对家里人说。她平时很少向别人发号施令,她充满期待地看着每个人,就像一个回答不出老师的问题而焦急等待其他人帮助的学生一样。碧莱像米塞一样,也有些紧张和慌乱,她不知道坐在哪里合适,只好先站在桌子旁边。

“咱们先吃饭吧,然后让碧莱好好休息一下。碧莱,如果你愿意,也可以先去洗漱间洗一洗,完了我们再吃饭。”米塞害羞地说。

“好的。”碧莱像个顺从的孩子一般答道。她顺着米塞手指的方向,穿过走廊向洗漱间走去。旅途中风尘仆仆,她确实应该先洗一下。“我们说的每一句土耳其语,她真的都能听懂哎!”派丽汗发出轻声的尖叫,“那她是不是也能流利地说出土耳其语呢?”

米塞听到了派丽汗的尖叫。不过叫声随后戛然而止。米塞猜出,一定是维伊泽用威吓的表情让妻子一下子沉默下来。不过,尽管派丽汗并非是一个毫无瑕疵的人,但这也不应该成为维伊泽对她动粗的借口。她今年才三十岁,非常年轻的时候就嫁给了维伊泽,随后又给他生了个孩子。就算她总爱斤斤计较,愚昧无知,毫不成熟,但她却是米塞在这个家的知心朋友。派丽汗刚嫁给维伊泽时年纪还很小,而现在她已经长成一个大人了,她是伴随着这个家长大的。

有些人尽管了解派丽汗的性格,但还是认为维伊泽对她动粗是她自找的,因为她总爱无事生非,惹自己的丈夫生气。米塞则完全不同意这样的观点,她认为一个人欺负比自己弱小的人,既不值得尊敬,也有失公平。给别人造成伤害,是所有罪过中最令人痛恨的。米塞相信,派丽汗也不是那种有过多奢求的人,只要维伊泽能给予她些许的关心,送上一两句动听的好话,就可以使她心满意足。但是相反,维伊泽对妻子一点关爱之情也没有,甚至还常常施以拳打脚踢。这些都让唯唯诺诺听之任之的米塞不能忍受。她好几次都试图去保护派丽汗,可是喝醉了酒的维伊泽竟然连她也一起打骂。这么多年来,米塞一直在恳求维伊泽停止家暴,但弟弟就是不听。他总是把自己喝得酩酊大醉，在对妻子施暴时，对别人的求情也毫不理睬。在那些酩酊大醉的夜晚，他因为一点小事就会变得暴跳如雷，然后再拿妻子撒气。他要是生起气来就像一匹脱缰的野马，谁也管不住。每当这时，米塞都会竭尽全力地把侄子布伦特抱到自己身边，以免让维伊泽误伤到他。真主保佑！维伊泽至今还没有碰过布伦特。米塞一想到他会伤害布伦特，这种可怕的假设就让她毛骨悚然。

在米塞的孩提时代，爸爸也打妈妈。当爸爸打得不过瘾时，就开始试图打孩子。每当爸爸想打埃尤布，只要他刚把皮带举到空中晃动，米塞就跑过去用身体护住埃尤布。她的身体变成了让弟弟免受皮肉之苦的"盾牌"。维伊泽对此常常怀恨在心。因为，每当爸爸打他时，他也想寻求姐姐的保护，可姐姐米塞总是装作看不见。姐姐只保护他那个幸运的弟弟，而对他却置之不理，这让他很生气，也让他对弟弟心生妒忌。但是，米塞又能做什么呢？她的身体像纸片一样弱小，因此在两个弟弟之间，她只能选择保护更小的埃尤布，谁让维伊泽是哥哥呢？自己好歹是个姐姐，可埃尤布还只是一个不谙世事的孩子啊！由于少受了很多父亲的拳脚之苦，所以，埃尤布很可能不会对妻子施暴。至少从这个西班牙女人的言谈举止中，看不出她在家总是遭受家暴。但是，维伊泽不同，由于在孩提时代总是挨父亲打骂，因此他现在也经常打自己的妻子，并且不觉得这是件丢脸的事。派丽汗则像个孩子一样，越挨打越耍赖，都快变成神经质了。她一方面非常害怕维伊泽，另一方面却又不断地惹自己的丈夫生气。

"布伦特去哪了？"屋子里先是传来维伊泽的声音，紧接着是派丽汗叫喊儿子吃饭的大喊声。最让维伊泽生气的就是妻子的大嗓门，而派丽汗好像总是故意激怒丈夫似的，怎么也改不掉这个习惯。每次维伊泽随便找个理由要打派丽汗时，米塞总是劝他别动手，别总把火气发泄在妻子身上。可维伊泽的回答却是:“姐姐呀,算了吧你,她这种人不挨打才会难受呢。”

当派丽汗喊儿子吃饭的刺耳声音在屋子里回荡的时候,布伦特就像一个弹起来的皮球似的,飞野似地从楼梯上跑下来。米塞刚刚给碧莱指了洗漱间的位置,她在楼梯口截住自己的侄子,疼爱地用手指捏了捏他的小脸蛋。布伦特则嘻嘻一笑,挣脱了姑姑的手向里屋跑去。米塞望着他的背影想道:幸亏我的生活中有了这个孩子。谁也不知道她这是第几次这样自言自语了,她生活下去的一个重要原因就是布伦特。布伦特几乎是她生活中唯一的幸福源泉。因为埋藏在心中的深深伤痛,她没能拥有一个属于自己的孩子,可不管怎么说她又是幸运的,她把埃尤布和布伦特当成了自己的孩子,抚养他们长大。对此,米塞一直感谢真主。每当她抚摸布伦特的时候,她的手总是有些颤抖。“你这么喜欢孩子,为什么年轻的时候没有结婚呢?”派丽汗对她说。“其实结婚这事哪有什么年龄限制呀,即便是现在,你也能找到一个中意你的花花公子!”派丽汗又跟她开起了玩笑。派丽汗就喜欢在米塞单身未嫁这个问题上开玩笑。要是家里来了客人或是遇到邻居,她也总是要打开这个话匣子,一直说到米塞脸红到脖子根才肯罢休。她知道,米塞善良老实,不会跟她计较的,因此她从不避讳对米塞开这样的玩笑。而这样说的确是伤了米塞的心。每当派丽汗谈起她至今单身的时候,她都感觉像赤身裸体地站在别人面前一样无地自容,至今单身这件事的确是她心中永远的痛。她不喜欢别人取笑她。她认为派丽汗之所以经常开她的玩笑,就是为了让她早日离开这个家。一想到这里米塞就非常伤心。说实话,她本身对这个吞噬了她童年和青年时光、甚至是整整一生的家也没有多少好感,她很想挣脱这个枷锁一样的家,却怎么也跑不出去。在这个家里,她就像是一个挂在枝头的苹果一样,由青转红,由红转黄,然后慢慢腐烂掉。要是真主能让时光倒流,要是她能换一种活法,生活将会是怎样呢?对米塞来说,生活就像是一件被迫穿上的、她并不喜欢的衣服一样，生活对她来说就是一种惩罚。如今，她半辈子的时光即将逝去，一个个回忆清晰地印在脑海中，随后这些记忆又将一个一个地被遗忘。生活是个多么奇怪的东西，越是那些不想记住的事情，越是偏偏清晰地被烙印在了记忆的长河中。米塞今年已经46岁了，可她看起来比实际年龄老许多。在这个虚幻的世界上，除了两个弟弟、侄子布伦特和弟媳妇派丽汗以外，她别无亲人。她对生活没有丝毫的奢求，只是珍惜现在所拥有的一切。

她跟着侄子来到客厅，和家里的其他人一起等着碧莱回来吃饭。米塞相信，这个女人会把她的弟弟埃尤布带到她的身边。

*

好多天以来，我完全按照卡杰医生的嘱咐，在床榻上等待着梦境的降临。也许它们确确实实来找过我，可每当早晨醒来，我又都把它们忘得一干二净。夜晚，梦不知不觉地向我走来，把我的心折磨一番后，又悄无声息地离去。我只知道曾经做过梦，但梦的内容却一点儿也想不起来。有时候我的喉咙发堵；有时候我的脾胃痛疼；有时候我的胳膊发酸，感觉像被压了千斤重担一般……为了减轻痛苦，我按时睡觉，减少饭量，不过这些都无济于事。这些梦害得我都这个年纪了还要不时去看医生，寻求精神方面的帮助。不过，它们至今还固执的不愿露出真面目。暂且让我把去看医生叫做精神分析。可事实上，卡杰医生将针对我采取何种分析方法我却一无所知。必须承认，我缺乏预判能力。人们只要一提到梦境、幻象、过去、忧虑等这些东西，我就会想起弗洛伊德。我害怕卡杰医生有一天会来到我的面前，对我说："亲爱的埃尤布先生，你在孩提时代曾在动物园里看到了一只大象，并因此受到了震慑和刺激。原因是你将自己的生殖器与大象进行了比较，然后在潜意识里认为自己的器官非常微小，并因此产生了极大的挫败感。也许正是这个原因，造成了你日后的睡眠问题。"或者,他会对我说:"你在2岁的时候开始爱上你的母亲。但这也没什么需要担心的,你的这种状态就是人们常说的恋母情结。"有哪个人喜欢听别人这么说自己已经逝去的母亲呢?真该把说这种话的人扔到大街上去狠狠地揍一顿,就算是医生也不例外。我承认对恋母情结的理论一无所知,不过根据我所掌握的那点有限的知识,弗洛伊德喜欢在每件事情上都找出其背后存在的问题。他在寻找人类痛苦的根源时,眼睛只盯着几个有限的领域。这个可怜的男人!在他错综复杂的精神世界里,存在一个很大的特点,那就是能把所有的事情最后都归结到"性"方面来,就连牙疼,他也能与两腿之间那点事联系起来。"性"把他本来正常的思维都破坏掉了。在他看来,那些每晚都幻想着女人丰满的臀部,并一直意淫而导致生理反应异常旺盛的男人,都是一些再正常不过的人!可也难怪,弗洛伊德直到30岁才第一次和其他女性单独相处,这种事简直可以算得上是城市传奇故事了。由于他多年来一直对"性"怀有强烈的好奇,因此,他把什么事都往那方面联想也就不足为奇了。也正是这个原因,我对他分析问题的方式,甚至是分析问题的目的都产生了怀疑。我害怕在耗费了大量的时间和金钱之后,在卡杰医生那里听到的是有关我品行不端的结论。

我想说的是,我对卡杰医生对我使用何种治疗方法一头雾水,而我根据道听途说的信息所做的判断又使我内心痛苦万分。尽管如此,我仍努力在心里劝慰自己,我来看医生的主要原因就是睡眠不好、总做噩梦。我不应该把自己和那些注意力不集中的病人相提并论。可能卡杰医生也会对那些注意力不集中的病人说:"我的先生,我们首先要分析一下您做过的梦,剩下的事就简单了。"我想,如果我头痛,医生当然不会首先去看胃。我是因为做噩梦而头疼的,医生当然也会首先在我做过的梦方面做文章。但我的头脑就像一个垃圾筒一样,塞满了乱七八糟的东西。我的思绪漫无目的,四处游荡,一直找不到方向。

我对于如何使用梦境记录本根本无从下手。就像孩提时代刚得到一个新玩具,不知如何去玩一样。我急于马上记录一些梦境内容,但是又无法回忆起刚刚做过的梦,只好试着去记录一些之前做过的梦。因为我曾在很多个夜晚做过相同的梦,但都是支离破碎的。关于这一点,我在第一次见到卡杰医生时就告诉了他。在做这个梦时,我会因为心里一阵强烈的不舒服感觉而惊醒。可醒来后不管我怎么强迫自己,努力地回忆这个梦,都不可能完整地还原它。这个梦就像一个让人绞尽脑汁而不得其解的填字游戏一样。每当我破解不出报纸上的填字游戏时,我总会气得给游戏中央的女人照片画胡子。我亲爱的卡杰医生,我求您了！在阅读我的梦境记录时,千万不要过多的关注我给女人的照片画胡子这件事。就连大师弗洛伊德也承认,一个烟斗在某些情况下只是一个烟斗。那么给填字游戏中央的女人照片画胡子,有时也仅仅只是画胡子那么简单,难道不是这样吗？我之所以做梦境记录,不是让卡杰医生从字面上分析我做过的梦的外表,而是让他对梦境的内涵进行深入分析。因此,如果卡杰医生看不懂我迄今为止所做的梦境记录也很正常,因为他根本就不可能看懂,这些记录都是以卡杰医生不认识的一种语言写成的。

昨天,当我一打开梦境记录本,我就不自觉地开始用土耳其语写起来。当我意识到是在用土耳其语记录时,我没有就此停下来,我非常高兴能用母语和卡杰医生交流,其实准确地说是,我是在用母语和自己交流,这可以给我自己带来很大快乐。我不想把这个记录本交给卡杰医生,这样我就可以完全根据自己的意愿随意记录了,这让我感觉自由自在。

说实话,我并不是一个喜欢乱说话的人。熟悉我的人都知道,即便有时我说了一些看似轻率而不着边际的话,也并非是一时失言,一定是我故意那么说的。一般情况下,我不会脑子里想到什么,就不假思索地把这些话说出口。梦境记录本并非只是我获取乐趣的工具,而是我按照医生嘱咐行事的见证。因此,最终我还是会把记录本给卡杰医生的。问题是,尽管我是一个有心理疾病的人,我应该做到对医生毫无隐瞒,但是以何种方式向医生讲述却应该由病人自己来决定,这一点不足为怪。我是不会向医生隐瞒可以回忆起来的梦境。为了让医生能够看懂,除了土耳其语以外,我还将使用西班牙加泰罗尼亚语来记录梦境,也就是说,我不会把记录本中所有的东西都拿来与卡杰医生分享,我只会告诉医生他想了解的那部分。尽管我们之间是病人和医生的关系,但这种关系应该建立在相互尊重隐私的基础上,我认为这才是最正确的做法。现在,让我说说那个可以与卡杰医生分享的,用加泰罗尼亚语写成的那个支离破碎的梦吧:

这个梦记录的是我过去的生活。在梦中,我在伊斯坦布尔的家中。那时我还没有上学,和姐姐待在一起。我姐姐坐在床上,正在梳头发。她一边梳一边哭。在梦中,我可以看到她正在颤抖的瘦小肩膀。她哭泣着,从她肩膀上不断地向下坠落着一个一个的重物。这些重物是意大利著名漫画《英雄扎格尔》在书中的圆球形对话框。在对话框里的字体一个一个地坠落。随后,这些字又变成了一个个的巨型跳蚤。我知道这些小生物以人血为生,极易传播繁殖。我害怕自己也被传染上这种小生物。这些小东西不断地从我姐姐的头发上掉落下来,我的恐惧也随之减少。风从敞开着的窗户吹进来,窗帘就像孕妇挺着的大肚子一样向前拢起。我不知道,我不知道我是否在屋里,或者我是否在观察姐姐。不过,姐姐此时把脸转向了我,但她一定不知道我正在看着她。如果知道,她是不会让我看到她哭肿的眼睛的,她的脸呈淡紫色,她的脸上可从来没有呈现过这种颜色。我的姐姐一个人独自坐在紫罗兰花前,和这些花儿窃窃私语,她的脸就变成了淡紫色。我不知道梦里的时间。

也许是半夜，也许是凌晨。花园里绿树的枝条垂落到窗户上。她坐着，双肩颤抖着梳着头发。此时的我由于害怕再看见跳蚤，就闭上了双眼。

此时此刻，我的梦仍没有做完。准确地说，在有些早晨，我的内心满是沮丧。这种沮丧感的出现，虽然不能使我回忆起梦的样子，但却能让我确认自己做过梦。按照卡杰医生的建议，我实施了所有可以帮助我回忆起梦境的方法。就像他所说的那样，当我醒来时，就待在床上一动不动，仍像睡着了一样。我想在梦境逃离前，和它们牢牢地黏在一起。可是，我无法欺骗自己的大脑。我丝毫回忆不起来出现了姐姐的这个梦。我回忆不出那个梦境，但对心底里涌出的沮丧感却并不陌生。当卡杰医生要求我讲述这种沮丧感的时候，我束手无策。这种沮丧感无法用语言形容和描述。这种感觉不是愤怒，不是挫败，也不是忧伤。我试着把这种感觉画下来，纸上出现的是一大堆细小的玻璃碎块，准确地说，就是一个被摔得粉碎的玻璃杯。说来也有趣，每一片碎块又都变成了一个一个的小玻璃杯，但是，原来的那个完整的玻璃杯再也不会复原了。是的，当我在梦中见到一边哭泣、一边梳头的姐姐时，我的内心就会涌现出沮丧感，自己的心就像一个被摔得粉碎的玻璃杯，碎片散落一地，满地狼籍。伴随着沮丧，还有一种永远也回不到过去的痛苦。事实上，我根本就不知道什么是过去。以至于当卡杰医生问“这种过去有多久远”的问题时，我总是无言以对。

这种沮丧感让我郁郁寡欢，就像是刚被别人狠狠揍过一顿。因此，我无法猜测这个梦所讲述的现实事件到底发生在什么时间。卡杰医生还问我绘本小说和跳蚤之间的关系。是的，小时候我特别喜欢看绘本小说，身上也曾长过几次虱子。我记不清梦的真实场景。卡杰医生问我，姐姐紫色的脸和紫罗兰有什么关系。我告诉他姐姐非常喜欢紫罗兰，甚至是在给紫罗兰浇水时，还会轻声地和花儿说话。我知道他这么问的目的其实是想更多了解姐姐。但他也知道我已经很久没和姐姐见过面了。他问我为什么不愿意回伊斯坦布尔,还问我和家乡亲人之间的关系怎样。我轻描淡写地回答说自己其实是在远离家庭的状态下长大的,由于早年就到国外求学并定居,之后就再也没有找到机会回家。我知道自己说的这些话并不能令卡杰医生信服,换作任何人也不会相信我所说的。长这么大,我还真没有遇到过谁会相信我所做的解释。我当然知道,不会有人相信有谁会拒绝接受自己的家庭成员。世人能够理解一个人离开他的妻子,也可以理解一个人抛弃他最喜欢的同事和朋友,却不能理解一个人仅仅是因为无法与他的亲生母亲和姐姐交流而离开她们。所有的人都会认为,做出离家决定的这个人肯定有着严重的心理疾病,或是受过巨大的心理创伤,长期压抑或是有什么值得解析的其他重要情况。如果一个孩子是家里的独生子,那么失去父母他就会变成孤儿,除了伤心欲绝外,不会有其他情况,也不需要对他进行深入的心理分析。但是,仅仅是因为没有归属感,就决定不再与父母和兄弟姐妹来往的人,在世人眼里就是个异类。而我并不觉得这样的人是异类。当卡杰医生听我说找不到与家人关系冷淡的原因时,他并未表现出惊讶,只是询问了我背后的原因。他一边听我的解释,一边做着记录。我把目光投向他,想象着他正在记录着与梦境无关的乱七八糟的东西。他认为我的解释并不充分。他认为,远离家人的举动可能会给我的心灵带来创伤。简而言之,我猜他肯定不相信哪个人可以脱离家庭的社会关系,更不会相信这种脱离是一种正常举动。不过,从卡杰医生并没有对我的讲述做出过激反应来看,他确实是一个有着良好职业素养的专业人士。他并没有对我说"你看,你多年未见面的姐姐竟然出现在了你的梦中,这就是说,你非常需要家庭的关爱",而是说"我们将继续帮助你回忆梦境。等你回忆起更多有关你姐姐的事情时,我们就有可能针对这个梦给你带来的心理影响进行分析了。"卡杰医生的话让我持续紧张的心稍微好受了一些。可后来，当我把发生在小时候的故事讲给他听后，他却有些牵强地认为我回忆不起梦境的原因可能是我有恋母情结。难道他是仅凭一些想象出来的可能性就获取了心理医生的执业资格吗？可怜的卡杰医生，大概他所有的判断，一点科学依据都没有，而只是建立在纳赛尔丁·霍加[①]笑话中出现的"一切皆有可能"的理论之上吧！如果真的是这样，我反倒没必要跟他生气了！

---

① 土耳其中世纪民间传说中的著名人物，有关他的一系列笑话流传至今。

3. 维　伊　泽

来我这，找到我，带我走，
在你愿意的地方，把我的回忆催眠，
而这，就是我要的结果。

——比尔汗·凯斯金
《蜗牛》

桌上有维伊泽最爱的烤蔬菜，可他一口也没吃。美味的烤茄子，诱人的烤南瓜，还有香喷喷的烤土豆，都静静地躺在盘中却无人问津。整整一天，维伊泽什么都没吃。但他空空如也的胃却没有"暴动"，心里也没有任何不适。米塞想给他的盘子里加点煮豆角，但被他拒绝了。他拒绝的原因是不想听到派丽汗那令人厌烦的唠叨和抱怨。因为，派丽汗并不在意别人是否爱吃她做的菜，她真正在意的是，家里人是否把盘子里的食物全部吃光。吃不吃饭，是判断一个人是否饥饿的标准。而如果只吃了几口就把盘子推到一边，这种举动则表明吃饭的人并不喜欢这道菜。如果和她在这个问题上争辩，就意味着你得听她滔滔不绝地唠叨好几个小时。维伊泽拒绝加菜，就不用因为吃不完而遭受派丽汗的责难了。维伊泽烦恼极了，一群蚊子在餐桌周围嘤嘤地乱飞，叮得他满脸是包。他们家天天喷药，比街上其他的住户喷洒得勤多了，为了消灭蚊子，他们用尽了各种办法，可收效甚微。维伊泽真不知道这些该死的蚊子到底是怎样钻进屋子里来的。

维伊泽的脸都被蚊子叮肿了。他真想倒在床上美美地睡上一觉。可是去哪儿睡呢？这个家就像个疯人院一般，不管白天还是黑夜，他都睡不踏实。儿子那永无休止的喧闹声；妻子一刻不停的唠叨声；还有面对这一切都沉默不语、仿佛夜晚深山般寂静的姐姐……而现在，家里又来了一个客人。当然，还有眼前时常出现的弟弟埃尤布的形象，仿佛弟弟也要来凑热闹一样。

维伊泽无论何时想到埃尤布，眼前总能浮现出这样一幅画面：埃尤布站在加拉塔萨雷私立高中[①]大门口。因为发现了哥哥，这个 14 岁的少年眼神中流露出惊慌的神色。那是 1976 年，维伊泽还没去当兵。他辍学在家到处闲逛，整天无所事事，也不知道去学一门安身立命的手艺。自从 9 年前父亲去世后，他在这个世界上就再也没有畏惧的人了。那时候，不管身边的人是好言相劝，还是出言指责，他都无动于衷、充耳不闻，整日只是游手好闲。维伊泽的爸爸死后，妈妈便成了寡妇。年老体迈的她有时会唠叨儿子几句，劝他赶紧找个活计。但每次看到维伊泽那满不在乎的样子，她又会说反正自己就要进棺材了，到时候自然会眼不见心不烦。她已经没有力气再责备儿子了。可谁让他是这个家的长子呢？从他小时候可以抓住面包的时候起，他就成了这个家的主人，是全家的支柱。

像维伊泽一样辍学在家的同学们，大多数都会无论好坏地找个活计去做，从此结束游手好闲的日子，开始正式走入社会。对于学个可以糊口的手

---

① 土耳其一所有着百年历史的私立高中，土耳其多位著名人士均毕业于此。该学校和土耳其加拉塔萨雷足球队，隶属于同一商业基金会。

艺，维伊泽一点也不着急，旁人催得紧了，他就以马上要去当兵作为挡箭牌。他的人生信条就是：面包总会有的，一切自有安排。他终日陶醉在游手好闲的日子里。

那天，维伊泽找到和他一样闲赋在家的铁哥们赛利姆，在繁华的贝伊奥卢[①]闲逛，消磨时间，等着看晚上的足球比赛。时值五月末，天空蔚蓝、阳光和煦，微风轻轻吹过，仿佛在抚摸整座城市。维伊泽支持的金宝队[②]将要在主场与特拉布宗队争夺本届土耳其超级联赛冠军。就在两周前，金宝队刚刚在客场以 0∶1 输掉了比赛。输球的那天，维伊泽沉浸在万分痛苦中。在裁判吹响终场哨声之前，他心急如焚，不知所措，坐在电视机前一会儿坐下，一会儿又站起来，就像热锅上的蚂蚁。金宝队就是他的整个生命，他这辈子从没有这么在乎过一样东西，除了他心爱的足球。

维伊泽和赛利姆从巴勒克帕扎勒鱼市出来，继续向前逛。两人一边走，一边猜测着今晚的比赛结果，同时还不忘盯着从他们面前走过的每一个年轻姑娘，他们按照满分 10 分的标准给这些姑娘们打分。不久，他们来到加拉塔萨雷广场。"你弟弟是不是在那群学生里呀?"赛利姆指着站在不远处的学校大门口的一群学生问。维伊泽顺着赛利姆手指的方向望去，七八个男女学生映入他的眼帘。站在他们对面的一个女生正在和自己面前的一个男生聊天。女生不时地发出爽朗的笑声，男生则表情愉快地聆听着。维伊泽发现，那个男生正是在家一言不发、孤僻成性的埃尤布。埃尤布穿着一身颜色醒目的校服，外面套着一件蓝色的雨衣。他一只手插在兜里，一副自信满满的样子。随后，维伊泽开始打量跟埃尤布聊天的那个女生。她不时地爆发出开心大

① 伊斯坦布尔欧洲部分的一个区，是伊斯坦布尔最活跃的艺术和娱乐中心。

② 土耳其球迷对该国著名足球豪门加拉塔萨雷队的爱称，该队曾多次获得土耳其足球超级联赛冠军，其主场设在伊斯坦布尔市的阿里·萨米彦足球场。

笑，金色的头发随风飘动。她一边聊天，一边用手紧紧抓住被风吹起的裙角。她穿着圣贝努瓦私立中学[①]的校服。就在几个小时前，维伊泽和赛利姆正好在卡拉克伊区闲逛，对位于那里的圣贝努瓦私立中学里的女生们品头论足。这个女生一定也和她的其他校友们一样，自命清高、孤芳自赏。在这种“贵族式”私立学校中上学的孩子，平常走路都是趾高气扬的，从不把别人放在眼里。而对于比自己出身低贱的人，她们从来都连眼皮都不抬一下。她们的胸脯似乎也是一种高傲的标志，像一座座小山似的坚挺着。维伊泽对这些姑娘们不感兴趣，要不是赛利姆执意拉着他去学校门口“看风景”，他才不会去呢！他跟这些目中无人的学生妹能发生什么故事呢？

那群学生放声说笑着，似乎一直沉浸在欢乐的海洋中。埃尤布没有发现哥哥在注视着他，仍在纵情说笑。而就在此时，维伊泽迈步走向了埃尤布。当两人四目相对时，一下子发现了哥哥的埃尤布仿佛置身于停尸房中，面部表情骤然僵硬。刚才还爽朗大笑、无比愉悦的他，现在却变得紧张、畏缩，就像一只蜷缩在房间角落里的甲虫，唯恐被人发现。他整个人就定格在那里，仿佛是一个被对手打蒙了的拳击手一样。他瞪大眼睛看着哥哥，满脸不知所措的神情，仿佛是在哀求哥哥“不管怎样，你别过来，赶紧走开”。维伊泽知道弟弟是害怕向其他同学介绍他这个哥哥。他感到，那种害怕不是羞于让同学认识自己的长辈，而是另有深意。维伊泽的年纪并不算大，他只比埃尤布大四岁，这种害怕不成立。维伊泽想，埃尤布只是看不起他，对自己有这样一个哥哥感到羞耻，他认为把这样的哥哥介绍给自己的同学很丢脸。维伊泽心里清楚，埃尤布不仅不喜欢他，甚至家里所有的人他都不喜欢。埃尤布逐渐疏

---

① 该校是土耳其历史最悠久的私立中学之一，用法语授课，是奥斯曼帝国西方化教育改革的标志性学校之一。

远了家里的人，他从不把自己当成是家里的一分子。埃尤布去的是贵族学校，那里教的是外语，和有钱人家的孩子做朋友，所以他会为有这么一个游手好闲的哥哥而感到耻辱。可维伊泽兜里根本就不缺钱，与弟弟那些有钱的纨绔子弟同学们相比，他反而比他们还高尚很多。但即便是这样，维伊泽也知道，由于自己在某些方面的缺陷，他永远也不可能融入他们的圈子。但他怎么也想不明白自己的缺陷到底是什么。是学历低？是穿着土气？还是谈吐低俗？到底是什么原因让埃尤布和同学们都瞧不起他呢？反正维伊泽亲眼看到的是，弟弟不想让他站在自己的身旁。这一点就连紧盯着学生妹发呆的赛利姆也心知肚明。或者，对于维伊泽来说，这也不是什么表象，而是事情的真相。此时的维伊泽和赛利姆都没说话，沉默的氛围在他们之间蔓延，两个人似乎都若有所思。维伊泽没有回答赛利姆刚才的问题："对，这就是我弟弟。"赛利姆也没有再提及这个问题。两人肩并肩站着，默默地注视着对面那群有说有笑的学生。维伊泽飞快地看了埃尤布一眼，快得只够表达出他对弟弟的不满和愤慨，而深藏在心底的关爱却来不及表现。埃尤布的脸上则充满了恐惧和耻辱。维伊泽不想把埃尤布吓坏，破坏弟弟的好心情，因此他强压怒火，装着不认识弟弟的样子，快步从弟弟面前走开了。维伊泽在心里狠狠地骂了一句，随后就把圣贝努瓦私立学校女生爽朗的笑声一股脑地抛在了身后，朝着土奈尔老地铁[①]的方向走去。

感谢真主，金宝队在当天晚上赢得了比赛！要不是心爱的球队获得了胜利，维伊泽心里的怒气恐怕是很难消散了。如果这种怒气再与对弟弟的不满纠缠在一起，那他一定会被气炸的。他不会忘记弟弟埃尤布那种让人不齿的

---

① 土奈尔老地铁是世界上最古老的地铁线路之一，于 1875 年 1 月 17 日投入使用，总长 573 米，全程仅有卡拉克伊与贝伊奥卢两个站点，是伊斯坦布尔重要的观光景点之一。

拒人于千里之外的表现，要是让自己逮住机会，他一定会毫不手软的进行报复。尽管多年以后，维伊泽对这件事的记忆已变得斑驳淡漠，但他仍然耿耿于怀……可就算永远记着这件事又能怎样呢？家里人都像爱护自己的眼睛一样奋不顾身地保护着这个爱流鼻涕的臭小子，让他这个当哥哥的又怎么能下得去手呢？最后，维伊泽把对弟弟的怒气，深深地埋在了心底。金宝队夺冠的那天晚上，他不仅要庆祝心爱的球队以微弱优势险胜对手，同时还对该队第六次夺得联赛的冠军而兴奋不已。他努力地让自己不再生弟弟的气，只去想夺冠生死关头的那些精彩镜头……

在客场以 0∶1 惜败特拉布宗队后，加拉塔萨雷队此次在主场迎接对手的挑战。看台上人山人海，拥挤不堪，就算此刻掉下一根针也不会落到地面上。赛场上弥漫着令人窒息的激动和兴奋。维伊泽一直在呐喊，喊得嗓子都哑了。每到比赛的关键时刻，他都会用双手遮住眼睛，仅仅用耳朵来倾听周围人们的反应，好像如果亲眼看到了对手进球，自己的眼睛就会瞎掉一样。在那场比赛的下半场，金宝队凭借布兰特的一个进球，1 比 0 领先打破了比赛的僵局，这让维伊泽一直悬着的心总算有了片刻放松。但现在，他还不敢彻底地松懈，因为想要赢得联赛冠军，金宝队必须再进一球。可全场 90 分钟结束时，他们仍未再进球，比赛被拖进加时。由于突然发生停电，比赛被迫中止。他那颗悬着的心始终在紧张地怦怦跳动，面容憔悴不堪。这场输赢未卜的比赛一直进展得非常缓慢。维伊泽屏住呼吸，由于害怕对手进球，他的脸一阵红，一阵黄，手脚也不知所措。球场内竟然断断续续地停了三次电，他对自己说："我发誓，如果我的金宝队输了，我就不活了。真主啊，我们不胜则死！"可不管他在比赛过程中如何的视死如归，如何声嘶力竭地拼命喊叫，都无济于事，比赛始终不能结束。仿佛他们越是想早点结束，比赛就越要不断延迟一样。双方在加时赛中均未进球，只好进入点球大战。此时此刻，维伊泽的心都跳到嗓子眼儿了，主客队互射点球他一眼也没敢看。最终，金宝队赢得了比赛。可由于屡次停电，这场惊心动魄的比赛竟然踢了 3 小时 20 分。以至于比赛之后的好多天里，维伊泽一直感觉像万箭穿心般的难受。他决定，今后再也不去现场看球赛了。“真主啊，要是到了现场，我的心脏可受不了。”维伊泽从此选择待在家里、坐在电视机前看比赛。多年后的某一天，他带着儿子前往金宝队主场阿里·萨米彦球场看球，想重拾年少时的激情岁月。这是他第一次和儿子单独相处，他充满期待，本想留下一个难忘的回忆。可儿子的手指不小心被汽车门挤了，让这次兴奋的看球之旅，变成了痛苦的噩梦。

维伊泽与埃尤布在学校门口偶遇的那个周末，埃尤布以准备考试为由没有回家。维伊泽想：他可千万别回来！当然，就算是弟弟回来了，他也不会找他算账的。可维伊泽又能对弟弟说什么呢？难道说，“我说了什么话让你这么看不起我”或是“我身上有什么缺点，让你们这群人对我这么反感”之后的又一个周末，埃尤布再次回到家。当维伊泽看到妈妈和姐姐见到埃尤布后，脸上露出的那种欣喜若狂的表情，他决定在教训弟弟这个问题上暂时罢休。他在远处打量着埃尤布。弟弟的脸上满是不屑和厌烦的表情，难道他是为出生在这样的家庭而感到羞耻吗？还是厌恶他这个缺乏沟通而心生罅隙的哥哥呢？维伊泽一时间找不到问题的答案……他不是那种为了让某个公子哥儿接受自己、喜欢自己而卑躬屈膝的人。这个公子哥儿把他这个当哥哥的引荐给同学们又能怎么样呢？他对弟弟的愤怒进而变成一种失望。他对自己说，“这是他自找的。不愿意搭理我的人，我还不屑搭理他呢！”

自从维伊泽在学校门口遇冷的事件发生后，埃尤布和家里人越发的疏远了。他和维伊泽互不搭理，见面之后连句话都没有。不久以后，维伊泽就去当兵了，而在他服完兵役以后，埃尤布以出国深造为由去了法国，一去就再也没有回来。虽然眼不见心不烦，但维伊泽对弟弟的责备却一点儿没有减轻，他心里想：这小子多读了几年的书就变得趾高气扬、凡人不理了？当然，每当想起埃尤布，维伊泽的眼前总会浮现出金宝队夺冠那天，弟弟由于突然发现自己而脸色变得煞白的情景。弟弟那恐慌的眼神中满是害怕和羞耻，仿佛在说："你千万别过来！"特别是那天他穿的雨衣还是一种代表着傲慢的蓝色。

维伊泽用眼角瞥了一眼正在大声吧唧着嘴吃饭的妻子，他怎么也教不会妻子吃饭时要有规矩。他不厌其烦地说了无数次，有时为了不让妻子吃饭发出声音，他甚至连推带搡地对她进行责备，可妻子就是不听。每当受到责备时，妻子总是敷衍他说："好了，好了，我改还不行吗！"可没过多久，她就又把这事忘到九霄云外了，只要一坐到饭桌旁，嘴巴立刻开始吧唧起来。因为今天家里来了客人，维伊泽才强压怒火没有训她。如果当着客人的面训斥妻子，姐姐米塞是会伤心的。他不是不敢教训妻子，而是不想让姐姐难堪，所以他才装作什么事都没有发生的样子。在接碧莱回家的路上，维伊泽没有管住自己的嘴，说了一些不中听的话，让可怜的姐姐心生难过。所以他没有理由让姐姐再次伤心。

饭桌上，派丽汗还在吧唧着嘴吃饭。屋里突然响起一阵曲调悲伤的手机铃声。当维伊泽还在猜测这是哪支曲子的时候，碧莱一下子从椅子上跳起来，跑去找她的手提箱。她翻了半天才从手提箱中找到手机，然后开始用外语聊起来。她应该是在说西班牙语。维伊泽从外国游客和外国电影里听到过西班牙语。他仔细聆听，猜测着碧莱在说什么。尽管他连半个单词都不懂，但他还是喜欢听西班牙语。听！她在说字母 H 和字母Ş 时多么动听啊！这个女人的西班牙语说得太棒了，就像吃着美食一样流利和轻松。在维伊泽看来，碧莱并不像派丽汗那样招人厌恶，虽然她也有各种欲望，但却多了一份优雅。

维伊泽随意观察着一只黏在窗帘上的蚊子，那只蚊子气定神闲，两条长腿不停地相互揉搓。他心里想，弟弟的妻子还真不像一个坏人。在车上，虽然听了他那些不中听的话有些生气，但后来知道他是无心的，她也没有记恨他。真是的，这个傻弟弟为什么要抛弃这么美丽的女人玩失踪呢？难道他遭遇了什么不幸吗？想到这里，他心里一阵不安。他当然不愿意往坏处想。也罢，就算他已经把弟弟的名字从自己生命中抹去，那也是很久以前的事了。不管怎样他们还是亲兄弟啊！在埃尤布的心还没有变得狂野、疏远他之前，他们终究是在一起长大的，两人之间毕竟也还有美好的回忆，只是这些回忆距离现在太久远了，久远的几乎已经让人记不清了……

维伊泽的心里一阵酸楚，但立刻就平复了。他从不牵挂任何人。弟弟就像抛弃他们这些家人一样，一句话也没说就离开了自己的妻子，而他的妻子至今还蒙在鼓里。她不知道自己的丈夫是个什么货色，还像傻瓜一样来伊斯坦布尔找他。说不定此时此刻，埃尤布正在别处快活地寻开心呢，而他的妻子还在为他的生死而担惊受怕，不停自责！还有，姐姐米塞也跟着他的妻子一起担心、着急，甚至怀疑埃尤布遭遇了什么不测。维伊泽最关心的则是埃尤布为什么要回到伊斯坦布尔？塞翁失马，焉知非福。他甚至有些憧憬地自问："难道他真的会回来吗？这么多年他都没有回来过，现在为什么要回来呢？"

"我妹妹问你们大家好！"碧莱打完电话说，"她问我是否顺利抵达了伊斯坦布尔。"

"你有几个兄弟姐妹呢？"派丽汗一边向碧莱提问，一边用眼睛的余光扫视着碧莱的手机。她对什么事情都感兴趣，最喜欢侃大山，总是爱问这问那的，一切都想打破砂锅问到底……

"我们家是姊妹两个，我还有一个妹妹。"碧莱答道。

"我们家也是两个孩子，我还有一个弟弟。"派丽汗介绍着自己的家庭情况，就像碧莱也问了她一样。派丽汗的脸上洋溢着自豪，对方有一个妹妹，而她有一个弟弟，这让她感到更胜一筹。当她看到对方陷入沉默后，又打开了话匣子，“太棒了！你的土耳其语说得真棒！是你先生教的吗？”听到这里，维伊泽真想给派丽汗一个耳光，这个臭婆娘怎么就不能闭上嘴呢！但是，他也想听听碧莱怎么回答。

“我在语言学习班学了一年，还请了家庭教师。当然，平时我还会跟埃尤布练习口语。”

维伊泽想，碧莱说的跟自己的预想一模一样。埃尤布对妻子肯定是漠不关心的。碧莱所掌握的土耳其语一定都是她自己努力学习的结果。

“啊？你为什么要到学习班去花那些冤枉钱呢？”派丽汗咯咯地笑着说。同时，她往嘴里送了一大口饭菜，几乎都要噎着了。“你家里有现成的老师……让老公教你不就行了吗？这样不是更省事？”派丽汗接着说道。

“我丈夫当然也会教我学语言了！但我同时也去学习班，只有在那里才能抛弃其他杂念，更加专注地学习。”

“那你在家里也说土耳其语吗？学语言可不是件容易的事，不经常练习可学不会呀！”

维伊泽想，要是别人听了妻子的话，肯定还以为她精通各种语言呢！他看着派丽汗那满嘴流油的吃相真是不好看。这个傻婆娘无论何时都能毫无休止地向别人发问，而且全是一些跟自己不相干的事情，与其这样喋喋不休，她还不如找张纸巾擦干净自己的嘴巴呢。

“我们在家里有时说的是加泰罗尼亚语①，有时说的是土耳其语。我在巴塞罗那有几个土耳其朋友，我们之间也经常说土耳其语。此外，我们单位还

---

① 加泰罗尼亚语多在巴塞罗那地区使用，是西班牙语的一种地方方言。

有一个懂土耳其语的朋友，我有时也会和他说土耳其语。也就是说，我有很多练习口语的机会和条件。”

“加泰罗尼亚语是什么语呀？你们在西班牙的时候不说西班牙语吗？”

“哦，不不，在巴塞罗那讲加泰罗尼亚语的人更多。”碧莱直截了当地答道。这个回答可把维伊泽搞晕了。这个加泰罗尼亚语是从哪里冒出来的？可刚才碧莱打电话时难道说的不是西班牙语吗？我的主啊！可真够乱的，西班牙人怎么不说西班牙语呢？

“好吧，反正不管怎么说，你的土耳其语确实讲得不错。”米塞一边说，一边用手在桌子上拍了几下。维伊泽在一旁微笑地望着姐姐。在某个地方拍上几下，一直是姐姐情绪激动时的习惯动作，好像如果不这么做，她的情绪就无法表达出来。每当她激动时，无论置身何地，她都想找个东西拍上几下，如果没有木板可拍，铁板也行，如果铁板也没有，那就玻璃板或者纸板……如果这些都没有，那就随便在什么东西上拍几下也行，她这样做就是为了发泄一下自己激动的情绪——如果听到什么好事，就祈求好事不要变坏；如果听到什么坏事，就祈求这件事不要降临到自己头上。

这时，仅沉默了片刻的派丽汗又开始发问：“我说碧莱啊，你妹妹在电话里都跟你说什么了？”这种无厘头的好奇让维伊泽顿时火冒三丈，可他还是控制住了自己。他不停地用眼神示意妻子别乱说话，可她还是问个不停。事实上，妻子压根儿就没往他这边看。正当维伊泽的耐性达到极限时，碧莱礼貌地回答了派丽汗的问题：

“我妹妹问我旅途是如何度过的，当然，她也问我是否有埃尤布的消息。”

“我亲爱的弟妹啊，这件事可真不好办！让我说点什么好呢？愿真主赐福于你！你看我都结婚这么多年了，至今还没见过这个小叔子呢！他离开伊斯坦布尔都多少年了，说实话我真不相信他会突然回来。但是，我们说再多都是徒劳，这还要看你自己的运气。常言道，是福不是祸，是祸躲不过！”派丽汗又打开了话匣子。

“我说派丽汗，你怎么就那么多话呢?!”维伊泽再也忍不住了。他从饭桌边站起来，坐在一旁的椅子上，对妻子命令道：“你别再乱问了，赶紧沏茶去吧。”

派丽汗开始收拾桌上的餐具，想顺便带到厨房。接着，她又忍不住跟碧莱搭起话来，仿佛刚才被责备的人不是她似的：

“你也会说英语吗?”

妻子喋喋不休的发问，对维伊泽来说就是一种折磨。他心想，这个傻婆娘问的问题，就好像在招聘一样。对于派丽汗的这个问题，碧莱连嘴都没张，只是敷衍地点了点头。很明显，在这个家里，厌烦派丽汗不停唠叨的并非只有维伊泽一个人。维伊泽对自己的妻子束手无策，派丽汗不是那种善解人意的人，即便大家都不愿意听了，她还是会不厌其烦地说下去：

“弟媳妇，我还想麻烦你件事。如果有机会，你能不能跟我儿子练练英语口语呢？我们把他送到私立学校去，那里授课用的是英文，可是我们家里又没有人懂英文，谁都没法教这个可怜的孩子……”说到这儿，派丽汗用意味深长的眼神投向维伊泽。一个女人不会外语是比较常见的，可作为一个男人，居然也不会外语，那就不能原谅了。可维伊泽似乎对妻子的抱怨毫无反应，派丽汗只好转身对布伦特说：“乖儿子，跟你的婶婶练练口语吧。你们老师不是说练习最重要嘛，找到谁就跟谁练，这点你也很清楚！”这个可怜的孩子听了妈妈的话后，脸刷地一下变得通红。随后妈妈把他拉到了婶婶面前，这越发地让他不知所措，脸都红到了脖子根。派丽汗总是恨不得把儿子上私立学校的事告知全世界。每次家里来人，她都强迫布伦特到客人面前说几句英语，而这样做的结果却是，布伦特越来越不爱读书了。他的父母总是像对待马戏团的猴子一样一会儿让他干这，一会儿又让他干那，这让他非常反感。所以，每当父母强迫他当着客人的面说英语时，他的脸都会红一阵紫一阵，只想找个地缝钻进去。维伊泽想，由于派丽汗教育儿子不讲究方法，布伦特永远也学不会英语。

因为不想说英语而陷入尴尬的布伦特急于想换个话题，“爸爸，”他用乞求的口吻对维伊泽说道，“周三据说会有日食出现，而且是日全食。”

维伊泽此时正在盯着几只在茶几、窗帘和饭桌间嗡嗡乱飞的蚊子。“哦？是真的吗？”他一边盯着蚊子一边说道，“那就让我们看看什么是日食吧。”

“爸爸，日全食一定很美，叶克塔说要去看。菲利兹阿姨会开车带他们去观赏的，我能和他们一起去吗？”

每当维伊泽感到压力的时候，他都会不自觉地用牙齿紧咬下嘴唇。此刻，他正把面前的报纸紧紧握在手中，向落在窗帘上那只纹丝不动的蚊子狠狠拍去。可蚊子却在报纸落下来前飞走了，这使他变得相当失落，维伊泽把报纸放在茶几上，对等待他回话的儿子说：“好吧，想看你就去吧。”他失望地向蚊子飞走的方向望去，下定主意一定要拍死它。

派丽汗端着空盘子向厨房走去，维伊泽望着她的背影，不禁皱起了眉头，同时他又努力控制着情绪，不让怒气表现出来，他经常在看到妻子时产生这样的心情。而当两人发生身体上的接触时，他更像是触碰到了什么脏东西一样感到恶心无比，不论是在何处，他都能对妻子劈头盖脸地骂上一顿。难道其他男人在夜深人静时，将妻子揽入怀中、四目相对时，都会觉得这么恶心吗？没有哪个男人愿意把自己妻子的缺点都公之于众；谁也不会拿妻子在床上的表现向他人哗众取宠。但他能猜到，其他的男人绝不会像他那样厌恶自己的妻子。他的心一下子飞回到了青年时代。

在那个年代，他桀骜不驯，目空一切。每次从妓院出来，朋友们在一起眉飞色舞地炫耀自己在床上的表现时，他就感到紧张和恶心，觉得自己深陷泥潭不能自拔。每当这时，他都想立刻跑回家冲个淋浴，仿佛想要把所有的污秽都洗刷干净。不过，他又害怕因为这样做而成为众矢之的，所以他会用牙齿紧咬着下嘴唇，站在那里假装迎合朋友们的说笑。他不想让朋友们觉得他在床上是个废物，也不想成为朋友们嘲笑的目标。于是他也会把自己在妓院时的经历添油加醋地讲给朋友们听，讲得头头是道，绘声绘色。

维伊泽第一次去妓院的经历确实不堪回首。那次他是和住在同一个街区的朋友雷非特一起去的。那年他才 16 岁。当时正直盛夏，酷热难耐。他怀着好奇且渴望的心情走进了妓院大门。但当他见到迎候他的女人时，心中的渴望瞬间就荡然无存。那是个上了年纪的老女人，肥胖臃肿，浑身赘肉且奇丑无比。那个女人立刻就明白了维伊泽的失落，她露出一排烂牙微笑着问："是第一次来吗？"维伊泽怕丢面子本想回答说"不是第一次"，但又怕一会儿上床后自己表现不佳，于是就对那个年纪跟他母亲相仿的老女人点了点头。那天的经历，在他的心里留下了一种深红色的回忆。回忆里充满了耻辱和自责，既有欲火焚身，还有自责忏悔，这些情绪相互交织在一起，使人陷入难以言说的痛苦之中。

维伊泽不习惯支离破碎地回忆自己所看到的、听到的一切东西，而是喜欢按照这些记忆在他心中留下的颜色来唤起自己的回忆。他不愿回忆那些残酷的细节，而更希望找寻这些回忆在自己灵魂中所对应的感情色彩。他的灵魂就像一面镜子，记录着他所有的秘密，而每一个秘密都对应着一种颜色。例如，上小学的第一天，他眼里的天空是黄色的，就像那种羞怯的玫瑰花一样的颜色。在上学的路上，落叶像棉被般铺满了整条马路，那是一种孤零零的颜色，这种色彩的背后，是他要通过寒窗苦读而成为一名男人的前途未卜的远景。对父亲去世那天的回忆是白色的。父亲的尸体被放入覆盖着皑皑白雪的墓地里，而他们是怀着无比的窘迫和不安的心情回到家里的。母亲去世给他留下的记忆则是忧伤的蓝色。当姐姐趴在母亲身上放声大哭时，他却把目光移向窗外，看到了一片蔚蓝的天空。想着母亲也要和父亲一样入土为安，他的心里似乎有种抵触情绪，他乞求蔚蓝的天空能够把母亲那冰冷的身体带走，消失在无边无尽的天际。而与派丽汗初次相见的那天，也就是厄运降临在他头上的那天，记忆中是开心果树的淡绿色。他在自己的杂货店里，与派丽汗热情的眼睛四目相对。那天派丽汗穿着一件淡绿色的上衣，衣领上镶着三颗扣子……此后，每当他看到开心果树般的淡绿色时，都会想起派丽汗给他的生活所带来的烦恼和疲惫。维伊泽对弟弟埃尤布的回忆都是蓝色。在学校门口偶遇的那天，弟弟穿着那件轻薄而随风飘摆的雨衣正是蓝色……

时至今日，维伊泽有着各种各样的回忆，他把每一段回忆都赋予了一种颜色。他的整个人生就是由这些五颜六色的回忆组成，每段回忆又都像电影胶片一样，时常在他的眼前上映。但是，他做的梦却是没有颜色的。在梦中，他就像条狗一样生活在一个黑白世界中，那里没有喜悦与悲伤，只有无尽的恐惧。在有些梦境中，他发现自己正处于残酷的斗争中，一只巨大的手在不远处正举枪瞄准他的脸，之后，枪管逐渐变大，大得使他再也看不到其他东西。那枪管忽而靠近又忽而远离。他想闭上眼睛、就这样悄无声息地死去，却怎么也办不到。因为有一股他无法抗拒的神秘力量在控制着他，让他的眼睛始终睁着，一直盯着枪管。早晨醒来后，他感觉自己就像是掉入过一个污秽不堪的坑里一样，要马上去洗个澡才能感觉好受些。

维伊泽有关第一次去妓院的回忆是深红色的。妓院的墙仿佛变成了梦中那个黑洞洞的枪管一样，向他挤压过来。整个房间弥漫着一股恶臭。在这种环境中，他感到痛苦和压抑，神经像要被撕裂一样，只想马上逃离。

维伊泽深深地吸了一口气，用来平复自己的心情，但却没有奏效。那个妓女就像头肥猪一样躺在床上，两腿叉开，用嘶哑的声音喊他过去。妓女的嗓子显然因为长期吸烟已经损坏。维伊泽脱去了身上的衣服，像根风中左右摇摆的树枝一样，哆哆嗦嗦地爬了上去。他忙乎了好一阵子，急得满头大汗，累得筋疲力尽，可就是无法成功。那个妓女大口喘着粗气，想帮助他，可最终还是徒劳。“我说年轻人，你别折腾了行不行？本来大热天我就够烦的了！你要想做，就痛快点，不想做，就赶紧滚吧。”妓女把头扭到一边，不再搭理维伊泽了。此时此刻，他满脸憋得通红，突然想吐。他迅速穿好衣服快步走到外面，开始等待他的朋友。10 分钟后，雷非特也出来了，他滔滔不绝地讲述着刚才的成功经历，就像是刚刚完成了什么宏图大业一般。维伊泽为了不使雷非特看不起他，也撒谎说自己刚才特别成功。

但维伊泽在妓院的失败并未持续很久。此后，当他再去“学校”[①]的时候，并未表现得像第一次那样羞怯。相反，他在床上似乎变成了一头雄狮！他不再恐惧，而是让妓女们害怕；他也不再颤抖，而是让妓女们颤抖。他要控制她们，好让自己感觉更强劲有力。床上的他威风无限，充分感受到了作为一个男人的霸气，并且乐在其中。他双肩挺立，脖颈后倾，像个帕夏[②]一样从妓院大摇大摆地走出来。他讨厌所有跟他发生过关系的妓女。在他眼中，她们肮脏、污秽不堪，就像是牲口一样。在与她们发生关系时，他进入的不是她们的身体，而是一个粪坑。每次完事以后，他都会呕吐，而且快把胆汁都吐出来了。他既享受到了快感，又觉得这是一种肮脏不堪的事。因此每次从妓院出来，他都要马上去冲个澡，好像是要洗掉这些肮脏的东西。他觉得如果不立

① 学校在土耳其语俚语中是妓院的意思。

② 奥斯曼土耳其帝国行政系统里的高级官员，通常担任总督、将军等高级官职。

刻洗澡，妓女身上的味道就会渗进自己的身体里，永不消散。总之，跟他发生关系的妓女都是肮脏的，不管她们是否对他有感情。

派丽汗从厨房回到饭厅，手里端着一个装满西瓜和甜瓜的大盘子。盘子里的瓜被切成小块，摆放得整整齐齐。“对了，你是什么时候认识埃尤布的？我们都知道你们俩结婚了，但是却不知道你们是怎么认识的？在哪里认识的？这些我们都一无所知哎。”派丽汗问碧莱。妻子总爱对那些与她毫无瓜葛的事情刨根问底，这让维伊泽非常生气。不过，他也非常想知道这些问题的答案，因此就没有打断派丽汗的问话。他那个忘恩负义的弟弟要么每隔一个月，要么就每隔一年才打回一个电话。打过来的电话都是找姐姐米塞的，他总是随便说上几句就匆匆挂断了。他曾打电话回来告知他结婚了。以后米塞每次接电话时，总是首先以想见见弟媳妇而打开话题，但埃尤布每次都是以工作忙为借口搪塞过去。他总是说，如果以后有时间，一定会带妻子回来给他们认识的。维伊泽想：弟弟说的都是谎言！就算他再忙，可这么多年都过去了，难道他连一天空闲的时间都没有吗？

刚开始的时候，埃尤布对姐姐让他回伊斯坦布尔的请求有些不好意思，他总是会编个谎言敷衍了事。可后来，希望他回来的家人反倒有些不好意思了。米塞明白，在电话中提出让弟弟回家的请求，只会让他更加反感，从而拉长给家里打电话的时间间隔。因此，米塞每次小心翼翼地说“我们想见你”的时候，总是感到痛苦和压抑，甚至陷入过分自责之中。不管米塞怎么渴望见到埃尤布，这个弟弟还是变本加厉地与这个家庭渐行渐远。“真是一个下流胚！”维伊泽在心里咒骂着。他认为埃尤布是一个十足的蠢货，他居然把生他养他的家乡忘得一干二净，甚至对至今生活在这里的亲人不闻不问！

“我和埃尤布是在法国巴黎认识的。那是 11 年前的事了。”碧莱答道。她把纷乱不堪的思绪稍作整理，然后回答了派丽汗的问题。可派丽汗在好奇心的驱使下不断地发问，丝毫没有停下来的意思。

据碧莱讲，她毕业于米兰理工大学。研究生毕业后，她的导师涅科利·曼奇尼建议她去巴黎参加一个研究项目。那个项目由曼奇尼在巴黎美丽城国立高等建筑学院的一个朋友负责，该项目计划把一个废弃的葡萄酒厂改造成现代艺术博物馆。碧莱对项目一见倾心，马上就来到了巴黎，从而在那里认识了埃尤布。那年她24岁，而埃尤布26岁……埃尤布在巴黎巴芬纳大学经济系学习，尽管是系里的高才生，但他毕业时却决定不从事与本专业相关的工作。那时的埃尤布英俊潇洒，风流倜傥且气度不凡。为了谋生，他和一群艺术家在一个由车库改建的工作间中研制陶瓷和玻璃制品。

“什么样的陶瓷制品呢?”维伊泽问道。

维伊泽知道弟弟是学经济的，但却不知道弟弟毕业后的工作是什么。弟弟曾在毕业之后给家里打过电话。米塞在电话中询问:“你什么时候回来啊?”“我得先找工作，还得在这里工作一段时间。”埃尤布答道。此后，当埃尤布再打电话来的时候，米塞表达了更强烈的希望他立刻回家的意愿，她认为在法国找个合适的工作不容易，如果回国，则很容易就能找到一份满意的工作。可埃尤布却说他已经在一家汽车公司的销售部工作。之后，米塞每次在电话中问他“工作如何”时，他都简单回答说“不错”。而米塞的眼前总会浮现出这个最小的弟弟西装革履地坐在办公桌前工作的样子。再后来，由于弟弟不愿回答有关工作的事，米塞也就没再追问。维伊泽也想象过埃尤布坐在办公室的样子，可他对弟弟的出人头地却怎么也高兴不起来。他自己的人生是失败的。孩提时代就没有什么亮点，长大以后又只是做点小买卖，还是那种别人都看不起的小商贩。而他的弟弟埃尤布则像王公贵胄般长大和生活，他的人生轨迹中充满了光鲜亮丽的形象，这种巨大的反差让维伊泽的内心痛苦至极。此后，米塞又向埃尤布表达了希望他能够早点回家探亲的愿望，而埃尤布则说自己在法国属于非法滞留，如果一旦回到土耳其，就再也不能回去了。埃尤布的这个回答让维伊泽心生疑虑：这么大的一家外国公司怎么可能雇用一个非法滞留的人呢？还会让他冠冕堂皇地坐在办公桌前装白领吗？这不可能！不是埃尤布在说谎，就是他任职的公司有问题。不过，想到埃尤布在外国的生活也没有靠家里资助，并且他好像也确有正经的收入，维伊泽便不想把这件事深究下去。可他还是把自己的疑虑告诉了米塞，而米塞当然会马上找机会向埃尤布求证此事。据埃尤布讲，他是托熟人在居留文件上做了手脚，才找到的这份工作。这样的回答并未引起米塞的注意，却依然让维伊泽心存怀疑，他觉得在工作这个问题上，埃尤布肯定有着什么不可告人的秘密。由于不想让姐姐伤心，因此他决定不再继续深究此事，看起来就像他也已经对埃尤布那些关于工作的描述信以为真了。再后来，埃尤布去了西班牙，和碧莱结了婚，他再也没有在电话中提及过自己的居留身份以及工作状况。不过，根据今天碧莱在饭后说的那些有关埃尤布工作的情况，让埃尤布之前自己所说的所有事情都画上了问号，也证实了维伊泽此前怀疑的正确性。

“他干的是有关陶瓷的活儿。”碧莱答道。当她发现提问的人对她的回答没有反应时，觉得有必要再补充一下，“你们没有听说过土陶罐吗？就是用黏土制成的那种陶罐。”

“什么？埃尤布做陶罐？”米塞和派丽汗异口同声地喊道。对于米塞和派丽汗的惊讶，碧莱却不以为然。

“是呀，据我所知，埃尤布早在高中时代就开始摆弄陶罐了。他甚至还在老师的支持下，开过一个展览。难道你们一点都不知道吗？”碧莱反问道。米塞用嘶哑的声音做出了否定的回答，语气中带着一种紧张，仿佛不愿意让其他人知道他们家庭关系淡漠似的。埃尤布在上小学以后就开始住校，只是周末才回家，而他也不愿意向家人讲述在学校发生的事。他是个内向的孩子，诸如在学校做土陶、开展览之类的事他从未跟家里人提过。高中之后的事也从没有提起过。碧莱继续讲述她是如何与埃尤布认识的，以及她所知道的那些埃尤布在认识她之前的经历。维伊泽看到，当发现米塞听了她的讲述变得羞怯和尴尬时，碧莱有些伤心。碧莱试图把米塞感兴趣的有关她弟弟的一切都告诉她，就像轻轻推开一扇门一样，同时，又尽可能地不去触碰埃尤布和家人之间的冷淡关系。维伊泽有着分辨好人坏人的本领，他甚至认为自己用鼻子都能闻出一个人的本性来。他在辨识人性这方面简直就是一个高手，从见面的第一眼他就可以了解到对方在想什么，而且自诩在识人方面从未看走过眼。对于那些狂妄自大、爱吹牛、佯装无所不知的人，他统统都看不上。不过，碧莱也许并不属于他看不上的那种类型。至少她对待米塞的态度是毕恭毕敬的，生怕自己说出的话会伤害到米塞。维伊泽喜欢碧莱。也许他这是第一次并非妒忌、也并非报复地喜欢上一个跟弟弟有关的东西……

碧莱告诉弟弟的家里人，埃尤布其实早就对陶器制作感兴趣了。当然，埃尤布在最开始时并非是想把陶器制作当作安身立命的本领，而只是一种可以从中获得乐趣的爱好。他在学校里的老师也总是建议他，不要把时间都放在陶器制作上。后来，埃尤布离开伊斯坦布尔去了巴黎攻读经济学。在巴黎的学业开始之后，他就发现自己所学的这个专业枯燥无味。与此同时，他开始与一些陶瓷艺术家们交往，他与艺术家们一起去工作室，一起研究抽象的陶器和石刻艺术。有时，他甚至作为旁听生到学校的美术系去上课。就这样，先天的悟性加上后天的刻苦努力，他的陶器制作水平得到了大幅提升，同时他对陶器的喜爱也已经达到了痴迷的程度，他甚至在大三时就决定今后要靠陶器制作，而不是现在所学的经济学来养家糊口。

“但是，埃尤布是贪婪和固执的。”碧莱说道。维伊泽此时的内心似乎掠过一丝兴奋。他能不知道弟弟是个贪婪的家伙吗？他对此当然心知肚明。

“他对自己已经开始做的事情，无论如何也要完成。他渴望成功！他不想让自己的学业半途而废。不管喜欢还是不喜欢，他最终拿到了经济学专业的毕业证，而且还取得了高分。在大学时代，除了作为实习生工作过的那家汽车公司，他再也没有在其他任何地方用到过自己所学的专业。”碧莱介绍说。

当听到实习这两个字时，维伊泽看了米塞一眼，他和姐姐之间进行了短暂的目光交流。尽管埃尤布并非总是对他们说谎，但他的讲述也并非全是实话。他们头脑中那个西装革履地坐在宽敞办公室里的埃尤布已经荡然无存，取而代之的是一个被人呼来唤去，跑前跑后帮别人打杂的小青年。维伊泽的自豪感在不断上升，他自己在很小的年纪就义无反顾地投身商海，做了小店的老板，而他的弟弟却连当实习生的勇气都没有，去做着什么破陶烂瓦！其实，维伊泽对陶器压根就是一窍不通，他一想到这里就觉得好笑。他扫视了一下姐姐和妻子的表情，看来她们应该也不明白什么是陶器制作，而且姐姐连提问的勇气都没有。派丽汗倒是无所顾忌的继续提问：

“你现在说的这个陶器，是个什么东西呢？有人会买吗？你丈夫靠什么养活自己啊？”

“他自己有一个小工作室，制作诸如花瓶、盘子和茶杯等带装饰性的日常生活用品。他也做立体的小雕像，还有那种挂在墙上的大型装饰画。我们那里的人都对陶器很感兴趣。所以，埃尤布在我们那儿已经小有名气了。比如，他去年给巴塞罗那的一家饭店，还有瓦伦西亚的一个小型购物中心分别制作过大型的装饰画。不久前，他还和马德里的一家画廊进行了洽谈，准备在这个冬天办一场陶器展览呢！”

听了碧莱的讲述，维伊泽对弟弟的工作更加不屑一顾了，他认为那些都是华而不实的东西。在他心里，那个衣着光鲜的埃尤布早就不见踪影了，取而代之的是一个傻里傻气的艺术家形象。反正弟弟不管做什么，都是华而不实、不接地气的。当然，弟弟也是幸运的，从孩提时代他就一直受到幸运之神的眷顾，而维伊泽经常邂逅的却总是那些生活中的不公平。

碧莱观察到了埃尤布家人表情上的变化，于是就特意把话题从埃尤布的工作转向了她们是如何相识的。在她去巴黎的第一年，一个朋友介绍她和埃尤布相识，两个人自那时起就一见钟情，坠入爱河。当她完成在巴黎的项目后，就劝说埃尤布和她一起回自己的祖国西班牙发展。随后，碧莱在巴塞罗那找到了一份工作，两个人就一起搬到了巴塞罗那，又没过多久他们就结婚了。

"你是巴塞罗那人吗？"派丽汗问道，"你的父母和你们住在同一个城市吗？"

"不，他们住在瓦伦西亚。从事业发展的角度来说，巴塞罗那的机会可能更多，因此我们就搬到那里了。"

"那你现在做什么工作呢？"

"我是一名建筑师。"

"噢！"对于碧莱的回答派丽汗愣住了，她用妒忌和刻薄的眼神向弟媳望去。维伊泽看到妻子的表情，不禁想笑。他轻声嘀咕道："臭婆娘，你倒是继续问呀！这回你可得到想要的答案了吧。"此时，派丽汗失望的表情全都写在了脸上。她对刚才碧莱所说的将废弃葡萄酒厂改造成艺术博物馆的事一头雾水。但听了她后来的讲述后，似乎有些清醒了，碧莱是个建筑师！她真是看走眼了。她原先猜想碧莱也和她一样是个家庭主妇，是那种全靠自己调节心境的家庭主妇。她曾想用几句不中听的话随意地羞辱碧莱一下，可这种想法现在已经完全走入了死胡同。她面前的这个女人是一个人人羡慕的建筑师。她与碧莱就像是一个三流球队和联赛冠军同场竞技。派丽汗的脸一会儿红,一会儿紫,再也说不出话来。可碧莱似乎没有发现派丽汗脸上表情的变化。她不知道从她嘴中说出的一个简单的词汇,竟然会给派丽汗带来毁灭性的打击,让面前这个女人陷入了深深的自卑之中。

维伊泽想结束当前的谈话,他拿起遥控器打开了电视。"我们现在做些什么呢?"碧莱看到维伊泽的举动禁不住问道,她甚至有些不知所措。吃完饭后要么喝茶,要么看电视,生活总是以这种再平常不过的节奏进行着。可自己的丈夫失踪了,现在杳无音信,而她却还坐在这里傻傻地等着,这种状态让她不能忍受。她不知道坐在对面的埃尤布的家人什么时候才能谈起寻找埃尤布的事,不知道他们什么时候才会到外面去打探消息,想到这里,她的内心既痛苦又焦虑,只好直接问了刚才那个问题。维伊泽并非傻瓜,他当然懂得碧莱心里的想法。他也知道碧莱会问"我们现在干什么呢",这一点他心知肚明。不过,他还是故作不知的反问:

"你说这话什么意思呢?"

碧莱的肩膀一下子垂落下来,她没有料到自己的提问会得到这样漠不关心的回答。

"就是说我们怎样才能找到埃尤布呢?"

"啊!我说碧莱女士,我们刚才在车上就告诉过你了。你随便一抬脚就这么过来了,可是在寻找埃尤布这个问题上,我们的确是无能为力的呀!你找的这个人他既不傻也不疯,他是自己坐飞机来伊斯坦布尔的。我们甚至连报警都不行,因为连绑架的事实也不存在。"

"可是……"

"事实上,你现在最应该做的就是在家等待。既然你自己一个人从西班牙跑到了伊斯坦布尔,我们当然会帮助你。但你不能期望我们现在就满大街地去找。你也看到了，埃尤布现在已经跟我们没什么联系了，我们还是从你嘴中得知他是做什么工作的。”维伊泽没有给碧莱申辩的机会接着说道。

“可我原本想……”

“要是什么事单凭你的想象就能解决……”

派丽汗一直聆听着丈夫和碧莱的谈话。当看到丈夫把碧莱已经到嘴边的话又噎了回去的时候，她的眼神变得熠熠生辉。刚才和碧莱的谈话让她颜面扫地，而此时她似乎有了一种复仇成功的感觉，喜悦之情溢于言表。可维伊泽发现妻子的表情时，却十分反感。因为他既不想让碧莱伤心，也不想让妻子高兴。他只是不想被此事牵扯，希望先把丑话说在前面，仅此而已……

“现在不是生气、争论的时候。我们要是能做什么，就一定会去做的。可遗憾的是，在这个问题上我们恐怕帮不了你太多的忙，希望你别见怪。”维伊泽直截了当地说。

维伊泽在说这话的时候，发现姐姐满脸痛苦。他反思自己的话是不是说得太伤人、太过分了。碧莱把他们都当成亲人，当成自己家里的人，从西班牙专程跑来找他们帮忙。可“我们恐怕帮不了你太多的忙，希望你别见怪”这样的话似乎确实不太妥当。但如果不这样说又能怎样呢？他们能为她做些什么呢？难道她不辞辛苦，大老远地跑来这里仅仅是为了要监视自己的丈夫吗？要是弟弟埃尤布真的身陷囹圄，需要他们的帮助，他们当然会义无反顾地伸出援手，可如今埃尤布是抛弃妻子、离家出走，而且事情的真相到现在还不得而知，这让他们怎么帮忙呢？想到这里，维伊泽觉得自己刚才说的话没有错，他就是应该把话说狠一点。从维伊泽说“希望你别见怪”以后，房间里陷入了一片沉默。

“我们还是先等等吧。”房间里略带苦涩的沉默被一个似乎有些顺从的声音打破。所有人都用眼神去寻找说话的人。说话的人是米塞，她的脑袋耷拉着,仿佛是因为见到陌生人感到害羞一样、故意要把伸长的脖子藏起来。维伊泽的话似乎又让姐姐伤心了。他有些担心地想,“你不会批评我的,反正你都习惯了被别人说,而我则习惯了说别人。这话的后果也没那么严重,只是让你有点羞愧,心里难受罢了。你羞愧也是为了你那个像孩子一样离家出走的弟弟,为了他的妻子。他早就习惯了与生他养他的这个家渐行渐远,而我们也早就习惯了眼巴巴地等他回来。这个家的每个成员都应该明白自己应该做什么。”看到姐姐陷入痛苦,维伊泽感同身受,于是他也一言不发,陷入了沉默。

“我们还是先等等看吧。这孩子又不可能钻到地底下去,他当然还会出现,来找咱们的。到时候,他不是去找你,就是来找我们。既然他已经来到伊斯坦布尔,那么早晚都会来敲这个家门的。碧莱,你就别太伤心了。你来找他是对的,让我们一起先等着吧。”米塞像是能够预知未来一样,坚定地说。这时就连维伊泽都在盯着门口,仿佛埃尤布随时会出现一样。

“我不能再等了。”碧莱反驳说。很明显她与米塞不是一个类型的人,她不会坐在家里空等。那种“听天由命”的人生信条对她来说从不适用,把自己交给漫长的等待,这种做法对她来说是不可想象的。而对于米塞来说,等待才是唯一的选择。她可以像矗立在路边的一棵孤零零的梧桐树那样,一言不发,岿然不动,静静地等候弟弟的消息,而且,甚至连等待的眼泪也不会让别人看见,只会让眼泪悄无声息地流进自己的心里。因为米塞知道,如果接受命运的安排,静静的等待,她将经受更少的痛苦折磨。她相信就算是最大的苦难降临,他们也应该等待,因为苦难总有一天会过去。她觉得与其和命运抗争,弄得头破血流,还不如安安静静地接受命运的安排,咬紧牙关,坚持到苦难的离去……可坐在她对面的这个外国女人跟她的想法完全不同,她是不会任凭命运摆布的。她们生活在不同世界中的两个截然不同的家庭里,有着完全不同的生活轨迹。她认为等待是一种愚蠢的举动，她要与命运抗争，要摆脱命运的安排与控制，做自己的主人……可米塞认为碧莱的这种想法才是最愚蠢的。

“我是不会什么都不做，光坐在这里傻等的。如果我真的这么想，就不会从巴塞罗那来到这里了。你们帮我出个主意吧，告诉我应该去哪里找他。如果他没有来过你们这，那他能去哪儿呢？”碧莱几乎带着哭腔说道。自从来到伊斯坦布尔，她一直在努力控制着自己的情绪，可现在终于打破沉寂，要彻底爆发了。

“我说弟媳妇，我们这位弟弟，也就是你的丈夫，我们可真的不知道他会去哪儿，不会去哪儿！这么多年我们就没有见过他。你看，你说他要开展览，他在学校里就喜欢制作陶器，这些我们都一无所知。多年以前他还没有出国的时候，他在哪儿待着我们都不知道，更别提现在了。”维伊泽轻声细气地答道。

碧莱的眼睛因为生气一下子又有了神采，她说道：

“这个失踪的男子，既是我的丈夫，也是你们的弟弟。你们难道对他的处境一点都不担心吗？你们怎么就能这样平心静气地坐在这里呢？”

维伊泽心里想，“这个女人怎么回事？无论他说什么，她怎么都听不明白呢？”他先是望了一眼碧莱，之后，又把目光转向一只在他头顶盘旋了一圈，最后漫无目的地落在椅子上的一只蚊子。

维伊泽小心翼翼地从茶几上拿起一张报纸，飞快地把蚊子拍死了。他把报纸翻过来，瞟了一眼已经被打得血肉模糊的蚊子，神情顿时轻松起来。就算不能缓解家里人的痛苦，至少他也阻止了这个疯狂的吸血鬼继续害人。之后，他努力控制住自己烦躁的情绪，慢条斯理地轻声说道：

“碧莱女士，有件事你一直没有弄明白。你刚刚失去了埃尤布，而我们已经失去他很多年了。你来到伊斯坦布尔，对我们说‘我丈夫丢了’。你丢的这个丈夫，其实早就在我们家丢失了。我们没有他的消息，这个事实一直都存在，而你只是刚刚才了解。你现在需要冷静，你说说看，你希望我们怎么帮助你？你想做些什么呢？”

碧莱的脸上充满了无助。自己丈夫如今的处境是否就像被维伊泽打死的那只蚊子一样，早就一命呜呼了呢？而维伊泽一副淡定自若的表情，是否也预示着自己将从伊斯坦布尔两手空空地返回西班牙呢？她的眼前甚至浮现出自己已经习惯了没有埃尤布在身边、孤独终老的可怕场景。她当然不愿意接受这样的场景，于是用忧伤而气愤的眼神向维伊泽望去。

“好吧，我说姑娘，你现在有什么好的想法吗？有什么需要我们去做的吗？”米塞抬起头，沮丧地问碧莱。她心想，既然碧莱不愿意只是在家里等着，那就随她去吧！只是不能让她一个人去找，得帮帮她！

“我想我们可以问问跟埃尤布有关的人呀。”

“可以，可是我们根本就不认识埃尤布的同学……如果你愿意，我们可以先问问住在一个街区的他儿时的伙伴，看看他们那里有什么消息。可我认为他们不会有什么消息的。你那里有什么线索吗？”米塞反问。

碧莱对米塞说，她知道埃尤布在加拉塔萨雷私立高中有一个老同学，这个人叫伊尔哈姆·多卢。这么多年过去了，他始终和伊尔哈姆保持着联系。埃尤布每次跟自己家里人交流总是挤不出时间，而跟伊尔哈姆却可以滔滔不绝地聊天。据碧莱讲，伊尔哈姆和埃尤布不仅是高中同学，而且他们在法国留学时也在一起。但碧莱和埃尤布认识的时候，伊尔哈姆早就回土耳其了。多年后，伊尔哈姆去巴塞罗那探望埃尤布的时候，经埃尤布介绍，碧莱认识了他。伊尔哈姆和埃尤布的关系经过了时间的洗礼，变得非常牢固和深厚，所以碧莱猜想埃尤布有可能在伊尔哈姆那里。就算不在老同学那儿，埃尤布也有可能会把自己的行踪告诉他。即使所有的这些假设都不成立,至少伊尔哈姆还可以替她出出主意。

“我现在能想到的,认识埃尤布的人也就只有伊尔哈姆了。”碧莱说,“明天我要做的第一件事,就是去找他。”

“你去哪儿找他呢?那个人的名字是叫伊尔哈姆吗?”派丽汗问道。

“伊尔哈姆两年前来巴塞罗那探望埃尤布的时候说过,他要接手一个书店。那个书店就在加拉塔萨雷私立高中对面的马路边上。当时埃尤布还调侃他说,不管干什么事他总要跟学校挂上点钩。正因为这个调侃使我记住了书店的位置。我明天可以去那里找他。”

“可如果伊尔哈姆把书店卖了,去别处了呢?”派丽汗总是喜欢说些不吉利的话。她为了挽回刚才谈话中丢失的颜面,现在总是试图把事情往坏的方面说,仿佛是要故意打击大家的信心似的。

“就算伊尔哈姆卖了书店,那么也一定有人知道他的去向的……”

“但是也有可能他根本就没接手那个书店,而是对你们说着玩的。比如事实上,他最终放弃了经营那家书店。”

碧莱终于被派丽汗的话激怒了,她杏眼圆睁,瞪着派丽汗,就像一只因发怒而嘴里喷火的猛兽。她心里想:真不知道这个女人到底是怎么想的!总是说这些没用的话,她到底是何居心?而此时坐在椅子上的维伊泽则想:碧莱啊,你就别跟派丽汗一般见识了,连我这个做丈夫的这么多年都不知道她脑袋里在想些什么,就更别提你了!这么多年,全家人都习惯了派丽汗的口无遮拦和胡说八道。然而碧莱并不知道,而且看起来,她真的被派丽汗给气着了。这个派丽汗啊,每次都把事情的结果往最坏处想,就算是捕风捉影,也要编出一个最坏的版本,而每次这样做的结果可想而知,就是让那个听她说话的人伤心透顶。比如,有人刚买了一件新衣服,她本该说“真漂亮,以后你就美美地穿着它吧！”而她偏偏不这么说，而是说“哎哟，你可要小心了！衣服上千万别沾什么脏东西，不然可就不好洗干净了。”她认识的熟人中有对小夫妻最近喜得贵子，她本该祝贺“恭喜了！你们可真有福气。”可她却说“我告诉你们呀，生活可真不容易！愿真主保佑你们！”她根本就是个狗嘴里吐不出象牙、连句好话都不会说的人。

“现在我还是先往好的方面想吧！”碧莱明确地表明了自己的立场，她实在不想再听派丽汗胡说八道了。可派丽汗呢？她不住地摇头，一言不发地看着碧莱，仿佛自己是一个占卜师，早就预先知道了碧莱听完她的话会有什么反应。

尽管维伊泽对寻找弟弟的事并不情愿，但他还是说可以陪碧莱一起去找那个叫伊尔哈姆的人。由于维伊泽之前的表现，使碧莱觉得他很有可能在寻找的过程中帮倒忙，因此就拒绝了他的好意。她对维伊泽说，他只需告诉她怎么去加拉塔萨雷私立高中就可以了，剩下的事情由她自己来处理。尽管碧莱被丈夫抛弃，但她的言谈举止中仍然充满了自信，这点让维伊泽很是惊讶。既然碧莱拒绝和他一起去寻找埃尤布，那么他也没有再坚持，就把如何去私立高中的路线告诉了碧莱。在碧莱的请求下，他甚至给她画了一张简易的地图。维伊泽心想：这个女人真是绝顶聪明！一边孤注一掷地说“我要自己去找”，一边又要最大限度地获取别人的帮助。啊！埃尤布，怎么赢的又是你小子！这么好的女人怎么就让你讨到做老婆了呢？

画完了地图，维伊泽又拿起报纸开始看起来，他不想再谈埃尤布的事了，于是便快速地浏览着报纸头版上的消息。他对头版上的政治新闻没多大兴趣，所以又直接翻到了体育版面。其实对于体育，他也没什么兴趣。唯一能让他心动的只有足球！他最支持的球队就是加拉塔萨雷队，也就是金宝队。这么多年来，他对加拉塔萨雷队痴心不改。这是他生活中最大的爱好，也许就是唯一的爱好。在他那苍白无趣的生活中,永葆活力的就是加拉塔萨雷队！那个由红黄两色组成的球衣,永远能给他带来胜利的喜悦和无法替代的乐趣。

在他的影响下,布伦特也成为了金宝队的球迷。不过突然有一天,布伦特回家后表示他不再支持金宝队了,转而支持伊斯坦布尔的另一支足球豪门费内巴赫切队。这件事让维伊泽的内心很受伤,但他也并未过分在意。“年轻人从不改变自己支持的球队！他可以换座驾、换工作,如果有必要还可以换老婆！而支持的球队却绝对不能换!”他这样告诫儿子说。他不知道布伦特是受了哪个朋友的影响才做出这样荒唐的决定,但他坚信儿子一定会改变现在的想法。不管怎么说,父亲对儿子的影响力是决定性的,他总有一天会重新喜欢并支持金宝队的。

不过,不管维伊泽怎么努力地转移自己的注意力,努力地不去想弟弟,可在今晚,埃尤布在他眼前却始终挥之不去。即便他看到报纸上有法梯赫·特里姆[①]的新闻图片也不能打起精神来,他已经深深地陷入了对过去的痛苦回忆中,不能自拔。他的脑海中又浮现出和弟弟在学校门口尴尬相遇的那一幕。随后,他想起了特里姆在点球大战中射入的那枚关键进球,不禁嘴角露出一丝微笑。可这种进球带给他的激动心情,立刻又被痛苦的感觉所替代,这种感觉来自于横亘在他和弟弟之间的那条难以逾越的鸿沟,这是他第一次深切并清晰地感受到两人之间的这种隔阂。埃尤布在他的脑海中怎么也挥之不去,以至于当他想起特里姆的进球时,特里姆的那张脸也立刻被埃尤布取代了。不管他想起什么,眼前都能浮现出埃尤布那惊恐、羞愧地望着他的

① 土耳其著名球员和教练。在 1974 年至 1984 年间,曾效力于加拉塔萨雷球队。之后又多次执教加拉塔萨雷队和国家队,绰号“铁帅”。

表情。

由于埃尤布的存在，维伊泽对加拉塔萨雷队球员法梯赫·特里姆近乎疯狂的崇拜变得苍白无力；由于埃尤布的存在，爸爸、妈妈和姐姐对他视而不见，他们的全部注意力全集中在埃尤布的身上。从埃尤布进入加拉塔萨雷私立高中学习的那天开始，他就成为了这个家庭的明星，而维伊泽则沦为一个弃儿。当埃尤布走进私立高中那富丽堂皇的大门时，他便名正言顺地成为众人眼中的加拉塔萨雷队的真正拥趸者。他的钱包上、身份牌上都有绣上去的大大的“加拉塔萨雷”字样。可是维伊泽却比埃尤布更早地知道金宝队，并且更早地喜爱上了这支球队，他的喜爱已经达到了如痴如狂的地步……而就是这个维伊泽深爱的球队，也被埃尤布占了上风，他根本就竞争不过弟弟。可当埃尤布去了法国以后，情况就完全转变了。家里人的注意力和关爱，以及对加拉塔萨雷队的自豪，又重新回到了维伊泽的身边。

就像抛弃了这个家一样，埃尤布把加拉塔萨雷队这个著名的符号也抛在了脑后。除了自己以外，他什么都不关心。他从不关心父母和姐姐的生活情况，当然就更不关心他这个哥哥了，加拉塔萨雷队的胜负和输赢压根就和他没什么关系……他就这样不闻不问、不管不顾地把伊斯坦布尔那些所有跟他有关的人和事全都抛弃了，去了外国。

可他对自己的妻子——这个外国女人，为何又要故伎重演呢？真不知道他们之间到底发生了什么事情。就像许多年以前，他尚未出国的时候，家里人也不了解他一样。即便他不是突然失踪、他还活在这个世界上，那他也有可能随时会在其他的噩运中丧生。家里人总是长时间得不到他的消息，偶尔提及他，也只能借助一张残存的照片来进行回忆。维伊泽的脑海中一会儿浮现出埃尤布在外国公司里西装革履、意气风发的样子，一会儿又浮现出两人在学校门口偶遇，他羞愧难当、拒人千里的表情。就算这个弟弟死后被埋入黑色的土地，化为腐朽，他也想象不出那会是个什么样子。他们失去联系的时间太久了，只剩下一些过去的岁月中、少得可怜的零星回忆。既然埃尤布再也不会出现在他的面前，那么在他的心里，这个弟弟也就变成了一个可有可无的家伙。就算他真的已经死了，对他的生活来说也没有任何影响和改变。埃尤布就像是喝了长生不老的神仙水，在维伊泽心中永远是当年的模样，没有丝毫变化。

好吧，就算维伊泽不喜欢自己的弟弟，但他也不希望弟弟真的遭遇不测。就像派丽汗经常挂在嘴边的那句话，“他总归是你的亲弟弟，打断了骨头还连着筋呢”。而他和弟弟之间的关系，本来也可以有另一种版本。如果他这个高傲自大的弟弟能稍微对他关心一点，尊敬一点，或表现得亲近一点，那么他一定也会给予积极的回应。可埃尤布整天就是皱着眉头、耷拉着一张脸，对他的态度冷若冰霜，仿佛他是来自地狱的怪物似的。埃尤布和他共同生活在一个屋檐下时，就是如此的态度，就更别提他后来出国去留学了。

最可恶的是，他在自己亲生母亲去世的那天竟然都没掉一滴眼泪。维伊泽当时气得连掐死他的心都有了。维伊泽那时刚退伍回家，想开一个杂货店。他在离家不远的雷西特帕夏大街[①]上相中了一个门面房，正等着和房东商谈租房的事宜。埃尤布那时上高二，总是以复习功课、准备考试为由，大多数时间都待在学校，甚至连周末也不回家。可就在妈妈去世的那个周末，他居然奇怪的回来了。他是周五放学后回家的，回来后仍然是绷着一张脸，吃完饭就马上回到自己的房间去了。那个晚上，家里一共有四个人：埃尤布、维伊泽、米塞和妈妈。当天晚上大家都按时就寝，没想到第二天早上醒来的时候，却发现妈妈已经去世了。

---

① 隶属于伊斯坦布尔北部的萨勒耶尔区。

米塞的尖叫声从里屋传出，而睡在外屋的维伊泽惊慌失措，不知发生了什么事情。他立刻寻着米塞发出声音的方向，朝妈妈的房间跑去，发现姐姐正扑在妈妈的身上号啕大哭。其实米塞从不愿意当众哭泣，因为别人总对她说“年轻人要坚强，不能哭”。爸爸在世的时候，每次见到她哭都会严厉地训斥，“哭什么？不许哭！”爸爸总是对她说，“别总哭得跟个娘们儿似的。”就算有了这样的经历，米塞当时还是哭得昏天黑地。她不相信自己的眼睛，她根本没想过妈妈会离开他们。有一瞬间，她仿佛忘记了妈妈已经死去的事实，变得安静下来。可随后，一想到再也见不到亲爱的妈妈了，她就又陷入难以言说的巨大悲痛之中，继续号啕大哭起来。

那个早晨，维伊泽和米塞一起跪在妈妈身边，一直痛哭流涕。对他们这些子女来说，现在唯一能做的只有哭泣。埃尤布在他们的痛哭声中惊醒，接着，他来到母亲的房门口，此时的他脸如死灰，一边看着静静躺在床上的妈妈，一边看着跪在地上哭泣的哥哥和姐姐。当他明白发生了什么事之后，一下子瘫倒在地上。那一刻，维伊泽对这个弟弟恨之入骨，妈妈都去世了，可他竟然不与他们一起抱头痛哭。这个家里最小的孩子，这个趾高气扬的弟弟，他总是单独行动，在任何时候都游离于这个家庭之外。埃尤布当时面无血色，瞪着双眼，孤零零地坐在床边。他的双眼没有流出一滴眼泪，嘴里也没有说一个字，仿佛上了封条一样。米塞认为埃尤布是被家中突如其来的变故惊吓到了，她赶忙把母亲的死暂且放在一边，开始安慰弟弟。维伊泽知道，弟弟是这个家里的宠儿，他在任何场合、任何地点都要成为焦点……甚至连母亲的去世都不例外。

埃尤布不仅不愿跟家人分享快乐，他甚至连死亡的悲痛也不愿对家人诉说。在母亲去世一年后，他就说要去法国求学。这个消息让维伊泽着实开心了一阵。虽然弟弟成功的人生又要锦上添花了，这点很是让维伊泽妒忌，但另一方面，弟弟从此远走他乡、不再烦扰他，这点也让他甚感欣慰。那些日子，他一直在打理刚刚开张的杂货店。他现在是一家之主了，可以无拘无束地做自己想做的事。他偶尔会打电话给埃尤布，装作不经意地询问弟弟是否缺钱。他本以为有机会可以展示当哥哥的慷慨了，可是却未能如愿。埃尤布总说自己有奖学金，不需要他的资助。这让维伊泽非常失望，他没能看到弟弟因为伸手向他要钱而颜面尽失的情景。

在维伊泽的杂货店营业的第三年，派丽汗一家搬到了杂货店所在的街区。她经常来店里买东西。维伊泽第一次见到这个姑娘时，并未有心动的感觉。可时间久了，他开始慢慢喜欢上这个姑娘。派丽汗虽算不上漂亮，但举手投足之间却有一种别样的味道。每次看到她，维伊泽的心都会怦怦直跳。派丽汗每天都要去维伊泽经营的杂货店四五次，先买米，再买油，然后又要买其他东西。维伊泽猜想，派丽汗一定也是对他有兴趣的。她每次来买东西，总是先付清上一次的欠账，之后又赊新账，她总会目不转睛、含情脉脉地看着维伊泽。她的形象在维伊泽的脑海中挥之不去，甚至晚上做梦也忘不了她。每当想到她时，维伊泽都感觉全身轻松，他每次都梦想着以新的形式与她做爱。有一天，他把派丽汗堵在一家奶酪店的后面，紧紧抓住她的双手不放。派丽汗羞涩地低着头，紧张地皱眉说道："你要是想娶我，就去跟我妈妈提亲吧！"说完后，派丽汗深情地看了维伊泽一眼，挣脱他的手跑开了。那个时候，维伊泽还没有想过要与派丽汗结婚。但他觉得即使真的和她结婚了也未必是件坏事。他已经服完了兵役，也有了自己可以打拼的事业，正在有条不紊地做着一个男人应做的事。难道他现在不该结婚、不该传宗接代吗？加上身体里的雄性激素不断增长，他决定要锁定恋爱和结婚的对象。"不管怎样，我早晚也得结婚啊！"于是他迅速做出了和派丽汗结婚的决定。没过多久，他买来鲜花和巧克力，带上姐姐和媒婆玉穆兰大妈，到派丽汗家提亲去了。

派丽汗的父亲多年前就已经去世，她的母亲还健在，是个看起来干瘦，但实际身体很硬朗的老太太，叫做菲娜特。她嗜财如命，甚至在媒婆面前都丝毫不加掩饰自己的这个特点。她不等维伊泽说出“我奉真主和先知之命，前来提亲”的开场白，就开始滔滔不绝地讲述她们母女二人生活得如何不容易。尽管没有赤裸裸地向维伊泽索要彩礼，但字里行间处处暗示着她们需要物质上的帮助。

菲娜特向前来提亲的维伊泽和媒婆讲述她一个人是如何含辛茹苦地把女儿养大，讲话几度哽咽、泪如雨下。她捧起派丽汗递来的杯子，呷了几口水后，才暂时平静下来。随后她又接着开始哭起来，她在等待维伊泽的表态。“您放心吧，以后您就是我的第二个母亲。今后只要我有一口吃的，就绝对不会让您饿着。”维伊泽诚恳地说。听到这话，菲娜特深深地吸了口气，一直悬着的心彻底放松下来。她惬意地剥开媒人带来的巧克力，一颗接一颗地放进嘴里嚼起来。

从那天以后，维伊泽和派丽汗之间的婚事飞速进展，以至于他都搞不清自己到底是什么时候结的婚。这么做当然有这么做的好处，如果订婚以后迟迟不能举行婚礼，时间不停地拖延，那么这对情侣就可能对结婚这件事失去兴趣，也许这个婚还不结了呢！派丽汗的母亲心急火燎般地让女儿和维伊泽在最短的时间内举办了婚礼，仿佛她的背后有一双无形的大手在推动她这么做。可即便如此，自从维伊泽和媒婆去提亲的那天开始，一直到婚礼举办前的那段日子，他基本就见不到派丽汗。婚礼举办前的几天，每到半夜时分想起自己的未婚妻，他竟然已记不清即将要和他结婚的这个女人的模样了。刚认识那会儿，派丽汗每天都要去他的杂货店三四次，可现在他却连派丽汗的影子都见不着。他和派丽汗只有在新婚之夜才又重逢。

结婚没有给维伊泽带来快乐，在派丽汗那里他也没有找到自己想要的幸福。实际上，他并不知道自己到底想要的是什么，也根本不知道如何来获取。尽管他未曾明白地说出这一切，但他心里曾对自己的另一半抱有很高的期望，想让她给自己带来与其他女人不一样的新鲜感。他对妓院里的女人了如指掌，可是却不知道如何对待良家妇女，他原本以为与良家妇女发生关系应该会给他带来更大的快感。他曾经认为，如果派丽汗能配合他，那么他一定会活得快乐似神仙。可是一切都不是他想象的那样。

刚开始，维伊泽对自己的婚姻还保持乐观态度，他对派丽汗也表现出了足够的耐心。他努力地去适应她，甚至努力地去爱她。并对她的一切缺点都视而不见，就连新婚之夜派丽汗对他耍脾气、不配合他，他都忍气吞声，没有爆发。事实上，如果派丽汗多关心、多理解他一些，他仍然会对派丽汗的一切缺点和无能继续视而不见的，他也会因此而感到幸福，甚至会做一个更称职的丈夫，努力让自己的老婆也感到幸福。可是派丽汗根本就配不上丈夫所做的努力，她所做的一切，仿佛都是为了要把维伊泽心底里负面的东西激活，让他看起来变得更坏一样。

结婚没多久，维伊泽就明白了：那个成为他妻子的女人，并不是因为爱他才和他结婚，她纯粹只是为了找个有钱人家，从而让自己今后的生活衣食无忧罢了。维伊泽喜欢和比自己弱小的女人在一起，和她们在一起的时候他才能感觉到自信。如果哪个女人依偎在他身边，把自己的终身托付给他，那么他就会非常高兴。尽管派丽汗出身卑微，而且浑身都是缺点，但他完全可以视而不见……只要派丽汗能给他多一些关爱，哪怕是假装的他也会觉得很满足。

维伊泽其实对妻子的要求并不高。可派丽汗却连和他做爱都像是完成任务似的，完了事便一言不发地倒头睡去。每到夜晚，维伊泽看着躺在他身边这个蓝眼睛的女人，仿佛就是在看一个毫不相关的路人。她看他时所用的那种冷若冰霜的眼神，让他永远无法忘记。她难道不能像对待一只宠物那样给予他多一点的关爱吗？她难道不能表现出更多对他的依赖吗？哪怕所有这一切都是装出来的。他是多么想拥有那种被关爱、被依赖、并且无人替代的感觉啊。而这种感觉他从未在派丽汗那里获得过，她根本没有做出过任何努力。

维伊泽和派丽汗刚结婚没多久，有一天，维伊泽想穿一件心爱的蓝衬衫出门，可就在系扣子的时候，领口下面一颗钮扣掉了下来。于是他叫妻子帮他缝上。他本想把衬衫脱下来，可妻子一边穿针引线，一边说“没那个必要”，于是他转身弯腰，等着妻子帮忙缝扣子。妻子边缝边和他说着话，不小心手一抖，针扎到了他胸口上。他立刻感到一阵钻心疼痛，眼睛里噙满了泪水。看到此情此景，他“厚颜无耻”的妻子就像是遇到了全世界最可笑的事，她大笑着说：“都多大岁数了还哭鼻子？就扎这么一下哪至于啊，别像个娘们儿似的。”维伊泽对这些话似曾相识，因为他爸爸在训斥姐姐时，经常把“别像个娘们儿似的哭鼻子”这样的话挂在嘴边。维伊泽此时脸色惨白，呆若木鸡。看到他这个样子，派丽汗吓得闭上了嘴，赶忙向后退了两步。随后，她迅速把扣子缝好并借口说要做饭就跑进了厨房。维伊泽望着妻子的背影，他感到妻子并不爱他，而且永远也不会爱他，他的内心充满了怨恨。这种怨恨不仅仅是因派丽汗而产生，而是过去所有那些不被他人关注、认可和尊重而产生的怨恨的总和。从那天起，他决定将心底里一直竭力隐藏的阴暗面都释放出来，他不再对派丽汗的缺点和丑态视而不见，他要把出生以来所有的怨恨都对自己的妻子爆发出来，他咬着牙在心里说道“这都是她自找的”。

维伊泽现在认为，与他步入婚姻的这个女人，与那些花钱就能玩乐的女人并无区别，对待这个女人也可以粗暴无礼。他当初那种和妻子应当相敬如宾的想法早已荡然无存。一方面，他因释放出了内心的邪恶而感到轻松自在，另一方面，他又因得不到伴侣的真爱而异常孤独。他的内心充满矛盾，既为失去了生活中的希望而感到痛苦，又为决定服从命运的安排而释然。他永远不会再去找寻幸福，因为他知道再怎么努力也是徒劳。

他对未来唯一的规划就是要当个父亲。既然他在自己的父亲那里没有得到过关爱，那为何不去尝试自己来当个爸爸呢？他想把父亲没有带给自己的爱，把自己没有经历过的快乐童年都带给他自己的孩子……派丽汗那个臭婆娘就应该给他生一个孩子。这个孩子今后的生活一定要和他们二人都不相同，他应该有一个属于自己的别样人生。这样维伊泽将来就可以自豪地对别人说："你们看，这个孩子可比我可有出息多了。"如若不然，他就彻底失去了生活的希望。

派丽汗结婚后不到一年就怀孕了，但她没把这事告诉维伊泽。因为她知道丈夫想要孩子，所以就瞒着家人偷偷吃了堕胎药……当米塞在家中的角落里发现她时，她已经晕倒在地、浑身是血。但她一直拒不承认自己是故意堕胎。她这次与死神擦肩而过，但即便她真的死了，对维伊泽来说也无所谓，也许他一点都不会感到伤心。

堕胎事件发生后，维伊泽放出狠话，"妻子对他来说只是个生孩子的工具，如果连这点她都做不到，那就离婚！"从此以后，情况发生了巨大转变。派丽汗整日夜不能眠，她害怕被扫地出门，重新和妈妈过上那种一贫如洗的生活。于是，她开始竭尽全力再次怀孕，仿佛第一个孩子不是被她亲手扼杀的一样。可真主这次就像要惩罚她一样，无论她如何努力都没有实现愿望。她四处求医问药，向阿訇求助，佩戴护身符，祈求真主保佑，甚至往头顶上倒铅[①]，用尽了各种办法，可始终不能让自己的子宫里孕育出一个新的生命。

---

① 一种迷信的驱邪方法，把溶化的铅倒入病人头上的碗中。

1986年,也就是与维伊泽结婚的第三年,她终于成功怀孕。如果没有这次的成功,她必定要被赶回娘家继续过着贫苦的日子。在维伊泽与派丽汗结婚后,他只有两段时期把妻子当个正经的人来看待。第一段是新婚燕尔的那几个月,维伊泽对未来生活的希望尚未完全泯灭;第二段就是派丽汗怀孕的时候。因为怀孕的十个月,派丽汗已经不是她本人了,而是他儿子的妈妈,是与他儿子血肉相联的母体。所以,他给予了派丽汗暂时的尊敬和关心。

尽管儿子布伦特的降生,并不能预示着那个虽有身形、但心已死去的维伊泽再获新生,但他的生活却真的因此而翻开了新的篇章。维伊泽也想借着孩子的出生,把以前的霉运都甩在身后。他这样一个连自己都不喜欢的人,现在拥有了一个可以全心倾注关爱的孩子,这是真主对他多大的恩赐啊!维伊泽最后终于解开了自己心中多年来的困惑,他总是走背运、倒霉运,原来就是他在照镜子的时候,总是忘记了对自己微笑。可从布伦特降临人世的那一刻起,维伊泽对派丽汗的感觉又恢复到了从前的麻木不仁。他仿佛立刻就忘记了这个孩子是从谁的双腿之间挣扎着来到这个世界的,也许这样更好,反正以后他的眼中也只有布伦特了。

以前,维伊泽对杂货店的生意一直是满不在乎、无所谓的态度。可布伦特降生后,这一切就都变了,店里生意的好坏,关系到儿子能否拥有一个光明的未来。因此,他带着以前从未有过的信心和热情,投入到商店的经营中去。他预测自己这样的小店肯定会在不久的将来面临倒闭,而超市则会迅猛发展并流行起来,于是他决定在现在的街区上开设一家超市,规模要比原来的小店大得多。现在他所做的一切都是为了布伦特。

“你们为什么没要孩子呢?还是已经要了没告诉我们呢?”派丽汗突然发问。碧莱顿时变得局促不安、浑身颤抖。这个女人,总是不着边际、毫无休止地胡乱问话,让碧莱烦透了。

“我们、我们不着急要孩子，想要再等等。”碧莱答道，“这事我们还想往后拖一拖。”

“你今年多大了？”

“三十五。”

“噢！难道你们还有时间拖吗？赶紧要孩子吧，否则你们可就得哭鼻子了。这事对男人来说不算什么，不是还有70岁当爸爸的吗！可女人就不一样了，要是不抓紧生孩子，那就会像凋谢的花儿一样枯萎，这一辈子就完蛋了！”派丽汗紧接着说道。她的这番话俨然已经不是聊天了，简直就像一把锋利的匕首，直指问题深处。

维伊泽气恼地看着派丽汗，从他们把碧莱接进家门的那一刻起，妻子的口无遮拦就让他忍无可忍。他一直在心里默默地咒骂：“她真是找揍！”而对于派丽汗那些像尖刀一般犀利的话语，碧莱只是苦笑一下，不想再说什么。而布伦特虽然并不清楚大人们之间到底发生了什么，但他也能够感觉到房间里弥漫着的冷冰气氛。米塞也兀自叹着气，身体不安地微微抖动，仿佛派丽汗刚才说的不是碧莱，而是她一样。她蜷缩着身子，回避着别人的目光，努力掩饰着内心的紧张。派丽汗的话表面上听起来像是没心没肺、随口说出，但实际上则是精心构思，她说出的这些话令人气愤，以至于使整个房间都笼罩在一片紧张的氛围中。

在喝完茶、吃完水果之后，米塞问碧莱是否感到疲惫，她说床已经铺好了，可以随时休息。碧莱早就烦透了派丽汗的问话，于是就顺水推舟、并没有客套，她借口说明天一定是忙碌的一天，因此要早点休息。她对屋里的其他人道了晚安后，就在米塞的陪伴下，径直朝卧室走去。

维伊泽也疲惫不堪，想马上睡觉。他来到卧室，用命令的口吻对派丽汗说：“快把床铺好！”自结婚以来，他一直不屑于干什么铺床的事。对他来说，缎子做的床罩是多余的。收床罩、铺床单、摊被子这些都是费力气的事，在他上床睡觉之前，这些活儿都应该由派丽汗做好。在他看来，这些活儿都是女人的分内事。所以每晚睡觉前，他宁可在一旁闲着，也要等派丽汗把床铺好，就像是一个不懂事的孩子。在家里，他最爱干的事情只有一件——打蚊子，而剩下的所有家务都由妻子打理。今天铺床的事当然还是由派丽汗来做，维伊泽则开始盘算超市的生意。今天一整天他都没有时间打理超市的事。傍晚时分，是超市上货的时间。为此，他今天离开超市前，特意跟店员宾亚敏多交待了几句。到目前为止，宾亚敏并没打电话给他，这说明店里并没发生什么特别的事情。他心里想，明天一早就得去店里看看，特别要查一下账目。他不仅担心宾亚敏手脚不干净，更担心宾亚敏糊里糊涂地把账算错。宾亚敏是派丽汗的亲弟弟，当初如果不是派丽汗求情，他才不会雇用这小子呢！宾亚敏不仅干活毛手毛脚，还是个健忘的高手。你刚交待给他一件事，转脸他就能忘得一干二净。有些事情总算记住了，可做起来却又是稀里糊涂的。维伊泽想，宾亚敏是自己的小舅子，如果对他太苛刻或严厉，自己也会很没面子。宾亚敏在他的超市做收银员。他不在的时候，就由宾亚敏来管钱。这个小舅子总爱占店里的便宜，趁没人注意的时候，总会从收银台中拿出三块五块的装进自己的腰包。每当这时，维伊泽都装作没看见。不管怎么说，宾亚敏是自己妻子的亲弟弟，就算他不去偷钱，也会张开那张下贱的嘴巴，不知羞耻地向维伊泽或米塞要钱花。维伊泽思来想去，决定无视小舅子的所作所为。他想，反正宾亚敏在店里偷钱也得提心吊胆、费心费力的，那就让他去偷吧！即便得手了，不是也要受到良心的谴责吗？不管他了，就让这个下贱的东西偷吧，就让他觉得自己有能耐吧！

派丽汗顺从地整理着床铺。她一边把暂时不用的粉色靠枕放到衣柜上面，一边唠叨着："你说这个女人也真是的，大老远的跑到咱们这，怎么连个礼物也没带呢？作为一个欧洲人，她应该大方些才对啊，她对自己倒是不错，可对咱们怎么这么小气？这个人也真够傻的！”维伊泽上床后狠狠瞪了派丽汗一眼。妻子立刻就像是老鼠见了猫一样，变得沉默不语了。他就喜欢让派丽汗在自己面前唯唯诺诺、俯首称臣，他非常享受这种感觉。

*

我置身于一个奇怪的世界里。我的一边是亚当和夏娃羞怯对望的天堂，另一边是爬满丑陋怪物的地狱。我自己则站在人间，这个连接天堂和地狱的地方。这里到处鸟语花香、水草丰美，人们都憧憬着爱情、满怀情欲的全身赤裸。其实这只是我的一个梦，而我又是怎么做的这个梦呢？在梦里，我仰卧在波希那幅名为《乐园》的油画的正中央①。突然，一股巨大的无形的力量向我整个身体挤压过来，我身下的大地塌陷下去。这股力量就像是一座大山一样，压得我快要窒息。我刚想站起来看看到底发生了什么，却被一群全身赤裸的人群包围，在人群中迷失了方向。我的大腿根部痛疼难忍，疼得我拼命地用牙齿咬着自己的脸颊。一会儿，我的脸颊被撕裂、满是鲜血。血液从我的嘴里涌出，先汇成一条河，之后又形成一条瀑布。我跳进这个由血液汇成的瀑布里开始洗澡。我低下头，想看看自己的身体是否洗干净了，却惊奇和恐惧地发现，我干瘪的小腹渐渐隆起。我……竟然怀孕了！

这就是我做的梦！最重要的是，我可以回忆起这个梦。当我醒来的时候，心中充满了恐惧，汗水浸湿整个后背。一方面，梦的内容怪诞无比，让我陷入极度不安。可另一方面，我终于可以回忆起梦境，这让我既高兴又自豪。

---

① 即荷兰画家希罗尼穆斯·波希(Hieronymus Bosch, 1450年—1516年)，一位多产的画家，画作多描绘罪恶与人类道德的沉沦，以恶魔、半人半兽，甚至是机械的形象来表现人类的邪恶。

我可以回忆起自己曾置身于油画的场景中，而且还怀了孕，尽管这些内容让我难以启齿，但能够回忆起做过的梦境确实是件美妙的事情。

我躺在床上，伸直双腿，手里握着梦境记录本。直到这时，我的内心依然没有平静下来。难道是因为波希的油画太过晦涩难懂、让我喘不过气来？还是因为在血河中洗澡？抑或是发现了自己无端怀孕？我脑海中一片茫然。另外我为什么要置身于《乐园》的场景中呢，它并不是我喜欢的油画啊？多年前，我在普拉多博物馆①看到这幅画的真迹时，对它并没有什么好感。这幅画描绘了上百个不同的形象，其中有半人半兽，有让人眼花缭乱的各种动物，有天堂和地狱，有纯真和情欲，有罪恶和惩罚，还有昨天、今天和明天。这幅画特别表达了一种由欲望驱使而产生的罪恶，以及由惩罚而造成的痛苦。这幅画左边的部分是纯真的天堂，中间是充满欲望的凡间，右边部分则是因生前行恶而遭到报应的地狱。这幅画对细节的描绘令人震撼，整幅作品充满了虚幻。这显然描绘的不是波希生活的地方，也不是他所在的那个时代……尽管是大师之作，但并不是我喜欢的风格，我也不想置身于这样荒诞的场景中。可我有什么办法呢，梦可以选择我，而我却不能选择它。不做梦的时候，我更痴迷于法国画家塞尚②。他的画风介于印象派和立体派之间。他在画中使用的古老的普鲁士蓝③，特别引人注目……

谈到我在梦中怀孕的事，这个世界上有几个男人会梦见自己怀孕呢？当我把这些告诉卡杰医生时，他也许会分析说："你一定是妒忌女人的生育能力

---

① 建于 18 世纪，位于西班牙首都马德里，被认为是世界上最伟大的博物馆之一，也是藏有波希作品最多的美术馆。

② 塞尚(1839 年—1906 年)，法国印象派和后印象派画家。

③ 又名柏林蓝、贡蓝、铁蓝、亚铁氰化铁、中国蓝、密罗里蓝、华蓝。英文名称 Prussian blue，是一种古老的蓝色染料，可以用来上釉和做油画染料。

和器官！”据我所知，那个叫做弗洛伊德的人在分析此类问题时，总爱偏袒与他有着相同性别的群体。他认为一般是女人渴望成为男人、妒忌男人，或是她们拥有恋父情结。而对于像我这样在梦中由男人变为女人的情况，弗洛伊德又该做何种解析呢？答案只有真主才知道！对于我梦中怀孕这种事情，也许卡杰医生还会建议我变性呢！也许他会拿出一摞文献资料，查阅如何去做，那样我必将经历血流成河的阉割之痛，以及后续无穷无尽的种种苦难。

先把变性的事放在一边，问题是我为什么要做这样怪诞的梦呢？我想可能有如下几个原因。首先，我不喜欢待在诸如电梯、公共汽车和飞机这样的场所里。因为这些场所把我“囚禁”在一个封闭的空间里，让我害怕自己会因窒息而死。我猜想自己肯定做过被“囚禁”在这些场所中的梦。因为，每当我清晨醒来的时候，总是气喘吁吁，感觉快要窒息一样。我不知道在现实生活中，一个怀孕的女人是否也会遇到呼吸不畅的问题，但如果我在梦中怀孕，不仅我的身体会感到痛苦，感觉呼吸困难，我的心灵也会感到异常压抑。

不过，我还是庆幸自己的梦并不是那么难以解析。我怀孕的梦是在碧莱堕胎不久后做的，梦中的我快要窒息，痛苦不堪。而这种恐惧的原因无需多言，就是我害怕在现实生活中做一个父亲。如果说碧莱怀孕后经历的是身体上的痛苦，那么我经历的则是心灵上的折磨。碧莱想留下孩子，她甚至保证孩子生出来一点都不让我操心。可我既不想要孩子，也不想养孩子，更不想让妻子独自一人承担所有这一切。在我的人生字典中就没有“孩子”这个词。碧莱指责我太自私。她对我说，女人要孩子得趁早，而且她的岁数够大了，再不要就可能没机会了，况且要个孩子也不是什么坏事，也许还会给我们的婚姻带来好运气呢。她希望我能支持她的想法，她甚至害怕会错过当妈妈的最后机会。如果她以后真的再也无法怀孕，或是她的绝经期比一般女人来得更早，那又该如何呢？是我把她带入了绝境，这不是自私又是什么呢？

后来，我还是对碧莱做出了让步。她的母性是上天给的，想要个孩子也是天性使然，我无法拒绝这一切。我什么时候当父亲都可以，而我美丽的妻子却不能像我这么自由。是五年后？还是十五年后？碧莱就可能永远不能再当妈妈了，她怎么会知道那个确切的时间呢？整日担惊受怕的碧莱想马上要个孩子，想立刻结束这种不能预知未来的生活。而她也从不怀疑自己拥有这样的权利。可我却从未考虑过要当爸爸。我不能为了取悦妻子，就仓促地做出要个孩子这么重要的决定，我不能为了拯救她而把自己给毁了。况且这样对我、对她以及可能降生的孩子都不公平。妻子会问："你这样做到底是为什么呢？"我一时难以回答，但有一点可以肯定，我还有许多事情要办。"是什么事情呢？"妻子还会追问。不过，对于这样的问题我拒绝回答。我不能因为不想做父亲就把自己当成个魔鬼，我也不应该因此而有负罪感。

我现在还没有准备好当父亲，更不知道什么时候适合当父亲，因此我向碧莱建议，在我们两个人都准备好的时候再要小孩。她一下陷入了沉默。我不知道她是否也会像我一样做出妥协。她似乎有些生气，但最后还是接受了我的建议。她明白，如果把我逼得太紧，也许会失去我们的婚姻。因此，她不得不在我和孩子之间做出选择，她没有再执意坚持要孩子，只好去堕胎。

碧莱堕胎后，我也并未因此而完全放松。一想到妻子有可能永远失去了当妈妈的权利，我仍然深感不安。因为我害怕失去碧莱。和碧莱结婚，不仅仅因为我爱她，还因为我知道她就是我这辈子要找的人。她痛苦，我也会痛苦。我一直认为，为了助她梦想成真，我可以不惜粉身碎骨。不管怎么说，为一个人去死，总比为一个人活着更容易。尽管谁都不愿承认这一点，但这毕竟是事实。因此，我不想为了迎合妻子而被迫要一个孩子。毫无疑问，我可以为了妻子牺牲更多。可遗憾的是，我的努力和牺牲是有限度的，至少在孩子这个问题上，已经超出了我可以牺牲的范畴。

事实上，我为了追求幸福，已经把自己搞得焦头烂额。我不知道卡杰医生在这个问题上会怎么说。遗憾的是，如饥似渴、不择手段地追求幸福是我们这个时代的通病。而这个病最大的受益者，就是像卡杰这样的医生们。他们撰写的治疗心理疾病的书籍，除了能让他们的账户存款不断攀升以外，别无他用。我之所以对追求幸福不屑一顾，是因为我觉得真正拉近人们心灵距离的不是幸福，而是痛苦……分享喜悦很容易，而分享痛苦就比较困难了。比如结婚以来，我和碧莱从未遭遇过必须要面对的巨大的困难和不幸。我们曾认为，我们之间的真爱是如此牢固，以至于不需要用痛苦去验证。可堕胎成了我们婚姻中面临的最大考验和危机。受这件事情的影响，我甚至已经不确定我们的婚姻关系是否还能继续维系下去。我想，碧莱对我们之间的关系一定也开始心存疑虑了。但如果在第一个困难考验的面前，我们就败下阵来、分道扬镳，不也恰恰证明了我们的确不适合要孩子吗？难道不是这样吗？这也证明我在要孩子这个问题上，采取保留的态度是有一定道理的。

跟我在一起无话不谈的好朋友如果知道我在要孩子这个问题上的态度，大概会说："你这就是在找借口。"不过，我并不是因为对婚姻没有信心而放弃要孩子的，我其实是对自己没有信心才做出这样的决定。碧莱从小到大过得都是锦衣玉食、富足快乐的生活，因此她也期待着后半生能有同样的快乐和幸福。我如果在追求幸福的问题上对她横加指责，难道不够愚蠢吗？难道人世间就只有她一个人才有这样的追求和想法吗？在是否要孩子这个问题上，也许真的是我错了，我也许会失去可能拥有的幸福！

碧莱之所以同意打掉孩子，是因为她希望和我一起分享美好的未来，所以暂时把做母亲的梦想搁置一旁。毫无疑问，她依然憧憬着未来的某一天，我们两个都做好了准备，共同迎接一个新生命的到来。但对于那一天的到来，我并不像她这样渴望，我仍然犹豫不决。其实，我们都很害怕这样的一天永远都不会到来。不知是她害怕从我的嘴里听到这样的结果,还是她相信我也许会在未来改变现在的想法,她现在已经不再提及要孩子这个问题了。在这个决定我们未来命运的问题上,我们都选择了沉默。孩子是我们唯一的梦想,可在能否实现这个梦想的问题上,我们又痛苦地互相隐藏着什么。

4. 派　丽　汗

是孩子的心里住着一个妈妈，
还是妈妈的心里住着一个孩子，
或者，他们心里住着的都是幻象。

——艾迪普·姜塞维
《我是鲁西先生，我怎么了?》

当家里的其他人都还在熟睡时，派丽汗却早早醒来。晚上，当她从一个怪诞的梦中惊醒后就再也没有睡着。她踮起脚尖小心翼翼地走出卧室，生怕把维伊泽吵醒。关上房门后才深深地呼了一口气。她烦透了这个该死的男人，自己都这么大岁数了，还是不分白昼地被他欺负。就在昨天夜里，他又无故找茬，派丽汗则忍不住大声跟他吵起来，完全不顾家里还有客人的存在，她警告维伊泽如果继续欺负她，她宁肯把全家搞得鸡犬不宁，也不会向他示弱。可这个无耻之徒却像没听见一样，依旧我行我素。这个家伙本应该在屋子里找个角落，兀自待着，可每当他看到派丽汗，就仿佛立刻变了一个人似的，总是对她无故发火，还又打又踹。昨天晚上，他往她腰上踹了好几脚，现在还疼呢！刚结婚那阵子，他可没有这么放肆。随着时间的推移，他对她是越来越肆无忌惮、变本加厉了。总是对她说打就打，说骂就骂，简直就把她当成了自己的“奴隶”。难道一个男人就应该这么对待他孩子的母亲吗？难道他对自己孩子的母亲也下得去这样的手吗？就像对待他身边一条狗似的。想到这里，派丽汗不禁回忆起多年前哈娃大姐对她讲的那些令人恶心的话来，她甚至因此怀疑，维伊泽也可以和那些黄口小儿做那个事。当年，她在哈娃大姐夫妇经营的一家理发店打工。这家理发店坐落在玫瑰园大街。附近的家庭主妇们经常相约到这家理发店理发，天南海北地八卦闲聊。那阵子，她们总趁着哈娃大姐的丈夫谢努尔不在的时候，肆无忌惮地谈论伊尔黛兹的丈夫希克麦特在贝伊奥卢找人妖取乐的那些事。据说，他把家里所有的钱都拿去挥霍了。这些女人们听到什么就传什么，也不管事情的真相如何。她们说，就算希克麦特觉得和自己的老婆过腻了，他也不应该去找男人寻乐子啊！派丽汗明白这些女人们为什么对这个话题这么感兴趣。因为她们害怕今天发生在伊尔黛兹家的事，明天就会降临到自己身上！而且她们都猜忌自己的老公。一次当她们正在热聊希克麦特的事时，其中一个头发黝黑、名叫谢艾尔的大姐插话道：“人妖不是好东西，难道找人妖取乐的男人就是好东西了吗？这个希克麦特就这么和人妖鬼混，到头来可能都不喜欢女人，而只喜欢男人了！”在场的妇人们都齐声反对谢艾尔的观点。她们认为，不存在什么希克麦特只喜欢男人的问题。男人一切行为的目的都是为了满足自己的生理需求，只要喜欢谁，就会向谁靠近。男人可以喜欢女人，也可以喜欢男人，甚至如果可能，他们还可以找动物！这是一个铁定的事实。因为男人分泌的荷尔蒙比女人多，食量也大，自然生理结构也不同，所以在性需求方面一定要分清男女之间的差别，不能把他们混为一谈！

其实所有人都并没把这种事放在心上，只有一个叫居梨扎的女人当真了，她诚惶诚恐地问道：

“要是我们家那位也有类似的倾向，我怎么才能发现呢？”

哈娃大姐一边紧盯着理发店的大门——她生怕出去办事的谢努尔会突然回来听到她们的谈话，一边向屋里的女人们说道：“要想发现还不容易吗？如果你的老公真对男人有兴趣，那他总会在跟你做爱时露出蛛丝马迹的。因为用的姿势不一样呀！”

屋里瞬间爆发出一阵哄笑，好像哈娃大姐抖出一件她们都不知道的秘密一样。派丽汗也跟着笑起来。可此时，正在给居梨扎卷头发的哈娃大姐却狠狠地揪了一下她的马尾辫，她立刻感到一阵钻心的疼痛，好像整个头皮都被揪掉了似的。

“蠢姑娘，快去干自己的事情！这是大人的事，小姑娘不能听！”哈娃大姐训斥着派丽汗，让她去打扫脱毛室的卫生。派丽汗只好像往常一样，不情愿地走进脱毛室。对派丽汗来说，女人把腿毛、腋毛脱去是一件令人恶心的事。特别是脱毛完毕后，还要涂抹脱毛膏，那种味道每次都使她仿佛置身于毒气室一样，难受地快要窒息，因此，当她每次屏住呼吸给客人做完脱毛、从那个狭小的房间走出来时，整张脸都会憋得通红。她不能理解这些来做脱毛的女人，她们怎么能把全身的每个部分都暴露在一个陌生人面前，自己却还一点都不感到害羞呢？派丽汗觉得给客人做脱毛是一件极为恶心的事，随着工作时间越来越长，她这种感觉越加强烈。有的人臀部都没洗干净就来做脱毛；还有的人由于长时间不洗澡身上的毛发都粘连了、盘根错节的交织在一起，竟然也能毫无顾忌地躺在那里，等待派丽汗提供服务。更让她难以忍受的是，最后一个步骤要给脱毛的部位抹上脱毛膏，有的客人在这个环节上特别娇气，她们丝毫不能忍受哪怕是一丁点的疼痛，总是大呼小叫地把整个理发店搞得天翻地覆。那个小小的脱毛室就像是一个万花筒，照出了社会的众生相。派丽汗非常鄙视那些女人们……她之所以讨厌脱毛膏刺鼻的味道，与她刚出生时的经历多少有些关联。她刚从娘胎里呱呱坠地的时候，姥姥用食盐给她的身体擦拭消毒，却不小心把一些盐粒洒进了她的鼻腔，小婴儿忍不住哇哇大哭起来。“哦，我的天哪！”姥姥说，“这孩子的鼻子将来可不要出什么问题啊，但愿真主保佑她！”

旁人听到这话，还以为派丽汗的姥姥只是一时担心才会这么说，所以也就没有多想。其实姥姥说这话的真正意思是，由于盐粒突然落进鼻腔，她外孙女的鼻子可能会由于刺激而变得异常脆弱，说不定她长大后会对刺激的味道异常敏感。姥姥的话果然应验了。派丽汗的嗅觉确实敏感，她的鼻子就像狗一样灵敏，什么味道都闻得很清楚，尤其是恶心的气味……

派丽汗起床后，先洗了脸，让自己清醒过来。她每天起床后做的第一件事就是一头扎进厨房，同时打开收音机，听她最喜欢的那首叫做“谁都不是皇帝，谁也都不是国王”的歌。歌曲悠扬的旋律在房间回荡，她兴奋地一边舞动身体，一边沏茶。她不禁想起了昨天晚上那个奇怪的梦。梦中，她手里端着一个呈满巴克拉瓦甜食[①]的盘子。正当她要把这诱人的甜点送入口中时，舅舅突然出现在她面前，狠狠地打向她的手，一下子把盘子打翻在地。就在这时，谢努尔也冒了出来，他一只手拿着锤子，另一只手拿着钉子，把散落一地的甜食一块一块、牢牢地钉在了地板上。她之前也做过相同的梦。这么多年来，她一直想不明白为什么自己会和舅舅、谢努尔出现在同一个梦境中，她百思不得其解。于是就想着：让他们都见鬼去吧！就连一块该死的甜食，舅舅都不让她吃！可谢努尔又为什么要把甜食一块一块地钉在地板上呢？虽然已经过去很多年了，但是每当想起这个梦，她都会感到心里非常难受。今天早晨，她决定努力地不去想起这个该死的噩梦，让自己平静下来。随后，她推

① 一种用蜂蜜制作的土耳其传统甜食。

开窗户，大口地呼吸着窗外的新鲜空气。一天当中，她最喜欢的就是清晨。因为她可以在其他人仍然熟睡的时候，单独一个人度过一段短暂而宝贵的时光。她喜欢清晨，还因为清晨是一天当中未被污染的、最干净的部分，而且这时也是她本人体力最充足的时刻。她喜欢独自一个人待着。因为在她的生活中，能有一个人独处的时光简直就是一种奢求。她的家里终日人头攒动，吵闹不堪，她根本就没有属于自己的时间。她喜欢厨房，还因为她在那里可以主宰一切，那里也是家人毫无争议地承认她是主宰的唯一地方。对她来说，厨房就是自己的地盘。在她的生命中，只属于她一个人的东西非常稀少，而厨房就是其中一个。她在厨房里的时候感觉最舒适放松，那里是她可以轻松取胜的场所，是能够让别人对她俯首贴耳的王国。上帝是公平的，如果他对一个人关上了一扇门，那么肯定就会对这个人开启另一扇门。派丽汗知道，她是这个家的小丑，但却是厨房里的女王。

自从出生以来，派丽汗就从未单独拥有过一样东西。她的每件东西，都是用来和别人分享的。她也似乎一直都在等待，等待着那些总也降临不到她头上的好事。等待已经耗尽了她所有的精力，使她身心疲惫。如今，她什么事都不想再等：她不愿加入长长的队伍，等候公共汽车的到来；聊天时，她总是迫不及待地不等别人把话说完……维伊泽对派丽汗非常看不顺眼，经常当众责备她长得太丑、对人没礼貌、办事太草率等等。可责备别人谁不会呢？维伊泽是有钱人家的公子，而派丽汗是穷人家的孩子，他怎么可能会理解她在残酷的现实生活养成的这种急性子呢？

派丽汗的孩提时代，家里非常穷，也很少吃到值钱的食物。家里有点什么吃的，总得大家一起分享，每个人都生怕自己应得的那份食物被别人抢了去。派丽汗对这种境况习以为常，如果有人看不起她们家，她会特别生气。把分享说成是一种美德的都是富家子弟。因为他们不必为生计发愁，对他们来说，分享并不是被迫要做的事情。而在穷人家则完全不同，分享是一件迫不得已的事，大家都为了自己的利益而无暇顾及他人，彼此的关系也就可想而知。在富足的家庭中，分享是彼此关爱的标志，而像派丽汗生活的这种贫苦家庭，分享则是恨的代名词，是阻碍他们走向幸福的障碍。在过去的年代中，最先坐在饭桌旁的人，都会先只顾自己吃饱喝足，很少会照顾到那些眼巴巴地在一旁等待、尚未吃饭的人。最早上桌的人会抢着吃上几大口，先让自己饥肠辘辘的肚子舒服了再说。最后上桌的人，就像派丽汗姥姥描述的那样，只能面对空空如也的桌子兀自发呆。因此，派丽汗从小就养成了飞快吃饭的习惯。长大以后，特别是和维伊泽结婚以后，她仍然保持着这个习惯，仿佛生怕错过了什么好吃的东西一样。

派丽汗小的时候，家里的生存法则就是“会哭的孩子有奶吃”，谁也不会考虑家里的其他人，呈现出一派“个人利益至上”的景象。正如她姥姥说的那样：在这个家里要想活下去，就得为自己的那份利益而拼命。因此，派丽汗不喜欢沉默。她坚信，沉默会使自己失去应得的利益。如果她想对别人说什么，就会一股脑地都表达出来，并不给对方任何喘息的机会。即便对方没有问，她也会主动搭腔；如果对方没回答，她就会主动填话。她的生存法则就是：有需求就得喊出来！唯有如此，才能引起别人的注意，才能得到关心和照顾。

派丽汗并不期望维伊泽能够理解她。维伊泽是饱汉不知饿汉饥。他从小就在蜜罐里泡大，又怎么能理解她这种穷人的生活呢？事实上，维伊泽根本就不理解她，想不明白她为什么喜欢待在厨房里。只要他在家找不到派丽汗，就知道她一定待在厨房里。每当这时，他总是咆哮着嚷道：“这娘们儿一定又是去厨房了！难道那里有金子吗？她怎么就那么喜欢去那呢？”维伊泽怎么可能理解派丽汗呢？早在襁褓里时，他就拥有一个属于自己的房间了。

他家的房子大得像个城堡、或者说像个宫殿也一点都不为过。

可派丽汗却和一大家人挤在一栋又小又破的房子里。她的父亲在母亲怀着弟弟宾亚敏的时候就去世了。之后，她们一家搬到了舅舅家。她们一家三口，跟舅舅、舅妈和舅舅家的孩子们以及姥姥都住在一起。到了晚上，她就和姥姥、妈妈还有弟弟一起挤在客厅里睡觉。这种令人尴尬的境况直到她长成一个大姑娘后，仍然没有变化。在那些日子里，她从没拥有过一个可以单独使用的房间。在她 17 岁那年，她们离开舅舅家，搬到别处住。一家人挤在一个一室一厅的破旧房子里。尽管如此，她却终于可以只和妈妈睡一个房间了。但是到了晚上，她仍不能按照自己的意愿开关灯。所以，有一个只属于她自己的房间，对她来说仍然是一种奢求。就在那一年，她和维伊泽结婚了。派丽汗终于从此住进了大房子，她再也不用跟别人挤在一起睡觉了！她为此高兴了好一阵子。可是，她的自卑心理却并没有因为住了大房子而消失。她相信人的命天注定。其实生活对她来说也没有什么实质的变化，过去她是和妈妈睡一张床，而现在，她要和维伊泽睡一张床，尽管房子的面积变大了，可她仍然没有一个只属于自己的空间，这也是她为什么总喜欢待在厨房的原因。为了找到一个专属于自己的空间，派丽汗开始苦练厨艺。她醉心于各式各样的菜谱，努力把饭菜做得美味可口，以便使自己成为厨房真正的主人。平时，维伊泽无论如何也不愿踏进厨房半步，而姑姐米塞也从不会跑来说“你歇会儿吧，这里的活儿让我来做”。就这样，在派丽汗生命的第 17 个年头，她拥有了一间只属于她自己的小屋。而不论是维伊泽还是米塞，他们都不会理解，拥有一个专属的房间对派丽汗来说是何等的珍贵！他们也永远都不会明白，派丽汗如此热衷于待在厨房里的真正原因。

自从结婚以来，不管得到点什么好东西，派丽汗都会视为珍宝，这让维伊泽非常看不起她。他总是嘲笑她没见过世面。可事实上派丽汗确实是没见过世面，所以她得到任何一件物品时，都能感受到它的价值，并且内心会产生一种幸福感。如果买了一件新衣服，她就会像过节的孩子一样，立刻把新衣穿上去向左邻右舍炫耀。像维伊泽这种富足家庭出身的孩子当然不可能理解派丽汗的做法。小时候，每个节日维伊泽都有新衣服穿，穿着新衣去邻居家串门，这是节日里他家不可缺少的活动。而派丽汗从小就没有钱买新衣服，她总是穿舅舅家两个闺女穿小了的衣服。而舅舅的两个闺女也是穿的别人穿小了的衣服。如果连旧衣服也没有，舅舅就只好给大女儿苏坦买件衣服，她穿小了再传给妹妹萨比哈，等萨比哈也穿剩下了，这件衣服才能轮到派丽汗穿。包括校服在内，派丽汗所有的衣服都是别人穿剩下的旧衣服。就连她的课本也是舅舅家两个孩子用过的。她裤子上的膝盖部分基本都磨光了，毛衣也总是皱皱巴巴的，很多衣服在传到她那里之前就已经被穿得掉色了。由于她从小穿的、用的都是别人剩下的东西，而且当别人像施舍一样地把旧东西递到她面前时，她还只能表示感谢。因此，对于派丽汗来说，真正成为一件好东西的主人是何等的重要！维伊泽在各方面都毫不掩饰对她的鄙视，可米塞虽然表面不说，但其实心里也非常看不起她。可难道他们都没有脑子吗？仅凭眼睛看到的、表面上的现象就能用来评判一个人吗？他们怎么能体会“拥有”的珍贵呢？他们又怎么能理解那种“虽然得到了、但又惧怕失去”的痛苦滋味呢？……

派丽汗把刚刚拥有的物品拿到别人面前去炫耀，实际上是为了确认她对这个物品的所有权。她从未真正拥有过什么。自从出生以来，就连她的肉体和灵魂就不属于她自己，而是属于别人。在这种情况下，她怎么可能成为一件物品的真正主人呢？派丽汗相当清楚地认识到这一点。事实上，厨房并不属于她，手腕上佩戴的丁当作响的金镯子也不属于她，甚至连自己那微弱的呼吸都不属于她。她的命运一直就被掌握在别人手中。他们才是厨房、手镯、她的呼吸以及她所拥有的一切的真正主人。只是这些主人从来不知道给予她褒奖，反而一直热衷于对她进行惩罚和责骂。他们虽然也对她有所施舍和给予，但却时刻威胁着要把这一切夺回去。他们千方百计地警告她：她逃不出他们的手掌心，她的未来将任由他们摆布！每当派丽汗想到这里，都觉得自己像一只刚刚出生、无依无靠、正在瑟瑟发抖的雏鸟。

不论是舅舅还是维伊泽，他们都把派丽汗当做一个家里吃白食的人。她在舅舅家第一次犯错误时，就被惩罚站到大门外面去。而结婚没多久维伊泽就威胁她，如果不能生个孩子就要把她赶回娘家。舅舅和维伊泽虽然对派丽汗施予了滴水之恩，但却要她涌泉相报。因此，不管是在穷家还是富宅，派丽汗都只能忍受他人的摆布。对她来说，借了别人的东西总是要还的，她这辈子就是一个还债的命。为了找到一个栖身之所，她只好委身于维伊泽。她清楚地知道，虽然两人同床共枕，但对丈夫来说，她与那些妓女并没有什么区别，只不过多领了一个结婚证而已。虽然内心苦楚，但她表面上却装得满不在乎。甚至在一些场合，她还要努力维护美满家庭的形象，说一些言不由衷的违心话。因为在残酷的事实面前，她除了说谎也没有别的办法。

在这个不公平的世界里，唯一属于派丽汗的，只有她的儿子布伦特。起初，为了给自己留条后路，她连这个孩子也不想要。可后来转念一想，她也许可以借助这个孩子改变自己的命运呢？于是，她生下了这个孩子。不过，从布伦特呱呱坠地的那天起，她才又清醒过来：即便是生了孩子也于事无补，她倒霉的命运早已天注定。这个亲生的孩子也不是她的“私有财产”，而是她和维伊泽的“共同财产”。可悲的是半路还杀出一个程咬金！她所在的这个家庭里，还有一个因为没有自己的孩子而母性大发的女人，那就是维伊泽的姐姐米塞！这让派丽汗感到更加地紧张和不安，在她看来，这个姑姐不仅仅把布伦特当作自己的侄子，她俨然就是一个“影子妈妈”。

米塞有许多地方让派丽汗感到厌烦。尽管她很善良，什么事都替派丽汗和布伦特着想，但她的一些做法却着实让派丽汗感觉很别扭，总是让派丽汗感觉自己是欠她的。米塞的身上总有一种让人说不出来的感觉：她整日沉默寡言，但对布伦特却有一种狂热的喜爱，这一点尤其让派丽汗感觉不舒服。她根本就没有搞清楚自己在这个家里的位置！她本是孩子的姑姑，却表现得更像是孩子的亲妈。派丽汗对这件事非常气愤，她觉得米塞并没有这样的权利。在她看来，如果米塞真的这么喜欢做妈妈，那为什么不离开这个家，去结婚生子呢？为什么长久以来还一直待在这个家里呢？她总是对所有的孩子施以母爱，不管抱着哪个孩子都像自己亲生的一样。派丽汗对此非常不理解，而且她经常在私下和邻居议论此事。

派丽汗打开冰箱拿出食材，她并不知道碧莱喜欢吃什么，昨晚也忘记问她今早想吃什么。这个女人总是一副拒人千里、冷冰冰的面孔。她对任何事情都不闻不问，虽然身材矮小，但却自命不凡地觉得自己是一座大山，并且还有些瞧不起周围的人。派丽汗有着太多卑躬屈膝、讨好乞怜的经历。因此，她格外不喜欢碧莱这种趾高气扬的人。

那天，米塞挂上碧莱的电话后，眼睛睁得大大的，甚至有些结巴地说："埃尤布在伊斯坦布尔？"派丽汗听到这个消息的时候，心底也有一丝兴奋，但她接着想到的是，这个多年杳无音信的小叔子怎么会突然出现了呢？这显然不是什么吉兆，后面肯定会有倒霉的事情。还没等她发表意见，米塞就立即打电话给维伊泽，商量这件事情的对策，显然根本就没把她放在眼里。

可派丽汗并没生米塞的气，也没把这事放在心上，米塞也并不是今天才这样的，这是她一贯的做事风格。这个姑姐虽然外表看起来胆小怕事，甚至有些窝囊，但实际上却颇有心计。只要谈到家里的事情，她总是把派丽汗晾在一边，时刻向她表明，这个家里的真正主人是自己和弟弟。派丽汗永远也忘不了米塞和弟弟以及媒人一起到自己家提亲的情景。米塞进屋后表现得小心翼翼,不管是换拖鞋还是走在地毯上时,总是一副到处审视,心怀戒备,而又高高在上的样子。当派丽汗的母亲讲述自己一个人是如何含辛茹苦地将孩子们拉扯大时,米塞本应该表示同情,而实际上她却撇着嘴角,一副不屑的样子。派丽汗知道,她和米塞之间有着一条难以逾越的鸿沟。只要派丽汗做了什么让米塞不喜欢的事,米塞的脸上就浮现出这种不屑一顾的表情,好像总是在提醒派丽汗:她才是这个家的主人。在派丽汗的眼中,米塞表面看上去恬静、贤淑,但实际心中也有着深深的城府。

当派丽汗踏入这个家的第一天,米塞的脸上露出了浅浅的微笑。“欢迎你,我的女儿!”她对派丽汗说,“以后这儿就算是你的家了。”可派丽汗心里却不高兴了:我们两人的年龄仅仅相差13岁,怎么我就成了你的女儿呢?再说,什么叫“就算”我的家呢?难道从此以后,我们不是要同住在一个屋檐下吗?难道我没有和这个家的男主人结婚吗?难道不是因为这桩婚姻的存在,我的地位已经凌驾于你之上了吗?

得知弟弟埃尤布可能回到伊斯坦布尔的消息后,维伊泽说了一些不着边际的话。但真主是仁慈的,不会怪罪于他。而米塞的喜悦之情却溢于言表。她第一次挂上碧莱的电话时,已经兴奋得满脸通红。第二次接到碧莱的电话,听她说要来伊斯坦布尔找埃尤布时,米塞家快要令人窒息的气氛完全变了。派丽汗一直热情好客,她总是喜欢自豪地向客人们介绍自己的家,也喜欢摆上满满一桌丰盛的饭菜来招待客人。昨天晚上,维伊泽像往常一样对她耷拉着脸,一副不高兴的样子,可她在招待碧莱的过程中没犯什么错啊!她亲自到门口迎接;面对碧莱不冷不热的态度,她回以一个热情的拥抱;她把最拿手的饭菜端上桌,悉心地招待这位客人……当她发现碧莱对自己态度冷漠时,不禁陷入了痛苦之中。晚饭时,她一共端上了十多个菜,但碧莱却未对这些饭菜做出任何评价。就算她是因为丈夫的失踪而忧心忡忡，但不是也把自己的那份饭菜都吃光了吗？她怎么就不能稍微夸奖一下做饭的人呢？尽管派丽汗对自己的卑贱出身和家庭地位已经习以为常，但别人无视她精湛的厨艺却是她无论如何也不能接受的。

她对自己的手艺相当自信。事实上，厨艺也是让她获得称赞和肯定，以及可以找到自我的唯一领域。就算是自己亲生的孩子，她也要与别人一起分享。而在厨房就完全不同了，她就是那里的女王，有绝对的统治权，她着实找到了"我的地盘，我做主"的感觉。在青少年时代，她也喜欢做饭，可那时的条件简陋，物质极度匮乏，做出的饭菜自然没有味道。对她来说，当做饭不用考虑食材和价格等因素时，那么做饭才真正成为一种惬意和幸福的工作。每天，当她把布伦特送去学校、侍候丈夫上班以后，她才能独自来到厨房。对她来说，进厨房不是去完成每日必须的工作，而是去做一件让自己身心完全放松的事情。她没费吹灰之力，就得到了在这个家做饭的许可，她因此可以自由自在地、在厨房里做任何她想做的东西。米塞对做饭毫无兴趣，她整天不是打扫卫生，就是埋头做针线活，就像是在给谁准备嫁妆一样。

每当派丽汗走进厨房的时候，都像是一个手持画笔、但又不知道该画些什么的画家一样，兴奋而紧张。当她走出厨房的时候，香味就会随之飘出，引得大家垂涎欲滴。她有时会做伊朗烤肉，有时会做切尔卡西鸡肉[①]，有时则会简单地做点面条。派丽汗从来不以烹饪的难易程度来给食物分类，而是依照自己的心情去做，高兴的时候喜欢做素菜，生气的时候则喜欢做荤菜。

派丽汗生气的时候，会把粘板上的肉块看作那个惹她生气的人，她会用

① 切尔卡西人发明的一种用蒜泥、油、辣椒和鸡肉做成的凉菜，切尔卡西人是高加索人的一支。

布尔萨菜刀[①]不停地切、狠狠的剁，以此来发泄心中的怒气。有时她生气后心绪难平，也会跑到厨房去做肉丸子。她把肉馅、硬面包以及其他配料放入一个大盆中，然后把手插进盆中，不断地揉搓，用力碾碎，直到自己消气为止。每当这时，她都会大汗淋漓、腰酸背疼。由于她在肉馅中掺入了大量孜然，在揉搓的过程中，她已被那刺鼻的味道熏得都快要吐了。正因为这个原因，平时只要一闻到孜然的味道，派丽汗的胃就会猛然一疼，眼前浮现出那些别人欺负她、压迫她的情景。这么多年的厨艺生涯，使她明白了一个道理，其实每一种味道都可以代表一段回忆。例如，橙子的味道让她想起堆放在舅舅家炉子上的橙子皮。那个炉子放在客厅的正中央，妈妈有一次晚上起夜的时候，不小心误踩到派丽汗的手，那种钻心的疼痛，时至今日她依然记忆犹新。烤辣椒那种沁人心脾的味道，可以把她带到 25 年前父亲去世之前不久的日子。她们家那时还没有搬到伊斯坦布尔，仍然住在埃迪尔内市[②]，全家人一起去梅里奇河边野餐。他父亲给她烤肉串，烤辣椒，这是一段充满了幸福的回忆。不过，烤辣椒的味道对她来说不是代表幸福，而是一种美好往事已成追忆、撕心裂肺的痛苦。

派丽汗高兴的时候，更喜欢做素菜。她把新鲜油亮、花花绿绿的蔬菜清洗干净，码放到菜板上，愉快地挥刀切碎。刷刷的切菜声，让她感到心旷神怡，她一边切菜，一边感受着一种孩子般的喜悦。紫色的茄子，红色的甜菜，白色的菜花，橙色的胡萝卜，这些蔬菜对她来说都具有不寻常的意义。她每切下一刀，都会同时在心里默默地感谢真主的恩赐。她告诉自己，苦也好、累也罢，只要活着就好。她总是满心欢喜地把水果切好、装盘，端给客人们享

① 布尔萨是土耳其西北部省份，那里出产的菜刀在土耳其享有盛誉。

② 土耳其西部城市，曾为奥斯曼土耳其帝国首都，位于梅里奇河和登萨河交汇处，临近希腊与保加利亚。

用。她最喜欢与大家分享的水果是西瓜。当碧绿的瓜皮被一刀切开后，就会露出红通通的西瓜瓤，此时，她不仅可以品尝大自然恩赐的美味，仿佛还能悟出一些人生的哲理。这总是让她情不自禁地笑出声来。她喜欢把自己比喻成被人吐出的黑色西瓜子，虽然不是那么受人喜爱，但却能被红色的、柔软的瓜瓤所包裹。在现实生活的世界中，她也可以做到虽然承受着很多的痛苦，但依然保持乐观。当然，她只有在心情好的日子里，才能这样乐观地看待周围的一切。

对派丽汗来说，做饭并非是一种必须完成的任务，而是她宣泄内心的唯一方式。她切，剁，揉，搓，烤，煎，煮，炸，她只有在做饭的过程中才可以得到自我解脱。而所有这一切发生的地点就是厨房，这是唯一一个属于她的、宛若细密画一般美丽的世界，那里只有她一个人，她可以安静地和自己进行对话。

派丽汗从一大堆罐子中挑出自己亲手制作的酸橙酱、草莓酱、甜瓜酱和阿吉卡辣椒酱（高加索地区流行的一种辣椒酱，制作原料除辣椒外，还有核桃和其他配料），她把它们分别加入早餐盘中，然后把煮沸的水倒入茶壶。她一时想不起应该做些什么早饭。不过，马上就想起了乐蔓刚刚告诉她的一个做奶酪薄饼的方法，于是就开始按照乐蔓说的做起来。这时，家中的寂静也开始慢慢褪去。楼上的地板发出嘎吱嘎吱的声响，她猜测是米塞起床了。米塞走路非常缓慢，通常是走走停停，一边走，一边环顾四周，观察还有没有其他人也起床了，总担心吵到别人。楼上的脚步声走到厕所那里就停止了。派丽汗猜到那人一定是小心翼翼地把厕所门关上了，所以不再有声响。现在她可以断定，刚才那个起床的人必是米塞无疑。

派丽汗一边把准备好的早餐放在客厅的餐桌上，一边想：怎么没看到碧莱啊，她是不是还没有起床呢？她可别一觉睡到大晌午啊！要是谁吃饭迟到了，派丽汗总会感到抓狂和生气的。因为她精心准备的食物变凉了，沏的茶也变苦了，她的兴致就全被破坏掉了。过了一会儿，米塞从楼上下来，把头探进厨房，轻声问候道："早上好。"然后她来到客厅等着其他人来吃早饭。她走到窗台上的紫罗兰花旁，轻声说了些什么，仿佛是在向刚起床的家人问好一样。之后，她坐在一张双人沙发上，继续缝制着上星期就开始制作的镂花桌布。派丽汗猜测，米塞一定是在按照邻居"傻大婶"阿达拉教她的样式做桌布。这两个老妇女总是在一起研究针线活，从来不知疲倦。想到这儿，派丽汗不禁笑出声来。是啊，难道她这个姑姐不可笑吗？都这个年纪了，仿佛还想着要找婆家、要做嫁妆似的；或者就像是要为自己即将出嫁的女儿准备嫁妆一样！可是这个"傻大婶"阿拉达也够可气的，那些桌布的样式明明就是她从别人那学来的，却骗米塞说这是她自己设计的。这点小伎俩能瞒得过没脑子的米塞，却瞒不过她派丽汗。这不是明摆着的吗，阿达拉那个老太婆哪有设计桌布的本事呢？况且，阿达拉还把那个样式也告诉过她，还逼着她发誓不能外传，可怎么又暗地里把同样的款式教给了米塞呢？一想起这些派丽汗就气愤不已。米塞和阿达拉无儿无女，她们根本就不需要准备嫁妆，就算她们真的需要准备，派丽汗对那些过时的东西也没有任何兴趣。虽然心里这么想，但她嘴上却没这么说。每次阿达拉来她家找米塞喝茶，她都要讥讽的说上两句："哎呦，两位大姐又会面了！您二位还没找到理想中的夫君呢？"阿达拉的经历与米塞不太一样。不管怎么说，她结过一次婚。新婚后没多久丈夫就去世了，她年纪轻轻地就开始守寡，之后再也没有嫁人。可派丽汗这个姑姐却连婚也没有结过，她甚至连一个男朋友都没有交过！她痴迷于著名的男星塔勒克·阿坎[①]。只要是电视里播放的由阿坎主演的节目，她都像着了魔

---

① 土耳其著名喜剧男演员。

似的、一动不动的双眼紧盯着屏幕上那个自己心中的白马王子。任何时候只要听到阿坎的名字,或是周围的人聊到阿坎,她的脸颊都会泛起红晕,就像情窦初开的少女在读情书时突然被人撞见似的。总而言之,派丽汗觉得阿达拉和米塞坐在一起做针线活儿的样子非常可笑。这是两个奇怪的女人,一个是独居多年的老寡妇,一个是把感情寄托在明星身上的老处女,这两个人在一起能搞出什么名堂啊!

当布伦特“呯”的一声关上自己卧室的房门时,派丽汗的早餐也准备好了。像往常一样,布伦特一边大声喊叫,一边从楼梯上跑了下来。他拿起遥控器,开始搜索自己想看的节目。刚才米塞没敢打开电视是怕吵醒碧莱。过了会儿,客厅传来维伊泽让儿子帮自己倒水的声音。这说明在派丽汗做早餐时,维伊泽也已经起床来到了客厅。派丽汗想,真是怕什么来什么,看来要等碧莱起床后才能吃早饭了。派丽汗来到客厅,她向维伊泽问道:“碧莱到底什么时候才能起床啊?我们是不是先吃,不用等她了?”

维伊泽用一种心不在焉的眼神望着她。可能他把心思都用在了超市的生意上,压根儿就不在乎早饭和谁一起吃。可米塞好像听到了什么不中听的话一样,严肃地对派丽汗说:“那样多不礼貌啊!我们还是等着她吧!”

“难道让我们这一大家子人都饿着肚子等她吗?”派丽汗说。但实际上她根本就不饿,只是看到米塞这么重视碧莱而有些嫉妒罢了,她担心这会打破她们家原有的平衡。可既然碧莱是客人,她就应该懂得这个家的规矩,正所谓入乡随俗嘛。正当她的思绪肆意驰骋时,碧莱已经从楼梯上走下来、站在客厅门口。派丽汗心想:这女人走路可真轻,怎么起床了却连一点动静也没有呢?她不会听到我刚才说的那些话了吧?管她呢,就算听到了又能怎样?反正我说自己肚子饿又不犯法!

碧莱穿了一件单薄的土绿色衣服,衣服的袖口很长,一直盖过手腕,好像比昨天穿得要长一些。由于来不及认真梳理头发,她把波浪式的秀发在脑后打了个结,用一个透明的卡子别起来,几缕没有扎上的头发垂落下来,随着她身体的走动而左右晃动。她虽然素面朝天但仍然很迷人。派丽汗常常喜欢说,美丽的女人只不过是会化妆罢了。她对自己的相貌心知肚明,她长相平平、算不得漂亮,她也不讨厌女人的美,只是讨厌长相美丽的女人。

派丽汗的目光情不自禁地滑落到自己的衣着上。她起床后总是穿着很随意:上身的T恤都已经旧得褪了色,而且布满了在厨房劳作时留下的污渍;运动裤的膝盖部位都磨出了洞,有的地方还露出了线头,破旧得就连马戏团的小丑都不如。当然,她并非没钱买好衣服,而是她觉得这样的衣服很适合在家里做家务,她认为这才是一名合格的家庭主妇的标志。在家里,她在穿着方面从不考虑颜色和样式的搭配,让人感觉邋里邋遢。可就在今天早上,当穿着得体的碧莱楚楚动人地出现在大家面前时,派丽汗不禁黯然失色,心里感到非常不悦。

寄宿在舅舅家的日子里,派丽汗一直穿的都是舅舅两个女儿剩下的衣服。如果有男人看不起她,她就去看穷姑娘变仙女题材的电影,借以发泄内心的不快。在那些电影里,清洁工的女儿两天之内就能学会弹钢琴;吉普赛姑娘在希腊籍家庭教师的指导下学习礼仪;出身工人家庭的女孩穿上著名裁缝制作的晚礼服,顿时变身上流社会的名媛……她羡慕所有这些电影里的女孩,幻想着能成为她们当中的一员。她厌恶自己当时的样子,她也想从穿衣戴帽、言谈举止等方面都变成另外一个人!她这样幻想并不是要让别人觉得她好看,而只是想摆脱长期以来被人瞧不起的受压抑的感觉。结婚之前,她穷,没有经济能力改变自己的外貌,况且她的先天条件也不好:她也没有飘逸的长发,只有一头黄色紧实的短发。她也没有迷人的双眼,只有一对像害了眼病似的蓝色小眼睛。尤其是她生气时怒目圆睁,那就别提有多难看了。

自从她家搬到雷西特帕夏大街以后，和维伊泽相识并结婚，她终于从低矮阴暗的小房子里搬进了宽敞明亮的大房子中。在这个大房子里，她第一次获得了改变自己命运的机会。她可以买自己想买的东西，可以抛弃过去的一切重新做人！事实上，她也是这么做的。她到外面办事或串门的时候，都打扮得光鲜亮丽、花枝招展。可她仍然没有变成理想中的自己，每次照镜子，她都试图找到自己长相上的不足：小眼睛，塌鼻梁……可无论她怎么设法改变，都不能成功。在照了这么多年的镜子后，她终于懂得：妨碍她变漂亮的东西并非只是她的外在因素！阻碍她貌美如花的原因就是她的出身和她所经历的过去。出身是她从娘胎里带出来的，终生与她形影不离，即使嫁给了富家子弟也不能让她的内心变得富有。她清醒地认识到，无论怎么改变，她还是原来的自己，她甚至彻底地明白了一个道理：穷人家的孩子终归还是个穷人！就像俗语说的：龙生龙，凤生凤，老鼠的孩子会打洞！结婚给她带来的变化仅仅是，她在户籍上的姓氏随了丈夫而已。虽然生了儿子之后，她在这个家的地位有所提升，并且未来有了保障，但她觉得自己还是原来的自己。每当一个人独处的时候，她还是那个清洁工菲娜特可怜的女儿。这就是为什么她现在穿着那些扔到垃圾箱里都没人捡的衣服仍然感觉舒服的原因。卑贱就是她的代名词，这个特点已经深入到她的骨髓里，以至于不管如何涂脂抹粉，穿金戴银，她都摆脱不了内心深处的自卑感。这种深深附着在她灵魂深处的自卑，根本就无法通过外在的改变而改变。可是那个从楼梯上大摇大摆走下来的弟媳妇碧莱，却拥有她这辈子都不曾拥有的自信。碧莱与她是生活在两个世界的人。派丽汗对她们两人之间的这种差距心知肚明，她非常不喜欢碧莱这种高傲自大的女人。

碧莱从楼梯上飘逸地走下来时，和大家打了个招呼："早上好！"维伊泽此时正坐在电视机前，拿着遥控器调着台。听到碧莱的问候，他朝碧莱这边轻轻地点了点头。而一直想讨好客人的米塞则柔声细气地回应道:“早上好!是不是我们动静太大把你吵醒了?”仿佛是在请求碧莱原谅。米塞的这副嘴脸让派丽汗心生厌恶。米塞刚才一直安静地待在客厅的角落里,并没有发出任何声响,那么她说“我们把你吵醒了”是何居心呢?显然是在责怪其他人动静太大了,可她又希望替别人受过似的,就为了强调她自己是如何完美吧,真是可恶!派丽汗十分了解米塞那所谓的善良和与世无争,这种把戏用在别人身上可能会有效果,可用在她身上却根本就不奏效!她在碧莱的脸上,也发现了与米塞相似的、做作的笑容。

“没有,亲爱的。实际上我早就醒了。”碧莱答道。

派丽汗心想“啊!她起得很早”,我一大早就起来准备早餐、布置饭桌,我把所有的事情都打点好了,也没有自夸一句如何起的早,如何辛勤劳作。你碧莱起床的时候,早饭都准备好了,就吃现成的就行了,明明是最后一个起床的人,怎么还好意思说自己有早起的习惯?!派丽汗心想,真是“林子大了什么鸟都有”,随后,她又想起姥姥曾说过的一句话:这世上的怪人太多了,如果把这些怪人的头上都插个布条作标签,那么商店里的布匹都要售罄了。

家人开始吃早餐。餐桌上的奶酪薄饼是布伦特和维伊泽的最爱,父子俩狼吞虎咽地吃起来。米塞则对酸橙酱赞不绝口。据她说,邻居伊克巴大婶昨天品尝了她家的酸橙酱后一直大加赞赏,因此她想给伊克巴送上一小罐。听了米塞的话,派丽汗当时心里一阵高兴,但随后又沉下脸来。她想:米塞就会用我的东西卖人情!派丽汗不喜欢伊克巴,可伊克巴却是唯一一个给予她羡慕眼神的邻居,因此她也经常会和伊克巴打交道。其实派丽汗的目的只有一个:那就是体会被别人羡慕的滋味。但是,伊克巴是一个能准确预言不幸的人,她的眼睛堪称犀利。如果她对派丽汗家里的哪件物品说到:“啊,这个东西真美啊!”那么被夸赞的物品肯定难逃噩运。例如,她刚夸赞一个花瓶漂亮，那个花瓶一周后就被打碎了；她刚夸赞派丽汗家中的立体音响效果好，甚至说："要是我家也能拥有一套该多好啊！"紧接着那个刚买的崭新的音响就坏了；她刚称赞派丽汗做的菠菜饼味道好，那个饼就掉在地上摔碎了……估计米塞也是因为能在伊克巴那里找到自信，才会和这个长着"乌鸦嘴"的女人打交道吧。

早餐大家都吃得津津有味，只有"不食人间烟火"的碧莱丝毫未动摆在自己面前的食物。她只是在一个面包片上涂抹了点赛乐酱①，然后就一直拿在手中摆弄，并没有吃多少。这个高傲的女人没有吃薄饼和果酱，她似乎对各式各样的奶酪也毫无兴趣。派丽汗想给她的盘子里夹一块薄饼，可她却摇了摇头表示阻止，连话都懒得说上一句。

"你大概是不喜欢吃吧？"派丽汗实在忍不住问到。她感觉米塞正在往她这边看过来。米塞只要一听到有人谈论起她那个忘恩负义的弟弟或这个刚来的弟媳妇，就会立刻感到紧张不安。

"不，所有的早餐看起来都很好吃，不过对我来说，现在吃东西有点儿太早了。"

"太早是什么意思啊？"

"就是吃早饭的时间。"

"早吗？难道每天这个时间，你在家不吃早餐吗？"

"我在家也吃早餐，只不过一般随便吃点。其实我早上一般吃的非常少。"

派丽汗心里不禁暗自嘲笑碧莱："瞧瞧她这个铜臭的模样，这位大小姐居然早上根本就不怎么吃早餐！可现在是在别人家啊，不管怎么说，出于礼节，

---

① 即 Sarelle，一个土耳其本土的榛子酱品牌。

她就是假装，也得装着多吃点啊！真是该死！"派丽汗一边心里发泄着对碧莱的不满，一边往自己嘴里塞了一块奶酪薄饼。"那你告诉我，你早上想吃点什么，明天早晨我给你做！"派丽汗尽管心里很不高兴，但还是礼貌性地对碧莱说了这句话。她最不能忍受的就是别人对她厨艺的质疑。

"哦！不，不！你完全没必要专门为我做什么。我早上一般只是喝杯咖啡，再吃上一块蛋糕或是一片面包就够了。除此之外，不会再吃什么。"

尽管碧莱再三推辞，派丽汗还是重新回到厨房，为碧莱煮了一杯咖啡，之后她端着咖啡返回客厅。

"我们早上一般不喝咖啡，因此我也没想到要煮咖啡。明天早晨做饭时，我再给你烤蛋糕，今天就先这样吧。"派丽汗说道。碧莱又表示，她不想在吃早餐的问题上给派丽汗添麻烦，没必要专门为她做蛋糕。派丽汗深深地呼了口气，向碧莱望去，她的脸上充满了不安和尴尬。因为除了她自己，所有人都喜欢吃派丽汗做的菜。

吃完早饭，大家都各自忙碌起来。布伦特和他的朋友们去踢足球；维伊泽去打理超市的事情；碧莱则要亲自到贝伊奥卢，找埃尤布那个开书店的朋友。这个女人哪来的勇气？为了能找到丈夫，她竟然单枪匹马地来到一个陌生的国度，即使有可能被淹没在茫茫人海里也无所畏惧。米塞执意要陪着碧莱去寻找埃尤布，但被她拒绝了。维伊泽也表示可以开车把她送到贝伊奥卢去，碧莱也固执地回绝了，她说自己可以坐出租车去。她敢于和米塞以及维伊泽正面交锋，直接就把他们对她的关心和帮助拒之门外。而米塞和维伊泽面对碧莱的决定也束手无策，只能在交锋中败下阵来。作为一个经常被人看不起的女人，派丽汗非常羡慕碧莱，她甚至好奇地想知道，让别人顺从自己到底是一种怎样的感受。难道非要像碧莱那样穿一件绿色的衣服？或是必须要在国外出生？还得拥有设计师的头衔？抑或吃早饭时故意对大家吊着脸什么都不吃，而且还只喝一杯咖啡？她派丽汗这辈子是否还有机会做这样一种女人呢？

*

梦开始的时候，我就好像待在一个费了很大的劲才挤入的棺材中。我的灵魂游离在棺材和肉体之外。我其实就是栽在花盆里的一棵无色无味的植物，我进入的棺材就是那个花盆。不管怎样，我的灵魂可以从花盆外看到藏在花盆里的我的肉体。可我怎么也想不明白我是怎么变成那棵植物的，又怎么矗立在一个毫无意义的花盆中。我只是世界上最普通的一棵无足轻重的植物而已，我以极为冷静的心态接受了这个事实，我不惊慌，也不害怕，只是感到有些孤独。

正在此时，花盆的周围开始有了动静。一些许久未曾谋面的人此刻正手持水杯，依次出现在我的面前。首先是我的姐姐米塞，跟在她身后的是我的前女友玛德琳，但这两个人很快就消失了。在她们之后，是我的好朋友伊尔哈姆。像米塞和玛德琳一样，他也一言未发，只是静静地看着我。正当我准备仔细地辨认他的脸时，他也消失了。在他之后，魏赫比来了……就这样，一些我认识的人依次粉墨登场，又依次消失得无影无踪。这些熟悉的面孔，让我暂时脱离了孤独，不过，在他们依次来到我身边的时候，我要躲避他们浇到我身上的水。要是这些人不往我身上浇水该有多好啊！我只是想让他们待在身边陪着我，并不想要他们带来的水。如果植物能说话，我一定会把我的想法告诉他们。不过，我与其他植物的结构相同，我没有嘴巴和舌头，因此也不能说话。我是心有余而力不足，我的躯体被死一般寂静的花盆囚禁着，我的胸腔灌满了恶臭的污水。这种死一般的寂静就像一把生锈的大钳子，紧紧地钳住了我的灵魂，使我快要窒息。我想把自己的胸腔劈开、排出里面的污水，可我怎么也做不到。同时，我想告诉依次出现在我面前的人们：请不要给我这个蜷缩在小花盆里的观赏植物浇水！我好不容易才在花盆底部扎根，我不想让我的根部继续长大变肥，否则它将把花盆撑裂，把我的小窝毁掉。由于被迫要对自己的生死存亡做出选择，我的内心陷入极度矛盾：是允许他们给我浇水，还是继续忍受孤独？我不知道我到底是害怕死亡，还是更害怕孤独？

我带着自己非常熟悉的一种不知所措的复杂感觉从梦中醒来。具体来说就是：我从梦中不知所措地醒来，又陷入了现实中的不知所措！我被无穷无尽的痛苦裹挟着，仿佛是要对自己过去的无知赎罪一般。虽然我知道这一切都是虚幻的梦境，但这种痛苦却真真切切的在现实中困扰着我，它始终不曾消失也不曾远去。因为我的梦并非都是空穴来风，它与我的现实生活或多或少都存在着某种联系。甚至有时候当我从梦中醒来，常常已分不清哪个是梦境，哪个是现实。在梦中，我是一株把自己当成人的植物呢，还是一个突然变成植物的人呢？我怎么也找不到答案。

在孩提时代，我经常会遇到类似的情境。有时虽然是在白天、在现实生活中，我却仿佛感觉自己置身于梦境当中。是的，即使不是在晚上我也可以做梦，而梦的内容就是我的现实生活中的真实场景，以致于是梦是现实我已经无法区分。每当这时，那些欺骗我的人都会让我感到怒火中烧，因为他们告诉我，只存在一个现实的世界而没有其他。在那段幸运的时光里，我可以睡得很香、也可以做梦。更重要的是，我可以轻松地回忆起做过的梦。只是那段时光已经一去不复返。

可我为什么要做这个梦呢？卡杰医生要求我把原因写下来。卡杰曾经是我的医生，但现在已经不是了。确切地说，至少在一段时间里他已经不是我的医生了。可我并不想效仿那些自命不凡的、不信任医生的病人们，把卡杰医生一脚踢开。我不会仅仅因为读了几本医学书籍,就想当然地认为做噩梦不是一种心理疾病,从而拒绝精神分析方面的治疗,转而寻求行为分析方面的治疗。我仍很高兴让卡杰医生帮我治疗做噩梦的疾病,我愿意把前一天晚上所做的梦讲给他听。因此,周五,我按照上次预约的时间来到他的诊所。我猜想他应该会在办公室里恭候我的到来,因为他起码得对得起我付给他的费用。每次去找他看病,我都得向他支付高额的费用,只有这样我才能从他那里获得一些有关我心理问题的线索。依据支付的费用额度,我可以得出一个结论:只有中产阶级或是上流社会的人,才会存在梦境方面的困扰。我仅仅是因为想不起做过的梦,就要向医生支付一笔巨款,这难道不是一种奢侈吗?如果不是,那就是愚蠢!在这个问题上,我虽然尚未找到确切答案,但有一点可以肯定:生活在社会底层的人们,基本都不需要这种奢侈的服务。他们白天干体力活,到了晚上大都疲惫不堪,总是倒头就能呼呼大睡,怎么可能还会因为做梦的问题去看医生呢?我尽管没有万贯家财,但也衣食无忧,我可以为了提高生活的品质而花些闲钱,因此自称为中产阶级也不为过。周五,在我的家乡是穆斯林的礼拜日,这一天对我们来说是一周里最神圣的日子。我和卡杰医生预约在这一天见面,他应该在办公室里等着我的到来。可一切并非如我所愿,他并没有在办公室里。当我来到他的办公室门前时,大门冷冰冰地关着,就像一堵巨大的墙横在我面前。我当时想:他不会不在办公室里吧?

我敲了敲门,里面无人应答。我想,是不是因为我平常总是自作聪明,所以他讨厌我了?如果真是这样,他应该直接打电话告诉我取消预约啊!为什么要锁住办公室的门,对我避而不见呢?于是,我离开诊所回到家,冷静地仔细想了想,卡杰医生是不会这样对我的,我的想法太天真可笑了,于是就给他的办公室打了个电话,我期望那里现在会有人接听。电话那头传来了一个令人讨厌的声音，那是卡杰医生秘书的电话录音。她在录音里说，卡杰医生因为突感不适而做了一个紧急的外科手术，现在正处于休息和恢复期，因此在未来的一个月内，将不会接受任何病人的预约。录音最后用客气的语调告知，如果患者实在有需要并且愿意，她可以介绍另外一个医生朋友给他们治疗。听着录音，一股怒气涌上我的心头，这股怒气全完淹没了我对卡杰医生健康状况的关心。没等录音播放完毕，我就挂断了电话。这个秘书为什么没有打电话通知患者，取消或是推迟已经定好的预约呢？事实上，卡杰医生在家养病，对我来说是福是祸还并未可知，我无论如何也找不到确切的答案。特别是，我现在已经开始慢慢地回忆起一些梦，而此时却无法得到卡杰医生有关梦境解析方面的帮助，这到底是吉还是凶呢？虽然我渴望回忆起我所做过的梦，但又很反感别人根据我的回忆来解析我是怎样的人。事实上，只要我在回忆梦境方面能够持续取得进展，那么我就没必要急着寻求医生帮助。我也没有必要把我每天做过的梦都告诉他，在他完全康复之前，我可以继续做着梦境笔记。在是否与他分享我记录的全部内容这个问题上，我还有充足的时间做出决定。由于在他康复之前这段日子里，我也没有什么别的办法，所以只好仍旧按照他所提供的方法，继续做好我的梦境记录。

仅仅因为这一点就完全可以证明，为什么一个有学问的人，往往不愿意与无知的人分享自己所知道的东西。我仅凭道听途说的一些知识，就觉得自己懂得比医生还多，像我这样无知的人多么可怕呀！也许今后，有学问的人在给无知的人讲解的时候，应该更加地细心和严肃。真主保佑，但愿在我根据自己所掌握的那点医疗知识，对自己实施了催眠术、而由此踏上一条不归路之前，卡杰医生能回来上班！或者那些噩梦带给我的痛苦最好能够自动消失……不管怎样，卡杰医生暂时离开的这段日子，我最好不要胡思乱想，还是仔细分析一下我为什么会做这个梦吧！

是啊，我为什么会做这个梦呢？为什么我会梦见自己变成了一棵种在花盆里的植物呢？也许我压根儿就没有做这个梦，只是在回忆我过去的经历而已。在梦里，我也许根本就不是那棵栽在花盆里的植物！之所以有花盆和植物，仅仅是提示我所处的环境的外在特征而已。况且花盆和植物，也不是第一次才出现在我的梦中。在远离了故土和亲人来到法国的最初几年，我开始制作陶土花盆。因此，我在梦里蜷缩进花盆中也就不足为奇了，人总是会在痴迷于某种东西后，幻想着进入到那种东西中去。

我在初到法国的那几年，就像一株栽在花盆中的植物一样微小而卑贱。而且，不止我一个人有这样的想法。我的前女友玛德琳进入到了我昨晚的梦中。在我生日那天，她除了为我送上最美的祝福以外，还送给我一小盆花。她的祝福让我满心欢喜，那盆花也芬芳美丽，就像玛德琳本人一样……可就是这个年轻美丽的女子，在听闻我想和她分手后，竟然气急败坏地对我破口大骂："除了我送你的那盆花之外，你简直一无所有！你就是摆在窗台上的、一株枯萎腐烂的植物！"

爱发脾气的女人在生气时，不仅会像突然漏气的皮球一样发出尖声厉响，还会使用一些夸张的词语来羞辱对方，这一点我深有体会。如果我是她们，我肯定会去当一名政客，把这些言语上的功夫用到党派之争的唇枪舌战中去。这些女人在对男人恶语相加时，总是喜欢使用各种夸张的比喻和词汇。她们会说，自己把一生中最美好的时光都浪费在了这些男人身上。她们往往把与男人的关系看成是一场你死我亡的政权争夺战，她们把男友当成是自己的战利品，而把分手看成是对自己的一种羞辱。她们的内心错综复杂，说出的话也总是很夸张。但我从不把她们说的话放在心上，不会因为她们的羞辱而感到伤心。对于她们的话，我会一笑了之；对于她们本身，我也会全部抛之脑后。其实，玛德琳并不是我人生中一个举足轻重的人物，也不是那个让我没齿难忘的爱人。这么多年过去了，我早就把她忘记了，确切地说，是我认为自己已经把她忘记了。可是，我现在做的梦竟然与她多年前送给我的生日礼物有关联，这说明我并没有彻底忘记她。此外，姐姐米塞养了很多观赏植物，这也可能是我做与花盆有关的梦的原因吧。可在我的梦里，并没有出现姐姐最喜欢的紫罗兰，而是玛德琳在生日那天送给我的那一小盆花。米塞与她的紫罗兰心有灵犀，她总是对那些花细心呵护，按时浇水、施肥。而我对玛德琳送的那盆花根本就是漠不关心，从不翻土、浇水，直至让它枯萎死掉。对这盆小花，我连浇水都想不起来，更别提像姐姐一样与它进行心灵上的交流了。我对这盆小花的死活毫不关心，我已经把它的存在忘得一干二净。或者准确地说，是我认为自己已经把它忘记得一干二净了。

高中毕业时，我还只是个孩子。当我带着满脑子的憧憬来到法国时，我也只不过是一个客居异乡的外国孩子而已。除了伊尔哈姆以外，我身边没有其他可以信赖的朋友。从我踏上法国的那一刻开始，我就知道我再也不会回自己的家乡了。因此，当我最孤独和无助的时候，我也没有去想念家乡和亲人。尽管很难融入这个陌生的国度，但我还是告诫自己：一定要努力在这里站稳脚跟，绝不能放弃！况且一个人在一个陌生的国度，尽管没有任何根基，但这也并不是多么可怕的事情。在我眼里，一些人虽然难离故土，但却一辈子待在同一个地方碌碌无为，毫无斗志。他们在锁定幸福的同时，也为自己的不幸埋下了伏笔。我绝不想像他们那样活着。因为一个人每当去到一个新的地方时，都会有新的发现，也许最开始他的内心要承受一些痛苦，但不管怎样，这样的做法至少是充满了勇气和希望的。

在最终决定要去法国留学的那段日子里，我的心情好极了，我目空一切！那些即将被抛在身后的故乡和亲人对于我来说无足轻重。当时我一心想着，即将在理想中的国度开启一段新奇的旅程，而那些与我熟识的、依旧留在故乡的人们将继续深陷在那种卑贱的生活中束手无措、不能自拔。他们中的一些人自我感觉良好，并未察觉生活已经危机四伏，不久后，他们必将深受其害。可到最后我却悲哀地发现：我曾经看不起的、仍然留在故乡的那些亲人和朋友们，他们并非如我想象的那般——生活在水深火热之中。真正过着卑贱的生活、应该被怜悯的人反倒是我自己！也许生活在故乡的人们早就无暇想起我了，他们甚至连我的名字都忘记了。在已经参透世事、现在的我看来，也许曾经那段单纯无知的岁月才更加宝贵。从某种意义上来说，相信谎言也许对所有人来说都是一件好事，也是一种明智的选择。赋予我们的生活更多价值，相信一切苦难都可以忍受、都会过去，这难道不是一种可以阻止我们选择自杀的最好办法吗？而这一切自欺欺人的想法只不过都是我们那荒诞的大脑所发明的游戏而已。外表光鲜的我们会鄙夷身边生活窘迫的穷人，而事实上我们也有着与他们一样的痛苦，但对此，我们却选择视而不见。因此，当一位老人和一位年轻人在公共汽车上相遇时，他们或许会同时对彼此产生怜悯和轻蔑。在年轻人眼中，老人已经走到了生命的尽头，他庆幸自己还有大把的时光去享受人生。而在老人眼中，年轻人则是不谙世事的毛头小子，他感谢时间带给了他成熟和不惑。显然，不论是老人还是年轻人，他们都怜悯和蔑视对方。年轻人在老人身上看到了自己即将奔赴的结局，而老人则对年轻人的不谙世事和轻狂无知嗤之以鼻。不过，他们的人生注定都是不完美的，因为他们都将要面对死亡的召唤。他们虽然在对方那里发现了自己的缺憾，但仍会选择自欺欺人，对自身的缺憾视而不见。不管他们是否承认，事实的确如此。但是幸亏他们选择了自欺欺人，否则，这世界上有关人类自杀的统计数据必将直线飙升。

与那位老人和那位年轻人一样，我也是在生活中选择了自欺欺人的那一类人。高中毕业后，我选择了离开伊斯坦布尔去国外留学，然而实际上我并没有完全搞清楚为什么要做出这样的决定，当时只是认为离开家乡是一件让众人羡慕的事。我甚至告诉同学们，我保证绝对不会想念这个生我养我的地方！对于这一点，我就像熟知自己的姓名一样确信无疑。有个同学站出来反驳，说关于思乡这个问题我们根本就没有必要去讨论。那些从散发着牛粪味的土耳其农村，移民到高楼林立的柏林的土耳其人，为什么仍然会思念故乡，想回到故土？我也很好奇他们为什么会这样！

我的同学魏赫比也毫不迟疑地接话道：

“我说哥们，他就算到了柏林，也是二等公民。可在自己的农村老家，他就是那里的国王啊！当他回到家乡的时候，虽然已经感受过外面世界的光鲜，但作为自己王国里高高在上的国王，还是这种感觉更好啊！在这种情况下，他怎么可能不愿意回国呢？他怎么可能不爱自己的家乡呢？”

魏赫比的话让我心里一惊。在出国之前，我就非常清楚地知道自己不会融入当地社会，我只是努力地不让自己去想那种复杂的、作为一个二等公民的感觉。因此，就算是出国留学，我的心情也并不好受。在外国，我只是一个二等公民而已，我与那些饱受思乡之苦的农民并没有什么两样。但和大多数身在异乡的人有一个明显的不同，那就是我对即将离开的故土没有丝毫的归属感。我认为即便是离开了故土，也不会失去任何东西，在自己的家乡，我也不是什么国王，只是一个不谙世事的小丑罢了。我就是一个无法和家人沟通、无法和他们一起享乐、也不能为他们排忧解难的没用的废物而已……

正当同学们滔滔不绝地讨论着思乡、爱国的话题时，班上一个见过世面的、名叫穆拉特的同学对我说：“怕什么呀埃尤布，不是还有伊尔哈姆和你一起去法国吗？你们两个在国外可以多认识些土耳其朋友，那时候你们就不会想家了。你们要是待腻了，就经常聚聚，在一起用家乡话聊聊天，就会感觉舒服多了。因为在国外最让人难受的就是，无法表达出自己内心的想法。你能想象用外语表达出自己内心的感受吗？事实上在国外的人们，最愿意听到的就是家乡的声音——那种用自己的母语发出的声音。因为母语代表了你的祖国和家乡，这可是千真万确的真理！”

当我听到穆拉特的最后一句话时，突然有点不知所措。我告诉他们，到了巴黎之后，除了之前就认识的土耳其朋友以外，我不打算主动去认识任何其他的土耳其人，因为只有和法国人打交道，才能真正地融入当地的生活。事实上，法语对我来说根本就不是什么障碍。只有傻瓜才会把语言当作借口，这一点在我经历了很多之后才领悟。我认为自己就是一个充满痛苦的盒子！为了摆脱这些痛苦，我努力地跟自己对话、告诫自己要坚强，但最后都无济于事。以至于现在，每当回想起那段无知的岁月，我仍会唏嘘不已。我曾经试图用母语摆脱痛苦都没有效果，那么用外语又怎么可能奏效呢？时间如白驹过隙，一切早已物是人非。我想倾诉、想告白，可甚至都忘却了要倾诉什么、告白什么……

我没有强迫碧莱学习土耳其语。可当她决定学习土耳其语时，我甚至为自己有勇气教她而感到高兴。她如果能在家里使用我孩提时代就讲的母语跟我交流，这毫无疑问将会让我感到舒服。不过，我的世界已经千疮百孔、破败不堪，即便是碧莱也无法改变这个事实。就算她学会了土耳其语，我的故事也只是多了一个听众而已，丝毫减轻不了我内心的痛苦。因为，我不知道该如何向她讲述我的痛苦，又该讲些什么。这种痛苦难以言说，但却又长久存在。正是我想摆脱痛苦的愿望，在把我的过去锁入坟墓的同时，正在侵蚀我的现在。

我为什么把这些都记录下来呢？因为我还是想讲述些什么，但我认为，我到头来却什么也没有写出来。我刚才不是说过了吗，我不知道该如何讲述痛苦，又应该讲些什么。我内心的痛苦就像我的梦境一样，蜷缩在黑暗的角落里。也许一个痛苦想明白了，另一个痛苦又生出来了。

5. 碧　　莱

地平面悄无声息地向上抬升！

——阿赫迈德·哈姆迪·唐伯纳尔
《冬日的花园》

米塞替碧莱叫的出租车已经开到门口，“你一定要当心啊！”她叮嘱碧莱道。碧莱点点头，然后上了出租车，直奔贝伊奥卢而去。待在米塞家的这段时间，碧莱感觉胸口就像压着一块大石头一样，如果再继续待下去，她感觉自己就会窒息而亡。如果不是米塞执意要求她留下，她一定会拿着行李住进酒店，才不会住在她家里呢！之所以答应住在米塞家里，只是不想让她伤心而已。她一直在努力说服自己，要对埃尤布那个脾气暴躁的哥哥和古怪的妻子尽量忍耐。她希望埃尤布能在今天或是明天回到她的身边，回到这个他从小长大的家，这样她就可以尽早结束这段怪异的旅程了。不过，想着想着，她又感到极度的无助，觉得自己已经置身于一部恐怖片的中央，她所希望的一切全都化为了泡影。从埃尤布的梦境记录来看，他的心理治疗并没有取得任何成效。她昨天晚上再次翻阅了埃尤布的梦境记录本，看到了有关他和前女友玛德琳的往事、他对是否要孩子的想法，以及他害怕自己因为要孩子的事与他离婚等等，这些内容让她恼怒不已。当然最主要的，还是他抱怨与妻子的婚姻竟然没有经受过重大考验……在碧莱看来，所有这些记录都证明了埃尤布是一个在充满痛苦的环境中成长起来的人！所有这些记录都像是一个因为受到虐待而兴奋不已的、病态的人所说的痴话呓语。

昨天晚上，碧莱辗转反侧、难以入眠。她不停地问自己，到底是否应该来伊斯坦布尔找丈夫。她的眼前走马灯似的出现一个接一个的与埃尤布有关的场景：有分离，有死亡，有背叛，还有午夜狂奔等等。她甚至还想起了闺蜜佩慈在昨天晚上打给她的电话。佩慈在电话里添油加醋地描述着自己的丈夫拉蒙有可能出轨的事情。

昨天晚上，碧莱刚刚回到自己的卧室不到一个小时，佩慈的电话又来了。要不是来电显示上是佩慈的名字，她甚至都把佩慈昨天早上刚打过电话的事忘得一干二净了。对，佩慈不是说她准备去麦吉斯蒂克酒店捉奸吗？她早上先是抱怨碧莱的电话一直打不通，之后又对是否要去酒店捉奸犹豫不决。佩慈说她很爱拉蒙，如果拉蒙的肚子里没有那些花花肠子，她们的关系会更加牢固，就连拉蒙自己都承认这一点。不过，佩慈也强调，这次非要弄个水落石出，她再也不想为那些捕风捉影的猜疑而委屈自己了。

“可即便我查到那女人给拉蒙发来‘我发疯似地想你’这样的短信，我还是没有下定决心去他们准备幽会的酒店捉奸。我甚至想最后再相信丈夫一次。”佩慈向碧莱倾诉。

碧莱记得，佩慈对她说完这句话时，就号啕大哭起来。她几度哽咽、不能自持，甚至都已经说不出话来。碧莱虽然理解佩慈的感受，却对埃尤布离家出走的事一直守口如瓶，就好像什么事都没发生一样。她之所以没有对其他人讲述自己的痛苦经历，不就是因为害怕陷入像佩慈那样的痛苦吗？据佩慈描述，尽管那天她经历了天崩地裂似的苦痛，但最终还是没有去捉奸，而是选择息事宁人地待在家里炖起鳕鱼来。不过，正当她在厨房做菜时，却听到有人敲门。她打开门，一个女人跌跌撞撞地冲进来差点撞到她身上。那女人自我介绍说她叫爱莉莎，而不是那条短信中显示的“梅荷”。爱莉莎告诉佩慈，拉蒙约她到麦吉斯蒂克酒店 312 号房间见面，如果佩慈不信可以亲自去查。爱莉莎说，她和拉蒙在一起已经一年了，是拉蒙担心伤害佩兹才一直没有把这事挑明。因此，爱莉莎决定自己来找佩慈，把这件事告诉她。爱莉莎认为，佩慈应该给拉蒙自由，对他的出轨给予理解，甚至应该主动退出，因为她无权自私地把拉蒙拴在身边。面对“逼宫”，佩慈当即请爱莉莎离开。没想到爱莉莎还是去了麦吉斯蒂克酒店，把她自己见不得人的遭遇告诉了拉蒙。拉蒙大惊失色，慌张地给佩慈打来了电话。他用既害怕又紧张的口吻询问着刚才发生的一切，仿佛佩慈马上会割腕自杀或是跳楼坠亡似的。当得知佩慈情绪稳定、毫发无损的时候，他表示将马上回家。佩慈则表现出异常的冷静，她让此时已陷入懊恼和忧虑、气喘吁吁的拉蒙别太着急。拉蒙的懊恼显然是针对胆大妄为的爱莉莎，而他的忧虑则是不知道妻子将会采取何种态度对待自己。拉蒙在电话中承认都是自己的错并表示非常后悔，他想当面把这一切向佩慈解释清楚。佩慈则让拉蒙给她一点时间考虑，她现在不想见任何人，在她打电话给他之前请他暂时不要回家。碧莱原本以为，在拉蒙出轨这件事闹得鸡犬不宁后，佩慈可能会做出一系列过激的反应，比如收拾东西离家出走，或是找拉蒙和爱莉莎拼个你死我活。可佩慈的反应与碧莱的想法正相反，她采取了息事宁人的态度。她打电话给拉蒙让他回家，听他讲述发生的一切，最后竟然原谅了他。可这么长时间以来，佩慈都像间谍一样密切关注着拉蒙的行踪，就像是一定要挖出点桃色新闻一样，可当令人震惊的事实最终摆在她面前时，她却选择了大事化小、小事化了的方法。噢，其实佩慈从一开始就知道拉蒙在外面有女人，只是她不愿意承认罢了。

这通电话让碧莱感觉到，佩慈只是想从她这里得到安慰和支持罢了，而并非是什么建议。如果她的建议是佩慈根本就不愿听的，那么无论她说什么佩慈都会充耳不闻。换而言之，不管她说什么，佩慈都只会遵从自己内心的想法。现在即便是拉蒙与那个女人一刀两断，佩慈沮丧的心情也不会完全平复。不过，佩慈并不想让自己的生活发生大的变故，她不会选择离婚。如果选择了离婚，那么等待她的将是失去拉蒙后充满了无穷无尽痛苦的生活，这种生不如死的状态将把她慢慢地耗尽。因此，至少是现在，碧莱没有对佩慈提过什么建议。她只是让佩慈保持冷静，不要仓促地做出决定。从佩慈电话中的反应来看，她对碧莱的建议是认同的。碧莱觉得，佩慈的心情已经有所好转，这让她自己的心情也放松了许多。不过，在早上的电话中，她说自己在塞维利亚，这个谎话迟早都会被揭穿。当佩慈拿到电话账单的明细时，就会发现她给碧莱打的是国际长途，因此会轻而易举地发现碧莱欺骗了她。可即便是佩慈发现了这件事，她又能拿碧莱怎么样呢？

结束了与佩慈之间索然无味的交谈后，碧莱发现，她已经把自己遭遇的一切和佩慈身上发生的事混淆在了一起。从她被接进米塞家的那一刻起，那家人就似乎一直在埃尤布失踪这个问题上向她暗示着什么，这让她有了新的思路。事实的真相到底是什么？是埃尤布抛弃了她，还是埃尤布已经遭遇了什么不测？一时间，她怎么也找不到答案，她感到手足无措，不知如何去面对这个问题，也不知道应该相信谁……

在这个被阴霾笼罩着的家庭里，除了米塞以外，其他人都不相信能找到埃尤布，他们甚至好像根本就不希望能找到他。他们认定是埃尤布抛弃了她，而她还傻乎乎的被蒙在鼓里。他们肯定会在心里这样对她说，“你宁愿认为埃尤布已经死了，也不去想想是不是他已经抛弃了你，真够笨的！”不论是他们对她说的话，还是他们在她面前陷入沉默的样子，都说明他们是这样想的。特别是维伊泽和派丽汗在埃尤布失踪的问题上发表的不近人情、尖酸刻薄的言论，让她本就已经陷入痛苦的心情愈加沉重起来。而更糟糕的是她的内心已经乱作一团，一些可怕的猜测和臆想就像急性传染病一样侵蚀着她的大脑。

可维伊泽和他的妻子又怎么会知道这个多年未曾谋面的弟弟的真实想法呢？碧莱曾经问过埃尤布为什么不愿意和自己家乡的亲人见面，他回答说他和家里人的关系并不好。他从小就在寄宿学校上学，与家人不在一起住，因此他跟家里的人也不亲……碧莱则坚持说，就算是关系不好，毕竟也是一家人，偶尔也应该走动一下。碧莱甚至还批评他不近人情。她一直表示对丈夫曾经生活过的那个世界很感兴趣，想看一看他住过的房子，他的姐姐和哥哥是什么样的人。但她的这个想法从未得到过丈夫的积极回应，他没有主动提议过一次要带她去故乡看看，就算是她主动提出要求，也都遭到了拒绝。她不禁按照佩慈提供的思路去分析问题：难道他在故乡有什么不想让她知道的事情吗？他在那里藏着什么旧情人，或是有什么新相好吗？或许他和那个她都已经有了孩子……可是这些又好像都不成立。这些可怕的假设总有些牵强，这些毫无来由的假设只有那些家庭妇女才能杜撰出来。自从埃尤布走入她的生活后，他们就再也没有分开过。他任何时候在什么地方，她都一清二楚。她认为丈夫没有什么秘密能对她隐藏。人们虽然最初可能会觉得有些事情奇怪，但随着时间的推移，就会对这些事情见怪不怪了。这一点同样适用于碧莱。她在最开始的时候，一直无法理解丈夫为什么不和自己家乡的亲人来往，可后来，这种疑惑就慢慢淡漠了，甚至最后，她就把丈夫当成是一个孤儿来看待。

尽管与故乡亲人之间的关系，已经越来越少出现在他们二人平日的聊天中，但碧莱还是会隔三差五地向丈夫提及她对伊斯坦布尔的好奇，就像是得了会定期发作的慢性疾病一样。她喜欢旅行，去过无数外国的城市，也经常听到别人有关伊斯坦布尔的美好描述。而她深爱的丈夫正是出生在那个让人赞不绝口的地方，她当然想去那里走一走，看一看。可埃尤布总是回绝她，他的借口是，因为在国外留学的原因，他错过了服兵役，所以他一旦踏入伊斯坦布尔海关，就会被扣押，然后直接被抓去服兵役。即使是这个问题不存在，埃尤布仍然未对碧莱执意要去伊斯坦布尔的要求给予积极回应，他说自己根本就不喜欢伊斯坦布尔。有一次，他的一再回绝终于把碧莱激怒了："那好，你就永远别去了，我自己一个人去！"刚开始埃尤布还想一笑了之的敷衍过去，但看到碧莱是真的生气了，就匆忙安排了一趟去土耳其的旅行。只是仍然没有把伊斯坦布尔列入行程，他的借口是："那里天气太热，你会受不了的！"就这样，他们夫妻二人在土耳其美丽的南部海滨度过了一个惬意的假期。碧莱完全迷上了安塔利亚[①]，在那里玩了个够，因此也就没再坚持非要去伊斯坦布尔。在安塔利亚，她首次与埃尤布的好友伊尔哈姆见面。是埃尤布把他们回土耳其度假的消息告诉伊尔哈姆的。之后，伊尔哈姆没有丝毫怠慢，马上就来到安塔利亚与他们相见。此后，伊尔哈姆一共两次前往巴塞罗那与埃尤布相见，其中一次还与他的妻子爱达同行。埃尤布和伊尔哈姆绝对称得上是有着多年交情的密友。他们早在高中时就是同班同学，之后又一起到法国留学深造。虽然不常见面，但友情颇深。虽然碧莱只见过伊尔哈姆三次，但她仍能从埃尤布和伊尔哈姆在一起时的状态中，感受到他们之间亲密的友情。埃尤布和自己这位老朋友在一起的时候，仿佛一下子变得像个孩子似的纯真、无拘无束，脸上呈现出和其他人在一起时从未有过的喜悦和放松，平时寡言少语的他，甚至可以和这个老友滔滔不绝的聊上半天。这让她也喜

① 土耳其南部的海滨城市，是该国最著名的度假胜地之一。

欢上了伊尔哈姆，而且根据自己的观察，他的妻子爱达也是一个文静、善良的女人。

碧莱开始明白为什么埃尤布觉得没有必要与家乡的人见面了。他老家的人如果都像她看到的那样不近人情，那么可怜的埃尤布一直不愿回来也并非没有道理。不过，当碧莱想起米塞听到埃尤布失踪时脸上流露出的焦虑的表情，马上又为自己有这样的想法而感到羞耻。这个可怜的女人就像爱护自己的眼睛一样呵护自己的弟弟，她把自己所有的关爱都给了弟弟。如果碧莱对这种爱视而不见，那可真是太不近人情了！可埃尤布为什么忽略了这些爱呢？难道是米塞的关爱背后有着太多的隐情，让埃尤布不能接受吗？不，也许是她错怪埃尤布的家人了！与埃尤布从未见过面的派丽汗经常向她提出一些尖酸刻薄的问题，难道是她不知道应该如何与自己沟通而有些紧张所致吗？还是由于她们之间的关系还处于敏感期，因此自己把一些问题想得过分夸大了呢？而对于维伊泽的认识，自己是不是也有一些误判呢？这个男人只要一提到弟弟埃尤布，都会阴阳怪气、眼睛里就像冒了火一样。他粗鲁不堪，对自己的弟弟总是一副漠不关心的样子，还有那种跟谁都有仇似的生气的眼神，都让碧莱心痛不已。可在维伊泽充满憎恨的眼神背后，是不是也存在一些她并不了解的非同寻常的故事呢？想到这里，她对维伊泽的厌恶和不满似乎减轻了许多。这一切来得这么突然，她真不知该如何是好。面对错综复杂、异常棘手的局面，到底应该采取什么对策？对于埃尤布老家的人，她是应该喜欢，还是应该怨恨呢？好在她对埃尤布仍心存信任。“嗨！嗨！”她深深吐了两口气，感觉脑袋疼得就像要裂开一样。

“大姐，您刚才是不是说了什么呢？”那个机灵的出租车司机一边从后视镜中看着碧莱，一边问道。

“我什么都没说。请您认真开车吧！”碧莱似乎一下子找到了发泄的对象，她对司机责备道。

出租车在伊斯坦布尔的海滨大道上飞驰，之后，在一个地方转了个弯，进入了一条狭窄的巷道，然后又驶上了一片高地。

“大姐，您是说咱们要去加拉塔萨雷高中吗?”出租车司机问碧莱，他刚才在受到责备后就一直沉默不语。

“对，加拉塔萨雷高中门口附近有一个旧书市场。咱们就在那儿停。”

“哦，您是说卖旧书的地方啊，那个市场是不是叫阿斯勒汗？您看，咱们右手边的建筑物就是加拉塔萨雷高中了，您说的那个市场就在不远处。好吧，我给您捎到市场门口去。”

出租车停在了阿斯勒汗市场门口。“好了，咱们到了。这就是您要去的旧书市场。”司机用手指了一下车窗外的市场大门，示意她已经到达了目的地。

碧莱看了一下计价器，然后从包里拿出一些昨天在机场兑换的土耳其里拉，递给了司机。司机正要找零钱给她时，碧莱说了句“不用找了”，就下了车。她心里很清楚，刚才对司机无端地发火并不妥当，于是决定给司机一些小费以示歉意。除了这样，她也找不出什么别的方式表示歉意了。

碧莱走进旧书市场，一下子就发现了她要找的人，仿佛自己事先就已经跟他约好了似的。在来这儿之前，她根本就没有想到事情会这么顺利。她心里非常高兴，感觉这么多天以来，幸运的天秤终于要向她这一边倾斜了。她要找的伊尔哈姆就站在靠近市场入口的一个店铺门口。他穿着一条杂纹短裤，更像是一个游客，而不是什么书店老板。他正背着身子整理要售卖的图书。听到有人叫他的名字，他转过身来，当发现站在身后的人竟然是碧莱时，他惊呆了，简直不敢相信自己的眼睛！缓过神儿来以后，他开心地大笑起来，露出一排洁白发亮的牙齿。“您怎么从天而降呀?”他一边说，一边给了眼前这个突然出现的贵客一个大大的拥抱。可当碧莱听到他说的话时，顿时明白，伊尔哈姆肯定对埃尤布的情况一无所知。她的最后一线希望，就像一个被摔得粉碎的透明水晶花瓶……伊尔哈姆根本不明白碧莱此时的心情，他兴奋地想马上看到他多年的好友埃尤布。

"啊，我的那位老同学在哪儿啊？"伊尔哈姆用期盼的眼神向碧莱身后望去。碧莱赶忙借机上下打量了伊尔哈姆一番。她发现，他的激动和兴奋的确是发自内心，而非假装出来的。碧莱坐在伊尔哈姆递过来的小椅子上，详细地讲述了关于埃尤布失踪的事。

讲到最后，碧莱几乎是用哀求的口吻对伊尔哈姆说：

"你能帮助我吗？"

埃尤布到底会去哪里呢？他们二人开始绞尽脑汁地苦思冥想，试图找到下一步行动的方向。他们不知道埃尤布身上到底发生了什么。在伊尔哈姆看来，现在正是最敏感的时期，至少这个阶段不宜把埃尤布失踪的消息到处宣扬。如果万一埃尤布突然回来，看到所有的人都在对他指指点点，肯定会大发雷霆。因为他一向对个人的私事守口如瓶，总是喜欢自己解决问题。突然在大家眼皮底下搞了个人间蒸发，确实是个疯狂的举动。在得知埃尤布最近一段时间感觉非常不好、甚至去看了心理医生后，伊尔哈姆表示，他一定是遇到了什么危机，玩失踪也许只是一个借口，他只是想一个人清静清静。并且，他肯定不是真的发疯，他的意识很清楚，所以选择了去他再熟悉不过的故乡。虽然他采取的行动秘而不宣，让碧莱他们找不到任何线索，但至少他的目的地是明确的。

伊尔哈姆认为，为了获得确切的信息，搞清楚埃尤布是否已经遭遇不测，他们现在应该报警。与维伊泽对自己的亲弟弟表现得漠不关心相比，伊尔哈姆这种全力以赴的态度，让碧莱心中充满了感激。"对，我们去报警！"碧莱说，“我也觉得我们应该去报警！”

在离开自己的店铺之前，伊尔哈姆叮嘱碧莱在店里耐心等他回来，如果有人买书，就按照书第一页上用铅笔标注的价格销售。之后，伊尔哈姆一路小跑地来到旧书市场附近的一个派出所。现在碧莱一个人在书店里。店里的电话响了几声，她没有理会。此外，她还接待了两位来买书的顾客。其实，伊尔哈姆走后店里也只来了这两个人。第一位是个老先生，他来买土耳其作家塞夫吉·索斯亚尔的小说《新城午后》[①]。另一位顾客是个女青年，她着急地寻找玛莉莲·梦露的自传，把整个书架都翻乱了。那位老先生的眼镜片脏兮兮的，让人看到就想躲得远远的。碧莱向他解释，店主出去办事了，因此她不知道店里有没有这本书。而对那位愁眉苦脸的女青年，碧莱只是照章办事地按照第一页上标明的价格把书卖给了她。女青年把书放进包里，就若有所思地离开了店铺。可还没有走出市场的大门，她又突然折返回来，想要买美国诗人西尔维娅·普拉斯[②]的书。碧莱给她的答复与之前给那位老人的回答一模一样。两位顾客走了之后，店里就再也没来任何人。因此碧莱判断市场里的生意一定很萧条，可伊尔哈姆为什么偏偏要做旧书生意呢？他和埃尤布一样，学的是经济啊。据碧莱了解，伊尔哈姆还在大学里教过一阵儿书。可后来又是什么原因使他辞职并创业了呢？碧莱对此一无所知。要么是伊尔哈姆从没有向她提起过，要么就是他告诉过她，但她却给忘记了。她唯一能够回忆起来的，就是当伊尔哈姆向她和埃尤布讲述要盘下旧书店的生意时，那种滔滔不绝的样子。

---

① 该小说于 1973 年出版，是一部现实主义社会小说，讲述的是在土耳其首都安卡拉新城地区，一群彼此不相识的人在午后邂逅的故事，探讨了亲情、友情、爱情、平等和孤独等社会问题。

② 西尔维娅·普拉斯(Sylvia Plath, 1932 年—1963 年)，美国最重要的女诗人之一。生前颇受争议，其作品富于激情和创造力。

大约过了20分钟，伊尔哈姆气喘吁吁地从外面回来了。他告诉碧莱，警察对埃尤布失踪的事并不在意，他们要求失踪者的家属在调查程序正式启动之前，再次确认失踪的真实性，他们还需要失踪者家属提供详细的联系方式，以便进一步了解情况。换句话说，如果不是失踪者的家属去报案，警方是不会受理此事的。碧莱马上站起来想去报案，却被伊尔哈姆拦下了，他说待会还是让他去吧。伊尔哈姆告诉她，刚才为了要米塞家的联系方式，他给书店打过电话。既然碧莱没接，那么她也就没必要再去一趟派出所了。碧莱为刚才没接电话而感到有些后悔，但她又怎么能想到这个电话是打给自己的呢？不论她心里多么着急，现在也不是时候，她知道伊尔哈姆远远比她更了解当地的情况，于是她把米塞家的地址和电话号码写在一张纸上。“把我的号码也留给你！”她一边说，一边把自己的手机号也写在纸上递给了伊尔哈姆。伊尔哈姆拿着这张纸又去了派出所，一会儿又气喘吁吁地跑了回来。他告诉碧莱已经把地址和电话都留给了警察，剩下的事就交给警察去处理。

尽管寻找埃尤布的事并没有取得什么进展，但碧莱的心情还是比上午好了一些。现在，至少她的身边有一个可以替她分担痛苦、愿意为她跑前跑后、可以充分信任的人。伊尔哈姆很绅士，而且非常善解人意。虽然埃尤布的失踪可能与他和碧莱之间的关系有关，但伊尔哈姆一直努力地回避谈到这一关系。可也正是因为这样，伊尔哈姆与碧莱之间也就没有什么可谈的了。他们有关寻找埃尤布失踪线索的讨论始终在原地踏步，没有取得任何突破。他们一直在试图找到问题的答案，但是很快又觉得那些假设根本就站不住脚。

又过了一会儿，伊尔哈姆站起身来，他想让碧莱休息一下。

“好了，我们都坐这么久了，难道你还不想吃点东西吗？”

“哦！不，我不饿。现在天气热得我根本就吃不下东西。”

“哎呀，那也要吃一点啊！咱们出去透透气吧，也好让头脑清醒清醒。”

“那你的店铺谁看呢?”

“管它呢!”伊尔哈姆对碧莱耸了耸肩,接着说道,“我每天从早到晚都是待在这个店里,早就待烦了。”

为了说服碧莱同意出去放松一下,举止谦恭的伊尔哈姆几乎都快磨破了嘴皮。碧莱也觉得再不同意实在是不合适了,就不太情愿地跟在他身后,朝旧书市场外面走去。一会儿工夫,他们就来到一个人流如梭、喧闹的大街上。

“这是独立大街①,相当于你们巴塞罗那的兰布拉大街②。不论白天还是夜晚,这条大街的人群都川流不息。这里也是伊斯坦布尔夜生活的代名词。你看,不远处是瓦尔拉巴什街区,就相当于你们巴塞罗那的拉瓦尔区③!”

碧莱不情愿地看着身边熙熙攘攘的人流,感觉自己就像一只置身于漫漫荒野中、瑟瑟发抖的羔羊,内心充满了恐惧和无助。她的肩膀不自觉地向前倾斜,仿佛是要保护自己,使自己不被嘈杂的人群所吞没一样。幸好伊尔哈姆很快就把她带入了一条人烟稀少的胡同,之后,他们来到一条林荫大道上,拦了一辆出租车。

“我先带你离开这个喧嚣的地方吧。”伊尔哈姆对碧莱说,“你先放松一下,喘口气。咱们去一个漂亮的地方,叫金角湾④,那里的景色棒极了! 我们可以一边喝茶,一边欣赏景色,那时候,你就会感受到伊斯坦布尔的迷人之处了。”

---

① 伊斯坦布尔最著名的街道之一,位于历史悠久的贝伊奥卢区。整条街道全长约 3 公里,沿街密布着音像店、书店、美术馆、电影院、剧院、图书馆、咖啡厅、酒吧、巧克力店和餐馆等娱乐、休闲场所。

② 巴塞罗那最著名的街道之一,平时总是熙熙攘攘,人流如织。该大街的起点是加泰罗尼亚广场,终点是哥伦布纪念塔。

③ 巴塞罗那的重要旅游景点之一。整个街区有许多精品酒店、画廊和商店,艺术和文化气息浓厚。

④ 伊斯坦布尔著名的观光景点。位于博斯普鲁斯海峡南口的西岸,从马尔马拉海伸入欧洲大陆,长约 7 公里。曾是土耳其伊斯坦布尔港口的主要部分,该海湾将伊斯坦布尔的欧洲部分一分为二。

“去埃尤布[①]。”伊尔哈姆对司机说。

伊尔哈姆注意到碧莱正在用充满疑惑和惊讶的眼神望着他，但他没有着急解释，而是继续向司机嘱咐：“师傅，咱们实际上是去皮埃尔·洛蒂山岗[②]，您最好从山后面绕道上山。”之后，他转过身来对碧莱说：“咱们要去的街区与你丈夫的名字一模一样。”伊尔哈姆告诉碧莱，他们一会儿要先经过一片满是古老墓地的山坡。为了饱览沿途的美景，他们本应该步行上山的，可由于天气太热，还是坐车为妙。而再过一会儿，他们的眼前就会出现金角湾的壮丽美景了。当了解到他们即将要去的地方与寻找埃尤布毫无关联之后，碧莱顿感失望，而且谁又愿意在墓地里闲逛、寻找乐趣呢？事实上，碧莱对欣赏风景没有任何兴趣，可她不好意思驳伊尔哈姆的面子，就没有提出异议。不久，出租车到达了目的地。碧莱从车上下来环顾四周，觉得并没有什么值得关注的美景。之后，他们又向上爬了几阶石梯，来到一个普通的咖啡馆。他们穿过一条长长的走廊，走进一个摆着十多张餐桌的大院子。碧莱发现这里别有洞天，眼前是一片令人心旷神怡、海天一色的美景，她不禁惊呆了。可她的内心却顿感暗然神伤：要是此时此刻，能和埃尤布一起欣赏金角湾这美轮美奂的景色该多好啊！

碧莱和伊尔哈姆在咖啡馆的院子里默默地喝茶，两人几乎没有交谈，只是静静地欣赏不远处金角湾的美景，也许他们的心里都在想着同一个人吧。

伊尔哈姆喝完茶，直起身子说道：“我有一个同学在贝亚泽特[③]开了个茶

---

① 伊斯坦布尔欧洲部分的一个县，位于金角湾海岸边，风景如画。

② 伊斯坦布尔著名景点之一，山上有许多咖啡馆和饭馆，是伊斯坦布尔俯看金角湾的最佳地点。该山以法国小说家和航海家皮埃尔·洛蒂的名字命名。皮埃尔·洛蒂曾乘船环游世界，他于一八七九年发表了记述土耳其风光及其恋情的处女作《阿姬亚黛》。

③ 伊斯坦布尔法梯赫县的一个街区。

馆。”他接着说，“我们和埃尤布都是一个学校的。他的名字叫魏赫比，我们都管他叫‘老板’。这个同学见多识广，世上的事，几乎没有他不知道的。如果你愿意，我们可以去找他问问，让他给想想办法，看看能不能找到一些有关埃尤布的线索。”

碧莱现在想起来，埃尤布经常收到来信。那个写信的人会不会就是魏赫比呢？尽管碧莱与这个人从未谋面，但确实曾经听埃尤布提起过，好像他们俩的关系还不错。不管什么时候提起魏赫比，埃尤布脸上总是带着笑容，一副很高兴的样子。通过写信，魏赫比把伊斯坦布尔发生的事情以及他们同学的境况告诉身在异乡的埃尤布，有时还会给他邮寄音乐磁带和书籍。想到这里，碧莱的心里闪现一丝希望。因为多找到一个与埃尤布保持联系的人，就意味着在寻找埃尤布这件事上，她就可以多得到一个人的帮助。她怪自己之前竟然疏忽了这么重要的一条线索。于是，她非常高兴地同意了伊尔哈姆的建议。此时，她焦虑的心情舒缓了许多。

碧莱和伊尔哈姆乘出租车来到了魏赫比的茶馆。他们穿过两侧摆满了书籍的走廊和一个小花园，来到茶馆前。这个茶馆虽然从外面看上去有些陈旧，可里面却布置得相当考究。墙壁上挂着黑白照片、报纸剪报，还有一面特大的费内巴赫切足球队的队旗和一面巴勒斯坦国旗，其中一张四角皱起的英国平克·弗洛伊德摇滚乐队的头像照片和一副法国电影《怒火青春》的海报显得格外抢眼。一些顾客三三两两地坐在椅子上热烈地聊天。碧莱觉得这里的氛围有些与众不同，但是又难以形容。“你们老板魏赫比在哪儿?”伊尔哈姆把茶馆里的一个年轻侍者叫到身边问道。侍者说他们老板去清真寺了，一会儿就回来。于是伊尔哈姆和碧莱找了个空位置坐下来，要了两杯茶。正当碧莱要说“我不想喝茶了”的时候，一位又高又瘦的青年从距离他们不远处的桌子旁站起身，快步向他们走来。“老师，您最近过的如何?”那青年向伊尔哈姆问道。伊尔哈姆马上站起来，和这位年轻人寒暄了几句就把他打发走了。此时两杯茶早已被端上了桌。于是碧莱没有再推辞，拿起茶杯喝了起来。

过了一会儿，一个大汗淋漓的男人急匆匆地走进茶馆。他一边喘着粗气，一边用纸巾满头满脸地擦汗。他将披散的头发向上一甩，显得派头十足，可接着，他又把为了吸汗而垫在鞋子里的报纸取了出来扔在一边。他卸下扛在肩上那个破旧不堪、装满了杂志和书籍的大背包。整个过程都显得举止怪异。

“我可捡了一个大便宜！这些书的价格低得简直让人难以置信。有个人推着小推车、就在茶馆不远处卖书呢！你们快看看我都买了什么吧！有安德烈·纪德[①]、莫泊桑，还有贝尔托·布莱希特[②]的作品——《三便士歌剧》。”这个举止怪异的人对茶馆里的人说道。他一边说，一边把刚淘回来的“战利品”摆在了面前的空桌子上。这个人就是这么漫无目的地把话随便一说，以至于碧莱都不知道他是在跟谁说话。但从这一点似乎也可以判断，他认识茶馆里所有的客人，也就是说，他的话是说给茶馆里所有人听的。

“这是西蒙娜·德·波伏娃[③]的小说《女宾》。你不是有一个女权主义的朋友吗，你把这本书送给他吧！”他把书递给一个坐在茶馆入口处的青年。

之后，他又从背包中取出一根铅笔，递给了坐在这个青年旁边的另一个人，并说道：“拿着吧，这笔归你了，你用它去写字吧！”

紧接着，他又从背包中取出一块橡皮，放到那人面前的桌子上说：“当然，

---

① 安德烈·纪德(Andre Gide, 1869 年—1951 年)，法国著名作家。

② 贝尔托·布莱希特(Bertolt Brecht, 1898 年—1956 年)，德国剧作家。其作品《三便士歌剧》对 19 世纪中产社会的道德观给予了尖锐的讽刺和批判。

③ 西蒙娜·德·波伏娃(Simone de Beauvoir, 1908 年—1986 年)，法国存在主义女作家。

如果你愿意,也可以把写好的东西擦掉。”

就这样,这个行为举止怪异的人就像圣诞老人一样,几乎给坐在茶馆里的每个人都分发了礼物。不过,他并未注意碧莱正在用诧异的眼神注视着他。“哎呀,这天气热得简直就像在地狱一样啊!”他一边抱怨,一边更换垫在鞋子里、已经被脚汗浸透的报纸。“要是我有钱,我就在阿尔达汉[①]买幢别墅,夏天就去那里住!只有傻瓜才会在夏天留在伊斯坦布尔呢!”他像是在自言自语,又像是在对茶馆里所有的人说。此话一出,逗得所有人都笑了。

“大哥啊,你不是曾在阿尔达汉服过兵役吗?为了避暑,你应该继续在那服兵役。”茶馆里的一个客人打趣道。“圣诞老人”装作若无其事的样子,好像什么都没听到似的。为了让自己赶紧凉快下来,他从口袋中掏出一条湿纸巾,从头到脚不停地擦着汗。不过,当他看到坐在茶馆中的碧莱时,立刻就不再擦了,而是径直朝这个从未谋面的女人走过来。

“啊,伊尔哈姆!我怎么没看见你啊,你是什么时候来的?”

“我说老板啊,你让我们等的好辛苦,我们都来了两个多小时了,却连你的人影儿都没见到。你在清真寺里做礼拜怎么花了这么长的时间啊?我们还为你到哪里走运去了呢!”伊尔哈姆调侃道。

碧莱判断,面前这个举止有些怪异的人必定是魏赫比无疑。他与身在异乡的埃尤布通了十年的信,还会隔三差五地给埃尤布寄来礼物,这种出手大方的作风与眼前这位给每个人都送礼物的“圣诞老人”极为吻合。

“不是啊,大哥!我从清真寺做完礼拜后又去了一个老朋友家。这个朋友前不久在他住的街区开了一家酒店。我一直没找到合适的时间去给他捧个场。今天我正好有时间去了一趟,又赶紧回来了。这个“圣诞老人”好像根

---

① 土耳其东南部的一个省,与格鲁吉亚交界,夏季气候凉爽。

本就没有注意到碧莱的存在，继续跟伊尔哈姆聊着。

魏赫比压低了声音，仿佛要透露什么秘密似的对伊尔哈姆说：

“哥们，你给说说看！既然那小子为这个酒店投了那么多钱，又花了那么多的心思，就应该给酒店取个爷们儿点的名字吧？可这小子偏偏取了个娘们儿般的名字：‘帕拉·帕拉·帕拉斯’。还说什么‘帕拉·帕拉’就是闪亮的意思，‘帕拉斯’是宫殿的意思，加在一起就是‘闪亮的宫殿’！他还差点要给旅馆取个什么‘帕尔塔·帕拉斯’①的名字，甚至还想叫什么‘帕拉斯·潘多拉’这样的名字。这些名字一个比一个差劲，你说要是让顾客听见，谁还愿意去住呀？”

魏赫比站着和伊尔哈姆说了几句话后，索性坐下来跟他继续聊着，他似乎对碧莱视而不见，只顾滔滔不绝地跟老同学讲话、一刻也不停歇。他说话的语速很快，而且话题非常广泛，一会儿聊费内巴赫切队，一会儿又聊各大报纸的专栏作家。最后，伊尔哈姆实在忍不住了，责备魏赫比道：“我说哥们儿啊，你怎么也不问问我身边的这位女士是谁呢？怎么好像你们是已经认识了四十年的老朋友似的？你应该先认识我身边的这位女士后再聊天呢！”

“哥们儿，真对不住！”魏赫比突然有些腼腆地答道，“我只是觉得坐在你旁边的人肯定不是外人嘛！”魏赫比一边说，一边像是乞求宽恕似地看着碧莱。之后，他抛开腼腆，对伊尔哈姆说：

“难道要让我首先开口认识她吗？她是跟你一起来我这里的啊，那就应该由你先来介绍她。”

“好吧，那就让我来介绍一下。这是碧莱，是咱们老同学埃尤布的妻子。”

“啊，埃尤布？”魏赫比上下打量着碧莱，疑惑地问，”哪个埃尤布？”

---

① 帕尔塔在土耳其语里是简陋的意思。

“我说哥们儿，还有几个埃尤布呀?”

“可我认识好多个埃尤布呢，你说的是哪个呢?”

“还说哪个埃尤布? 你和我都认识的埃尤布不就只有一个吗，就是那个!”

魏赫比发呆似的盯着伊尔哈姆看了足有几秒钟，一脸的疑惑，他眨着眼睛问道:“你说的是那个去巴塞罗那的埃尤布吗?”

“对，就是那个在巴塞罗那定居的埃尤布。”

“噢!”魏赫比像是大梦初醒一般，说道，“是埃尤布的爱人! 欢迎你，嫂子。”他一边说，一边主动和碧莱握了握手。他脸上的惊讶和疑惑一扫而光，露出了亲切的笑容。他询问碧莱以前是否来过伊斯坦布尔，如果来过，最喜欢哪些地方。碧莱简短地回答了他的问题。魏赫比夸赞碧莱的土耳其语讲得好，最后说道:“可是，我们的埃尤布在哪呢?”听了他的话，碧莱很快明白，他对埃尤布的下落也一无所知。

“埃尤布去安卡拉了。他一到伊斯坦布尔就把妻子撇下，自己去安卡拉了，说是在那儿有些事情要办。”伊尔哈姆迅速对魏赫比编了个谎话。碧莱想，伊尔哈姆这个谎话是事先就想好的呢? 还是为了应付魏赫比刚刚编造的呢? 自从埃尤布失踪后，尽管她也用同样的方法对自己身边的人说了许多善意的谎言，但她从孩提时代起，就一直讨厌那些说起谎来连眼睛都不眨的人。伊尔哈姆当然不知道碧莱此时在想什么，他继续对魏赫比说:“你都看到了，我这次和埃尤布也还没见过面呢，倒是先见到了他的妻子。我想等埃尤布从安卡拉回来后再和他见个面。”说完，伊尔哈姆好像又想起什么似的补充道:

“魏赫比，埃尤布知道你在这儿开了一家茶馆吗?”

“啊，我的茶馆……”魏赫比眉头紧锁，两眼望着天花板，好像上面写着问题的答案一样。他想了一会儿接着说:“埃尤布当然知道我开茶馆了。我们不是一直有通信嘛？我在信中跟他提起过这件事。你为什么问他知不知道我的茶馆啊？是不是你想知道他有没有来我这儿？”

“哎呀，我根本就没那个意思。我不是说了嘛，他现在不在伊斯坦布尔。我的意思是，如果他从安卡拉回来要是先到你这儿来了，你一定记着给我捎个信啊，到时候咱们一块聚聚嘛。”

“没问题，他要是先来找我，我肯定会马上通知你的。”魏赫比轻松地答道。

碧莱心里想，人们期待越少，失望也就越少。魏赫比虽然与埃尤布常年保持通信，但他们的关系也仅仅是笔友而已，因此，就算埃尤布没有事先通知他自己要来伊斯坦布尔，魏赫比也根本不会在意，因为他压根也没想着埃尤布会提前通知他。因此，就算到目前为止他还没有见到埃尤布，他也没什么可生气的。此时此刻，碧莱真想和魏赫比一样做一个漠不关心的局外人。

当魏赫比知道坐在伊尔哈姆旁边的人是埃尤布的妻子后，就和碧莱拉起家常来。他问碧莱埃尤布现在住在哪个城市，做什么工作。尽管碧莱只是简短、敷衍地回答问题，而且有些搪塞的味道，但魏赫比仍然没有闭嘴的意思，他开始天南海北地聊起来：从酷热的天气到足球队员转会，从政治家们的尔虞我诈，到入夏以后电影院里播放的烂片……而碧莱的心情早已沉重起来。她明白从这个茶馆中，已经不可能得到任何自己想了解的情况，她人虽在茶馆，但心却已经走远，陷入了找不到埃尤布的深深痛苦中……“你快看，谁来了！”伊尔哈姆捅了魏赫比一下，用手指着刚刚走进茶馆的一个人。来人是个瘦高个儿，有些秃顶，看起来弱不禁风的样子，好像一阵风就能把他吹倒似的。

魏赫比冲着来人叫道：“嗨，老兄，你今天来我这儿有何贵干啊？”那人走到他们面前，龇牙咧嘴地傻笑道："哈哈，我这是一箭双雕啊！伊尔哈姆，最近可好吗？我原想只是来看看我们的'老板'，结果正巧你也在这儿，太好啦！"

伊尔哈姆向碧莱介绍了来人。这个人叫穆吉达特，和埃尤布、伊尔哈姆、魏赫比他们是高中同学。伊尔哈姆和埃尤布去法国留学时，他和魏赫比去了安卡拉上大学，两个人学的都是政治。伊尔哈姆向穆吉达特、魏赫比开玩笑说，他俩把在大学里学的东西都还给老师了。因为，他们虽然学的是政治，可毕业后没有一个从事与政治有关的工作。

"这两个人让家里供他们上学的钱都打了水漂。一个做了茶馆老板，一个做了记者。"

"你的意思是，我们毕业后应该去当县太爷吧！"穆吉达特说。

"是呀，就算你当不了县太爷，至少也得当个类似村长那样的官吧？"

"你说的话怎么这么不中听啊！你以为在华尔街当个不入流的小掮客，就能控制整个纽约的商品交易所吗？"魏赫比反驳道。

"对啊，我就是土耳其的股市大亨'戈登·盖柯'①！"伊尔哈姆对魏赫比的挖苦迎头反击道。随后，伊尔哈姆又把自己胡编的有关埃尤布去安卡拉的事，添油加醋地对穆吉达特讲了一遍。他说埃尤布之所以着急去安卡拉，没能跟他们见上一面，确实是因为有紧急的文件要去处理。穆吉达特其实对埃尤布是否回到了伊斯坦布尔并不感兴趣，毕竟时过境迁，他甚至都忘了还有这么一位在国外生活的老同学。他似乎对坐在他面前的埃尤布的妻子更感兴趣。他不着边际地讨论着当下的政治热点，然后又问碧莱家里是否有巴斯

---

① 1987 年上映的美国剧情片《华尔街》中的主要角色之一。影片以全球金融中心华尔街为背景，描写了可以翻云覆雨的股市大亨戈登·盖柯贪婪成性，不择手段在幕后操纵股市行情，结果却败给了一位仍然具有良知的年轻营业员的故事。

克族人[①]，当得知碧莱的爸爸是巴斯克人以后，他很是高兴，似乎对碧莱的回答非常满足。

"啊，是吗？太好了！"穆吉达特说。

穆吉达特在听到碧莱的回答后，显露出来的莫名其妙的兴奋，让碧莱困惑不已。她对穆吉达特勉强地笑了笑。到目前为止，她都记不起来今天一共向别人苦笑了多少次。埃尤布所有的家人都怪怪的，就连他的同学们也都怪的。"大家都饿了吧？咱们找个地方吃点东西去！"伊尔哈姆提议，他一点都闲不住，每一分钟都有新的想法。尽管魏赫比因为嫌热不愿意外出，但是最后还是勉强同意了。碧莱跟在这群男人的后面，穿过狭窄的街道，来到一个巨大的建筑物前。

"这就是苏莱曼尼耶清真寺[②]。"伊尔哈姆对碧莱说道，"过去，人们在评判一个清真寺的大小时，常以它的穹顶为依据，苏莱曼尼耶清真寺的穹顶非常宏伟，你真应该进去看一看。"可碧莱一想到丈夫失踪，至今杳无音讯，就马上打消了游玩的念头。她甚至连饭都不想吃，只是怕扫了这些同学的兴，才没有提出异议。在她眼中，这个清真寺并没有想象的那样大。伊尔哈姆他们也看到碧莱根本就没有心思闲逛，于是就领着她径直穿过清真寺的院子和花园，来到对面的一家餐馆。这是一家以白腰豆汤[③]而闻名的餐馆，名字别有特色，叫"阿里巴巴"。魏赫比去付钱，伊尔哈姆则向碧莱介绍说，早在高中时

---

① 主要分布在西班牙比利牛斯山脉西段和比斯开湾南岸一带。从 19 世纪起，巴斯克人的民族主义情绪高涨。佛朗哥独裁政权结束后，巴斯克极端组织'埃塔'在西班牙各地制造恐怖事件。西班牙政府在严惩恐怖分子的同时，多年来一直对巴斯克民族采取安抚的政策，使民族矛盾情绪逐渐缓和。

② 奥斯曼帝国时期修建的著名清真寺，1550 年动工，1558 年竣工。整个建筑位于金角湾沿岸的一个山坡上。该清真寺被视为土耳其建筑史上的杰作。

③ 由白腰豆、橄榄油、洋葱和西红柿酱以及鲜肉熬制而成的一种汤，是土耳其著名的家常菜之一。

代,他就经常和埃尤布来这家餐馆吃饭。“在伊斯坦布尔,几乎所有的餐馆都可以吃到白腰豆汤,但是只有现在这家做得最正宗,而且价格还很公道。”伊尔哈姆说,埃尤布每次来这里喝白腰豆汤时,都狼吞虎咽地把盘中的食物吃得精光,就像个难民一样。还有一次他吃的太猛了,一口气吃掉三盘,结果撑得一整天都直想吐。

伊尔哈姆和同学们开心地回忆着学生时代的趣事,碧莱则一边倾听,眼前一边浮现出了一幕幕有关埃尤布学生时代的鲜活的生活场景,埃尤布也许曾经与她坐过同一张餐桌,吃的也是一模一样的饭菜呢！尽管他们两人一个在过去,一个在现在,却相聚在了同一个地点。碧莱已经深深陷入对丈夫学生时代的追忆当中,尽管这种回忆是那样的脆弱不堪,但她却感觉到冥冥之中与丈夫的灵犀相通。她多么渴望能马上就找到失踪的丈夫,与他再次相逢啊!

当热气腾腾的炖白腰豆汤被端上桌的时候,香气扑面而来。豆汤带有浓浓的番茄酱味,辣度适中。“不就是个汤吗!”穆吉达特说道,“这破汤就应该在冬天喝,但既然今天你们非要来,那我也就管不了那么多了。”他一边说,一边开始大口大口地喝起来。碧莱也学着穆吉达特的样子,津津有味地喝起汤来。她只用了 10 分钟就把汤喝完了,就连她都惊讶自己为什么喝得这么香。这真是她这辈子喝过的最正宗的炖白腰豆汤了。

吃过饭,伊尔哈姆提议去贝伊奥卢喝上几杯拉克酒①。穆吉达特马上表示:“喝酒这件事我最喜欢。”碧莱碍于面子,一直对埃尤布的同学们言听计从,但已经疲于应付了,因此她不愿再继续敷衍下去,便说道:“我不想去了,

---

① 土耳其名酒,由葡萄和大茴香酿制而成的一种烈酒。许多人因其度数过高,喜欢兑水稀释后再喝。这种酒加水后会变成乳白色,因此被俗称为‘狮子奶’。

我有点累。”她脑子里纷乱一片，不想再撑下去了，她一分钟也不想多待，而且她对这些同学们之间的谈话丝毫也提不起兴趣。可坐在对面的埃尤布的同学们，却一点都没能理解她此时的心情，还在天南海北地胡乱聊着，这使碧莱觉得自己是多余的。况且，她也不是为了游山玩水才来到伊斯坦布尔的。于是她就借口埃尤布的哥哥和姐姐都在等她回家，想推掉喝酒的事。“我知道你现在对什么事都提不起兴趣。”伊尔哈姆把嘴凑到碧莱耳边轻声说道，“可你一个人待在家里苦思冥想也无济于事啊，还不如先跟我们一起放松一下呢！不管怎么说，我们现在除了耐心等待也别无他法呀！”

碧莱想了想，伊尔哈姆的话确实也有道理。尽管与面前这些没心没肺的男人在一起聊天很没意思，但总比待在埃尤布哥哥姐姐的那个令人窒息的家里好吧？从昨天住到他家以后，派丽汗一刻不停地向她问着一些无聊的问题，而她丈夫维伊泽说的每一句话都尖酸刻薄……所有这一切都让她难以忍受！因此，与其回去，还不如选择和埃尤布的同学待在一起。况且，真要是喝上几杯的话，或许还能让她紧绷的神经放松一下。

“那好吧，我还是跟你们去吧，但我待一会儿就走。”碧莱说道。

大家起身离开了阿里巴巴餐厅，中途还把魏赫比送回了他的茶馆。因为魏赫比不喝酒，所以他将缺席随后的聚会。碧莱在茶馆给埃尤布的哥哥姐姐家打了个电话，想告诉他们自己可能要回去晚一些，但电话一直没有人接听。伊尔哈姆也给妻子爱达打了个电话，告诉她一会儿要和碧莱聚会的事，而魏赫比则邀请碧莱有机会就再去他的茶馆坐坐。“但愿下次埃尤布再回来的时候，你们能到我这里坐坐。”说这话时，他就像一个刚刚丢失了心爱玩具的孩子一般，显得十分忧伤和失落，毕竟他和埃尤布还有这么多年的同学情谊啊！碧莱可以看得出，因为埃尤布没有通知他要来伊斯坦布尔，使魏赫比心里有些怨气。碧莱原以为魏赫比与埃尤布只是普通的笔友关系，可从魏赫比现在的情绪可以看出,他与埃尤布之间有着很深的友情。如果他知道事情的真相,他一定会同情碧莱的遭遇。正当他与碧莱告别的时候,魏赫比好像想起了什么一样,对碧莱说:“你等一下,等一下!”之后,他转身朝着放在收银台上的大背包走去。他在背包里翻了一阵,取出一个红色封皮的小笔记本递给碧莱。

“留个纪念吧! 我想可能咱们再也不见面了呢,想送给你一个礼物……”

碧莱几乎把魏赫比“圣诞老人”般乐善好施的性格特点都忘了。她发自内心地露出了微笑,并向魏赫比道了谢。当她把红色的小笔记本放进自己的包里时,禁不住开始自问,是啊,我是否还会和这个脾气有些古怪的人再次相遇呢? 如果再次见面,我是不是已经和埃尤布重逢了呢? 又或许,我和埃尤布永远也不会再相见了呢……

伊尔哈姆和妻子爱达约在塔克西姆广场[①]见面。据伊尔哈姆说,当爱达在电话里听说碧莱在伊斯坦布尔之后非常高兴。真正见面时,爱达给了碧莱一个大大地拥抱。碧莱对爱达表现出的热情既感到意外,又感到由衷地高兴。自从巴塞罗那一别,她们就再也没有见过面。伊尔哈姆一行人穿过独立大街熙熙攘攘的人群,来到了附近的鲜花市场[②],他们走进一家酒馆坐下,点了一瓶拉克酒。服务生对伊尔哈姆相当热情,碧莱猜想伊尔哈姆一定是这里的常客。那么碧莱之前喝过拉克酒吗? 她当然喝过了。埃尤布在家经常会备上一瓶拉克酒,有时就搭配着奶酪悠然地喝起来。虽然碧莱并不喜欢这种酒的口味,有时也会陪着丈夫喝上两口。

“你们西班牙有一种酒与拉克酒很相似,对不对?”伊尔哈姆问碧莱。

---

① 土耳其最著名的广场之一,位于伊斯坦布尔的贝伊奥卢区,紧临伊斯坦布尔最热闹的商业街——独立大街。

② 伊斯坦布尔的一栋历史悠久的商业建筑,1876 年开业,内部有众多的酒吧和餐厅。

“对，你说得对。那种酒的名字叫卡萨拉(cassalla)，和拉克酒一样是透明色，掺水后就会变成乳白色。一般来说，瓦伦西亚人喝这种酒比较多。比如，我妈妈就非常喜欢喝这种酒。”当碧莱说到最后一句话时，她突然想到应该给妈妈维姬打个电话了。如果不打，妈妈一定会担心的，过不了多久肯定就会主动打过来。妈妈可不像她的闺蜜佩慈那样大大咧咧、缺心眼儿。妈妈的直觉异常敏锐和准确。想要知道碧莱打的是国际长途，她根本不用等到月底的电话账单，任何的风吹草动，都会让她警觉起来。想到这里，碧莱匆匆拿起手机来到洗手间，而此时，埃尤布的老同学们聊的正欢，话题早已从卡萨拉酒转移到了乌佐酒①。

此时，洗手间空无一人。碧莱在确认周围没有其他人后，拨通了妈妈的电话。电话通了，但许久也没有人接。最后，电话那头终于传来了妈妈熟悉的声音。她刚刚外出购物回来，正在整理购回的东西。妈妈跟碧莱说的第一句话就是问她塞维利亚的天气如何。妈妈竟然相信了之前她说去塞维利亚的谎话！碧莱此时已经无地自容了。

“妈妈，这里天气很热。”

“很热吗？”

“对，非常热。”

碧莱小心翼翼地回答着妈妈的问话，生怕露出什么破绽。妈妈的直觉一向很准，一丁点蛛丝马迹她都不会放过。碧莱从孩提时代就不敢对妈妈说谎。此时她想，少说话，破绽就少，于是没有把话题展开，只是简要地介绍了一下现在的情况，说什么工作进展顺利，但十分忙碌。她对妈妈说：“好吧，既然您也很忙，我就不过多占用您的时间了。”便匆匆挂上了电话。接着，她又

---

① 英文是 Ouzo，亦称为希腊茴香酒，被视为希腊的国酒。

马上给妹妹伊萨贝打了个电话。她从电话中感觉到，妹妹十分担心她，除此以外，一切都好。她说自己肚子里的孩子一点也不老实，总像在足球场上不停射门一样，踢得她心烦意乱。碧莱把这一天的经历简短地讲给妹妹听，并叮嘱她不要担心。给家人打完电话后，她又想起应该再给埃尤布的哥哥姐姐在埃米尔干大街[①]的家打了个电话。可电话虽然通了，依然无人接听，她感到非常沮丧。碧莱想，埃尤布的哥哥姐姐家到底发生了什么？这一家人去哪了？他们要外出怎么也不提前告知她呢？如果她现在回去，难道要她站在大门外干等吗？不应该这样啊！就算是维伊泽和派丽汗出去了，米塞也应该在家啊，她一定会在家里等着我的。肯定是她家的电话出故障了……如果是这样，那么警察想要确认埃尤布失踪，给他们家打电话肯定也打不通啊，想到这里，碧莱的心情一下子沉重起来。最后，她又抱着试试看的态度，给埃尤布的手机打过去，电话那头依然传来的是那个熟悉的录音："对不起，您呼叫的用户现在无法接通。"……她带着一丝忧伤回到了餐桌边，发现桌上已经摆满了各式各样的菜肴。伊尔哈姆正在把面前的酒杯斟满，而爱达正对着穆吉达特滔滔不绝地讲着什么：

"宝贝呀，我也不想冤枉好人！可……她这事总让人浮想联翩！"

"谁对你做了错事吗？"碧莱表现得对谈话内容十分感兴趣的样子。她想，既然和大家一起出来放松，就不应该总是绷着脸。于是，她出于礼貌偶尔也会插上一两句话，至少表面上不能让别人觉得她太扫兴。

看到碧莱对话体感兴趣，伊尔哈姆一阵高兴，还没等妻子回答，他自己抢先说道：

"爱达她们的出版商要给一个女人出书。可爱达非常不喜欢这个女人，

---

① 隶属于伊斯坦布尔北部的萨勒耶尔区。

她总是觉得这本书不是那个女人自己写的，而且书的内容也全是捏造的。”

“啊？”爱达说，“碧莱，伊尔哈姆是在开玩笑呢，我可没说她的书是胡编的。不过你要见过这个女人就知道了，她太年轻了，而且连一句完整的话都说不利索，哪来的本事写书啊？我真是搞不懂。当然，我也见过那种书写得很优秀、但说起话来却慌乱不堪的作家，不过，她绝对不是这种人，真是让人摸不着头脑。关键是，据说她的爸爸相当富有，所以，这些都不得不使人对她产生怀疑啊！这世界上确实有那么一群人，他们仅仅坐在原地空想就能写出小说，难道不是吗？”

“她写的书好看吗？”碧莱问道，可心里却在想：她写的好不好关我什么事呢？不过，这就是社会，她总得随着他们的话题敷衍地随便说些什么吧。

“咳，我也不知道，应该说还不算太坏。我不喜欢她的第一部小说。可两个月前她又递交了第二部作品，这本书我看后觉得还不错。写的是一个杂技团演员的故事，我们准备这个月给她出版呢。现在我就一直在忙这个事呢。”爱达饶有兴致地讲道。碧莱无精打采地听着她的讲述，仅露出了淡淡的微笑，她心里想的是：明天该去哪里找自己的丈夫……不过，她的思绪马上就被穆吉达特那标准的男中音打断了：

“我说碧莱啊，你倒是赶紧吃东西啊！过了这个村就没这个店了。你在巴塞罗那绝对找不到这么正宗的土耳其菜，现在可千万别错过了美味啊，你现在要不吃，将来会后悔的！”穆吉达特一边劝碧莱，一边狼吞虎咽地吃起来，仿佛刚才在清真寺旁边的餐厅里什么都没吃一样。伊尔哈姆喜欢跟同学们抬扛，顺便也能活跃就餐的气氛。此时，他当然不能错过老同学引出的话题，继续开玩笑说：

“亲爱的碧莱啊，这个男人就喜欢胡说八道，哪有这么劝菜的呀？你可别在意这个男人说的话。他自己虽然精瘦，可饭量却大如牛。上高中的时候，我们就给他取了个'大胃王'的绰号。这家伙看到什么吃什么,喝起茶来一次就一大壶。喝拉克酒、品开胃菜,谁都知道应该细嚼慢咽,可他呢? 永远就像好几天没吃过饭似的狼吞虎咽。"

碧莱想对伊尔哈姆说,"要是你说话再慢点就好了,我真听不太懂!"可话到嘴边,又没说出口。伊尔哈姆和碧莱单独在一起的时候,总能一字一句地把话说清楚,可人一多,他就忘了碧莱是外国人,恢复了正常的语速,生词一个接一个涌现,让碧莱听起来很费劲。不过,其实碧莱根本也不介意,因为她对这些人在说什么,一点儿也不感兴趣。

穆吉达特对伊尔哈姆的话毫不在意,他一边用叉子指了指面前的凉拌咸金枪鱼,一边对伊尔哈姆说:"请让你的嘴巴歇会儿吧,我说礼仪专家! 你说这么多话难道不嫌累吗? 赶紧拿起刀叉,快吃吧! 对了,你不是会弹钢琴吗,给我们讲讲吧!"

伊尔哈姆答道:"人家西班牙人也有凉菜文化,人家不是也有塔帕斯吗①,对不对,碧莱?"

"你怎么总提西班牙人、西班牙人的。碧莱的爸爸可是巴斯克人! 也许他根本就不承认自己是西班牙人呢?"

餐桌上的人顿时都把目光投向碧莱。可碧莱对这个话题一点也不感兴趣,甚至还有些不高兴:

"我妈妈是加泰罗尼亚人,我爸爸才是巴斯克人。"

"啊! 我说嫂子,你们西班牙人的事也够麻烦的!"穆吉达特插话道。

"你这个人,怎么哪壶不开提哪壶呢! 土耳其人和库尔德人的事你都没搞明白呢,怎么又掺和人家西班牙的事? 你别老瞎胡扯了!"

---

① 西班牙文是 Tapas,是一种西班牙传统凉菜小吃,味道有点酸,奶酪味较浓。

“你还跟我较上真儿了？我关心外国的事怎么了？你别总挤兑我了，这事还得让人家碧莱自己说。”

碧莱对伊尔哈姆和穆吉达特之间的争论毫无兴趣，她也不想把这个话题展开下去，因此谨慎地说道：

“我对这样的政治话题不感兴趣。我们家大多数人对这样的话题也不感兴趣。”

伊尔哈姆讥笑地看着穆吉达特说：“听见了吧！”可穆吉达特似乎从碧莱的回答中发现了什么线索，他继续迫不急待地问道：

“哈哈，你家‘大多数人’不感兴趣，那么也就是说，还有那么一小部分人还感兴趣，对吧？”

“对！”面对在政治问题上紧追不放的穆吉达特，碧莱原本想佯装不知，编个谎话搪塞过去，但最后却没有这样做，而是微笑着说道，“是我的叔叔。”

“哦，那你就给我们讲讲你这个叔叔的故事吧！”穆吉达特继续穷追不舍地问道，“你这个叔叔是不是什么埃塔①分子啊？”

“是的，他是埃塔成员。”

“是吗，宝贝！”穆吉达特一下子提高了嗓门大声说道，他的嗓音太大，以至于整个餐馆的人都朝他们这边望过来。“我说哥们儿，你说话能不能小点声音啊？”伊尔哈姆警告穆吉达特道。

“遵命，遵命。”穆吉达特有点不好意思地答道，但他马上又把头转向碧莱问道：

“亲爱的碧莱，你给我们讲讲这些事吧，也让我们知道一些你们家的

---

① 巴斯克语‘巴斯克祖国与自由’(Basque Homeland and Freedom — ETA)组织的缩写，成立于1959年，原为佛朗哥时代巴斯克地区的地下组织，佛朗哥独裁统治结束后，逐渐发展成为危害整个西班牙社会的主张暴力的分裂主义恐怖组织。

故事。”

“真没什么可讲的！”碧莱不情愿地答道，“我这个叔叔就是一个巴斯克民族主义分子，他的目标是建立独立的巴斯克国家……”

穆吉达特也担心把碧莱问烦了，赶忙解释道：“你可别见怪啊，我问这个也没有别的意思。我们这儿知道埃塔的人可不少。有人还把埃塔和库尔德工人党做比较。也就是把埃塔和库尔德工人党[①]，巴塔苏那党[②]和人民民主党[③]放在一起比较……不过这些也都是道听途说，要是有你这样知道真实情况的，我们当然愿意听听了！”

碧莱注视着穆吉达特满是好奇的脸。心想，既然他对安德尔叔叔这么感兴趣，那我不妨满足他们，就讲讲吧！

碧莱一下子打开了话匣子，绘声绘色地讲了起来，仿佛她讲的不是自己的亲叔叔，而是一个孩提时代经常听说的童话英雄一般。她一边讲，一边回忆着自己和安德尔叔叔度过的那段岁月……

那是1968年的事，一位叫做特谢比·埃特巴莱埃塔的埃塔组织领导人在驾车行驶途中，被警察要求停车检查。随后，他与警察发生冲突并丧生。那一年碧莱4岁，还不太记事。可她后来经常听家里的大人们议论此事，他们说这件事不仅对她的家庭带来影响，即便对整个国家来说也是一件大事。久而久之，碧莱也就知道了这件事的来龙去脉，就像她自己亲身经历过一样。

埃塔组织并未对埃特巴莱埃塔的死保持沉默。作为报复，他们杀死了西

---

① 土耳其反政府的分裂组织，目标是在土耳其东南部、伊拉克东北部、叙利亚东北部和伊朗西北部建立一个独立的库尔德民族国家。

② 巴塔苏那党：埃塔的政治分支机构。

③ 土耳其文为 Halkın Demokrasi Partisi，缩写为 HADEP，该党为土耳其亲库尔德的较有影响的反对党。

班牙的一位高级警员麦利敦·曼扎纳斯。之后，包括碧莱的叔叔安德尔在内的 16 名埃塔组织成员，因涉嫌杀害曼扎纳斯而受到西班牙法庭的审判。

尽管这些事发生在很久之前，但碧莱却从未忘记。她依稀记得她和父母一起去了姑姑伊萨昆家。那时，她的妹妹伊萨贝还在襁褓之中。大人们在客厅里激烈地争论，碧莱和比自己大很多的堂兄劳尔到院子里去玩。客厅里的争论不断升级，后来，传出了姑姑伊萨昆的哭泣声，而姑父拉米雷兹则气愤地叫喊着‘安德尔’的名字，他冲着伊萨昆不断地吼叫：“你这个弟弟真是作孽！他把整个家族都害苦了！”碧莱的父亲劝拉米雷兹消消气，而她的妈妈则怕外人听到屋里的谈话，赶忙去把窗户关上。就在这时，她和妈妈四目相对，妈妈强作欢颜地冲她笑了笑，仿佛什么事情也没发生。对于碧莱来说，妈妈脸上的苦笑，似乎代表了整个家族多年来对一意孤行的叔叔安德尔的一种无可奈何。碧莱在成年之后，每当遇到无可奈何的情形时，也会露出同样的苦笑。

整个家族因为安德尔的事情而手足无措，他们沉浸在一片痛苦、伤心和愤怒之中不能自拔。为了营救包括安德尔在内的被捕成员，埃塔组织跃跃欲试。他们劫持了西德驻西班牙塞巴斯蒂安市的总领事，企图阻止法庭判处这些成员死刑。西班牙国内的局势日益紧张，佛朗哥政权最后被迫作出让步，将对埃塔成员的处罚由死刑改为终身监禁。碧莱已经记不清叔叔是何时被送进监狱的，但她对叔叔被释放那天的情景却记忆犹新，仿佛就发生在昨天一样。就在佛朗哥去世两年后，叔叔被特赦释放。那天正好是碧莱的 13 岁生日，当叔叔回到瓦伦西亚的家中时，她感觉就像收到一个特殊的生日礼物一样。

在孩提时代，碧莱想象中的安德尔叔叔的形象是这样的：一个不学无术的街头小混混，长发披肩，胡子拉碴，而且从来不听别人的劝诫。因为家里的长辈们每每谈论起他时，总是拉长了脸，眉头紧锁，就像在谈论一个不务正业的混蛋似的。家里的氛围造成了碧莱对叔叔的印象非常不好。可当安德尔被释放，真正出现在她面前时，她一下子惊呆了。叔叔与她想象中的样子截然不同：他并非长发披肩、胡子拉碴，而是穿着得体，一头波浪式的头发梳成了整齐的中分，真是难以想象！他就像是受邀来参加宴会的客人，完全不像是一个刚从监狱被释放的囚犯。叔叔的气质也跟她想象的完全不一样，他不是那种说话粗鲁，喜欢争论，坏脾气、不好相处的人。恰恰相反，他说话的声音就像是天鹅绒一般柔和。说话时，他喜欢看着别人的眼睛，眼里充满了信任。不论和他说话的是大人还是孩子，他都能给予充分的尊重，仿佛是要从对方那里获得什么重要的信息一样。碧莱想：这么多年来，家里的大人们对叔叔的议论真是不公平。难道这就是他们经常议论的那个脾气暴躁、性情偏执的小混混吗？她还发现，叔叔虽然善于倾听别人的意见，但却非常有主见，他总是按照自己的意见行事。他允许别人发表意见，但最后却总是以自己的意见为准。因为他在听取别人的意见时，总是给予对方极大的尊重，所以即使最后他一意孤行，别人也对他生气不起来。总之，叔叔与她认识的其他人都不一样，是一个非常特别的人。

"啊，那你叔叔现在怎么样了呢？"穆吉达特问道，"你说他这样、说他那样，就是没说他最后怎么样了，难道他去世了吗？"

"我也不知道。"

碧莱真的不知道叔叔最后到底去了哪里。叔叔和她们家一起在瓦伦西亚住了一段时间以后，就悄无声息地离开了，就像他刚被释放、悄无声息地来到她家一样。叔叔离开的那天晚上，她在自己的枕头下面发现了一本被精心包装过的童话书——《爱丽丝漫游仙境》，书的扉页上用深蓝色钢笔写到："这是我送给你的有些迟到了的礼物"。碧莱非常喜爱'爱丽丝'这个童话中的人物，她也喜欢叔叔安德尔，她认为自己真正的生日礼物就是叔叔安德尔本人。在她心中，安德尔叔叔就是她看过的童话中的大英雄。大人们其实都崇拜他们自己，而小孩却喜欢崇拜英雄。因此，碧莱没有因为叔叔的不辞而别而怪罪他，她理解叔叔有自己的想法。她唯一不能理解的是，叔叔为什么对自己的去向只字不提。

碧莱非常想知道叔叔到底去了什么地方，还会不会回来。有时，她会对爸爸提及这样的问题，却得不到确切的答案。在叔叔的去向这个问题上，一家人都对她守口如瓶。时间长了，她似乎明白，叔叔不是在哪儿自杀了，就是在哪儿被别人杀了，也许根本连尸首都找不到。所以家里人就当从来没有过这个成员一样。而碧莱对叔叔的记忆，则永远定格在了 13 岁的生日那天……

当碧莱讲述完叔叔的故事后，餐桌上的人陷入了短暂的沉默。穆吉达特若有所思，爱达凝神远望，而伊尔哈姆则在自斟自饮。

“为了逝去的所有的好人们，为了他们留下的美好回忆，让我们干一杯吧！”伊尔哈姆提议道。

餐桌上的其他人都附和道：“为了那些永远不会逝去的记忆，干杯！”

天色已晚，已经将近九点了，碧莱起身告辞。她这么晚还待在外面，埃尤布的哥哥姐姐一定会担心的。可谁让他家的电话坏了呢？由于无法联系，她也只能待在外面啊。就算让姐姐米塞担心了，那也不是她的责任。尽管如此，一想到自己毕竟还是这个家里的客人，出于礼貌她现在也应该回家了。碧莱想，如果不是自己早上离开的时候忘记留下手机号码，米塞肯定早就打电话过来催她回家了。不过，这种不经意的疏忽，反倒让她的内心得到了片刻的清静，想到这里，她又不禁暗自庆幸。伊尔哈姆执意要将她送回家，可被她坚定地拒绝了，就像早上离开米塞家拒绝维伊泽一样。穆吉达特走过来跟碧莱道别，并让碧莱代他向埃尤布问好，他说想在埃尤布离开土耳其之前，一定要和他见个面。至今，对于埃尤布失踪的事，他还被蒙在鼓里呢，他真的以为埃尤布到安卡拉去办事了呢。

"当然，我一定会转达你的问候！"碧莱脸上带着一丝笑意答道。此时她的内心应该充满悲伤，但由于酒精的作用，她有些神志不清，一下子似乎变得玩世不恭，对什么事都满不在乎了。她与伊尔哈姆夫妇互相对望，伊尔哈姆看她的眼神中充满了理解，似乎在说"别担心，这件事我们总会有办法解决的"。爱达则对碧莱说："你们离开土耳其之前，咱们一定要找个时间再聚一次啊，我等着你们！"她一边说，一边与碧莱紧紧拥抱。伊尔哈姆陪着碧莱走到餐厅门口，两人一言不发，默默无语。伊尔哈姆帮她叫来一辆出租车，他告诉司机要去的具体地址。"我有你的手机号码，我的号码在这上面写着呢！"他一边说，一边递给碧莱一张名片。名片上写着：风向标书店/伊尔哈姆·多卢。在出租车启动前，他弯下腰，把头贴到车窗边上说："明天我们再联系。你千万别往坏处想。我们那个疯狂的埃尤布今天或明天一定会露面的。"碧莱想，要是伊尔哈姆的话能成真就好了。

在回家的路上，碧莱的脑袋痛得都快裂开了。今天所经历的一切，在眼前一幕幕呈现，她仿佛进入了时空隧道：早上，她拒绝了维伊泽的好意，执意一个人离开米塞家；她没费吹灰之力就在旧书市场找到了伊尔哈姆；伊尔哈姆带着她到小山坡上散心；她与举止怪异的魏赫比相遇；穆吉达特从天而降一般出现在她面前；苏莱曼尼耶清真寺的宏伟壮观；炖白腰豆汤的无比美味；爱达给予她的善意；安德尔叔叔那天鹅绒般柔和的声音以及拉克酒在人体中产生的那种飘飘欲仙的感觉……她今天过得十分充实，唯独没有去找埃尤布。她凝望着海面上皎洁的月光，自言自语道："我说埃尤布啊，你到底在哪儿呢？也该露面了吧。"

送她回米塞家的出租车司机，与上午送她去旧书市场的司机截然不同，他只顾自己开车，根本不和碧莱说话，仿佛副驾驶座位上的碧莱根本不存在一样。

碧莱突然想起她的父亲多年前和母亲维姬的一次争吵。“不管怎样，他是我的亲弟弟，我怎么能把他从家里赶出去呢?”当父亲对母亲说出这句话时，母亲也像今天这位出租车司机一样，装作什么都没听到。今天晚上聊天时，碧莱没有讲这些细节，因为她为自己的妈妈感到羞耻。安德尔叔叔是因为妈妈才离开了她家，这件事她连埃尤布也没有告诉。如果埃尤布知道了这事，他也许就不会这么敬爱自己的岳母了。碧莱因为害怕自己也会记恨妈妈，所以就把这件事强压在心底，努力使自己不去想这件事，但却怎么也忘不了这件事。“我有两个孩子，我当妈妈的职责就是要保护她们。”维姬当时这么说。“安德尔的朋友们，或是他的仇敌会给我们家找麻烦的。”她继续补充道。维姬说完这番话后没多久，安德尔叔叔就匆匆地离开了她们家，之后就再也杳无音讯了。安德尔叔叔的离开，成了深深刻在碧莱幼小心灵上的伤痛。这个世界本是伤痕累累、丑陋不堪，但却被伪装得光鲜亮丽。

当出租车停在米塞家门外时，她不禁有些紧张，害怕他们会怪罪她回来晚了。她穿过花园，向里面走去。屋内一片灯火通明。从远处望去，她发现大门旁边堆着一大片黑乎乎的东西，走近了才发现，是很多码放整齐的鞋子……为什么这时候家里来了这么多客人呢？她顾不得细想，就按响了门铃，铃声尖利刺耳，就像盘旋在草原上空的秃鹫发出的令人恐怖的鸣叫。一个陌生的妇人开了门。正当碧莱怀疑自己走错了门时，米塞从那个妇人身后闪了出来。她满脸憔悴，仿佛一下衰老了 10 岁。她的双眼布满血丝，肿胀得像个小馒头。米塞眉头紧锁，一言不发，两眼直直地望着碧莱，似乎想要诉说什么。碧莱不知道到底发生了什么事。当开门的妇人转身走向屋内、消失在她面前时，她着急地问米塞："发生了什么，米塞？有什么不好的事情吗？"她有一种不祥的预感。

米塞的嘴唇微微动了一下，却欲言又止。她的身体吃力地倚靠在墙上，仿佛马上就要跌倒似的。

"米塞，你别吓唬我，快说，到底发生了什么事？"

碧莱朝屋里侧耳倾听，好像有什么人在喃喃地轻声唱诵。她仔细一听，发现那根本就不是什么歌曲，而是宗教祷告，祷告声中充满了忧伤。祷告结束时，碧莱听到一群妇人齐声说："阿敏[①]！"她一把抓住米塞的胳膊问道：

"你快说啊，到底发生了什么？"

米塞吃力地张开干裂的嘴唇，仿佛用尽了最后一丝气力，从嘴里挤出几个字：

"他死了。"

碧莱浑身一惊，就像是后背被猛然浇上了一锅沸水。难道埃尤布发生什么不测了吗？难道米塞是在跟她开玩笑吗？可这个玩笑并不可笑啊！而且，她现在希望别人用西班牙语告诉她到底发生了什么，因为她已经听不懂土耳其语了，她的大脑乱糟糟的，已经不听使唤了，她感觉自己眼前天旋地转，为了能够站稳，她不得不靠在旁边的墙上，她瞪大了眼睛、呆呆地看着米塞。

"他走了。"米塞有气无力地把刚才的话重复了一遍，"我的弟弟死了。"

*

梦里，一个雾气弥漫的夜晚，空气中飘着一股浓浓的硫磺味。我和一个

---

① 伊斯兰宗教用语，意为'祈求真主准我所求'。

多年未见的老同学魏赫比站在街角。他在不停地说着什么,可我却一句话也听不见。我就是现在生活中的样子,而他却是我离开土耳其时的模样,仿佛一点也没有长大、变老。我只能从魏赫比的口型猜测他到底在说什么。根据我的观察,他好像在说:"今后,你就孤身一人了,别忘了我对你说过的话,好不好?什么时候你想我……"还没说完这句话,魏赫比就突然消失不见了,只留下我一个人孤单地伫立着,我拐出胡同,眼前出现了一个三层的石砌小楼。我静静地站在小楼前,就像一座雕像一样。我似乎在等着什么人,可是那人又好像永远也不会到来。

正在这时,一阵香气飘过,我深深地吸了一口,想让这种味道充满我的胸腔,生怕漏掉一点。我甚至在想,如果在我的故乡,也能闻到这种香气该有多好。

我不断寻找着香气的来源,不经意之间,我发现了一个女人。她脸色苍白,长着一双黑色的眼睛,还有深棕色的头发。我和她四目相对,心想,这不就是我要找的女人吗?好奇怪!她两眼深邃,好像对我的一切都了如指掌。可我却想不起她的名字以及与她在哪相识。我唯一能够记起的就是,我发疯似地爱着她。就好像她已经被我拥有,或即将属于我。我想,不是我替她生一个孩子,就是她替我生一个孩子。可到最后,我痛苦地回忆起:她根本就不爱我!于是我失声痛哭起来。我的眼泪瞬间就汇聚成河,淹没了她的双脚。这时,她俯下身子对我说,她也爱我。说完后,她就带着那股香气头也不回地走开了。我能够清楚地听到她穿的高跟鞋发出的清脆声响。可她既然爱我,又为什么要离开呢?想到这里,我的眼泪又像断了线的珠子一般滑落下来。我突然想起了她的名字,于是发出垂死挣扎般的喊叫:

“马丽娅·彭蝶[1]!”

那阵清脆的高跟鞋声响竟戛然而止,她猛地转过身,身上的裘皮大衣随风扬起,劈开了周围的浓雾。她用那双黑色的眼睛紧紧盯着我。弯下身来对我说:

“你和我只是暂时分别,我仍然随时听从你的召唤。”

当我从梦中醒来的时候,枕头已经被泪水浸湿。不做梦的时候,我总是坚强得从不掉一滴眼泪。但从枕头上的泪痕可以看出,夜晚做梦时,我一定掉了很多的眼泪。以前醒来的时候,我也发现过枕头被泪水浸湿的情况,但我却想不起在梦中曾经哭过。这是我第一次清楚地记得,我曾在梦中号啕大哭。

因为记不起做过的梦,我一直深深自责。我心甘情愿地沉迷于萨巴哈丁·阿里[2]小说中虚构的场景不能自拔。《穿裘皮大衣的麦多娜》是我最喜欢的一本小说,它是在我去巴黎留学前不久读过的一本小说。书中讲述的凄美的爱情悲剧给我留下了深刻的印象,让我在很长的一段时间内都念念不忘。这本书凄惨的结局,对于像我这样不甚了解爱情的年轻人来说过于残酷,使我对真爱的憧憬化为泡影。我会认为,书中的女主人公就像仙女一样完美、无可挑剔。这结局是由女主人公一手造成的!可我怎么能这么想呢?我自己就是一个爱情的失败者。我因为害怕失去,所以不敢真心去爱;因为害怕被爱,所以处处逃避。就像拉伊夫一样,我不相信有哪个女人会真心爱上我。我把这些都归咎于那些曾经看不起我的人。

---

① 土耳其小说《穿裘皮大衣的麦多娜》中的女主人公。该小说发表于1943年,讲述的是男主人公拉伊夫于上世纪20年代从土耳其移居柏林,因为一幅名为《穿裘皮大衣的麦多娜》的画作而邂逅了彭蝶,二人双双坠入爱河。之后,性格内向的拉伊夫怀疑彭蝶不再爱自己,于是只身回到了安卡拉。10年之后,拉伊夫因为一个偶然的机会见到彭蝶的一位亲戚,他从这人口中得知,彭蝶其实怀了他的孩子,后来难产而死。这让他倍感震惊和凄凉,后半生沉浸在对彭蝶的美好追忆中。

② 萨巴哈丁·阿里(1907年—1948年),土耳其作家,小说《穿裘皮大衣的麦多娜》的作者。

年少轻狂时，我的身边美女如云，但我却从未把她们中的任何一个人当成是我的真正爱人。我坚信，我的爱人应该是一个像彭蝶一样的女人。对于当时我那个年纪的男人们来说，一个女人越高傲，越不把他们放在眼里，越能激发他们对这个女人的兴趣。我不相信什么海誓山盟，在选择爱人方面我也不十分挑剔，但我却认为，像彭蝶这样的女人值得我用一生去爱恋和等待，即便这样的女人永远也不会出现在我的现实生活中。

当我在巴黎和碧莱初次邂逅时，我在心里暗自称奇，也许她们两人的外形不尽相同，但碧莱身上的那种气质却让我觉得她就是彭蝶，彭蝶就是她！碧莱就是我心目中'穿裘皮大衣的麦多娜'。她是如此的纯洁和高贵，以至于在她面前，我需要费尽心机地藏匿起自己的偏执和狭隘。她就是我要找的那个心上人！

是的，我内心复杂、表里不一；人前人后，截然相反。我没有一点儿安全感，对旁人也是谎话连篇。而碧莱却温文尔雅，恬静安详。我们两人的性格真是南辕北辙，截然不同。她总能找到事物的闪光点，而我却从不放过任何的阴暗面。她常常积极乐观，充满朝气，而我却总是消极悲观，郁郁寡欢。

碧莱喜欢回忆我们一起度过的美好时光，比如，她经常提到我们一起去里斯本旅游的那段难忘的日子。只要和我聊起度假的话题，她总要提起里斯本的经历。她认为里斯本是我们一起度过的第一个假期，因此那段时光弥足珍贵，充满了无限浪漫。和所有刚刚坠入爱河的情侣一样，我们那次旅行确实充满了无尽的柔情蜜意，所有的时刻都充满了浓浓的爱情味道。一年之后，我们又去了罗马度假，一起度过了一个"独一无二的"假期。到罗马的第二天，我们一起去了"许愿泉"①，但在那里却遇到了倒霉的事：我们身上所有

① 特莱维喷泉，它外形美观、装饰丰富、泉水清澈，是世界上最负盛名的喷泉之一。

的钱都被偷了。

那天，我穿的是一条无兜的短裤，也没有带包。碧莱把我的随身物品都塞进了她的背包。那个小偷可真幸运，竟然一石二鸟，一次就偷得了两个钱包。我想他得手的时候，肯定会嘲笑我们是两个傻瓜。我和碧莱在钱被偷的时候丝毫没有察觉。直到我们在梅尔坎蒂广场①的一家饭馆用餐完毕准备付账时，才发现钱包不见了。那家饭馆装修得很气派，我们点的比萨也美味异常，可谁能料到我们的钱包已经被偷了呢……

后来，只要一提到这次倒霉的经历，碧莱就会眉头紧锁，满脸不快。我宁愿与心爱的人一起应对突发的危险，也不愿成天和她腻在一起，没日没夜地卿卿我我。我和妻子在性格上最大的不同就是：我内心阴暗，她则向往光明。当然，她也并非是那种自恃清高的人。如果真的矫揉造作，她就不可能成为我心目中的女神——彭蝶，我也绝对不可能跟她结婚。

在小说《穿裘皮大衣的麦多娜》中，拉伊夫多年之后，仍然在无限的悔恨中追忆着那个仿佛根本就没有死去的女人，那个让他魂牵梦绕、叫做"彭蝶"的女人，这个女人也是我梦想中的初恋情人。就在今天早上，我醒来后仍能清楚地记得，她又潜入了我的梦中，她那句"你和我只是暂时分别，我仍然随时听从你的召唤"的诺言，依然在我耳畔萦绕。她就是我货真价实的恋人，而不是什么梦中虚幻的女主角。

在我和伊尔哈姆动身去法国留学的前两天，高中同学为我们举办了一个告别聚会。在这个聚会上，魏赫比把小说《穿裘皮大衣的麦多娜》作为礼物送给了我。如果我没记错，他还把他最喜欢的费内巴赫切队的旧球衣送给了伊尔哈姆。魏赫比是加拉塔萨雷高中为数不多的、喜欢费内巴赫切队的球迷，

---

① Mercanti，罗马市内的著名广场，位于特拉斯特维莱区。

他不顾伊尔哈姆是加拉塔萨雷的铁杆球迷，即便是在即将分别的最后时刻，也不忘推销自己喜欢的球队。他送球衣的举动，后来成为了同学们聚会时的谈资。不过，大家都认为他的古怪举止并非是精于算计，他只是想逗大家开心而已。其实他才是为数不多的真正清楚‘没有付出、就没有回报’的人。他经常拎着自己那个塞得满满的大背包到处施善，不管认识、不认识的人，他都会送出礼物。他送的礼物应有尽有，从家居拖鞋到最新的报纸，或者绣着花边的手绢，无所不有。他送出礼物的唐突举止往往会让对方感到惊诧，但又会心怀感激。不过随着时间的推移，魏赫比送出的所有礼物，都会成为对方生活中的美好回忆，即便是那些看上去最奇怪的礼物也不例外。从和他的通信中我得知，他依然还是老样子，一点也没有变。尽管他有着良好的教育背景，但却坚持自己的独特风格，不遵循常人的价值标准。也许正因为如此，我们走入社会后最终都成了一个普通人，而他却干得风生水起，并积累了广阔的人脉。他在贝亚泽特开了一家茶馆，顾客来自于社会的各个阶层，既有学生也有退休人士。一想到他开了这样一家茶馆，我就觉得开心。

高中毕业后，虽然我和魏赫比再也没有见过面，但我们却一直保持通信联系。在信中，我们天南海北地聊天。我给他寄去明信片和海报等，他则给我寄来音乐磁带以及报刊上的有趣故事。

再回到我的梦里来吧。为什么我会做这样的梦呢？是我思念彭蝶了？还是我仅仅回忆了一些与过去有关的事情而已？如果把这个梦和我不久前做过的那些怪诞的梦境联系起来，交给卡杰医生去分析，他一定会得出我‘思念故乡’的结论。他肯定会问，“彭蝶到底对你意味着什么呢？是爱情、是痛苦、是思念、是恐惧、还是希望？”这个彭美人，只要在我的内心感到痛苦时，她就会出现在我的眼前，我对她没有任何付出，而她却一直对我不离不弃。

“你和我只是暂时分别，我仍然随时听从你的召唤。”当魏赫比把小说《穿裘皮大衣的麦多娜》送给我时，他这么对我说道，并且脸上始终挂着微笑。我从他手中接过书的那一刻，还无法理解他意味深长的微笑，我只是呆呆地望着他。但是后来，当我读完这本书后才恍然大悟。随后，我学着在恰当的时候把这句话说给那些异性玩伴们听，一点儿也不感到羞愧。其实我心口不一、只是在欺骗。在我已不是情场菜鸟，已经成长为一位爱情高手的那段时光，我和姑娘们告别时，说得最多的就是这句话。其实我在说谎，这句话能够引出姑娘们的真心话，我说这句话只是个诱饵罢了。

就算是一句谎言，可当我即将去法国留学时，除了魏赫比以外，再也没有人对我说过这句话。更糟的是，在我看来，似乎并没有人真正对我的去留感兴趣，也没有人深深地爱上过我。又难道是我把所有的事情都想错了吗？彭美人啊，彭美人，因为你，使我陷于了怎样的境地啊！

6. 米　塞

夜晚，还是夜晚，总是夜晚

我就是那湖中一支无人知晓的芦苇！

——艾哈迈德·哈希姆

《时间与愿望》

米塞满脑子充斥的都是家族墓地里那些森严、厚重的石碑。那些矗立着的墓碑就像一只只与世无争、蜷缩在角落里的病猫一样，充满了痛苦和无助。这些墓碑仿佛知晓了宇宙间所有的秘密一样，既像未生育过的妇女一般痛苦忧虑，又像育有多个孩子的妇女一般疲惫不堪、忍辱负重。这些墓碑虽然满腹痛苦，想要倾诉，但却只能陷入无尽的宁静和沉默。墓碑的生命绝不仅仅就此而止，它们被矗立起来的那一刻恰恰才是它们生命的开始。米塞认为墓碑是一个恐怖的化身，它充满了无尽的黑暗、深不见底。因为人活在这个世界上所经历的一切，到最后都化为碑上的几行文字而已。米塞对墓碑有一种与生俱来的恐惧，从孩提时代起，她最怕见到墓碑，更不要说去想象自己死后墓碑的样子了。在米塞母亲下葬的那天，墓前还没有立碑。她父亲在世时，更多关心的是死后的人和事，而非当前活着的人，他早早就买下了一大块家族墓地。她父亲如果事先能够预知她母亲的死期，一定会提前给她立块碑的，就好像他给自己老婆提前预留了墓地还不够，还要提前立上块碑才行。而他连自己的死期都不能提前预知，又怎么会知道自己老婆的死期呢？

米塞给妈妈的坟上立了一块碑后，她总是来到墓地，对着妈妈的墓碑说话。在她看来，即使人的肉体被贪婪的蛆虫吞噬，但灵魂却可以随着河水、绿树以及飞鸟重新回到大自然。天地之间寂静空灵，漆黑一片，使她想起孩提时代那些让她感到恐惧的无数个夜晚。妈妈的墓碑就矗立在这样的黑夜中，她在墓地中和妈妈的灵魂对话，心情异常沉重。每当看到这个墓碑时，米塞都会禁不住想起妈妈那张充满悲伤的脸。

多年以前，当米塞还只是一个孩子的时候。那是冬日里的某一天，在放学回家的路上，她发现路边有两只流浪猫。其中一只已经死去，一动不动地躺在地上，而另一只则紧紧依偎在它的身旁，就像是在哭泣。那只活着的猫拼尽全力不停地去晃动那只死猫，仿佛想要唤醒它的伙伴。妈妈去世的那天，米塞就是一下子扑到她的身体上去摇晃，乞求真主能让她活过来，就像那只活着的猫所做的一样。而今天，失去亲人的一幕再次降临到她身上，她到底还要经受多少次这样的痛苦呢？

米塞想起了她的家族墓地，她的已经去世的亲人们的墓碑，彼此并排的矗立着。家族墓地被高墙环绕，里面寂静无声。这面高墙就像是万千块巨石一般紧紧挤压着墓碑。米塞思考着自己为什么不喜欢这个墓地。是因为这里气氛太过压抑？还是因为这些亲人给她带来的痛苦回忆？接着，她又把目光投向了凹凸不平的父母亲的墓碑，如今，在他们的墓碑旁边又多了一块新碑，那便是维伊泽。

米塞不停地想，“我要是没有接过那个电话该有多好啊！或者让我在接那个电话之前，就咽下最后一口气离开这个世界该有多好啊！如果我什么也没听到，什么也没看到，就这样撒手人寰该有多好啊！”

今天早上吃过早餐后，米塞的心里突然产生了一种难以名状的痛苦。一方面是她昨晚做了一个不祥的噩梦，另一方面是她为自己允许碧莱独自去贝伊奥卢找埃尤布而感到后悔。在昨晚的梦中，她发现自己独自待在一个荆棘丛生的花园里，周围传来了野兽们那令人毛骨悚然的号叫声。那些残忍的野兽隐藏在暗处，仿佛随时都可能跳出来攻击她。她浑身发抖地蜷缩在一棵桃树下，极度担心会发生可怕的事情。正在此时，一个童话书中的国王来到她的面前。国王头上戴着镶满宝石的王冠，身披镶着金边的斗篷。看到国王后，米塞总算有了一些安全感。虽然她与这个国王并不相识，但此时此刻、这些已经不重要了，她只知道这个国王是从她孩提时代读过的童话书中走出来的，是来保护她的。国王面部表情柔和，对她充满了关切之情。国王一步一步向她走来，仿佛根本就没有听到野兽的号叫。米塞爬到桃树上，发现树上挂满了鲜桃。她猜测国王也许口渴了，便摘下一个桃子递给国王。国王大口大口地吃起来，桃汁不断地顺嘴滴落，弄得他周身一片脏乱和污秽。看到这副吃相，米塞感到胃里一阵翻腾，不禁想呕吐。可国王又不知道从哪找来一根水管，开始洗起脸来，后来，他又把水往斗篷上浇，自己浑身都湿透了。可是桃子的汁液太过黏腻，把他弄得狼狈不堪，邋遢透顶。当国王发现米塞脸上厌恶的表情后，气得暴跳如雷，怒火中烧。他把水管举起来，就像手握长矛一般，对着米塞的脸狠狠浇过去。米塞被水柱击得生疼，大叫不止。这时，她从梦中惊醒了，一下子从床上跳了起来。

类似这样的噩梦已经把米塞折磨得身心疲惫、痛苦不堪。有的夜晚，她与大蟒蛇奋力搏斗；有的夜晚，她独自一人在人迹罕至的丛林中迷失了方向……她对这些噩梦已经憎恶到了极点，梦醒后从不愿意提起。

但今天早上米塞感到痛苦，并非完全是因为昨晚做的噩梦，而是自己同意碧莱只身前往贝伊奥卢打听埃尤布的下落。碧莱不愿意让维伊泽陪同，也拒绝了米塞要陪同她的建议。尽管米塞对贝伊奥卢区也不熟悉，但总比让碧莱孤身一人前往一个陌生的地方要好一些啊！碧莱与埃尤布的脾气真是相同，都是固执己见的人。最终，在碧莱的一再坚持下，米塞同意了她的请求。

米塞说服自己：碧莱也是一个成年人，又曾独自在外国留过学，肯定不会有事的。想到这些，她便坐在客厅的双人沙发上，一针一线地缝起了绣花桌布。这时，阿提耶来她家串门。喜欢嚼舌根的阿提耶是派丽汗的好友。米塞曾多次劝诫弟妹不要跟这个女人来往，可她就是不听。米塞最后警告派丽汗说："今天她能和你一起嚼别人家的舌根，明天她就能和别人一起说你的坏话。"可是对于姑姐的警告，派丽汗完全置之不理。米塞认为，派丽汗之所以会这样，一定是认为阿提耶绝不会背叛自己。可她怎么就不明白呢：往往自己最相信的人，却总是伤害自己最深的人。所以每次米塞看到阿提耶和派丽汗混在一起，都会感觉心里一阵发紧。这两个女人在一起总是东家长西家短的聊个不停，不是许斯尼叶的丈夫和妓女鬼混，就是面包师杰瓦西因为赌博而输掉了自己的汽车。米塞既不想了解别人的隐私，也不想听别人在背后议论自己。她总是害怕阿提耶说的那些乱七八糟的事情会给自己家带来霉运，但她又不好意思开口送客，所以只好每次都眉头紧锁、一言不发地坐在屋子的角落里。

阿提耶笑嘻嘻地进门就问："哎呀，你们家里的客人呢？"她的问话一下子就阐明了来意。

"哦，她出去了。"派丽汗答道，"去贝伊奥卢找她的丈夫去了。可她连个具体的地址都没有，就这么脑子一热地出门去了。她人生地不熟的，连东南西北都分不清楚，这跟农民进了城有什么两样呢！"

阿提耶听后哈哈大笑起来。而米塞对于派丽汗这个不恰当的比喻感到相当气愤，而且最令她恼火的是，派丽汗竟然口无遮拦地把自己家的私事告诉了外人。可派丽汗是什么时候把碧莱来她家的事告诉阿提耶的呢？阿提耶又是怎么知道她的弟弟埃尤布离家出走了呢？

米塞想来想去，总觉得是埃尤布抛弃了妻子。但她认为把自己的猜测直接告诉碧莱，似乎又有些不近人情，所以她只好选择沉默。她很喜欢碧莱，觉得碧莱和埃尤布的结合十分般配。而且，埃尤布要是哪天回来了呢！他们夫妻二人也许会重新和好呢！可真正让米塞发愁的是，如果埃尤布真的回来了，她自己要不要见这个弟弟呢？这么多年过去了，埃尤布一直把故乡和亲人抛在脑后，这让她对弟弟充满了抱怨和不满，但同时，她心里又充满了对这个弟弟的担心和思念。如果哪天弟弟真的回来了，她相信自己所有的抱怨和不满一定会消失得无影无踪。此外，要是碧莱神通广大，真的能够找到埃尤布，并且挽着他的胳膊一起回来呢？那时，她的心里一定只会充满了喜悦。

可现在，就连这个爱嚼舌根的阿提耶都知道她们家的事了，俗话说'家丑不可外扬'，这可真不是一个好兆头。

"啊！"阿提耶一边坐到米塞对面的椅子上，一边问道，"你这个弟媳妇是个什么样的人呢？她的头发是金黄色的吗？"

"我没太注意，好像是浅棕色的。"

"啊！你们之间是怎么交流的呢？她会说土耳其语吗？"

"真让你问着了！这位女士虽然会说土耳其语，可她就是羞于张口，半天也说不出个词来。为了让她说话句，我们都快用老虎钳子去撬开她的嘴了！而且就算我们的手都撬疼了，她还是说不出什么。"派丽汗答道。米塞想，也许碧莱第一次打电话过来时，派丽汗就把这事告诉阿提耶了。可她顶多只是捕风捉影，说不出什么实质的内容，也许只是随口提到会有人要来她家。可碧莱的头发是金黄色还是浅棕色，又有什么关系呢？这些女人啊，她们只会关心这些鸡毛蒜皮、无关紧要的小事！

“米塞大姐，你过得怎么样？你喜欢这个弟媳妇吗？”阿提耶这时才想起来问候米塞。她刚才把全部注意力都放在打听别人家的私事上，竟然都忘记了向米塞打招呼。

“我挺好的。”米塞敷衍道。她知道阿提耶此时正在聚精会神地打量着她脸上的表情，她可不愿意把自己家里的隐私告诉这个喜欢八卦的邻居。

“那你认为这个弟媳妇是个怎样的人呢？”阿提耶一点都不知道收敛，继续问道。很明显，如果不能从米塞这里获取一些有价值的新闻，她是不会善罢甘休的。

“我们非常喜欢她。”米塞一边回答，一边盯着阿提耶的眼睛。她故意没有迎合阿提耶的话题继续说下去，另外，她也不想让在客厅的角落里、准备看笑话的派丽汗得逞。

“我甚至劝我这个弟媳妇，别在国外过那种颠沛流离的生活了，搬到伊斯坦布尔来和我们住一起得了，大家在一起热热闹闹的该多好啊！”米塞不高兴地答道。

派丽汗和阿提耶都察觉到了米塞心中不断升腾的怒火，她们惊愕地你看看我，我看看你，不禁有些手足无措，她们已经顾不上问米塞刚才所说的话是否是在开玩笑，同时都安静了下来。米塞在她们面前从来都是逆来顺受、不喜欢多说话的，今天却突然发起脾气，使她们都有些不太适应。就算米塞是一座活火山，她们也从没见她爆发过。况且，别说火山爆发了，她们压根就没见她生过气。派丽汗见势不妙，赶忙找个借口领着阿提耶直奔厨房而去。米塞心里很清楚，这两个爱嚼舌根的女人一定又会在厨房里继续议论她的弟弟和弟媳妇。米塞决定，家里所有的事，一定要对这两个女人只字不提、守口如瓶。

米塞的心情波涛汹涌、难以平复。为了让自己安静下来，她拿起一件旧毛衣，拆成毛线，再一点点绕成了线团。她的手有些发抖，她不断地劝慰自己别生气。在她看来，想要安静下来，就得做一些放松的事情，然后与自己的内心对话，只有这样，心中的怒火才会慢慢消散。她这样做是此处无声胜有声，当招惹她的人看到她这副模样时，都会知趣地退到一边，不再多说一句话。多年以前，妈妈曾经为她的这个性格而责备过她："你总是一副跟我们怄气的样子，可又一言不发。我们根本就不知道你心里到底是怎么想的！你总是自顾自地生闷气。"当时的小米塞则认为，要是把话都挑明了说，那不就是撕破脸皮了吗？这是她当时内心的真实想法，可妈妈又怎么会知道呢？

派丽汗和阿提耶在厨房里你一言我一语地聊起来，声音越来越大，嘈杂一片，这让米塞更加地心烦意乱，难以忍受。她想，"我是不是应该去找阿达拉呢！"此时此刻，厨房里的两个女人扰得她不得安宁，仿佛到了世界末日一般。阿达拉可跟她们不一样，她不仅能读懂米塞内心的痛苦，而且总能站在和她相同的立场，但却又从来不刨根问底，而是等着米塞自愿倾诉。她们两个在一起最喜欢做的事情就是，长时间坐着，一句话也不说。

不过，米塞马上又决定暂不出门。她想先等碧莱回来，她不想让碧莱撞见这两个爱嚼舌根的女人。她默默地坐着，她把手放在隐隐作痛的胸口上，用心去感受自己的心跳。今天肯定会有什么不祥的事情发生！

平时，只要米塞的胸口出现隐痛，那么肯定就会有不好的事情发生。因为在那些残酷的、不好的、丑恶的消息来临之前，她总能感觉到胸口隐隐作痛……她就好像可以预知噩运一般。不过，对于美好的、令人兴奋的事情，她却从未有过预感。在孩提时代，米塞有时晚上睡不着，整夜失眠的时候，胸口就会有这种类似的隐痛出现。而到了青年时代，这种痛苦还是如影随形地跟着她，有时早上醒来，她甚至都害怕睁开双眼。到了现在，要是将有什么噩运发生，这种痛苦也总是在午后如约而至。也就是说，在不同的年龄阶段，米塞能够预感噩运的时间也不相同：孩提时代是在晚上，青年时期是在早上，而现在则是在午后。事实上，对于米塞来说，午后的隐痛是一件非常难过的事情。时间不早不晚，既不是中午，也不是晚上，而是中午之后！每当这时她就像一个没有拐杖的盲人，一个失去母亲的孩子或一个陷入单相思的女子。她就如同待在天堂和地狱之间，备受煎熬和痛苦，而且无法言语。

今天，米塞胸口的疼痛没有等到午后才出现，确切地说，她在早上就感觉到了疼痛。不祥的征兆竟然提前到来，这让米塞坐立不安，这种痛苦远远超过了她对阿提耶的厌恶。此时此刻，她只想做一些使自己放松的事情，至少让她的双手能够忙碌起来。现在正是打扫卫生的时间。擦擦玻璃，掸掸门窗，拖拖地板，都能让她的心情好受一些。但此时家里还有客人，如果打扫卫生，会显得怠慢了客人。在没有客人的时候，打扫卫生的确是个让她平复心绪的最佳方式，有些时候，她会情不自禁地打扫起卫生来，就好像是要完成别人的指令似的。每当这时，她的眼神都会异常坚定，眉头紧锁，额头的皱纹就像刻上去的一样。她在打扫卫生的过程中，异常投入且完全忘我，只是深切地感受着污垢、清水和肥皂。在她看来，没有污垢的清水是不完美的，而不沾清水的污垢也不能算是真正的污垢。她先把抹布投进盛满肥皂水的粉色塑料脸盆里，充分浸湿后再狠劲地拧干，然后把抹布扔在地板上，开始一寸一寸地擦拭起来。啊！看她那架势，就好像要跟地板拼命一样。她先是缓缓跪在地板上，然后把躺在地上等待主人“命令”的抹布紧紧攥在手中，最后用尽全身的力气擦起来。她会长时间地盯着一个地方不停擦拭，就好像在那里发现了一块只有她才能看得到的污渍，而且要马上去除掉一样。她一刻不停地擦着，直到双手裂出了一道道的口子、手背青筋暴露、胳膊酸涨难忍、牙齿咬得生疼才肯停下来。

米塞想，“既然现在不适合打扫卫生，那我干脆去洗个澡吧！”她也很享受洗澡过程中的那种忘我与放松。她往头发上打了三次肥皂，每次洗澡时她都会往头上打三遍肥皂。从孩提时代起她就听说，真主只给世人三次机会。因此，她一天中只喝三次水，洗澡时只打三遍肥皂，捡起掉在地上的面包后要亲吻三次，再放在额头上祈求真主宽恕。虽然米塞对不断变小的肥皂一直怀有怜悯之心，但在洗澡时却从不吝惜使用它们，就像她疯狂擦地板时一样。打完肥皂，她用手指甲一遍遍地抓挠头皮，甚至把部分头皮都抓破了。然后，再把热水淋在头上，感受热水冲烫在伤口上的那种钻心的痛。她每次拿起丝瓜络后，就再也不知道放下，总是把全身上下搓得通红，仿佛要搓掉三层皮才肯罢休。最后，她用沾满肥皂沫的丝瓜络擦起自己的私处，一边擦一边还在生气地抱怨着什么，仿佛这是她整个身体最脏的部位。她狠命地搓，就像是要把那里搓烂一般，因为对她来说，这个部位是真主认为她不适合生孩子的罪魁祸首。

当米塞满身通红地从浴室里走出来时，阿提耶还在她家。派丽汗应该是干完了厨房里的活儿，两人一起来到客厅里看电视。米塞轻手轻脚地来到客厅，坐在沙发上。派丽汗和阿提耶正在聚精会神地看着时装剧，根本就没和米塞搭话，仿佛刚才她们三个人之间什么也没有发生一样。米塞也默不做声，就像没有看见她们似的，继续缝起镂花桌布来。

这时，客厅里的电话响了。米塞想，是不是碧莱因为迷了路想寻求她的帮助呢？想到这里，她的内心顿时解脱了：原来早上的不祥预感就是这件事啊！她把手里的针线活放在一边，立刻从沙发上跳起来，急匆匆地拿起了电话，仿佛有人要跟她抢似的。可是，她却不知道，这个电话正是让她从早晨开始就感到心中隐痛的不祥事件。

“喂?”

“你,你是米塞姐姐吗?”电话那头传来了派丽汗的弟弟宾亚敏的声音,他惊慌失措、上气不接下气地问道。

“是的,我的宾亚敏,你好吗,孩子?”

“姐!”

“孩子,有什么事? 你说啊?”

“姐!”

米塞感到宾亚敏今天的状态十分反常。他虽然说不上是一个机敏、口齿伶俐的孩子,但至少平常打电话也能一次把事情说清楚。可是,他今天吞吞吐吐的状态却让米塞一下有了不祥的预感。

“快说呀,孩子,你怎么了? 是不是哪不舒服啊?”

“姐,我没什么不舒服的……我,我挺好。”宾亚敏用哽咽、略带嘶哑的声音答道。他就像心里藏着什么秘密似的,支支吾吾,欲言又止。

“宾亚敏,你快说呀,到底发生了什么?”

当派丽汗听出打电话的人是她弟弟后,赶忙走到米塞身边问道:“怎么了? 他说什么?”她一边问,一边紧紧抓住米塞的胳膊。米塞确实听不明白宾亚敏到底要说什么,现在她唯一要做的就是稳住宾亚敏的情绪,以便让他把事情说清楚。

“孩子,不要吓唬我们,到底发生了什么?”

“我姐夫,米塞姐,我姐夫他……”宾亚敏结结巴巴地边哭边说。他既像是一个重病卧床的人在痛苦呻吟着,又像是一只突然被割断尾巴的猫一样惨叫着,却怎么也说不清到底发生了什么。米塞的心里感到极度恐慌,全身上下不停地颤抖着。

“你快说，维伊泽到底怎么了？”

说完这话，米塞突然沉默了，她等着宾亚敏的回答，这短短几秒钟的等待，对她来说就像是几十年一样漫长。电话那头传来了宾亚敏急促的呼吸声，突然，这种声音戛然而止，宾亚敏就像一只泄了气的皮球，有气无力、哀伤地说道：

“我们失去他了……姐！”

米塞从孩提时代起，就一直对维伊泽怀有一种愧疚感。她认为，自己一心只顾关心埃尤布而忽略了维伊泽，她觉得在良心上亏欠着维伊泽。可她和维伊泽的命运又一直被绑在一起，从未分开过。他们是一个命运共同体，是荣辱与共，唇齿相依的关系。尽管如此，他们之间却很少交流，彼此羞于表达，甚至不敢直视对方，在多数时间里，他们总是躲着对方。

对米塞来说，维伊泽一直就是她活下去的理由，是让她生活在这个世界上感到不孤独的保证。当这个家的成员一个接一个离她而去时，只有维伊泽一直坚定地守在她的身边，不离不弃。可现在竟然连他也走了。在这之前，她的心里还一直惦记着远方的埃尤布，一直忽略着身边的维伊泽，因为她从心底里总是认为这个弟弟会一直守在她的身边，不会离去。可如今，噩运却突然降临到她的头上。

米塞和维伊泽之间似乎存在一种默契：此生一定要同甘共苦、永不分离。米塞早时把自己的全部关爱都给了埃尤布，使得维伊泽长期受到冷落。在青年时代，维伊泽本可以从米塞身边一走了之，永远离开这个令人窒息的家，但他却没有这样做。米塞知道，维伊泽是害怕她孤单。可尽管如此，米塞还总是在维伊泽面前肆意展现出她对埃尤布的关爱。她的这种爱是不假思索，无边无际的，就算她想隐藏也很难做到。可是，这种关爱注定得不到回报，埃尤布对她的关爱总是视而不见，弟弟的这种冷漠让她的内心痛苦万分，如万箭穿心一般。

父亲去世的前一年，米塞曾在阿达帕扎勒[①]的哈碧拜姨妈家住过一段时间。姨妈因为生病而卧床不起，因此，米塞被父母强行送到了姨妈家帮忙做家务。除了照顾生病的姨妈，她还要伺候姨父和两个已经成年的表哥。米塞在姨妈家做饭、打扫卫生，整天忙得团团转。在这之前，米塞跟哈碧拜姨妈一家几乎没有打过交道，而如今却硬被送来给他们当牛做马，不禁心里感到万分沮丧和不满。不过，最让她痛苦的还是离开了仅仅四岁的弟弟埃尤布。自从埃尤布出生后直到那时，她还从来没有离开过埃尤布身边超过半步。但据她的母亲说，在米塞离开后的两个半月中，埃尤布没有哭过一声，非常地适应她走之后的生活。母亲是这样对她说的："埃尤布很好。你不在，他根本没有任何不适，一点也没哭闹。"可母亲这句安抚米塞的谎话，却让米塞喉咙发堵，越发地感到心焦。她的心像断了线的风筝一般无所依靠，又像离群的孤雁一般万分凄凉。她甚至自言自语道："难道我不在身边，埃尤布一点都没感到伤心吗？"不过，她在姨妈家只做了两个半月的活，就返回自己家了。这一切还缘于发生在维伊泽身上的一件事。那年维伊泽只有 8 岁。一天，他在街边玩球的时候不小心跌倒，结果把腿摔断了。躺在床上养病期间，维伊泽变得烦躁不安，他执意对父母要求："姐姐必须回来照顾我。"父亲劝说了很久，软硬兼施，都没能让他放弃自己的想法。父亲最后拗不过，只好把米塞从阿达帕扎勒接了回来，让她的另一个姨妈去接替她的工作。这个姨妈叫梅黛，住在班德尔玛[②]，她在家里排行最小。对于米塞来说，能提前回家确实是一件幸运的事。就在她回到家的第二个星期，哈碧拜就去世了。由于恰好没赶上这件

---

① 土耳其西北部的一个城市，隶属于萨卡里亚省。

② 位于土耳其西北部的一个省。

事，米塞甚至在心中窃喜了一阵。能够回到埃尤布身边，米塞心中充满了喜悦，她根本就忘记了是维伊泽帮她回家的。她见到维伊泽就感到厌烦，可见不到他的时候却又常常想念。事实上，维伊泽从孩提时代开始，就一直要求与米塞睡在同一个房间，从那时起到现在，他们就从未分开过。

可就是这个与她相依为命、从未离开过她的人，如今却离她而去了，特别是，还走得这么突然！在最近这段时间里，米塞原本已经化成死灰的希望又重新燃起，她还满心期待着不久就能与另一个弟弟埃尤布重逢……就在多年未曾谋面的埃尤布有可能重新回到她身边的时候，维伊泽却又离她而去。米塞的内心充满了深深的自责，她责怪自己没有对两个弟弟一视同仁，没有给维伊泽更多关心。她想，她的这种做法不能简单解释为对年纪小一些的埃尤布亲近，而对年纪大一些的维伊泽疏远。在她看来，埃尤布就像一张干净的白纸，而维伊泽则像一个承载了她太多痛苦的日记本，她想把这些痛苦全都忘记，却怎么也忘不了。在这种情况下，她只能亲近埃尤布，而疏远维伊泽。可这样对维伊泽公平吗？维伊泽又有什么错呢？

可事实上，米塞又是这个世界上最懂维伊泽的人。不管维伊泽犯了多大的错误，她都不会像其他人那样生气。她总是能够设身处地替弟弟着想，而且多数时候，她会发现维伊泽也有自己的苦衷。在这个世界上，每个人的命运早已由上天决定！一个人既不能选择自己的长相，也不能选择自己的性格，更不能选择和谁相伴到老。这一点对维伊泽同样适用。如果是埃尤布，他愿意像维伊泽那样对米塞不离不弃吗？想到这里，米塞不禁扪心自问："就因为维伊泽脾气暴躁，言行不羁，我就应该生他的气吗？这对双方又有什么好处呢？"

据宾亚敏讲述，维伊泽今天早上先是到超市查了查账，之后就去找家具店的老板特夫菲克聊天。他们坐在家具店门外的小凳子上，一边喝茶，一边玩塔弗拉[①]。维伊泽输了，还输给特夫菲克一公斤意大利风味的冰激凌。于是维伊泽开车去海滨大道买冰激凌。没想到在回来的路上却出了车祸。正当他的车横穿马路时，与一辆迎面驶来的深蓝色雪铁龙轿车撞个正着。开雪铁龙的是一个叫居内特的年轻人，今年22岁。事后据目击者称，当时居内特的车开得并不很快，而维伊泽的车却开得很猛，他根本就没有观察前方是否有驶来的车辆，难道他是因为害怕冰激凌化掉，才把车开得那么快、那么猛吗？

米塞来到医院后得知：事故发生时，尽管居内特踩刹车有些迟，但他最终还是刹住了车，可维伊泽的车却失控冲了出去。事后，居内特和坐在路边咖啡馆的人们全都惊恐地跑到维伊泽的车旁，查看情况。此时，维伊泽已处于弥留之际。当他与居内特对望时，眼睛里居然没有恐惧和恼怒，而是充满了关爱，就像是在审视一位老熟人一样，慢慢地吐出一句："你来了！你干得漂亮。"于是，"你干得漂亮"就成了他人生中说的最后一句话。

从"你来了！"这句话似乎可以推断出，维伊泽在生死之间、处于弥留之际时，眼前一定浮现出了一张他曾经很熟悉的脸。因此，他是带着幸福的心情离开这个世界的，而非怀着遗憾。

米塞听人说，阿兹拉伊勒（伊斯兰教的四大天使之一，意为"死神"、俗称"取命仙子"，是奉安拉之命，掌管死亡，索取人命的天使）会扮成不同的模样降临到人的身上。派丽汗曾给米塞讲了一个她从妈妈菲娜特那听来的故事："我爷爷在临死之前经常念叨着一件事，那就是他竟然在自己的房间里看到了一只上蹿下跳的黑猫！那只猫一会儿躺在抽屉里，一会儿又迈着小步在爷爷周围转圈。但除了爷爷之外，没有任何人能看见它。我妈妈曾说过，'取命

① 一种土耳其的跳棋游戏，双方各有十五个棋子，投骰子决定行棋格数。

仙子'在取人性命时,总是以不同的形象出现。但这种形象只有濒临死亡的人才能看见,其他人是无法看到的。也就是说,我爷爷是被化作黑猫形象的'取命仙子'带走的。"

那么维伊泽为什么会在临死前说"你干得漂亮"呢?他在生命的最后一刻,看到惊恐万分的居内特时,难道想起了什么人吗?那个人又会是谁呢?但此时,米塞已经无暇去思考被带到警察局的居内特到底长得像谁,她更关心的是没有了维伊泽以后,她将来要如何才能活下去。

在医院的走廊里,派丽汗哭得死去活来。米塞已经顾不得那么多了,她嘱咐阿提耶照顾好派丽汗,自己则跟在一个穿着蓝色工作服的男子身后,向楼下的太平间走去。她跟着这个人走了很长一段时间,也许事实上这段路并没有她想象的那么长。但对于步履沉重的她来说,这段路却越走越长,仿佛永远也走不到尽头似的。她非常害怕看到弟弟维伊泽的尸体,就这样步履沉重地走着……

人死了之后究竟会发生什么呢?是像书上说的那样:今生行善的人死后可入天堂,反之,则下地狱吗?还是像她听说过的:人死后,海面上会出现一束白色的磷光,磷光会把逝去的人带走?可是维伊泽根本就不喜欢白色。他不喜欢穿白色的衬衫,还经常说,"白色不经脏!"可事实上,又有什么颜色比白色更显干净呢?如果他真是被一束白光带着离开人世的,那么他一定是心怀不满被带走的。他不喜欢白色,并且害怕白色!那他还能进入天堂吗?米塞知道维伊泽这辈子做了不少的错事,可仔细想想,这些罪过也都不全怪他,因为他做的这些错事都是事出有因的,'取命仙子'是不会看不到这些的!

米塞一直跟在这位身穿蓝色工作服的男子身后,虽然只走了几分钟的路,但她感觉就像度过了数年之久那样漫长。他们来到走廊的尽头,这里四周的墙壁本该是白色的,但由于墙皮脱落的斑驳,因此显得非常脏乱无序。

由于整个医院都是以白色为基调，所以到处都显得脏兮兮的。医院的大厅里弥漫着一股浓浓的消毒水味，大门上印的都是乱七八糟的手印，大厅的圆柱也外皮开裂，看起来破败不堪。身穿蓝色工作服的男子在走廊尽头的太平间门外站住了，米塞心想，原来太平间的门跟医院其他地方的门的颜色一样，也是白色的，真讨厌！男子紧盯着米塞的脸，仿佛是在判断：当这个女人看到自己亲人的尸体时是否能够撑得住。显然他是担心眼前这个女人走进这扇门后会发生的状况，如果哭晕过去还得给他添麻烦。这个男人似乎在对米塞说，“咱们还要不要进去呢？”米塞此时也在问自己，“我还要不要进去呢？”当然要进去！此时此刻，米塞仍然不相信维伊泽已经死去，她只想走进太平间，去证明这一切都只是个梦而已。想到这里，她把头向前伸了一下，示意她已经做好了进去的准备。而事实上，她根本就不想进去。在这个世上，有谁会愿意看到自己亲弟弟的尸体呢？

恰在此时，太平间的门被打开了，一个秃顶的人从门缝里探出头来，然后又闪出了整个身子。这个人穿着防水材料做成的绿色工作服，他嘴上没有一根胡须，脸色蜡黄、没有一丝血色，就像一个死人一样。他和穿蓝色工作服的男子耳语了几句。米塞明白了，这个光头是太平间的负责人。由于经常和死人打交道，他也快变成一个活死人了。太平间的工作人员，入殓师，抬棺人以及做棺材、刻墓碑的工匠，他们都是在世时尽量多做好事，以便为自己多积阴德。不过，毫无疑问，他们的阴德虽然越积越多，但与人世间的联系却越来越少。他们经常和死人打交道，肯定会受到一定的影响。

那个光头先是把太平间的大门推开一大半，嘴角动了一下，仿佛要说些什么，但却欲言又止。接着，他把白色的大门完全推开，让米塞进去。米塞原以为太平间内部肯定漆黑一片，就如同电闪雷鸣的雨夜一般。可当她真正走进来才发现，太平间里仍然是一片让她心烦意乱的白色。她感到迎面吹来一股阴风，之后，一股尸体的味道扑鼻而来，她不禁感到心惊胆颤。

太平间的地板和四壁都铺着瓷砖，瓷砖也仍然是千篇一律的白色。靠墙的位置摆放着一个个的钢制冰柜，冰柜的灰色与瓷砖的白色形成了鲜明对比。米塞注视着这些冰柜，她仿佛是第一次见到，并且感觉自己浑身都在发抖。原来她的弟弟就被放在这个冰冷的柜子中。但是，人们常说的太平间应该是个什么样的地方呢？是一个位于人世和地狱之间的地方吗？也就是逝者在被永远埋入地下之前，让自己的躯体和灵魂有片刻喘息的地方吗？或许当逝者的躯体被抬到太平间之前，灵魂就脱离了它依附多年的躯体，早就飞到别处去了呢。如果是这样，那么这些摆放在太平间的冰柜不就是一个一个的垃圾桶吗？这些垃圾桶里放着的就应该是失去了灵魂的行尸走肉……米塞想，“我这是在琢磨些什么乱七八糟的东西啊！”她努力让自己不再去想那些关于太平间的事。正在此时，穿蓝色工作服的男子再一次把目光投向她，分明是在最后确认一下：她是否能挺得住。当看到米塞两脚分开站立，坚定地就像钉在地板上一样时，他随之向穿绿色工作服的男子打了一个手势，示意可以开始下一步的程序了。穿蓝色工作服的男子于是使尽全身的力气把一个冰柜的门拉开了……

冰柜的拉门被打开，一个铁架随之映入米塞的眼帘。铁架上下各有一个抽屉。上面的抽屉空空如也，穿蓝色工作服的男子把下面的抽屉拉出，维伊泽的尸体就放在里面。只见他双眼发白，微微闭着。

最先引起米塞注意的，是维伊泽那张毫无生气的脸上永远定格的一丝微笑。据她所知，一个人在临死前最后看到了什么，那么死后他就会带着这个东西的影响进入到另外一个世界。维伊泽在临死前竟然露出了微笑，难道他在迎面驶来的汽车里发现了什么吗？

不久前，米塞刚看过一个电视节目，节目内容介绍说，人在生命最后的弥留阶段可能会持续数分钟或是数天之久。节目中是一个穿白大褂的医生在讲述生命弥留之际的事,他的身旁坐着一个衣着光鲜的土耳其民歌演唱艺术家。据这个医生说,患有慢性疾病的人,生命最后的弥留时间会比较长,而突然死亡的人,弥留时间则会很短。当医生讲到这里时,米塞不禁想起多年前曾经照顾过的、处于弥留阶段的哈比拜姨妈。米塞可不想像姨妈那样被重病折磨得死去活来。从那时起,她就在心底里祈求真主,将来能够让她因为一些不可预知的原因而立刻死去,比如可以是因为一场车祸而导致的快速死去,以免遭受那些备受煎熬的痛苦。可她只是希望自己能够快速死去,并没有想让弟弟也这么死掉啊!难道这真的是真主的意志吗?

据节目中的医生介绍:人在弥留之际,身体的各个器官会陆续衰竭,首先是眼睛看不见,之后是耳朵听不见。因为当眼睛失去光彩后,就已经听不到别人的呼唤了,不论谁站在面前,垂死之人也只会用眼睛直勾勾地盯着天花板而已。之后,此人的额头上会流下汗珠,也会从眼睛里流出眼泪,就像要哭一样。最后,人体开始自动排出所有的分泌物,比如汗水、鼻涕、尿、屎、唾液甚至还包括精液等等,都会从身体里自动流出来。

尽管节目内容让米塞感到有些恶心,但她还是坚持看了下去。据节目中的医生说,人死亡后,躯体会在两个小时之内失去血色。此时躺在冰柜中的维伊泽的躯体就如同节目中描述的那样,已经失去了血色,惨白得就像石灰一样。那个医生还说,两个小时以后人体的温度也会慢慢降低。此时,米塞握着维伊泽的手,就像她曾经握着刚刚去世的妈妈的手那样,这两只手都冷若冰霜,令人不寒而栗。她把维伊泽的手放在嘴唇边不断亲吻着,最后,米塞再也控制不住内心深处的悲伤之情,她扑到维伊泽的身上大哭了起来。站在她身边的穿蓝色工作服的男子赶忙扶住她的肩膀,把她强行拉了起来,而穿绿色工作服的男子则走上前,手扶停放维伊泽尸体的抽屉,慢慢地向里推了回去。米塞用无比关爱的眼神最后望了望弟弟那张灰白的脸，还有他脸上永远定格的微笑。她不禁想起了和弟弟一起度过的一个夏天的夜晚……

那是在某年的七、八月份，因为维伊泽要上学了，所以米塞只好辍学在家。当时天气酷热难忍，蚊蝇肆虐。从清晨到晚上，总有一大群蚊子在米塞的头顶上飞来飞去，发出恼人的“嘤嘤”声。除了蚊子发出的声音，米塞仿佛已经听不到其他声音了，即使蚊子还没有停落到她身上，她就已经开始坐立不安、浑身发痒并且起了满身的鸡皮疙瘩。她平时最忌杀生，但如果要杀死这些讨厌的蚊子，她却丝毫也不会犹豫。她不仅仅是因为被蚊子叮了要报仇，她甚至从打蚊子中得到了一丝快感。这些蚊子实在是太可恨了，它们不仅喝米塞的血，就连她的小弟弟埃尤布也不放过。当她用蝇拍把落在弟弟身上的蚊子打死的时候，她总是能感到无比的畅快。不过，即使家里的墙壁因为打蚊子已经变得血迹斑斑了，这些蚊子依然没有被消灭干净，它们总是能卷土重来。

米塞家的窗户总是敞开的，她的父亲总是把蝇拍挂在窗户上。如今，这拍子已经不折不扣地成为米塞用来消灭蚊子的、血淋淋的武器。可是蚊子总是不能被消灭殆尽，于是米塞开始琢磨把蚊子彻底消灭，一劳永逸的办法。正在此时，她发现了在自己眼前跑来跑去的维伊泽，顿时，她有了一个坏主意。她把维伊泽叫到面前，煞有介事地对他说，家里已经爆发了一场残酷的人蚊大战。如果不能马上把蚊子全部消灭掉，那么它们就将实施一个惊天的阴谋。首先，它们要叮咬他们家所有的人，之后再占领他们的家园、街区、整个国家，最后甚至还要占领全世界！米塞把蚊子获得战争胜利的后果描述得神乎其神，仿佛世界末日即将来临。为了不让蚊子的阴谋得逞，维伊泽将肩负重担：他只要把蚊子消灭干净，就可以成为拯救世界的英雄。但如果他失败了，就会使蚊子们更加嚣张，使世界永远陷落。维伊泽把眼睛瞪得大大的，既兴奋又严肃地听着米塞绘声绘色的讲述。显然,他对姐姐交给的任务非常重视,但眼睛里分明又透露出一种茫然的神情。米塞从这种眼神里读出,弟弟清楚地知道人蚊大战只不过是一个游戏,但他决定真正地投入这场"战斗"来讨姐姐的欢心。米塞不禁扪心自问:这样做是不是太阴险了,我怎么能编这种故事来骗弟弟呢?怎么能把这么一个艰巨的任务交给年幼的弟弟呢?不过她转念一想,弟弟肯定也明白这只不过是个游戏而已,不会太当真的。况且,这种把戏也只不过是想从弟弟身上找个乐子而已,她并不想真正地捉弄他。最后,她决定在弟弟面前继续把人蚊大战的故事编下去。因为她再也不想听到蚊子们的"嘤嘤"声了。所以,即使稍微捉弄一下弟弟也不为过。米塞随即向弟弟下达了向蚊子开战的命令,维伊泽也义无反顾地投入到了这场"战斗"中。他拿着拍子在家里上蹿下跳,忙着打起蚊子来。尽管他没有像米塞那样厌恶这些蚊子,但还是把消灭蚊子当作一项神圣的使命,他要成为英雄,要得到家人的认可和赞许!打着打着,他突然倒在客厅的餐桌旁,不再动弹了,不知是他用尽了所有的力气,还是因为打死了太多的蚊子而感到羞愧。他紧闭双眼,等着姐姐来找他。而这时,米塞正忙着哄埃尤布睡午觉,根本就无暇顾及维伊泽。不过当埃尤布睡着以后,她还是在餐桌下面找到了精疲力竭的打蚊"英雄"。

"你怎么了?"她问道,"你把蚊子都消灭干净了吗?"

"……"

"你是不是累了?"

"……"

米塞这时突然反应过来,维伊泽想让她继续把戏演下去。于是她说道:

"啊,可怜的武士啊!你们大家看到没有?这个孩子为了拯救我们,他献出了自己年轻而宝贵的生命!为了表彰他的勇敢行为,我们决定授予他一枚勋章!”

听到姐姐的话,小维伊泽不禁心花怒放,他咧开嘴,露出了会心的微笑。

*

梦中,有流水的声音传来。我侧耳倾听,想一边听着流水声,一边让自己放松下来。可我怎么也办不到,这种能让整个世界都沉寂下来的、清脆悦耳的水流声,非但没有让我的内心获得安宁和平静,反而使我坐立不安,左顾右盼,全身都处于一种紧张的状态。这个声音在我的心底里反复出现,它让我片刻不得松懈,似乎在警告我:“你可要小心了,千万别走神!”这个流水声不断响着,我感到浑身肌肉紧张、惊慌失措、六神无主。后来,我的四肢开始疼起来,那是一种难以形容的疼痛。我警告自己,在头还没有痛之前,应该在流水声中把眼睛睁开,从梦中醒来。如若不然,我会被这清脆悦耳的水滴声欺骗,误以为自己在厕所而忍不住尿床,我必须在这之前让自己醒过来,一定要醒过来。

真的从梦中醒来时,我感到浑身僵硬、恐惧、慌乱。我要做的第一件事就是把手摸向裤裆的位置,确认自己是否已经尿床了。发现是虚惊一场时,我长舒了一口气。

摆脱了尿床的恐惧后,我不禁笑起来,甚至都笑出了声。我的笑声把睡在身边的碧莱吵醒了。她翻过身,睡眼惺忪、疑惑地看着我。“没什么事,亲爱的,你继续睡吧。”我对她说。可不等我把这句话说完,她便又沉沉地睡去了。在睡眠这方面,我非常羡慕碧莱。她从来都不存在失眠的困扰,每次躺下都能立刻安然入睡。除非病得很严重,或是情绪极度低落,否则,她的脑袋只要一碰着枕头,就能立刻轻松入眠,并且睡得就像婴儿般安详。

我望着再次睡着的碧莱,开始分析自己刚刚做过的梦。梦里那种惧怕尿床的感觉，对我来说非常熟悉。尽管这么多年来，我已经很久没有做过这样的梦了。而事实上，害怕尿床的感觉源于我上寄宿学校时，同学们制造的一个恶作剧。在寄宿学校时，我和同学们搞过许多恶作剧，引导让人尿床只是其中最搞笑的一个。夜深人静时，我们同寝室的几个同学凑在一起，来到白天选好的“倒霉蛋”的床前，而这个“倒霉蛋”还被蒙在鼓里，正躺在床上呼呼大睡呢！我们把水从一个杯子倒入另一个杯子，模仿人在小便时的声音，让那个呼呼大睡的同学误以为是在厕所里，从而不知不觉地尿床。上学期间，几乎我们寝室里的每一个人都至少充当过一次“倒霉蛋”。不过，被捉弄的同学虽然满脸尴尬，但却暂时也感到浑身轻松下来，因为他终于被捉弄过了，不用再担惊受怕了，而其他没有当“倒霉蛋”的同学则开始担心起来，不知道哪天晚上就会轮到自己被捉弄。从表面上看，我是十分幸运的，因为我从未当过“倒霉蛋”，一直都是扮演着捉弄别人的角色。但我的内心却因此而惶惶不可终日，我总怕在睡觉时会被别人捉弄而尿床，害怕那些捣蛋的同学会出现在我的床边……因此，不管是白天还是黑夜，我的耳畔总是时不时地响起“哗啦啦”的水流声。

我没有把害怕尿床这件事告诉家里的人。因为他们原本就不同意我去寄宿学校上学。据他们讲，我小时候有几次梦游的经历，因此他们根本就不同意让我去寄宿学校。姐姐米塞曾向妈妈谈起，她有几次亲手把我哄睡在床上，而早上起来却在家里的其他地方发现了熟睡的我。因此，她执意要说服妈妈不让我去寄宿学校：“妈，千万不能让埃尤布去寄宿学校上学，他要住在集体宿舍里，非得出事不可啊！”我想，如果让姐姐知道了我们宿舍里的这种恶作剧，她更不会让我去寄宿学校了。她可能还会说：“放着自己家的大房子不住，干吗偏偏要去住集体宿舍呢，真是荒唐！”而事实上，我宁愿成为同学们的捉弄对象，也不愿意回家去住，我更希望可以快乐地和同学们待在一起。

虽然我从很小的年纪开始就住在寄宿学校，享受着没有家长管束的生活，但能够长久地在寄宿学校生活下去也并非易事。在这样的学校，你要一天 24 小时都待在同一栋楼里，和相同的人待在一起，还要远离家庭的温暖和舒适。我认为，尽管我嘴上一直不愿承认，但那个年纪的孩子一定是需要来自家庭里的温暖的，要不然怎么总会有哭喊着“我要妈妈”，而拒绝继续待在寄宿学校里的孩子呢？因此，寄宿学校的孩子们不应被分成“需要父母关爱”和”不需要父母亲关爱”的两类，而是应该分成“能够适应新环境”和“不能适应新环境”的两类。多亏了同宿舍的这些好朋友、好哥们，我才能很快地适应寄宿学校的集体生活，并乐在其中。我感到自己真的是非常幸运，不仅身边的同学们真心对我，连老师们也都格外关心我。我和他们虽然没有血缘关系，但不是亲人却胜似亲人。对我来说，和他们待在一起就像在自己家一样。在这个问题上，卡杰医生也许会反对我的观点，他会坚持认为，来自原生家庭的关爱对一个人更为重要。所有在父母身边长大的孩子，他们都会想当然认为自己可以很轻松地适应寄宿学校的生活，绝不会当“逃兵”。即使在寄宿学校实在待不下去了，他们还是可以回到原生家庭这个永远的避风港湾。可我认为，并不应该根据周边环境的外表形态来判断生活的好坏与否，而是应该根据这种环境是否真的适合你自己。有的生活尽管外表看起来光鲜亮丽，但你身处其中却仿佛困兽一般，快要窒息，那么这样的环境对你来说就是不好的。即便那个环境是你从小长大的原生家庭，你身边的亲人也给予了你很多所谓的关心和温暖，即使那样，这些也不会符合你内心真正的需要。因此，想当然地认为所有的原生家庭都是温暖的、充满爱的，那肯定是大错特错。

我非常喜欢待在寄宿学校，喜欢和老师、同学们待在一起。在家里我总是形单影只，在学校却有很多朋友伴我左右；在家里我沉默寡言，在学校我却爱说爱笑；在家里我郁郁寡欢，在学校我却心情愉悦。学校才是我真正远离家庭的避风港湾。在家里我总是感到非常郁闷，但每次放假我又不得不被迫回家。不过，不管我在哪里，睡觉时总是害怕听到水流声。

有时我会想，之所以现在经常做噩梦，恐怕与我在寄宿学校时的不良睡眠习惯有关。那阵子，我每天晚上都是带着对尿床的恐惧入眠的。这种恐惧一直伴随我直到今天，它从未消失过。

我虽然在学生时代没有被捉弄过，没有经历任何的羞耻和尴尬情形，但在此后的多年里，我却经常感到紧张、压抑并频频地做噩梦。有时我想，要是在寄宿学校的时候，哪怕同学们捉弄过我一次也好啊！如果那样的话，我的内心也许就会有稍许的平复，就能安静、祥和地入梦了。

7. 派　丽　汗

就算你的看守们撤换了又能怎么样呢？
你不是照旧还会脱掉衣服，用鞭子抽打
自己的后背吗！

——贾希特·扎里夫奥卢
《那些我们跟自己纠缠的日子》

女邻居们把派丽汗带到她自己的房间，想让她休息一下，但派丽汗整个人只是静静地坐在床上发呆。她至今仍不敢相信维伊泽已经死了。她的双眼直勾勾地盯着维伊泽曾经用过的枕头，仿佛此刻他就睡在那个枕头上似的。她的眼前浮现出了维伊泽那张丑陋的脸，和那种不屑一顾的看她的眼神，仿佛他马上就要冲过来骂她似的。“你丈夫都死了，你怎么还怕他呀！”阿提耶似乎看出了派丽汗的心思。派丽汗心里却想，这句话说明阿提耶根本就不理解自己，可她的话又不无道理：畏惧活着的丈夫确实比畏惧已经死去的丈夫更加符合常理。

女邻居们把派丽汗的家挤得水泄不通，这种乱糟糟的环境让她更加心烦意乱。她不禁想起姥姥曾对她说过的话：人的本性都是幸灾乐祸的。不过直到现在，她才明白姥姥说这句话的含意。她此刻非常清楚这些邻居为什么要来她家，表面上是来给她支持和鼓励、替她分忧解难，其实只是来寻找日后八卦的谈资罢了。她们你一言我一语地谈论着，满脸都是兴奋和激动的表情，就好像派丽汗家是要举行婚礼、而不是葬礼似的。这些邻居们聊天的话题无所不有：比如逝者的家庭成员是否都眼中含泪？如果有眼泪，那么到底是真哭还是假哭？谁先哭的，谁又是最后哭的？家里突然有人去世，那么其他家庭成员是不是都慌了手脚、乱作一团呢？还是一切都井井有条、一如往常呢？总之，这些女人的嘴巴几乎闲不住。真可谓是“有女人的地方是非多”。如果说这些女邻居来派丽汗家进行慰问纯属虚情假意，也许有些过分。可如果说她们是真心实意前来吊唁也有些违背事实。其实她们并不是真正来向派丽汗表示慰问的，她们更多的是在庆幸：幸好真主没有给她们自己带来噩运！她们努力地劝慰派丽汗要节哀顺变，并表示，这种亲人去世的倒霉事不仅会降临到派丽汗头上，迟早也会降临到她们的头上。她们还说，其实谁都免不了一死，只不过有早有晚而已。她们坐在一起，不停地咒骂着这残酷的世界，同时又把对死亡的恐惧表露无遗。这些女邻居多数都只顾着热烈的闲聊，只有一些真正和派丽汗要好的朋友，才会到一旁去做祷告，祈求逝者能够在另一个世界中安息。可派丽汗心里很清楚，即便是做祷告的这些人，也并非都是实心实意的。在类似的场合中，她也曾装模作样地把双手放在胸前祈祷，而事实上，她只是在祈求真主赐福于她自己和儿子罢了。多数人到别人家去慰问的时候，尽管都表现得很伤心，可那不过是在感叹命运的无常而已。亲人已逝，生者所要面对的问题已经不是亲人的去世，而是自己将来要如何继续生活下去。因此，就算活着的亲人们哭得死去活来，眼睛红肿，那也只不过是在担心自己的未来罢了。事实上，真正替逝者流泪的人微乎其微。

维伊泽的死，让派丽汗痛哭流涕。由于事情发生的过于突然，她现在竟然不知道自己为什么在哭。也许是这突如其来的变故让她不知所措。常言道：人非草木，孰能无情。她与维伊泽毕竟是结发夫妻，日久总会生情。况且，两人结婚多年，同处一室，共寝一床。她甚至自私地暗自琢磨：维伊泽的死其实并不可怕，真正可怕的是，她将如何面对没有维伊泽的生活。

对派丽汗来说，维伊泽不算是一个好人，更谈不上是一个好丈夫。但每次想起维伊泽的死，她还是会有些不舒服。维伊泽毫无预兆地突然死去，就如同一只被他生前打死的蚊子一样，这不得不使人感叹生命的脆弱。她至今仍像个孩子一样，单纯、固执地认为维伊泽并没有死去。每当她闻到枕头上散发出的、浓浓的薰衣草香味时，都会不禁感叹：今后躺在这张床上的只有自己一个人了……她又突然发现，终于在有生之年，她第一次真正拥有了一栋属于自己的房子。如果是以前，她一定会为此兴奋不已。可现在，她却怎么也高兴不起来。她的心里五味杂陈：既有伤心和孤独，又有一些对亡夫的思念之情。在过去，她总是梦想着能有一天可以过上自由的、没有维伊泽的生活。但即便是这样，让维伊泽某天突然葬身于车祸之中，也不是她所希望发生的事情。

现在，派丽汗终于拥有了属于自己的房子，可她的内心却充满了担忧，而非喜悦或者伤心。她现在已经没有最开始时那么伤心了。事实上，即便是在事情的最开始，她也只是感到惊慌失措而已，并不是真正的伤心。事发当天，听到弟弟宾亚敏支支吾吾地叙述车祸经过时，她就判断出事态的严重性，猜测可能会有什么人死去了，可万万没有想到那个死去的人竟然是她的丈夫！幸亏她并不爱维伊泽，如果爱的话，她的内心将根本无法承受。

尽管如此，当她最终确认死去的人正是维伊泽时，仍然哭得死去活来，趴在地上不能自已。她当时并不是故作悲痛，而的确是宣泄了自己内心的真实感受。她跌跌撞撞地赶到医院后，甚至还晕了过去。她根本就不喜欢医院这样的地方，也从未喜欢过这个地方。维伊泽去世后，医院更是成了她心灵的禁地。只要一闻到医院里消毒水的味道，她就会感到恶心、手足无措。她非常害怕去想自己将要面对的孤苦伶仃、孑然一身的生活。维伊泽曾经吓唬她说："你要不能生孩子，我就跟你离婚！赶快祈求真主宽恕你过去做的那些蠢事吧，让你给我生个孩子，否则我就跟你永远断绝关系！"每当听到此话，派丽汗都会浑身发抖，惊恐万分，她不想做一个被丈夫休了的女人，她不想再去过那种孤苦伶仃、一贫如洗的生活。那时，她曾经后悔不该自作主张地把肚子里的孩子打掉。纸终究包不住火，有些事情是无法隐瞒的。她清楚地记得，她擅自把孩子打掉后身下流出的殷红的鲜血、医院里弥漫的消毒水的味道，以及维伊泽愤怒的表情："你怎么没死了呢？你这个凶手！"丈夫暴跳如雷地指着她的鼻子喊道。如今，这些往事历历在目。她心里想着，"我仍然活着，而你却已不在人世间！"

每当派丽汗想到家中再也不会出现维伊泽的身影，都会想起姥姥曾经说过的一句话"善有善报，恶有恶报，不是不报，时候未到"。维伊泽要是在世时没有对她做过那么多凶恶的事，又怎么会落得这样的下场呢？随着派丽汗慢慢地习惯了没有维伊泽的生活，她开始审视自己的人生：结婚后，她一直遭受着维伊泽的欺侮和压迫。有时她会自问，为什么所有这些不幸都要降临到我的头上？她甚至曾经决定要与维伊泽进行抗争。但后来她又觉得，这可能是自己在赎罪。可她又不理解：自己以前犯下的罪过真的有那么大吗？以至于要在婚后这么多年不停地忍受维伊泽的欺辱吗？可维伊泽突然就这样死去了，难道他真的是因为总欺侮自己的妻子而遭到了报应吗？派丽汗这样想时，会感到内心的痛苦减轻了一些。要不是维伊泽对她做了那么多过分的事情，他又怎么会英年早逝呢？可维伊泽早上出门时还好好的，到了晚上怎么就与家人阴阳两隔了呢？她怎么也想不明白这事，可又觉得维伊泽的死并非是世界末日的来临。

派丽汗有时会想，维伊泽把她当作过一个正常的人来对待了吗？对她有一丁点的尊重吗？即使是在做爱的时候，他对待她的态度就像对待一条狗一样，而且她还要忍受丈夫身上那股难闻的恶臭。这么多年来，维伊泽做过一次讨她欢心的事了吗？在维伊泽的身边，她度日如年：既未享受到青春的美好，也未感受到做女人的尊严。维伊泽连那个据传是搞同性恋的希克麦特都不如。因为就连希克麦特还知道要讨自己妻子的欢心，要挽着妻子的手一起逛街呢！维伊泽就知道在外面装好人，他甚至为了讨好那些商贩朋友们，可以大老远地去给他们买冰激凌。可回到家里呢？他就换了另外一副嘴脸，他从没有陪派丽汗逛过一天街，没有一刻尽过当丈夫的责任。他曾经也往家里带回过几次冰激凌，但每次都是冷冷地把冰激凌扔在桌上，一副别人爱吃不吃的样子。因此，就算是维伊泽真的死了，派丽汗也不会伤心。她对自己说："不，反正我不哭，罪过就罪过了！"

她很早就知道眼泪解决不了问题。其实，"人的命天注定"，流多少眼泪也改变不了命运。如果眼泪可以改变一切，那派丽汗掉的眼泪早就不计其数了。她这辈子的命运就是，家里总是缺个主事的男人。这种状态从她父亲去世后就开始了。父亲在世的时候，尽管家里很穷，但父亲就是她的精神支柱，可以使她不必担惊受怕。可父亲去世后，她的世界彻底坍塌了，生活也变得支离破碎。可怜的父亲是一个领取日薪的建筑工人，他在世的时候没能攒下什么钱，死后自然也就没有什么积蓄留给她。父亲死后，她们全家搬到了住在伊斯坦布尔的舅舅家。从此以后，她就开始过起了寄人篱下的生活，那种痛苦的滋味让她终身难忘。她们家一贫如洗，根本供不起她上学，不过她本人对上学也并没有兴趣，于是初中二年级她就辍学了。也就是十四岁那年，她就跑到哈娃大姐的美容美发店去当技师了。“我要教你一门手艺，让你以后买得起金手镯。你将来一定会感激我的！”哈娃在她第一天上班时这样对她说道。派丽汗要做的工作就是给女人们修指甲，拔体毛。有些女顾客的指甲粗糙厚实，而且又长又弯；有些女顾客的体味非常浓重，可她们偏偏都幻想自己的外貌能够像电影明星埃美·萨颖①一样美。由于她们自身存在的缺陷和不足，无论派丽汗如何认真、仔细地为她们服务，却总也达不到她们预期想要的效果。于是这些顾客就迁怒于派丽汗，说她无能、经验不足。比如，有些女顾客天生长着两根一字形的眉毛，没有隆起的眉峰，而且五官扁平，长相丑陋，却幻想着自己能够拥有柳叶般的美丽眉型。这些毫无自知之明的女人，有时从报纸上或是别人家看到了时髦的明星形象，就要求派丽汗按照这种样子给她们美容，而不管派丽汗怎么直言相劝，她们都不改初衷。她们竟然一厢情愿地认为，简单地拔掉体毛、修剪指甲以后就能变成她们所艳羡的明星模样。可一旦美容过后，发现自己的愿望落空时，她们就会对着派丽汗大呼小叫。每当这时，派丽汗总是牢记哈娃大姐的教诲：“顾客就是上帝”。因此，她总是忍气吞声，顺从地一言不发。而哈娃大姐往往是站在顾客的立场上，虽然她也知道不是派丽汗的错，但总是要先训斥派丽汗一番，然后再给她讲解如何进行返工。当然返工之后，效果与之前大同小异，但哈娃却会讨好地对余怒未消的顾客说：“您看看，女士，您现在可是大变样了啊，真是太漂亮了！”顾客听到这番蜜糖般的恭维后，便会满意地离开。派丽汗并不喜欢这个工作，她更不喜欢经常责骂她的哈娃。况且，她的工资也少得可怜，交给舅舅时根本就拿不出手，因此，她的心里感到异常恼火。她这么拼命地干活挣钱，

① Emel Sayın，土耳其著名的女歌手和影星，生于1945年，1998年被土耳其政府授予“国家艺术家”称号。

却连给自己买件新衣服的能力都没有。每次只要她把想买新衣服的想法告诉给舅妈时，总能得到这样的答复："啊？咱们家有旧衣服穿呀！"她一边说，一边把她家两个孩子穿旧的衣服扔到派丽汗面前。舅妈认为，既然有旧衣服穿，为什么还要买新的呢？简直就是巨大的浪费。

与舅妈相比，哈娃大姐又是另外一种吝啬。她给了别人滴水之恩，就要求涌泉相报。她经常对派丽汗呼来喝去，进行各种辱骂，有时甚至还会拳打脚踢。对此，派丽汗早已习以为常了。就连派丽汗有些早熟的丰满的身体，都会成为她辱骂的原因。

"你别总像母马那样走路，你走路的时候浑身乱晃，太招摇了！你的胸大，胸罩小，你得注意把胸部裹严实点，瞧瞧你现在这个样子，简直就像个妓女！"哈娃不仅教训她，还塞给她一条深棕色的裹胸布。用哈娃的话来说，自己这都是为派丽汗好，像她这样的年轻小姑娘，没有成家，也没有男人的保护，街上的小流氓们可以轻易对她下手。那些行为和举止轻佻的姑娘们，早早就成为小流氓们眼中紧盯的"猎物"。派丽汗表面上对哈娃言听计从，她不想让别人说自己和哈娃的闲话，毕竟像她这样的年轻姑娘被别人在背后议论不是什么好事。但她并不完全赞同哈娃大姐的话。在她眼中，这些臭男人们就是一群"生理需求至上"的动物，为了满足需求，他们根本就不管女人是美是丑，甚至还可以找一头母驴。

哈娃大姐说起派丽汗来头头是道，可她自己却从来不懂得守妇道。哈娃大姐经常穿紧身的上衣和下摆在膝盖以上的短裙。她不仅不用布带把自己的乳房紧紧勒住，还专门穿着露出锁骨和乳沟的低胸紧身衣，仿佛要引起更多的注意一般。那时，哈娃四十岁左右，和派丽汗的母亲同岁。但她与派丽汗母亲那种不修边幅、邋里邋遢且头发花白的形象大不相同，她真是个美人！每天她都精心梳妆打扮，而且喜欢卖弄风情。派丽汗总是愤愤不平地想，这样一个有钱、有生意的老板娘，街上的小流氓们难道不会注意到她吗？难道她就不担心被那些小流氓盯上吗？派丽汗无法找到问题的答案，也不敢去问哈娃。她所能做的只是对老板娘的劝诫言听计从，她乖乖地用棕色的布带把乳房勒得紧紧的，以至于她那对本来好看的乳房都被勒得变了形。

后来，谢努尔来到了哈娃的美容美发店。谢努尔的理发手艺一流，哈娃不假思索就雇用了他，并让他担当店里的头牌技师。谢努尔曾在位于希施利[①]的一个服务于上流人士的理发店打工，后来由于和店老板闹矛盾，就离职不干了。不过，不管他到哪家理发店打工，都会有一群老顾客闻风而至。他今年 33 岁，还没有结婚，是个名副其实的“钻石王老五”。派丽汗从别人那里听说，谢努尔是一个风流成性、骄奢淫逸的“花花公子”。他在希施利打工的时候，总喜欢与那些上了年纪、又有钱的女顾客打情骂俏。倒霉的是，他和一个女顾客的奸情东窗事发，那个女顾客的丈夫跑到理发店来闹事，于是谢努尔就被开除了。事实上，这个谢努尔长得并不帅，可他就是嘴甜会说话，因此非常讨女人们的欢心。自从他来到了哈娃的店以后，虽然没有带来多少老客户，但很快就赢得了这片区域客户们的肯定。特别是，他并没有像传言中说的那样总和顾客打情骂俏，眉来眼去。他做头发的手艺的确一流，哈娃对他看在眼里，喜在心里，于是没过几个月，她就跟谢努尔结了婚。派丽汗的妈妈对此评论道：“这个把自己嫁给店里伙计的女人，真是老谋深算。其实，她早就看上谢努尔了。她刚开始雇用谢努尔的时候，就把以后和他结婚的事都算计好了。不过这桩婚事也正好随了谢努尔的心愿，他不是一直想找个有钱的女人吗？不过，哈娃的算盘不见得打的有多高明，谢努尔的岁数快和她儿子差不多了，这种畸形的恋情能有什么好结果呢？”派丽汗知道，哈娃和谢努尔

---

① 伊斯坦布尔位于欧洲部分的一个区。

的这桩婚姻很难说是谁占了更多的便宜,他们只是各取所需而已。店里没有顾客的时候,夫妻两人就在一起打情骂俏,派丽汗只能装作没看见。每当哈娃想和谢努尔亲热的时候,都会想方设法把她支走。而谢努尔却不这样,他并不介意派丽汗是否在店里,仿佛他更喜欢当着派丽汗的面跟哈娃打情骂俏似的。比如,当店里没有顾客时,谢努尔喜欢和哈娃在收银台后面做一些龌龊的事。他先是把手放在哈娃的大腿上,一阵乱摸之后,逐渐滑向她的大腿根部。此时哈娃总是双眼微闭,嘴唇轻张,做出一副十分享受的样子。谢努尔以为派丽汗没有注意他们,其实派丽汗把一切都看在眼里。特别是,她可以清楚地看到哈娃不知羞耻、肆无忌惮张开的双腿。她心里清楚,谢努尔正在摸哈娃的私处。而对于那个部位,派丽汗真是再熟悉不过了,因为那个部位的保养都是她亲自做的。哈娃的私处已经进行了脱毛处理,干净得就像黄油一样。可她并不喜欢哈娃那紫黑色的私处。特别是来月经时,那里经常发出一股如坏奶酪一般难闻的恶臭味。派丽汗经常会想,难道这个女人一点也没有闻到这股臭味吗?还是她故意表现的无所谓,根本就不把她们这些打工仔放在眼里呢?多年后,每当派丽汗回忆起那种味道时,都忍不住想呕吐。以至于多年以来,她从不吃任何添加奶酪的菜品。

人生真是段奇怪的旅程,一个人经历的每件事都会在他的记忆中留下些许印迹。而派丽汗却对自己所经历的一切都不愿再提起,她统统选择了忘记。但谢努尔那布满了刀疤的手臂却总是在她的眼前挥之不去。谁知道这些刀疤是怎么留下的呢?在这个世界上,有些人在努力地忘记伤痛,而有些人却偏要把伤痛永远地铭记下来,谢努尔就属于后者。

谢努尔刚来到店里的时候,派丽汗就感觉他在用一种异样的眼神看着自己。但她很快就发现哈娃大姐对这个新来的理发师心存爱慕。她可不想得罪自己的老板,于是她对谢努尔投来的贪婪的眼神和意味深长的笑容都佯装没看到。哈娃在的时候,她循规蹈矩,毫不显露;而当哈娃不在时,她就对谢努尔露骨的表情给予暧昧的回应。相识第一天,派丽汗称呼谢努尔“大哥”。而谢努尔半开玩笑地对她说:“你就叫我谢努尔好了。”派丽汗也没再矜持,没过半小时,她就直呼这个男人的名字了。但她刚叫完“谢努尔”,哈娃大姐就立刻表示出不满:“你跟他同岁吗?你怎么能这么不懂规矩呢?”谢努尔的脸上则露出一种难以捉摸的神情。他当然也不想得罪哈娃,但他又向派丽汗投去一种耐人寻味的眼神,就好像他们彼此之间存在着不可告人的秘密一样。从此以后,哈娃在场的时候,派丽汗就称谢努尔“大哥”,而哈娃不在的时候,她就直呼谢努尔的名字。她甚至把这件事当成是自己与谢努尔达成的一个“攻守同盟”。一想到她和谢努尔组成的这个“同盟”是针对哈娃的,她就感到满心的喜悦。而且,这种喜悦在哈娃和谢努尔结婚以后更为明显。谢努尔现在是老板娘的丈夫了,是这个店的男主人了。可她并未因此而改变对待谢努尔的态度,仍然想继续把这个游戏玩下去。她认为,这是哈娃欺侮自己应付的代价,是她在暗地里与哈娃的较量中取得的胜利。

哈娃对派丽汗和谢努尔的眉来眼去一无所知,派丽汗在她眼里仿佛根本就不是一个青春性感的小姑娘。尽管如此,她对派丽汗的打骂却变本加厉。她抓住一切机会对派丽汗进行羞辱和嘲笑,总说她又丑又笨。派丽汗真切地感受到老板娘对自己日益加深的敌意,这让她非常地坐立不安。可同时,她又频繁地捕捉到来自谢努尔的眼神中的暧昧之情,这种意味深长的眼神又给她带来了无限的兴奋和喜悦。思考再三,她觉得谁也没有权利剥夺她享受这种兴奋和喜悦,因此她并不打算主动退出,离开哈娃的店。她正值青春年少,又充满了无限的精力,每周有六天都从早到晚拼命地干活,她对得起哈娃付给自己的工钱。可事实上,除了这里她也无处可去。派丽汗并不认为哈娃大姐的店是一个打工场所,她觉得这里简直就是一个“疯人院”,而哈娃就是那个“疯子”，因为她总是对自己又打又骂，不肯放过她的一丁点儿过错。而在这个“疯人院”里，唯一能和她搭话的男人就是谢努尔。每每想到谢努尔很喜欢自己，派丽汗就不禁喜从心来，她从来没有为此而产生一丝丝的负罪感。

派丽汗因为经常受到客户的无理指责而备感委屈。她认为，一个人只应为自己犯下的过错承担责任，可她实际上并没有犯任何错误，为什么还总是遭受别人的故意刁难呢？为什么最后受伤的总是自己呢？她最后终于想明白了，“弱肉强食”是亘古不变的生存法则，弱者只能遭受别人的欺负。她也想当一个强者去欺侮别人，可这难道是一件很容易的事吗？派丽汗天生就做不到。每次她想着去骗别人，可最后受骗的肯定还是自己；砍价后买到的便宜货，本以为自己赚到了，结果最后却发现还是被卖家坑了。现在为了展示自己并不软弱，她也想让哈娃尝尝被欺骗和侮辱的滋味。她私下与哈娃的丈夫眉目传情，并直呼其姓名。可她没有想到，自己最终仍旧逃脱不了受欺侮和迫害的宿命，她将因此而遭受难以想像的羞辱和惩罚。

哈娃大姐因为要去阿玛斯拉[①]处理爷爷留下的遗产，需要离开几天。如果她不出这趟远门，也许日后的噩运还不会降临到派丽汗的头上。可她真的去了阿玛斯拉，还把店里的生意交给了谢努尔打理。她刚一出门，谢努尔就立刻抓住了机会，他就像一只发了情的野猫一般，寸步不离派丽汗左右。他时刻对派丽汗献着殷勤，并极力表白自己内心的爱慕之情，他说哈娃已经人老珠黄、乏味无趣且不解风情。而派丽汗则光鲜靓丽，风采迷人，让他一见倾心。他甚至还发誓，只要派丽汗答应和他在一起，他就会在最短的时间内跟哈娃离婚，投入她的怀抱。派丽汗一开始就知道谢努尔的话是骗人的，可她偏偏就爱听这样的谎话。在哈娃走后的第三天，她就和谢努尔在那间小小的

---

① Amasra，土耳其黑海沿岸的古镇。

脱毛室里发生了关系。派丽汗对谢努尔言听计从，就好像她真的坚信不疑地认为谢努尔会娶自己似的。派丽汗虽然嘴上说不相信谢努尔会真的娶她，可她的实际行动却是，把自己像个礼物似的送到了谢努尔的面前，这简直就像是妓女找了个嫖客一样。姥姥不是曾经说过吗，“人为财死，鸟为食亡”。难道一个女人会单纯的只为了感情就和一个男人上床吗？如果没有男人的花言巧语，比如结婚成家的许诺；没有璀璨钻石戒指的诱惑，女人才不会和他上床呢！派丽汗对这些道理心知肚明，但她却总是做出一副无所谓的样子。她知道谢努尔说和她结婚只是骗人的鬼话，她甚至从未幻想过自己穿上白色婚纱站在谢努尔身旁的场景。每当注视着谢努尔的时候，她总能感到私处发麻，然后心里就涌上一股报复哈娃的快感。平时在店里，哈娃总是对她又打又骂，这让她感到颜面扫地。而自从和谢努尔在脱毛室发生了关系以后，她总算找到了一剂治愈自己心灵创伤的解药，找到了报复欺侮哈娃的出口。但她现在只顾一时痛快，却不去考虑未来。事实上，过去和现在对一个年轻姑娘来说都是无足轻重的，她最应该做的事情恰恰就是要考虑未来。

她到底应该何去何从呢？自己最宝贵的贞操被谢努尔用不值一文的几句结婚谎言就收买了。她此时才醒悟，梦想不能简单地区分为“虚幻”和”现实”两类。除这两种之外，还应有一种“虚实结合”的梦想，对她来说，就是一种“复仇”的梦想。为了实现这个梦想，她可以牺牲贞操，不惜一切代价。她不仅要欺骗自己，还要欺骗父母、亲朋，甚至整个街区的所有人。她要让他们觉得，她之所以跟谢努尔发生关系，完全是因为他欺骗了她，他说能娶她，给她穿上婚纱，而不是她本人为了满足自己的猎奇心理和生理需求。由于游戏规则的制定者就是父母、亲朋和整个街区的人们。为了不遭受更多的伤害，她给自己的复仇行为找到了“憧憬结婚”这样的冠冕堂皇的借口。可如果没有这个错误的开始，派丽汗也许就不会遭遇之后跌宕起伏的命运了。

哈娃回到伊斯坦布尔两周以后，派丽汗和谢努尔又一次在店里偷情。却不料，谢努尔之后把这件事在酒桌上给泄露了出去，然后很快便在整个街区传开了。这件事先是被住在这条街上的哈利尔知道了，然后他告诉了喜欢八卦的妻子莱兹叶，再由莱兹叶传给了美容美发店的老顾客萨巴哈，最后再由萨巴哈传到了哈娃大姐的耳朵里。哈娃大姐听到这件事后，先是沉默了几秒钟，就像泄了气的皮球一样，之后，又在理发店里快速地来回踱步，最后，积蓄在她心中的怒火终于一股脑地爆发出来。她冲着谢努尔大声吼道："你偷来偷去，最后就偷了这么一个蠢丫头啊！"接着，她像拎着一只待宰的羔羊一般，揪着派丽汗的头发，把她提到了店门外，狠狠扔在地上，一顿猛揍。只一会儿的工夫，四周便围满了看热闹的人，只是竟然没有一个人上前劝阻，也许他们都认为和有妇之夫发生关系的女人就活该被揍吧！就这样，哈娃狠狠地踢打着派丽汗，而旁边的人只是看着热闹。派丽汗趴在地上，毫无反抗之力，她心里却想，哈娃打她并非是因为她和谢努尔偷情，一定害怕自己老板娘的地位被取而代之。虽然她为哈娃卖命了这么多年，可哈娃对她却一点情面都不讲，就因为她居然威胁到了哈娃的婚姻。虽然这件事已经过去很多年，但派丽汗对当时挨打的情景却记忆犹新。她清楚地记得这样两幅画面，一幅是肉店老板伊斯梅特的脚上趿拉的那双黏满污渍的脏鞋，另一幅就是副食店老板娘杜达奈腿上那双脱了丝的长统袜。在她被哈娃打倒在地时，这两个人当时距离她最近。

派丽汗被打的事，在她回家之前就已经传到了她家人的耳朵里。她的母亲、舅妈和两个表姐都知道了她挨揍的丑事，全部坐在家门口等着她回来和她算账。派丽汗心想，既然她们都知道自己挨打了，为什么不过去看看她呢？难道她们一点不关心自己的死活吗？母亲、舅妈和两个表姐愤怒地注视着她，就好像要将她生吞活剥一样。只有姥姥的脸上没有愤怒，更多的是同情和痛苦。姥姥也盯着她的脸，但没有像平常那样说一些生活中的谚语，她只是轻声地念着派丽汗听不懂的祷告词，似乎她早就预料到了派丽汗要遭此噩运一般。到了晚上，舅舅回到家，对着派丽汗就是一顿劈头盖脸地狠揍，派丽汗的鼻子和嘴唇都被打出了血，最后晕倒在地。在施暴过程中，舅舅逼问她关于偷情的丑闻是否属实，可派丽汗紧咬牙关、一言不发。第二天早上，她被送到了医院。出院回家的路上，她虽然刻意避开哈娃的店，但还是看到很多街坊邻里对自己指指点点。不仅外人如此，就连家里的人也开始嫌弃她。当时年仅 9 岁的弟弟宾亚敏也用一种愤怒和厌恶的眼神看着她，似乎在责怪她让家族名誉扫地。派丽汗从医院回到家后，舅舅就对她的母亲说："你们赶紧搬走吧，可别让这件丑事把我们也害了！"母亲无可奈何地答应了，她确实不想让舅舅一家受牵连。几天后，她就匆忙地带着派丽汗、宾亚敏搬到了雷西特帕夏大街的一套一室一厅的房子里。房租的首付款是派丽汗的姥姥拿自己的棺材钱垫付的，虽然钱不多，但都是姥姥这么多年省吃俭用、节衣缩食节省下来的。姥姥的钱只够付个首付款，以后的房租只能靠派丽汗和妈妈菲娜特自己去挣。妈妈想让派丽汗再找个美容美发店的活计，而她自己则去当保洁员，也许这样还可以勉强支付房租。可是，附近的这种店都不缺人手，也没有人打算雇菲娜特当保洁。就这样，派丽汗家四处借钱，债台高筑。一天，派丽汗刚从她家附近的一个杂货店买东西回来，菲娜特凑上前对她说："好像这个小店主对你有点儿意思呀！"菲娜特紧盯着派丽汗的眼睛，想了解她对这件事的想法。之后，菲娜特每天都让派丽汗去杂货店几次。对于派丽汗来说，除了听从母亲的安排已别无他法。家人对她的指责和唠叨已经让她的耳朵磨出了茧子。她觉得自己现在就是一个没人要的烂货，一颗发霉的坏苹果，一件断了线的破毛衣。对她来说，现在找个人嫁出去也许还有一线生机。何况要嫁的人还是个有钱人，那她这辈子还有什么奢求呢？

可派丽汗根本就对维伊泽没有好感,她根本就不爱他。但她对谢努尔也没有感情,不是一样也和他发生了关系吗?她认为,她妈妈也许说的对:日久生情。也许接触时间久了,她真的会喜欢上维伊泽呢?不管怎样,在派丽汗眼中,维伊泽不是一个爱人,而是一根把她从水深火热中拯救出来的救命稻草,是一个可以让她欺骗的傻瓜,更是一个可以给她提供一切生活保障的人,唯独不是一个可以相爱的人。

事情正如派丽汗的妈妈所设想的那样发展。派丽汗和她不爱的维伊泽结了婚。婚礼那天,她穿着厚重的婚纱,坐进迎接新娘的花车里,走进了婚姻的殿堂。因为结婚这件事,竟然还缓和了她们一家与舅舅家的关系。如果没有这桩婚姻,从来都无视她存在的舅舅怎么可能又重新出现在她面前呢?如果没有这桩婚姻,舅舅又怎么会在婚礼那天兴高采烈地又唱又跳,还给她戴上了金首饰,并亲吻她的额头呢?派丽汗此前根本就没有想到,一桩婚姻竟然可以产生这么大的影响,对此她感到非常惊讶。也就是说,她通过结婚轻而易举地就消除了自己过去轻佻的举止而造成的恶劣影响。不管怎么说,她的好运气似乎就要来了。

为了在新婚之夜假装处女,菲娜特早就给女儿制定了一份周密的计划。她甚至逼着女儿不停地复述这个欺骗计划的要点。洞房花烛夜,派丽汗脱去婚纱,坐在床边。维伊泽充满柔情地来到她身边劝她早点休息,但被派丽汗拒绝了,她借口说先要准备一下,就拿着一个小手提包直奔厕所而去。她用事先准备好的海绵,往装满鸡血的小药瓶里使劲蘸了又蘸,然后把海绵塞进私处。可鸡血不住地从她的私处渗出来,她感到非常恶心。她确定把海绵放置好了以后,又蹑手蹑脚地回到卧室,来到丈夫的身边。她知道,如果动作过大,海绵滑出来,整个计划就会穿帮。因此,就连坐到床边这样的简单动作,她都格外小心。她竭力把自己的胯部向后仰着,并小心翼翼地躺到床上。此时，身披睡衣的维伊泽正充满情欲地望着她。接着，派丽汗不情愿地把自己的身体靠向维伊泽，可恰在此时，她感觉放在私处的海绵已经开始向体外滑出，因此，感到一阵惊慌失措。维伊泽不停地用双手抚摸她的身体，而她此时脑子里想的却是如何让这场闹剧快点结束。由于心里想着别的事，于是派丽汗的脸上就显出了一副对维伊泽不耐烦的表情。她把睡衣往上一提，猛然发现私处有红色的痕迹。这时，她才想起进卧室的时候竟然忘记了关掉台灯，这是妈妈反复叮嘱她要做的事情，她竟然忘记了。于是她立刻关掉了台灯……等维伊泽完事以后，派丽汗在黑暗中快步跑入厕所，迫不及待地把藏在私处的海绵取出，之后就对着马桶呕吐起来。

当她再次回到卧室时，台灯开着，维伊泽赤裸着身子坐在床上，他一边抽烟，一边目不转睛地盯着雪白床单上的红色血迹。

据目击者说，维伊泽在遭遇车祸后，躺在大街中央的血泊中。而就在今夜，维伊泽不会回来了，永远也不会再回到派丽汗的身边。派丽汗居然对他没有一丝想念。

“你是不是在自寻烦恼啊！现在还说自己不幸福有什么意义?”派丽汗的耳畔又回响起她妈妈曾经劝慰她的话。她妈妈认为，派丽汗现在能吃饱喝足，维伊泽也没有外遇，甚至也没对她实施过分的家暴，这已经是她的福分了。如果她还觉得不幸福，那就只能在自身上找问题了。她结婚前做了那么不光彩的事，现在却能穿上洁白的婚纱、戴着精美的首饰，真应该好好感谢真主，应该怀着一颗无限感恩的心面对当前的生活。即便在她心情最低落的时候，她也不应产生放弃这个婚姻的念头，她应该永远保持对未来充满憧憬。结婚一年后，派丽汗怀孕了，这让她慌了手脚。尽管妈妈经常对她说，生个孩子是未来生活最大的保障，但她还是决定不要这个孩子。她也不知道自己为什么不想要这个孩子，但心底里似乎总有一个强有力的声音在告诉她：你不能要这个孩子！

因此，派丽汗没有把怀孕的事情告诉妈妈和丈夫。她很清楚，如果把这件事泄露出去，她将失去主动权，维伊泽会去左右她肚子里孩子的命运，自己也将任由其摆布。结婚其实就是一个交接仪式，随着这个仪式的举行，新娘的整个身心就都归属新郎了。如果在这种情况下她不想要这个孩子，那么维伊泽肯定会把她当成是抢自己钱的小偷，她的下场也就可想而知了。因此，她决定偷偷把孩子打掉，而使用的方法，就是她在哈娃大姐的店里工作时，听顾客们讲述的那些民间偏方。

一次，哈娃大姐店里的女顾客们在一起讨论如何堕胎。一些人认为，在自己家里堕胎既落后又不卫生；而另一些人则认为，不应该什么事情都去医院找大夫。她们的前辈都是自己在家堕胎的，去医院的都是那些锦衣玉食的有钱人，根本就不懂得生活的真谛。在这些女人看来，“去厕所”和“去医院”都是过于繁琐的现代生活方式。跟这些现代的方式相比，她们前辈的生活方式才更有效，也更健康。因为，医生开的药总是带有副作用的，表面上治好了病，可实际上却把身体里的其他部位搞坏了。这就是为什么那些原本健康的人去医院看过病后，身体都会变得更差的原因。其中有个叫法赫妮萨的顾客，她是后一种观点的忠实支持者。据她说，当她怀上第二个孩子后，丈夫因为卷入一个贷款的官司而锒铛入狱。于是她决定打掉这个孩子，她没去医院，自己在家里就把这个孩子打掉了。“我丈夫被关进监狱，被放出来又遥遥无期。于是我就自己在家堕了胎，我还祈求真主的宽恕。”法赫妮萨这样为自己的行为辩护。据法赫妮萨讲，她首先在家里长时间的跳绳，发现没有效果后，又把野餐用的小燃气炉放在自己肚皮上来回滚压。为了确保万无一失，她又喝了煮过的洋葱汁。最后，她终于如愿以偿，孩子的胎囊流了出来。特别值得一提的是，这次自行堕胎的行为让她毫发无伤，而且在她丈夫被释放后，她又顺利地再次怀孕了。一个叫卡拉巴·图尔坎的顾客对法赫妮萨讲的方法连连称是。据她讲，她姑嫂的一个邻居就是通过喝煮过的洋葱汁成功堕胎的。之后，图尔坎还讲了一个让派丽汗揪心的故事。据她说，她姑嫂的这个邻居为了堕胎，用尽了所有的办法都没成功，于是最后就把一枚洋葱塞进了私处，不管吃饭、睡觉都带着。她故意让洋葱在自己的阴道里面生长。没过多久洋葱就长大了，其根须紧紧地缠绕在胎囊上。当觉得时机成时熟，她便狠命一拔，于是就把洋葱和胎囊一起拔了出来。这个故事让派丽汗听得直作呕。图尔坎把这个故事讲得神乎其神，她对此并不相信。她本来就不太喜欢图尔坎，这个故事的主人公又是图尔坎的远房亲戚的邻居，听起来又过于神奇，不足为信。

还有一个叫索尔玛兹的顾客，在她看来，堕胎纯粹是一种极端无聊的行为。因为她自己不能生育，所以不论是在家里堕胎还是去医院堕胎，她都无法理解。这些堕胎的人把真主恩赐给自己的缘分都毁灭了，真是大错特错、不可饶恕。据她讲，有些女人因为堕胎把自己的子宫搞得千疮百孔，以至于失去了再次生育的能力，有的甚至命丧黄泉。据索尔玛兹讲，有一个女人为了堕胎，竟然用织毛衣的针去捅刮胎囊，永远失去了生育的能力。“真是造孽呀！”讲到这里，索尔玛兹忍不住唏嘘感叹。而在旁边烫头发的一个叫哈蜜耶的女顾客说：“这算什么，用织针来堕胎的方法谁都知道，而且对身体也没有任何伤害，至少比医院用的方法更安全！我的一个亲戚就是用这个方法成功堕胎的。而且不止一次，是两次！两次还都取得了成功。而且那个亲戚堕胎后只休息了两个小时，然后就去菜市场买菜了。其实这种方法才是最简单、有效的。至于索尔玛兹讲的那些女人，纯粹是因为自己的手法不娴熟才导致了恶果。使用织针堕胎的要领是：不能扎得太深。感到疼痛后就要立刻松手。

在这些女人讲的各种各样的堕胎方法中，只有哈蜜耶讲的这个方法给派丽汗留下了深刻的印象。派丽汗现在要做的就是，寻找一个自己单独在家的机会，以便她堕胎的时候没有任何人知晓。一天，机会终于来了。姑姐米塞要和派丽汗一起去阿达拉家喝茶。派丽汗以头痛为由推掉了，她要一个人待在家中休息。可米塞刚刚迈出家门，派丽汗便开始寻找米塞的织针。米塞平时很少出门，只是偶尔去阿达拉家喝喝茶。即便是去喝茶，她也会只待很短的时间就马上回家，好像家里总有人在等着她似的。因此，派丽汗要赶在米塞回来之前完成堕胎这件事。她迅速地找到米塞的针线笸箩，里面放着五颜六色的线和各式各样的织针，她要挑出自己认为合适的针。这些织针按照粗细分为大、中、小号，小的太细，大的又太粗，到底哪种更适合用来堕胎呢？派丽汗一时间手足无措。不过，她马上就恢复了冷静，并最终决定用中号的织针来堕胎。

当派丽汗拿着织针快步躲进厕所后，才算松了口气。这种感觉，与她在新婚之夜假装处女成功后跑到厕所的感觉一模一样。由于她在厕所里干了这么多不可告人的事，因此，她并不喜欢厕所这个地方。她还认为厕所里挂着的大镜子非常不吉利。她认为这面镜子见证了她在厕所里的所有秘密，是她的敌人。她想，这面镜子今天又将见证她的另一个秘密，应该在事毕之后就把这面镜子砸碎，换一面新的。想到这里，她的嘴角甚至露出了一丝冷笑。她跪在地上，分开双腿，手里紧握着中号的织针，就像握着一件致命的武器一样。

当派丽汗堕完胎后，她发现自己不仅没有力气去砸镜子，就连走出厕所的力气都没有了。当用织针刮胎囊时，她感到一阵难以忍受的剧痛，痛得她当时就栽倒在地上。她胃里一阵恶心，感到头晕目眩，厕所的白色房顶也飞速旋转起来。她担心自己会晕倒，再也不能起来，于是竭尽全力想要走到卧室，以便能躺在床上休息一下。可此时，她却发现自己的大腿根部不断地流出鲜血，她感到头重脚轻，像踩着棉花一般。她心里一阵惊慌：怎么流了这么多血呢？随后，就晕倒过去了。

当派丽汗再次睁开眼睛时，发现自己已经躺在医院的病床上了。“你怎么没死啊！你这个杀害我孩子的凶手！”维伊泽怒气冲冲地对她吼道。这句话便成了她生活中挥之不去的永久痛苦记忆。维伊泽还威胁她说，如果她不能马上再次怀孕，就要和她离婚。她妈妈菲娜特听说了女儿堕胎的事后，连忙赶到医院。她斥责自己的女儿：“你这个蠢货，你做事之前都不动动脑子吗？难道你没长脑子吗？”菲娜特认为，如果维伊泽现在就和她女儿离婚，那就意味着她们一家的生活将再次变得一贫如洗。因为维伊泽确实待她们家不薄！他虽然没有同意和派丽汗的家人一起居住，但却从结婚的第一天开始，就定期替自己的岳母交房租。除此以外，他还经常给菲娜特一些赡养费，就像是定期发工资一样。如果派丽汗一家离开了维伊泽，那就仿佛是断了线的风筝，从此再也没有了依靠。菲娜特也将失去生活的来源。“你这是要杀掉一只会下金蛋的鸡啊！到头来你就后悔吧！别再执迷不悟了，你清醒清醒吧！”菲娜特对躺在病床上的派丽汗责备道。派丽汗听着妈妈的话，慢慢变得清醒起来，她也认为，离婚确实将会给她带来灭顶之灾。她开始对自己私自堕胎的行为感到悔恨不已。她又想起了那些女顾客讲的有关女人因为堕胎而失去生育能力的故事，内心充满了恐惧。同时，她的耳畔边又回响起维伊泽的话——“你要不能给我生个孩子，我就把你休了！你瞧瞧你干的蠢事。赶快祈求真主不要剥夺了你的生育能力吧！如果你生不出孩子，那我无论如何也要休了你，你就等着瞧吧！”。这些话始终萦绕在她的耳畔，挥之不去。躺在病床上的派丽汗，只要一睁开眼睛，就能听到维伊泽的这些话；而只要一闭上眼睛，脑海中就会出现厕所里白色地砖上的那一大摊血迹。

那是整整一大摊的血啊！人的这一生有多少血可以这么流掉呢？她在哈娃大姐店里的脱毛室和谢努尔鬼混后留下的是一摊血；新婚之夜塞入自己私处的海绵在雪白的床单上留下的是一摊血；而她首次怀孕后，偷偷在厕所里堕胎时又在白色的地砖上留下了一摊血……这些血都发出了相同奇怪的味道，就像是生了锈的铁钉的味道。而伴随着这种味道的是她的后悔，以及无穷无尽的恐惧。派丽汗又想起了维伊泽，想到他发生车祸时倒在血泊中的样子。此时，她的鼻腔里仿佛涌入了维伊泽的枕头上散发出的生了锈的铁钉一般的血腥味道，而枕头上原本的薰衣草香味早已消失殆尽、荡然无存。现在，只要一想起维伊泽的脸，甚至是她见过的任何男人的脸，就会闻到一股血腥味，她因此而惊恐万分，内心充满了悔恨和恐惧。

派丽汗的母亲菲娜特在两年半前去世了。自从女儿私自堕胎后，为了能让她再次怀孕，菲娜特遍访了各地的名医和江湖术士。最后，派丽汗终于成功地当上了妈妈，可如今孩子的爸爸却死了。如果她母亲健在，也一定会为自己变成了一个寡妇而伤心不已的。她现在虽然衣食无忧，但却已经变得孑身一人、无依无靠了。想到自己未来的生活，派丽汗的内心感到一片茫然。正在此时，从里屋传来了女邻居们的议论声：

“真可怜，这么年纪轻轻地就守寡了。”

“可不是吗，这可怜的女人今年才33岁啊！”

……

听到这些话，派丽汗的内心一阵酸痛，她想赶快睡着过去，可鼻腔中却不断地涌入薰衣草跟鲜血混合的味道，仿佛处在一个半梦半醒的状态中。她现在正在遭遇人生的转折点，内心充满了恐惧和好奇，她不知道自己将何去何从。未来的生活是充满了生锈铁钉一般的血腥味道，还是充满了梦幻般的薰衣草香味呢？她会从此孤独终老，还是会将惊恐和内疚都抛置脑后呢？

*

梦中，我和同学们站在高中学校的大门口。同学们嬉笑吵闹，交谈甚欢。只有我一个人郁郁寡欢，神情沮丧。我预感将有什么不祥的事情发生。正在此时，我在没有任何心理准备的情况下，突然变成了一张小纸片。一阵微风吹过，我随风飘起，四处飞荡。因为害怕自己会被风吹裂，我的内心惊恐万分。我是一张白纸，我想在被风吹破之前，至少能被人写上几个字，这样我才有了自身的价值。这张纸片在风中飞舞了一阵后，又变回了我的人形。同学们似乎并未发现我曾消失不见，依旧在高兴地聊天说笑。我厌恶他们的兴高采烈，想尽快离开他们。可正当我准备迈步离开时，前方突然矗立起了一座高墙，把我挡住。我惊恐地望向身边的同学们，他们仍然欢快不已，对这堵墙毫不在意。他们竟然对我的伤心和恐惧视而不见？他们喜悦的表情让我倍感厌恶，我气得咬牙切齿。由于内心猛烈的怒火，我竟变成了一把尖刀。可我悲哀地发现，这把尖刀只能伤害自己，而于他人却没有丝毫的威胁。

恰在此时，有人喊我的名字。我兴奋地转过头，发现哥哥维伊泽就站在墙的后面，目不转睛地看着我。尽管我们之间隔着一堵墙，但却可以看到彼此的脸，我仍然能肯定那个人就是我的哥哥。他的眼神中充满了羞耻、愤怒和厌恶。从他的眼神中我似乎可以感觉到他对我的恨、对这座墙的恨以及我不能把这堵墙推倒而走到他身边去的恨。这种恨变成了一粒种子，慢慢地生根发芽，枝繁叶茂，开花结果。这种由憎恨生长出的绿色植物爬满了我们之间的墙壁，挡住了我的视线，让我再也看不见哥哥。此时我很想对他说些什么，而且我必须要对他说些什么。我冲着墙的那头大声呼喊哥哥的名字，但是却没有人回答。

我醒了，觉得内心充满了难以言说的沉重感，那是一种每个人都会遇到的、想要倾诉却又说不出口的痛苦感觉。早在孩提时代，有些清晨当我醒来的时候，也曾有过类似的感觉。这种感觉用世界上任何一种语言都难以解释和表达。我想，就算我用尽了浑身解数，估计也难以把这种感觉准确地描述给卡杰医生。而且我想，我现也不会去找卡杰医生了，因为他只是为了看病而看病，一点儿都不会站在病人的角度去想问题。由于卡杰医生突然生病，他无法再干预我的心理状况，这反而使我可以开始清醒地回忆起一些我曾做过的梦，我甚至盲目地认为：我其实根本就不需要卡杰医生的治疗。如果非要说得更清楚一些，那便是：我根本就不信任此时正在家养病的卡杰医生，我不再愿意与他分享我的梦境，更不愿意让他把这些梦境记录在他的那个小本子上。

也许卡杰医生永远也不会知道，我曾做过这个和哥哥偶遇的梦，他不会知道我是带着大山般的沉重感觉、从这个高墙围绕的梦境中醒来的。如果非要让我形容醒来的那种感觉，那么我可以把它形容为暴雨来临之前的一朵巨大的积雨云，虽然整个云层都充满了水气，但就是憋着不下；或者把它形容为即将决堤的洪水，虽然水位不断上涨、眼看就要倾泻，可就是围而不破。此时的我如坐针毡，心绪不宁。我既自责又懊悔。为自己的幼稚自责，又为自己的虚伪而懊悔。这种感觉延绵不断，深不可测。这其中还掺杂着一丝恐惧和对自己的鄙视。

这个梦，让我回忆起多年前曾在高中门口偶遇哥哥的真实场景。可我根本就不需要靠梦境来回忆这个场景啊！当时那个偶遇的场景早就已经深深地烙印在我的脑海，仿佛就像昨天刚刚发生一样。

和每个身心健康的孩子一样，我上学的时候也曾逃过课。而且也像有主见的孩子一样，把逃课的事情瞒着家里。

一天，我和几个同学觉得当天的课程很无聊，于是就结伴逃课了。我们一起来到学校门口,七嘴八舌地讨论着要去哪里玩。正当此时,我遇见了哥哥,这对我来说真是一件倒霉的事。我发现他时,他正气势汹汹地盯着我。他经常抱怨,是因为我,自己才放弃了学业。而此时,他的眼神中充满了愤怒。

哥哥放弃学业并不是因为我们家的经济原因。实际原因正如他自己所说:这个家总要有个男子汉支撑起来。为了保证我能继续完成学业,他牺牲了自己,成了全家的顶梁柱。就像电影里各种家庭中的大哥一样:牺牲了自己,成全了他人。每次见到我,他总要把这种无私的奉献和牺牲精神挂在嘴边,以至于引起我的反感。那么,我到底是应该感谢他,还是应该感到歉疚呢?对于这一点,我似乎也想不明白。也许正是因为这些,那天在学校门口与哥哥偶遇时,我为自己的逃学行为羞愧难当。我当时真想赶快挖个地洞钻进去。如果他当时看我的眼神不是那么冷漠、拒人千里,只要他能再稍微宽容一点,我想我是会走到他的身边去,向他道歉的。可是,我并没有从他的眼神中观察到一丝一毫的宽容和接纳。他的眼神是那样地充满了愤恨和冷若冰霜,使我不敢靠近半步,我甚至连抬眼望他的勇气都没有。我和母亲、姐姐在一起的时候,是不会出现这样令人心寒的情境的。可唯独我的哥哥维伊泽,每当和他在一起时,我总是有一种负罪、压抑和窘迫的感觉。我知道,自己在他的眼里就是那个使他中断学业的罪魁祸首,他是发自内心的恨我、仇视我。因此,只要和他在一起,我的心里总是感到非常难受。

据我回忆,哥哥本来就不是一个好学生,学习成绩很差。可我至今并不清楚他为什么要选择中途辍学,他是真的对学习不感兴趣,还是因为确实要承担起家庭的重担呢?不过,我这么多年来却一直真切地对他感到愧疚,我总觉得是因为我而让哥哥没有过上他自己想要的生活。在我童年的很长一段时间里,我曾经想用自己在学业上的优异成绩来弥补对哥哥的愧疚,想努力证明他为我做出的牺牲并没有白费。可我这些优异的成绩并没有让哥哥感到高兴，反而加深了他对我的仇视。也许正是我优异的表现，恰恰在不断地提醒他，使他记起他曾为我做出的牺牲和放弃的一切。就算我当时幼稚地认为他确实是因为我才辍学的，但我也能发现，其实他对我在学业上所取得的成绩并不在意。

我是多么渴望能够得到哥哥的爱啊。可我却怎么也得不到。随着时间的推移，我的渴望彻底破灭了。惹不起他，难道我还躲不起吗？于是，我找到了躲避他愤恨眼神的捷径：不出现在他的面前！就这样，我们之间的隔阂不断加深。这种隔阂让我们兄弟之间的亲情荡然无存，我们虽是一奶同胞，但在生活中却形同陌路、水火不容。我已习惯了把哥哥视为一个从未相识的路人，习惯了对所有的亲情视而不见，习惯了没有兄长的关怀，习惯了从不去关心自己的家人，习惯了把自己当成是所有这一切的罪魁祸首。其实，我们兄弟两人本可以彼此关心，彼此爱护的，我们本可以像兄弟一样团结在一起，无坚不摧的。但我们现在却犹如陌生人一般，就连给对方一句问候的话语都说不出口。当我离开伊斯坦布尔的时候，就是我们之间无声的告别。我们的陌生感从此又加深了一步。从那以后，我再也没有见到过我的哥哥。其实，我并不想让哥哥一辈子都怨恨我。也许他已经不再抱怨为我做出的所有牺牲，也许他至少已经原谅了我瞒着家里人辍学的行为？可谁又能知道他到底原谅我没有呢？

8. 碧　莱

每个人的恐惧都是由自己哺育出来的。

——比盖 · 卡拉苏
《恐惧有很多种》

晌午时分，碧莱神情恍惚地坐在客厅里。在她眼中，客厅早已变成一个充满悲伤的世界。她在这里体味到了以往从未感受过的悲伤。当邻居们祈祷诵经的声音在空中回荡的时候，她的失落感和祈祷者们的喘息声混合在一起，此时此刻，她深切地感受到了这飞来横祸给她内心带来的巨大的悲恸。最近这几天，她本以为自己是这个世界上最难过和最无助的人，就像一只蜷缩在壳里的小乌龟。不过，她很快就发现自己是大错特错了，她所遭遇的痛苦其实微不足道。这世界上本来就没有最高兴的事和最痛苦的事，只有更高兴的事和更痛苦的事。命运多舛，世事难料。噩运又总是毫无征兆地突然降临到一个人的头上，让人猝不急防，手足无措。

当宾亚敏打来电话的时候，碧莱曾以为是埃尤布死了。她顿时感觉眼前发黑，天旋地转。她相信埃尤布确实已经不在人世了。就在那短暂的几秒钟内，她浑身不停颤抖，就像筛糠一样。在这个过程中，她觉得自己瞬间就苍老了十岁。随后,当她得知死去的人并不是埃尤布,而是维伊泽时,她那颗揪起的心顿时回落下去,并感到浑身一阵轻松,双眼又散发出了光泽,同时,她的身体也不再发抖。可当她看到米塞那张哭得泪人儿似的脸,她又觉得自己如此兴奋实在不合时宜,她甚至开始为自己的自私感到羞耻。碧莱的心情又变得沉重起来,刚刚的兴奋感荡然无存。生活就像是一场赌博,赢的越多,输的也就越多。尽管如此,“胜者王,败者寇”却是一个永恒不变的真理。

时运不济,命途多舛。今天早上还活生生的一个人,到了晚上就一去不返。这种残酷的事实带给碧莱的不是悲痛,而是惶恐。在这种情况下,活着的人真正感到恐惧的,并非是亲人与自己阴阳两隔,而是发现死亡这件事就在自己身边真切的存在。每当死神降临,都会让活着的人感到恐惧,让他们对自己的生活产生怀疑。死亡并非只是虚幻,而是真实的存在,就像是一朵即将凋零的柔弱的花朵,绽放的美丽只是短暂的瞬间,而凋零却是永恒,生与死只是一瞬。

据碧莱观察,维伊泽似乎一直要对她讲一些掏心窝子的话,可又欲言又止。在她眼中,维伊泽就是一个怪人。她和维伊泽之间唯一的纽带就是埃尤布。可他又一直拒绝承认这条纽带的存在,还试图利用一切机会来表现他对埃尤布的不屑和冷漠,仿佛让他感到不悦的并不是埃尤布的失踪,而是有人在寻找失踪的埃尤布。他的这种表现,让碧莱联想到了警匪片中的变态杀手:杀人后,不仅要藏匿尸体,还要与警察玩猫捉耗子的游戏。不过,电影中的杀手通常都会在临死前讲出藏匿被害人的位置,而维伊泽却对自己的弟弟只字不提。

尽管维伊泽外表冷酷,可内心却非常热烈。对于维伊泽的这种性格特点,碧莱昨天在从机场回家的途中就感受到了。尽管维伊泽说话总是不中听,但他脸上却洋溢着一种兴奋的表情,仿佛是小孩子得知家里有客人要来,兴奋得手舞足蹈一样。他甚至为了要引起碧莱的注意，还主动介绍了很多伊斯坦布尔的景点。可惜他所做的这一切并未让碧莱对他产生好感。

当米塞把维伊泽出车祸的经过告诉碧莱时，碧莱不禁深深地自责起来。她觉得，如果她早上答应让维伊泽开车送她，也许他就不会死了。因为，维伊泽如果和她一起去塔克西姆广场，那么他今天的行程就会发生改变，他就会晚一些到达自己的超市，也许为了打理超市的事情，他就没时间去玩塔弗拉棋了。即便非要玩棋，至少也会延迟一个小时，差不多正午时分、烈日当空的时候才玩。当对手因为天气炎热而擦拭汗水的时候，也许就会走错几步棋，那么最后获胜的一方也许就是维伊泽了。就算维伊泽注定要输棋，那么他也会延迟一个小时再去再买冰激凌，他的车也就不会在那个时候出现在车祸地点了……只要维伊泽早晨是和她一起出门的，那么他就不会遭遇车祸了。

维伊泽的死是多么离奇啊！茫茫人海，有几个人会是仅仅因为输了一盘棋而丢掉了性命呢？这个单纯得就像个大男孩似的人，难道真的是命不好吗？

客厅里的人们熙攘喧闹，这让碧莱感到心烦意乱。这些吊唁者就像走马灯一般，来了一批又走一批。整个家里死气沉沉的，阴森恐怖。碧莱的耳朵里充斥着无数的祈祷声和喘息声，她似乎已经暂时失聪，只听得见自己的心脏怦怦地跳动。整个客厅的色调介于黄色和绿色之间，空气中弥漫着一股浑浊的味道。一些吊唁者眉头紧锁，表情肃穆，仿佛已经明白死神早晚都会降临到自己头上，心里反倒感觉坦然，甚至惬意地左右摇摆着身体。而另一些吊唁者则神色紧张，手足无措，他们先是竖起耳朵倾听着客厅地板上嘈杂的脚步声，然后便不断地诵念着祈求真主宽恕的祷告语，仿佛那脚步声是死神发出的，它就要降临一般。

维伊泽的妻子、儿子和姐姐此时显得既窘迫又可怜。派丽汗在卧室的床上躺着，可怜的小布伦特也从充满怜爱的大人们手中挣脱，把自己关在屋里。只有米塞在客厅里接待客人。但此时的米塞也是极度悲恸、黯然神伤，客人们坐在她的身边，有人拿玫瑰水给她揉搓手腕，还有人给她端来了水，希望她能喝下去缓解一下精神状态。碧莱本想对米塞说些安慰的话，可又不知该如何表达。思前想后，她决定不管那么多了，就直接对米塞说道：

“我知道你很难过，可不管怎样，你也不要太伤心了！”

米塞一边苦笑，一边用头巾擦去眼泪。碧莱盯着米塞，发现她的眼中仿佛涌出的不是眼泪，而是一个不可告人的惊天秘密。正在此时，米塞已经抑制不住内心的痛苦，对碧莱倾诉起来：

“难道我不该伤心吗？我的身边就只有维伊泽这一个亲人。现在他死了，就只剩下我一个人了，只有我一个！”

碧莱不知道如何作答。她本想说“你并非只有一个人”，可话到嘴边却没有说出口。因为米塞现在确实是一个人了，她就像是一座被人丢弃的房屋，被人遗忘，多年无人光顾，就连老鼠都不愿来此打洞。

“你可千万别像我一样啊！千万别像我一样！”米塞突然把嘴凑到碧莱的耳边轻声说道，仿佛害怕别人听到一样，“你一定要有个自己的孩子，千万不要不生孩子啊！”

然而，就在昨天晚上，当谈及生孩子的问题时米塞还一言不发。显然她并不愿意当着大家的面谈论这个敏感的话题。而现在，她却一点都不忌讳了，仿佛她对以前的沉默不语表示后悔了一样。

“你可千万别像我啊，‘米塞’这个词在土耳其语中是‘富有的人’的意思。可你看我现在，我非但没有拥有一切，反而是一无所有。就连一个长得像我的孩子都没有。你可千万不要像我一样啊，落得个孤老终生的下场。”

碧莱一直把最后一个客人送走才回到自己的房间，时间已经是午夜的十二点。其实她也是这家的客人，但现在就像家里的主人一样，做起了接待其他客人的事。尽管现在这个家就如同一艘即将沉没在汪洋里的船只一样，但她却对这个家不离不弃。可对于之前的碧莱来说，成为这样的家庭中的一员，原本是一个令人无法忍受的、可怕的想法。

当客人们陆续离开这个家，让这个家的所有成员独自承受所有痛苦的时候，碧莱心中强烈的压抑感反而消失了。当她望向米塞时，似乎发现米塞也是满脸的轻松，显然她也早想静一静了，尤其是想从刚才那个乱糟糟的环境中解脱出来。碧莱告诉米塞说自己要到二楼的卧室休息，而米塞也说要去陪陪侄子布伦特。她径直走进布伦特的房间，也许她也害怕孤单，也许她今晚就会一直和布伦特待在一起。

碧莱不明白有些客人为什么要这么晚才离开。也许他们是害怕主人孤独、痛苦才一直逗留着不肯离去。其实他们这么做只是徒劳，他们只是想用环境的嘈杂暂时掩盖主人内心的悲伤而已，可事实上，主人的痛苦一点也没有减轻。可吊唁者其实和芸芸众生一样，也都是这个世界上的过客。既然一个人早晚都难逃命运的安排，那么回避命运所带来的死亡和痛苦又有什么意义呢？因此，碧莱在任何时候，任何条件下，都想尽快地了解可能遭遇的痛苦的真相：如果是悲伤的事情，那就尽情去痛苦；需要哭泣的事情，那就放声痛哭；命运安排她需要做什么，她愿意马上去做。正是这种心急的性格，她才不顾一切地在第一时间，只身来到了伊斯坦布尔。可是这种行为并不代表她对一切无所畏惧，恰恰相反，是因为她对可能会发生的事情充满了恐惧，所以才想要尽快付诸行动、弄清真相。

在碧莱的孩提时代，妈妈维姬经常教导她，凡事都要勇敢，不要害怕任何事。但妈妈也认为，坏事往往不禁念叨，谁要是老念叨坏事，坏事最后真的就会降临到谁的头上。妈妈认为，每个人都应努力做好自我保护，要针对可能发生的危险采取必要的措施。之后，就没有必要再去考虑可能发生的危险，一味地自己吓唬自己了。在这个问题上，维姬总爱以自己的妹妹孔扎为例。这个叫做孔扎的姨妈，是一个不折不扣的自己吓唬自己的反面典型。她出门或办事，向来都是眼观六路，耳听八方，看谁都像坏人。再比如，为了证明自己患上了一种常人觉得无关痛痒的小毛病，她竟然能连续多天跑医院，又是做检查，又是拍X光片，一定非要查个水落石出不可。她之所以养成这样的习惯，并非是家里人对她不够关心，而是家里人早就对她这种神经质的做法习以为常，见怪不怪了。但恰恰就是这种态度，又让孔扎觉得害怕和伤心。为了证明她真的得了病，她经常手捧病例回到家中。这样，家人就可以像参观世界奇迹似的，把她围在正中央。就这样，她仿佛真的具备了让病魔附体的功能。即便有了那些体检报告，她也不能真正证明自己就得了某种病。不过，过不了多长时间，她就会真的患上她曾经努力证明自己患有的那种病。可等病好了以后，她又开始三番五次地跑去医院，没病也要证明自己有病。每次，当她终于从医生那里确认真的患上了自己想证明的某种疾病以后，都会松口气、一身轻松。虽然她只比维姬小二岁，但却整天一副病怏怏的样子。

有一次孔扎姨妈怀疑自己得了甲状腺肿大，她反复去医院检查。而且每年她都会怀疑自己是否真得了这种病。“你们看，我的手掌为什么会无端的冒汗？这可是甲状腺肿大的典型症状。”孔扎姨妈说。每当这时，赫尔南多姨父总是会回答相同的话：

“你根本不是真的得了病，而是你自己神经质！”

在赫尔南多姨父看来，如果一个人只是因为精神紧张而得了病，那就说明这种病根本无关紧要。因为这个人只是精神紧张，而他的整个身体并没有什么真的毛病。其实，孔扎姨妈跟自己丈夫的想法并无二致。只是每次当她看到丈夫对自己并不是那么关心时，便心生怨气，气呼呼地要去证明自己确实是得了病。

“赫尔南多,你认为我的嗓子有什么异样吗?”

“根本没有!”

“难道你没觉得我的嗓子肿了吗?”

“没有。”

“那我的眼睛肯定不太正常。你快帮我看看。它们就像要凸出来一样。我看了自己以前的照片,发现它们以前不是这个样子的。”

“怎么不一样了呢?”

“我的眼睛以前根本就不凸出。其实这可能是甲状腺肿大的原因。”

“孔扎,我们结婚的时候你的眼睛就是这个样子,跟以前相比,没有发生任何变化。”

“难道我们结婚的时候,我的眼睛就是向外凸出的吗?你是不是这个意思?”孔扎气急败坏地说。孔扎的孩子们都把妈妈的疑神疑鬼当成一种玩笑和乐趣。孔扎身陷“疾病和痛苦”,而丈夫和孩子们却都对她见怪不怪,所有这些在外人看来,都不免会觉得有些荒诞可笑。但碧莱长大后终于明白,不管是孔扎姨妈的疑神疑鬼,还是赫尔南多姨父的漠不关心,其实都没有什么可笑之处。孔扎姨妈由于认为别人不理解自己,从而变得气急败坏;而赫尔南多则认为妻子神经兮兮、不懂道理,因而觉得她不可理喻。因此,他们的婚姻并不幸福。这种循环的结果便是:孔扎越来越疑神疑鬼,最后她真的被查出了甲状腺肿大,而后,她还先后患上了糖尿病、心脏病、哮喘、胃溃疡以及痔疮等大大小小的各种疾病,成了一个名副其实的“病秧子”。孔扎姨妈的故事充满了酸涩和无奈。因此,每当维姬和碧莱说起旁人自己吓唬自己的事情时,总爱拿孔扎举例子。“我说女儿,你可千万别自己吓唬自己啊。”维姬经常对碧莱说,“其实,所有的事情本身都并不可怕,最可怕的就是凡事都疑神疑鬼、总是自己吓唬自己。”

维姬的话不无道理。比如碧莱的闺蜜佩慈，虽然心里很害怕丈夫背叛自己，但由于性格懦弱，又羞于表达，同时，也不想和丈夫闹翻，便整日疑神疑鬼，可最终的结果呢？还不是落得个被丈夫欺骗的下场。对于碧莱来说，也许正是由于害怕某一天会失去埃尤布，才使自己深陷痛苦之中。她不正是由于害怕失去丈夫，才把要孩子的渴望深埋心底的吗？而埃尤布有关是否要孩子的梦境记录不也恰好证明了她的担心并非空穴来风吗？她曾经一度打算不再去翻看梦境记录本。她不禁问自己：佩慈是得知自己被欺骗后，才发现自己很在乎拉蒙的，还是因为她过于害怕失去拉蒙反而却被欺骗了？她苦苦思索，也找不到问题的答案……此时碧莱认为，在维护自己的爱情这方面，她和佩慈完全一样，她们都只是不想挑明爱情存在危机罢了。

正当碧莱想要重新翻看埃尤布的梦境记录时，她听到门外有人在敲门。敲门声很轻柔，碧莱因此判断来人肯定是米塞。果然是米塞，她满脸的痛苦和忧伤，进屋后便坐到了碧莱身边，身体僵直而没有活力。与幸福相比，人们更喜欢痛苦。因为别人的痛苦，对于那些自身也处在痛苦中的人来说，是一种安慰，至少还有人和自己同病相怜。

“你不用站起来，别站起来！”

“布伦特睡了吗？”

“没有，还没睡。他非要和她妈妈一起睡。”

正如碧莱预料的那样，可怜的米塞非常害怕孤独。当布伦特去找派丽汗后，她不想一个人待着，于是就过来找碧莱。当然，她找碧莱的借口也是很充分的：

“还没顾上问你呢，你今天都干什么了？”

“我去见了几个埃尤布的老同学，但从他们那里没有得到任何线索。”

“啊，埃尤布有很多同学吗？你是怎么找到他们的？”

“是这样的，我先是找到他们其中的一个，然后顺藤摸瓜，就把剩下的人都找到了。”

“那你跟他们说什么了呢？”

碧莱心想，从米塞所说的话来看，她对自己寻找埃尤布是否取得了进展，确实是特别关心。

“我什么都没跟他们说。”

“什么都没说是什么意思？”

“我，或者说我们，也就是我和埃尤布的同学伊尔哈姆，我们没有把真实的情况告诉另外两个同学。因此，他们并不知道埃尤布已经失踪了。”碧莱回答米塞道。可她马上就感觉这种回答似乎显得有些愚蠢。但是一般来讲，人们在四处打探消息时，难道不都是尽可能的保守秘密吗？

“你这么做倒是不错，可目的是什么呢？”

“我也不知道。反正我们没把事情的真相告诉埃尤布的另外两个同学。我们想暂时保守这个秘密。”

米塞的嘴角露出了一丝苦笑。

“你也像我一样。即便那件事不是因为你而造成的，你也会因为面子而不愿声张。你想保守秘密，所以遮遮掩掩。但你以后千万也不要这样做了！因为你会因为要保守这个秘密而使自己心力交瘁，甚至最后毁了自己。”

仅仅过了一个晚上，这个家里最不爱说话的米塞却突然像变了一个人似的。她可以滔滔不绝地向旁人倾诉着自己的内心想法，这让碧莱感到十分惊讶。不过，米塞身上发生这种变化也不足为奇，因为毕竟她失去了一个自己珍爱的弟弟啊。可如果她再失去另一个弟弟呢？难道她也还会变成另外一个人吗？碧莱接着又想，如果她的妹妹伊萨贝要是遭遇了不测，她会不会也像米塞一样产生这么大的变化呢？对此，她想都不敢往下想，因为自己肯定难以承受这样的现实。

“也许，如果埃尤布的另外两个同学知道了事情的真相，他们或许会带你去另外一些熟悉的地方寻找呢？”米塞继续对碧莱说。现在，她已经不再聊自己或是碧莱了，而是直奔事情的主题——埃尤布。

“也许吧。”

米塞和碧莱面面相觑。

“我们今天还去报警了。其实是伊尔哈姆报的警。他把你家的电话号码也告诉了警察。也许警察会给家里打电话的。”

“警察是今天要给我家打电话吗？”

“有可能吧！”

“可就算他们打来了电话，也不一定找得到我们啊，今天整个下午家里都没有人。”米塞紧紧地咬着嘴唇，努力不让眼泪流出来。不过最终，两行热泪还是从她的双眼夺眶而出。她一边担心着埃尤布，一边还要因为失去了维伊泽而伤心。手心手背都是肉，两个弟弟对她来说同样的重要，她真不知道此时是在为谁流泪。

“埃尤布的朋友们说，明天还会继续寻找他的下落。”碧莱安慰米塞道，“你放心吧，我们一定会找到他的！你就等着好消息吧！”碧莱紧接着又说道。

“你们要是找到他，一定会把他带到我这儿来，是吧？”米塞祈求似的对碧莱说。此时，她就像一个被敌人夺去了盔甲和武器、身受重伤的武士；又像一只被割去了尾巴、无家可归的流浪猫一样可怜。此时此刻，碧莱也希望米塞所说的话能够变成现实，她顺着说道：

“要是能找到埃尤布，我当然会把他带到你身边来！”

听了碧莱的话，米塞的眉宇间并未流露出饱含希望的快乐，她的脸上仍然是一种深切的悲伤。

当米塞离开她的房间后，碧莱反复琢磨着米塞刚才说的话，她的心头不禁浮现出一个小小的疑问。而且她不知如何去解决这个问题：是应该查个水落石出呢？还是假装视而不见？但是，这个最开始不经意间的小小疑问，却在碧莱心中不断发酵。

这个萦绕在碧莱心中的疑问，正是伊尔哈姆在她面前的一些表现。今天白天，她一直觉得伊尔哈姆的某些举动有些异常，但很快又觉得自己的怀疑是多此一举，而且她当时也并没有心情去琢磨这些疑问。

从伊尔哈姆白天的表现来看，他是个城府颇深的人：面对自己最要好的同学，甚至是最亲密的爱人都可以轻而易举、眼睛都不眨一下地说着谎话。这样一个人，难道就不会欺骗自己吗？碧莱无法找到问题的答案。她发现自己其实一点都不了解伊尔哈姆。她此时变得心乱如麻，到底是该相信他，还是该怀疑他呢？她又想起米塞刚刚问过的问题"你们为什么不把事情的真相告诉埃尤布的同学们呢？"她发现自己竟然找不到一个合理的解释。米塞问得确实有道理！她和伊尔哈姆为什么要对埃尤布的同学隐瞒他失踪的事实呢？在巴塞罗那隐瞒了埃尤布失踪这件事，她还有一些合理的解释。可在这里，在伊斯坦布尔这个为了寻找丈夫而千里迢迢到来的地方，她为什么还要继续隐瞒呢？如果不把埃尤布已经失踪的消息告诉这些同学，他们又怎么能帮她去寻找呢？而伊尔哈姆热衷于在秘而不宣的状态下寻找埃尤布，仅仅是出于对碧莱的尊重吗？这种解释显然不太成立。作为一个有着健全思维能力的人，伊尔哈姆至少应该把他的真实想法告诉碧莱，可他却没有这样做。不过，碧莱也想不起当时他们两个是谁首先提出要向埃尤布的同学隐瞒事实真相的，难道真是伊尔哈姆最先决定隐瞒真相的吗？

此外，碧莱觉得伊尔哈姆报警的过程中也充满了疑点。他报警时为什么没有带自己去呢？难道只是因为不想麻烦她吗？而且报警时，肯定需要有一名失踪者的家庭成员在现场，可当伊尔哈姆再次急匆匆地返回警局时，仍然没有带上她。碧莱开始认真地怀疑起了伊尔哈姆：他是真的去了警察局吗？

碧莱的脑子里乱糟糟的，怎么也理不出个头绪。她不明白，伊尔哈姆为什么要骗她呢？他为什么要昧着良心设这个圈套来骗她呢？也许真正想骗她的人不是伊尔哈姆，而是埃尤布？伊尔哈姆也许就和埃尤布在一起？或者，至少他知道埃尤布的下落？其实，碧莱在上午去找伊尔哈姆的时候就想过，埃尤布很有可能与他在一起，这种可能性确实是存在的。如果埃尤布不在自己家，那么他最有可能去找的人不就是自己最亲密的朋友伊尔哈姆吗？碧莱想，埃尤布一定是和伊尔哈姆在一起。而伊尔哈姆故意向她隐瞒真相的原因就是他要帮助埃尤布。既然他想要帮助埃尤布，那么就肯定不会把埃尤布的情况告诉她。如果他对她说出了真相，那么他的脑袋一定有问题！

因此，伊尔哈姆答应帮她寻找埃尤布只是个假象，他绝不会告诉她埃尤布的下落，他只会努力在她面前隐瞒关于埃尤布的一切消息。那么，他当时肯定也没去警察局，甚至还竭力阻止碧莱去警察局。当碧莱在书店里等他的时候，也许他去了茶馆喝茶，也许他去打电话把这些新情况告诉了埃尤布。至于他佯装去警察局报案，到底是为了消磨时间，还是为了把这个骗局演得更加逼真，那就不得而知了。反正他前后一共去了警察局两次。这两次一定都是在逢场作戏：因为碧莱乞求他的帮助，于是他想方设法报了警，然后他带着碧莱四处寻找埃尤布，全程也很尽心尽力……可这一整天最终却让她空手而归，毫无所获。而碧莱自己呢？她只是走访了伊斯坦布尔的市内景点，品尝了白腰豆汤，喝了茶和拉克酒，又给他的同学们讲了一些自己的童年往事，除此以外，她没有获得任何关于埃尤布的线索。她本应在今天把埃尤布失踪的事情告诉这些同学们，让他们也帮忙寻找埃尤布的下落，可她却并没有这么做,而是装作一副什么都没有发生的样子,和丈夫的同学们天南地北的瞎聊。想到这儿,她不禁开始责怪自己为什么会这么愚蠢。

碧莱猛然又回忆起今天上午与伊尔哈姆刚见面时的场景。她竟然不费吹灰之力就找到了他,好像她根本就没有去寻找,而是事先与伊尔哈姆约定好了要见面一样。而伊尔哈姆呢?他也早就在书店门口等着,仿佛事先知道她要过来似的。其实当碧莱轻而易举地就找到伊尔哈姆时,她也觉得很不可思议,但由于当时自己寻找埃尤布心切,所以也没有多想。虽然伊尔哈姆今天总是把埃尤布失踪这件事挂在嘴边,但他却并没有向她问起过埃尤布失踪的原因。碍于面子,碧莱自己也没有向他主动提及此事。她想,自己真是愚蠢得像个傻瓜。可伊尔哈姆为什么没有向她问起埃尤布失踪的原因呢?他又是怎么预先知道碧莱要去找他的呢?难道有人向他通风报信吗?是米塞?是派丽汗?还是已经去世的维伊泽呢?可更令碧莱不解的是,难道这些人比她和埃尤布的关系还要亲近吗?而埃尤布为什么要设计这个阴谋呢?碧莱的内心充满了疑团,她的思绪纷乱,脑袋似乎都要炸开了。

人的直觉有时候是最准确的。碧莱想,也许埃尤布真的并未遭遇不测,他只是制造了一个专门针对她的阴谋。可他为什么要设计这个阴谋呢?是的,如果她事先真的知道有阴谋,那么也就不会来伊斯坦布尔了。她反复思索着问题的答案,却怎么也不得其解。

碧莱想,她和埃尤布之间存在着的唯一矛盾,就是已经暂时搁置了一段时间的生孩子问题。此前,因为一次意外怀孕,她和埃尤布之间发生了激烈的争论。她很想要这个孩子,而埃尤布却表示并没有做好当爸爸的准备,甚至他居然还表示,自己都不知道什么时候可以做好准备。埃尤布在这个问题上表现得异常固执,绝不向她妥协。无奈碧莱只好把孩子打掉,希望能给埃尤布一些时间,让他回心转意。可后来妇科医生总是告诫她,如果不赶紧要孩子的话有可能就会绝经了，劝她一定早做打算。碧莱此时更是进退两难。于是后来，她嘴上虽然不说，但眉宇间的那种深深的渴望早已化作一种无形的压力，把埃尤布压得喘不过气来。此刻，碧莱又想起了丈夫的梦境记录。埃尤布显然对当爸爸这件事怀有一种与生俱来的恐惧，好像有个孩子就能要了他的命似的。他当然很清楚，因为自己的恐惧而剥夺了妻子生育的权利确实不太公平。但即便如此，他仍然坚持己见，丝毫没有改变的迹象，至少他的所作所为给碧莱留下了这样的印象。此时此刻，夜深人静，碧莱终于明白了一件事：埃尤布离家出走肯定和要孩子有关，他把出走的事情告诉了所有的人，唯独隐瞒了自己。因为他认为要孩子这件事早晚都是个无法解决的大问题，因此为了逃避责任，趁着自己还算年轻，他就决定抛弃碧莱。于是，就在这一矛盾尚未彻底激化之前，他以最丑陋的方式从碧莱的身边溜走了。也许他觉得一言不发的玩失踪对碧莱的伤害还不够大，于是就和老同学们串通起来，搞了一个专门针对碧莱的惊天阴谋。想到这里，碧莱不禁泪如雨下，她把头埋在枕头里止不住地抽泣。埃尤布的这种做法让她觉得太不可思议了！可她最终是被抛弃了，还是以这样一种丑陋的方式被抛弃了，这远比她心爱的丈夫遭遇了不测更令人心碎和难过。人们总是崇拜死去的英雄，可又有谁会去钟情一个活着的懦夫呢？这到底是爱情，还是自私自利呢？或者，它们两个本来就是相同的东西。碧莱此时思绪万千、心乱如麻。她想，如果她的推断都是事实，那么埃尤布就是一个自私自利的卑鄙小人，自己根本就不值得为这样一个人付出任何感情。可另一方面，她又非常渴望马上就找到埃尤布，听他亲口讲出整个阴谋的经过。她觉得自己应该继续对埃尤布的内心世界探究下去。于是，她把埃尤布的梦境记录本拿到手中，仿佛心中的所有谜团都可以从这个小本子里找到答案一样。

*

梦里，寒冷的冬夜。妈妈往餐桌上端食物，一盘，两盘，三盘……

一个盘子是拿给哥哥维伊泽的，一个盘子是拿给姐姐米塞的，最后一个是妈妈自己的。哪个盘子是属于我的呢？我的盘子在哪儿？餐桌上为什么总是没有我的位置！

我很同情自己，内心感到极度痛苦，努力不让目光去触碰那个没有自己位置的餐桌。尽管内心充满了被遗忘的痛苦，但我只能俯首听命。我的双眼饱含泪水，但又努力控制着不让眼泪流出。为了转移注意力，我只好死死地盯着地毯上的流苏边。我甚至开始数起流苏边的个数，一个，二个，三个，四个……可每次数到“四”的时候我就再也数不下去了，只好从头再来。

当我抬起头的时候，正好与妈妈的目光相遇。妈妈目不转睛地盯着我，仿佛是要慰藉我痛苦的心灵。我甚至因此感到一丝欣慰。但我马上就发现自己错了，妈妈眼睛里包含的并不是对我的慰藉！

妈妈所看的根本就不是我！她是看向我身后的某个地方。于是我转过身去，顺着妈妈所看的方向望去。我看到了爸爸的黑白照片。而照片上的爸爸，正盯着坐在三脚椅上的我。

当我从梦中醒来的时候，想按照卡杰医生的叮嘱，把梦里发生的事情记录下来。既然他要求我做记录，我当然要照做。可我醒来的时候，内心却充满了痛苦，我觉得自己就像是一片孤零零的、挂在大树上的枯叶。

如果我把刚才做过的梦讲给卡杰医生，无疑他会问我一些关于妈妈的问题，而且一定会把我的梦境全部记录到他的本子上。从他首次给我看病开始，就一直用那个小本子记录着我的情况。我告诉他，我根本无法回忆起曾经做过的梦。我还说，如果能够回忆起这些梦境，我就没必要来找他看病了。

而且，我都记不清这是第几次对他说着相同的话了。他只好请求我，希望我能够回忆起那些有可能想起来的梦。比如在孩提时代，我经常向谁讲述自己做过的梦。

对于这个问题，我根本就不用思考，因为答案太容易回答了：我根本就没有对任何人讲述过自己的梦。

"为什么会这样呢？"

"是妈妈让我这样做的。"

"我没明白，她让你做什么了？"

"她告诉我，梦是不能对别人讲述的！"

卡杰医生对我的话非常感兴趣，他拿起了记录本，想让我把这个问题展开来说一下。

"我希望您不要生气，不要责怪我是因为要讨好已过世的妈妈，而故意忘记所做的梦。"我生怕卡杰医生听了我的话后会生气，便补救地说道。卡杰医生没有生气，还依然保持沉默。而我自认为已经尽到了病人的义务，讲述了自己该讲的一切。

当我大概五六岁时，有一天早上，从一个极为可怕的梦中醒来后，走到了仍在熟睡的妈妈身旁，并把她推醒。妈妈责怪我为什么不能好好睡觉，天还没亮就开始打扰别人。可我当时只是想把自己刚刚做过的梦告诉她，用以证明我的恐惧并非空穴来风。当我开始讲述梦境的时候，妈妈的眉头逐渐锁住，就好像我的恐惧已经传染给了她一样。她打断我的讲述，拽住我的一只胳膊，紧紧靠向她。她用的力气很大，以至于把我的胳膊都抓疼了。全天下的母亲们，即便是在跟自己的孩子谈论着世上最无聊的话题，也总是装出一副正经的样子，仿佛是在讲述什么重要的生活常识似的。那天，我的妈妈就是这样：她目不转睛地看着我，就像是要告诉我一个重大的秘密，或是一件我永远都不应该忘记的生活法则一样。她对我说，一个人把自己做过的梦告诉别人，是错误的举动。而我则一边轻揉着被妈妈拽疼的胳膊，一边鼓起勇气向她问道：为什么不能把梦告诉其他人。妈妈则回答说，“把自己做过的梦讲给别人听，是非常不吉利的！”

“你妈妈还说了什么呢？”卡杰医生问道。

“她还说，如果把噩梦讲给别人听，这个梦就会变成现实。如果把好梦讲给别人听，那么即将到来的好运气就会荡然无存。她还让我把所有做过的梦都深藏在心底，绝对不能告诉别人。”

卡杰医生认真地听完了我的讲述，还不时在他那可爱的小本子上记录着什么。最后，他停止记录并把头抬起来，思考了几秒钟后，对我说道：

“您还能回忆起母亲叮嘱您的那天，您到底做了一个什么样的梦吗？”

卡杰医生的这个问题一下子把我逗笑了。我答道：“您难道是让我回忆三十多年前做过的一个梦吗？”

“对，就是那天你想要对母亲讲述的那个梦。”

“卡杰医生，您不是在跟我开玩笑吧？我是因为想不起昨晚做过的梦才来寻求您的帮助，可您却让我回忆三十多年前做过的梦？”

卡杰医生仍然保持着良好的职业素养，他没有因为我的话而生气，只是努着嘴笑了一下。接着就开始询问我和妈妈之间的关系。唉！我的内心一下陷入矛盾，一方面，我并不想在外人面前对有关妈妈的事情说三道四，可另一方面，我确实又总想找个机会谈谈自己的妈妈。因此，我长话短说，只是简单地说了几句。我告诉卡杰医生，我和妈妈之间的关系并没有什么问题，我们之间的关系保持良好。

“就这些吗？”

“就这些。”

“那好吧。在孩提时代，您和家庭里的哪个成员关系更密切呢？或者换句话说，谁是最关心您的人呢？”

我一时难以回答。

“难道您的母亲不关心您吗？”

“当然，她也会关心我。可家里有三个孩子需要照顾，里里外外又有那么多的事情要操心，因此她不可能把所有的精力都放在我身上啊！所以，管我最多的人是我的姐姐。”

“那么，在孩提时代，您抱怨过在家庭里缺少关爱吗？您当时想不想让妈妈更多的关心您一些，或是花更多的时间在您身上呢？”

“不，我没有抱怨过。也许我想过要得到妈妈更多的关爱，可这种想法，难道不是每个孩子都有的、正常的心理吗？”

那天，我有意无意地把自己生活中的一个小小的、无足轻重的细节透露给了卡杰医生。事实上，这种坦白所包含的内在意义远比它表面上的意义要大很多。在我的整个孩提时代，我一直认为，妈妈并不喜欢我，她只喜欢她的另外两个孩子，而事实上也正是如此。在我看来，妈妈和哥哥以及姐姐组成了一个小圈子，我被排斥在外。也就是说，疏远我的不仅仅是我妈妈，而是整个家庭。姐姐也只有在游离在这个小圈子以外的时候，才会给我母亲般的关爱。她虽然非常爱我，总是担心我，可不管怎么说她都是这个家庭的一分子，是那个排斥我的小团体的成员。我也不知道他们为什么要排斥我，可我总是能切实地感觉到这个家庭里并没有我的位置，总有一种看不见的、无形的力量，把妈妈、哥哥和姐姐联系在一起。而我并不知道那种力量到底是什么，因此我也永远成为不了他们当中的一员。有一天，妈妈跟我开玩笑，说我是从清真寺的院子里捡来的。即便是多年之后，我仍然能够清晰地回忆起她说过的这句话。幸好我长得和妈妈特别像，否则我真的会相信这句玩笑话，甚至把她们排斥我的原因归咎于这句话。但即便我是妈妈的亲骨肉，我也不能融入她们的小圈子。因此，如果有机会，我一定会永远地离开这个家，离开这个我永远也无法融入的小圈子。

是的，在孩提时代，我曾多么渴望妈妈能多关爱我一些。我也想加入她和哥哥、姐姐组成的小圈子，获取进入这个圈子的"口令"，可我却怎么也不能如愿。

9. 布　伦　特

他们把爸爸的尸体洗干净，之后便抬起来送走了。

爸爸的死跟我有什么关系呢？

我就当作什么也没发生过一样。

——杰马尔·苏莱亚
《你们的父亲难道不会死吗？》

布伦特呆呆地望着妈妈硬塞给他的奶酪薄饼。他不愿意吃邻居们做的东西。对他来说，端上桌的饭菜不仅要符合自己的口味，做饭那个人也非常重要。他所吃过的所有食物都是由妈妈亲手做的，别人家的饭他一口也不吃。因此，当妈妈把邻居家做的、硬邦邦的薄饼塞到他手中的时候，他又怎么可能吃得下去呢？平时在家，布伦特想吃什么，派丽汗就会给他做什么。可今天，派丽汗真的什么也不管了，就连最简单的炸土豆条她都不愿意做，竭力劝说自己的儿子吃邻居带来的食物。

"我不能做饭了，"派丽汗说，"我三天之内不能进厨房，不能做饭！"

"为什么呢？"

“这是规矩，家里死了人，就意味着三天不能开火。否则逝者的灵魂是不会安息的。”

布伦特满面愁容，把手中的薄饼放到桌上。妈妈刚才说的话让他感到恶心。

“儿子，你快吃点吧，不然该挨饿了！快吃吧，别让我着急，你看看我现在这个样子，什么也做不了。”布伦特身后传来派丽汗的声音。他心想：不，我坚决不吃！听了您这些话，我都恶心得吃不下了。

布伦特不知道母亲这些话是从哪儿学来的，他同学的母亲绝不会说这么低级的话。比如，他的同桌叶克塔的妈妈菲利兹，就从来不说这样不吉利的话。菲利兹阿姨不仅说起话来温柔得体、客气大方，而且整个人看上去都是美丽优雅，气质非凡的。她的金黄色卷发自然地垂落在肩上，脸上永远挂着微笑，右脸颊上还有一个甜甜的酒窝。菲利兹阿姨的性格活泼外向，就像个年轻姑娘一般，她的着装也总是鲜艳靓丽，每时每刻都焕发着光彩。在布伦特眼中，菲利兹阿姨比他见过的所有女人都漂亮、迷人。她的胸部丰满高耸，就像同学奥斯曼带到学校的一本杂志上的模特一样。菲利兹阿姨是个不拘小节的女人。有一次，她往桌子上端东西，胸部不小心撞到了布伦特的右手手指上，这次不经意的触碰只是极短的一瞬，却把布伦特搞得心乱如麻。他责怪自己没来得及仔细欣赏菲利兹阿姨的胸部。是的，菲利兹阿姨既美丽又温柔，可就是有些大大咧咧。比如，她对布伦特暗恋上自己的事一无所知。但这对布伦特来说难道不是一件好事吗？否则，他就可能再也去不了叶克塔家了。叶克塔是个既讨厌又任性的孩子，布伦特并不喜欢他。可是为了能够见到他的妈妈，布伦特每次都以一起写作业为借口，来到叶克塔的家。布伦特假装和叶克塔一起写作业，而菲利兹阿姨不时地来到他们的房间，给他们端来果盘或者小点心，还会跟他们一起聊天、说笑话。有时，她还会用手抚摸着布伦特的头发，捏他的脸蛋，就像抚摸着一只宠物狗一样。每当此时，布伦特都会屏住呼吸，心跳加速。当菲利兹走进房间时，他还要主动地靠近菲利兹坐着，并充满渴望地想着：她又要抚摸我的头发了吧？他总是把手掌心朝上，希望能再次触碰到菲利兹阿姨的胸部。每次离开叶克塔家，布伦特都会心事重重且想入非非。有一次，舅舅宾亚敏看到他这个样子，便说道："你小子这是怎么了？一副魂不守舍的样子。"布伦特没有回答。他想，即便自己承认了对同学妈妈的单相思，又有谁会相信呢？

在布伦特眼中，尽管自己的妈妈和菲利兹阿姨是同龄人，但她们两人在性格上却有着天壤之别。他认为，母亲的坏脾气主要归咎于爸爸维伊泽。因为爸爸本身就是一个脾气暴躁的坏男人。而叶克塔的爸爸雷哈，则是一家知名银行的副行长，他的行为和举止看起来都像个绅士，布伦特在电视里经常能看到这家银行的广告。不过布伦特并不喜欢雷哈。因此，只要雷哈在家，他是不会去找叶克塔的。况且，只要雷哈不上班，他也总是会带着自己的老婆孩子出去玩，不会待在家里的。就算布伦特想要去找叶克塔，也是白费心思。叶克塔总是和爸爸妈妈一起去旅行，一起度假，一起看电影，这些都让布伦特羡慕不已。他心里暗自惊讶：原来一个三口之家竟然可以这样和谐，这样融洽啊！

每当想起自己家的情况，布伦特都会恼怒不已。他的妈妈一点都不像叶克塔的妈妈，他的爸爸则更不像叶克塔的爸爸。事实是，他也并不是因为爸爸不像雷哈那样才生气的，他之所以讨厌爸爸，都是因为他的坏脾气。他知道爸爸很爱自己，但就是对这个给妈妈带来痛苦的男人没有任何好感。

在某些夜深人静的夜晚，布伦特会躺在床上胡思乱想，他想象着爸爸妈妈将在未来的某一天死去，这令他的内心充满了恐惧，就像他在思考地球上的万物从何而来时内心充满了恐惧一样。在他看来，是同一种力量使地球从无到有,使人类由生到灭。每当他思考这个问题时,总会心跳加速,整个人被恐惧所笼罩。而学校的老师是这样告诉他的:地球和地球上的所有生物,都是从无到有逐渐形成的。第一次听到这种说法时,他感到十分地惊讶和害怕。放学后刚回到家,他就迫不及待地问米塞:

"姑姑,地球是什么时候诞生的?"

"很久很久以前,根本就不知道有多久。我的心肝!"

"地球是怎么诞生的呢?"

"真主认为合适,就造出了地球。"

"真主是怎样造出地球的呢?"

"真主只用了七天,就创造出这么巨大无比的地球。"

"这个我明白,可我问的是,真主到底是怎么把地球创造出来的呢?"

"真主是按照顺序创造万物的,也就是说,所有的东西都是按照顺序被创造出来的。最初,万物都不存在。既没有地球,也没有其他星球;既没有天堂,也没有地狱;既没有动物,也没有人类;既没有光明,也没有黑暗。"

不过,布伦特根本无法想象一个没有任何生物存在的蛮荒之地,也无法想象一个生物如何从无到有的诞生,每当这时,他都会害怕得快要窒息。

"在创造万物的第一天,真主首先为了驱赶笼罩大地的黑暗,而创造了光明。有光明的时候就是白天,而黑暗降临的时候就是夜晚。第二天,真主又创造了天空,之后是大地,接着又创造了土壤和水。真主创造了黑黝黝的土地和浩瀚无际的海洋。刚开始,大地上一片贫瘠和荒芜,是真主给大地带来了生机,他创造了绿树和青草、散发着清香的花朵以及饱满的水果,用来装点大地。在仅仅一天的短暂时间里,山毛榉、雪松、柳树、梧桐树、菩提树、杨树和冷彬树拔地而起,并很快长成参天大树,而李子、樱桃、车厘子、桃子、榛子、杏、苹果、桑葚、大枣、无花果和橄榄也都在一天里生根发芽、开花结果。之后，真主又创造了星星，让万物在夜晚不再害怕和寂寞。到了创世的第五天，真主环视天空和大地，虽然眼前出现了壮美的景象，但他仍觉得有些缺憾，于是他就在海洋中创造出了鱼类，在天空中创造出了飞鸟。从那以后，海洋也不再死气沉沉了，而是充满了生机。海豚、鲸鱼、黄貂鱼、鲨鱼、海鲂、红眼鱼、鳊鲌、青鱼、鳕鱼、鲤鱼等各种各样的鱼类欢快地跃出水面。”

“鲨鱼?！还有鲨鱼?”布伦特好奇地打断了姑姑的话。

“当然有鲨鱼了！”

“可鲨鱼不是会吃其他的鱼吗？甚至还会吃人类。真主为什么要创造它呢?”

“真主创造的每一个生物，每一件物品都有它们各自的作用，都承载着属于它们自己的意义。也就是说，世间万物都有着存在的理由。没有一件东西的存在是毫无意义的。”

“难道鲨鱼也有存在的意义吗?”

“当然了，每个生物都有着自己的使命。”

“那苍蝇呢?”

“苍蝇也一样啊！”

“那我们为什么还要拍死它们呢?”

面对布伦特提出的这个古怪问题，米塞一时也找不到合适的答案，只好继续讲起真主创造世界的事来：

“会飞的鸟儿们是真主在第五天创造的。乌鸦、鸭子、鹌鹑、松鸡、金翅雀、山鸡、海鸥、夜莺、画眉、麻雀、秃鹫、林鸽、鹤、鹳、翠鸟、戴胜鸟、燕子、鸽子等等，总之，真主在这一天里创造了所有的鸟类。”

“那么真主是什么时候创造的人类呢?”

“是在第六天的时候。但真主在造人之前，先造出了各种各样的动物。

比如猫狗、狮子、老虎、狼、鬣狗、大象、蚂蚁、蜗牛、刺猬、蜥蜴、熊、昆虫、公鸡、奶牛、黄鼠狼、猩猩等,所有的动物都被创造出来了。之后真主环视了一下大地,他觉得还少了些什么,于是就创造出了亚当。”

“那么真主在第七天的时候创造出了什么呢?”

“什么都没有造。”

“可你不是说真主用了七天的时间才创造出了整个世界吗?那么第七天他创造了什么呢?”

“真主在第七天的时候什么也没造。”

“如果是这样,那我认为真主创造世界应该只用了六天,而不是七天。”

“当然还是用了七天。只不过真主想让之前创造的所有生物在第七天的时候能够休养生息,因此,在最后一天就什么也没有造。当然,真主还是在这天造出了一个小花园,之后就把亚当放了进去。”

“我知道,亚当在那个小花园里吃了苹果,之后还将被派到地球去。”

其实布伦特根本就不关心亚当和夏娃。真正让他好奇的是在世界诞生之前的黑暗和混沌状态。这种状态对他来说是那么的不可理解,甚至让他感到无比恐惧,他想找到战胜这种恐惧的办法。对于布伦特来说,姑姑讲的关于地球诞生的故事,就像她平时给他讲的童话故事一样神奇有趣。可姑姑讲的这些,与学校里老师所教授的内容却有着天壤之别。据老师讲,地球上的万物都是由充满气体的云彩所衍生出来的。最初这个云彩巨大无比,炽热高温,它不断地转动,最后由外向内逐渐冷却形成了世间万物。布伦特想,就算老师说得对,那么这个巨大的云彩又是从哪儿来的呢?在形成云彩之前,它又是什么形状,由什么物质组成的呢?布伦特越是思考这个问题,就越找不到答案。他的脑袋疼得厉害,就像要裂开一样。即便是学校里的老师,他们对这个问题也不能给出一个令人满意的答案,只是说太阳的历史比地球还久远。据老师讲,先有太阳系,之后才有的太阳和地球。可布伦特绞尽脑汁也想不明白,在地球尚未形成之前,人类、动物、植物、山脉和河流又在哪呢?在他看来,只有太阳才知道生物起源的秘密。如果太阳可以开口说话,那么就可以解开悬在他心中的谜团了。

学校所学的知识,并不足以解开布伦特的困惑。而姑姑讲的故事,又只会让他更加的困惑和恐惧。在这些困惑面前,他感到自己既无能,又渺小和无助。他努力把有关地球起源的困惑深埋心底,不去想爸爸和妈妈有一天终将离他而去的事实。去年,他一个儿时好友的爸爸,因为中风而去世。布伦特觉得他变成了一个没爸爸的孩子,相当可怜。可妈妈派丽汗却对他说:“你不必同情他,有一天你也会没有爸爸的!”这个街区里的孩子们都认为,失去父亲的孩子就是异类,他们就像从太空船里向外招手的绿色外星人一样。可就在今天,他也变成了孩子们眼中的“外星人”,沦落为被人同情的对象。

布伦特恨自己的爸爸!因为爸爸的死,让他变成了异类,变成了被人同情的对象。可爸爸在世的时候,布伦特也同样恨他。只要一有机会,他就会想方设法惩罚自己的爸爸。比如,有一次爸爸带他到体育场去观看加拉塔萨雷队的比赛。可在路上,布伦特不小心被汽车的车门夹到了手指头,于是他开始腻歪起来,装出一副疼痛难忍的样子,在观看比赛的整个过程中都一直耷拉着脸。而他可怜的父亲,本想效仿电影中的情节:一个帅气、满脸堆笑的父亲与自己可爱的儿子进行一番男人之间的交流。但布伦特一点也不配合,结果,满心欢喜的父亲就像被浇了一盆凉水一般。

事实上,那天真正让布伦特心疼的不是手指头,而是爸爸在比赛前一晚动手打了妈妈。看比赛的前一晚,他半夜起床去喝水,碰巧经过了父母的房间,他听到房间里传来了奇怪的声音,于是他竖起耳朵仔细倾听。

“派丽汗,你不要把我惹急了!要是等你都准备好了再做这事儿,那我得等到什么时候？我今天就是要想做什么就做什么！”他爸爸大声叫嚷着。之后，传来了妈妈痛苦的呻吟声。此时的布伦特多么想鼓足勇气，破门而入去帮助妈妈，他的手都已经放到了门把手上，可思索了片刻最终没有这样做。爸爸欺侮妈妈也不是第一次了。有一回，爸爸当着他的面就把妈妈一拳打倒在地，并揪着妈妈的头发野蛮地拖拽。而这个夜晚，对布伦特来说，爸爸对妈妈的暴力已然升级了：他不仅从身体上对妈妈施暴，居然还强迫她做自己不愿意做的事！这让布伦特的内心感到难以忍受。爸爸那狰狞的面孔化作了一幅可怕的图像呈现在他的面前。回到房间后，布伦特辗转反侧、难以入眠，他试图忘记那可怕的场景，却怎么也做不到。他不能容忍有人欺侮自己的妈妈，可欺侮妈妈的人却是自己的爸爸，这让他感到进退两难、非常痛苦。如果在大街上有人欺侮妈妈，他会毫不犹豫地冲上前去教训那个人一顿，用自己的拳头让那人长点记性，即使因为自己年纪小反而被打了，他也在所不惜，至少他要冲上去保护妈妈，他绝不能置之不理。可现在欺侮妈妈的那个人正是自己的爸爸，他却不能这样做。不过，尽管不能用拳头教训爸爸，他却可以用其他的方式报复他。因此，爸爸带他去看足球比赛时，他就不停找茬儿，也没给爸爸好脸色，最终把他观看比赛的兴致全都给破坏掉了。几天后，布伦特又变本加厉地在饭桌上声称，他将支持加拉塔萨雷队的同城“死敌”费内巴赫切队。听到这话，维伊泽的脸色非常难看，但他还是强作欢颜，告诫自己的儿子，既然选择了个人喜欢的球队，那就要一生追随。布伦特现在回想起那天的情景，他感到十分的内疚。他虽然不喜欢爸爸，可他也不想让爸爸死掉啊！

去年的父亲节，布伦特按照老师的要求，要以“爸爸”为主题写一篇作文。文中要体现爸爸的性格特点和喜爱爸爸的理由。

布伦特回到家后不知如何下笔。在他看来，自己的爸爸没什么可写。他一天到晚都把心思放在小超市的经营上和自己喜欢的加拉塔萨雷队上，对儿子从来都是漠不关心的。老师在布置作业时曾说："你们可以把跟爸爸在一起的美好时光和温暖回忆写下来。"可布伦特绞尽脑汁想了很久，也没想起他们之间曾经有过这样的美好时刻。而他的爸爸又有什么优点呢？他本想这样描述自己的爸爸：

> "我的爸爸非常强壮有力。他是如此的强壮，以至于有一次，他仅仅用一只手就把我的妈妈轻而易举地拎到了半空，并向墙上撞去。与此同时，他的另一只手还有力地挡住了前来劝架的姑姑。我的爸爸非常强壮有力。他是如此的强壮，以至于把我妈妈打得厉声尖叫，头破血流。"

当然，他最终不会这么写。他绝不可能把爸爸写得这么恐怖。他要写一篇漂亮的作文，希望可以拿到高分。于是他打定了主意，摊开作业本放在面前，用削得尖尖的铅笔认真写起来。他在作文里把自己写成是叶克塔，而把爸爸维伊泽则写成了那个顾家爱子的爸爸雷哈。

于是，他的作文非常完美，以至于被老师当作了范文在全班朗读。读完作文后，老师说："布伦特写了一篇这么好的文章，请大家为他鼓掌！"之后，老师又走到布伦特的面前，亲吻了他的面颊。

"你真棒，我的孩子！你的作文写得太好了。能有一个这么好的爸爸，你可真是幸运。有你这样一个好孩子，你的爸爸一定也非常骄傲！"

布伦特的作文被老师评为班级第一名。派丽汗马上把这个消息告诉了街坊四邻，米塞则给侄子的兜里塞了 10 块钱作为奖励。维伊泽也非常高兴，他拿起布伦特的作文从头到尾读了起来。不过，没读多久，他脸上的笑容就开始慢慢褪去了。“儿子，作文写得不错啊，我得喝上几杯庆祝一下!”他看都没看布伦特一眼，闷闷不乐地直接拿起一大瓶拉克酒喝了起来。很快他就把瓶子里的酒都喝光了，恰在此时，派丽汗正好从他的身边经过。于是，他顺手把派丽汗揪住，扇了她两个耳光，理由居然是她嚼口香糖的声音太大。

从昨天开始，布伦特的家中就被浓郁的悲伤氛围所笼罩。屋子里的人都刻意保持沉默，仿佛多说一句话就要受到惩罚似的。需要交流时，人们也会尽量压低声音，轻声耳语。不论是派丽汗和米塞，还是前来吊唁的亲戚和邻居，大家都阴沉着脸。所有人都为维伊泽的英年早逝而感到惋惜，难过得流下眼泪。

“咳！孩子真可怜，小小年纪就成了没爸的孩子。”一个邻居大婶一边用手抚摸着布伦特的肩膀，一边叹惜地说道。另一个布伦特从未谋面的邻居大婶，也充满关爱地把他拉到怀里，可大婶身上浓重的汗臭味几乎令他呕吐。他的好朋友福尔康的妈妈宋迪斯，则一边轻声念着古兰经，一边关爱地看着他说:“先知穆罕默德在降临世界时不就是一个孤儿吗?”这句话让布伦特的心中充满了疑惑，宋迪斯阿姨这么说是为了安慰他，还是要在众多的邻居面前哗众取宠呢？不过，他决定从此以后再也不去福尔康家玩了。他已经对邻居们你一言我一语安慰的话感到厌烦了，他不想再多听一句，只想马上找一个清静的地方躲起来，独自待着。

昨天晚上，布伦特的家挤满了前来吊唁的客人们，而布伦特本人则被客人们里三层外三层地围在中央，几乎透不过气来。他刚刚躲开一个邻居，就又被另一个邻居拦住，不是被抚摸一阵，就是被拥入怀中哭上一会儿。即使他退回到了自己的房间，依然挡不住前来探望的人们。他只好借口要喝水，来到楼下的客厅，可这样做也是徒劳，因为他马上就被客厅里的女人们围住了。这些女人努力地安慰着布伦特，展示着对他的关心。正当他认为终于可以一个人清净一会儿的时候，他的舅妈碧莱又出现在他的面前。舅妈满脸通红，就像是刚刚被人打了似的。不过，她脸上显露出的更多的不是痛苦，而是惊讶。其实布伦特不是很喜欢家里来的这个新客人，因此，没等她像其他客人一样拥抱他、安慰他，他便迅速逃回了自己的房间。他不需要她的安慰，也不需要其他人的怜悯。别看他年纪小，却仿佛早已看透了世间的人情冷暖，在他看来，那些大人们给予怜悯的背后，也许还隐藏了什么阴谋诡计。

夜已深，家里的客人们终于慢慢散去了。布伦特感到自己一直紧绷着的心总算可以放松一下了。正当他从床上起来想去找妈妈时，房门被打开了。他的姑姑走了进来，显然她的眼睛已经哭肿了。她来到布伦特身边，又像白天客人们对他所做的那样，把他紧紧抱在怀中，眼泪再次止不住地流下来。布伦特虽然很喜欢姑姑，但由于害怕引起妈妈的不满，所以只有在和姑姑单独相处时，他才把这种爱表现出来。他感到妈妈并不喜欢姑姑。

“我的孩子，今晚需要我陪你一起睡吗？”

姑姑从未伤害过他。多数时候，她对他的妈妈派丽汗也十分仁慈。有一次，妈妈冲着姑姑大发脾气，可姑姑却一声不吭，软弱得像块棉花一样。妈妈喜欢教训别人，而姑姑却宅心仁厚，胆小怕事。每次只要他没完成作业，妈妈总是毫不迟疑地去向爸爸告状，而如果姑姑发现他做错了什么事，她会假装不知，绝不会声张。尽管如此，他心里也很清楚妈妈是爱自己的，而且这种爱一点儿也不比姑姑少。

“不，我想一个人待着。”

“哦，亲爱的，就让我陪着你吧！”

“我要去其他地方！”

“你要去哪呢？”

“我要去找我的妈妈！”

“可你妈妈已经睡觉了呀!”

“那又怎样呢？我就是想跟她睡!”

“哦,既然是这样,那就随你吧!”

相同情况下,如果布伦特对派丽汗这么说话,派丽汗早就暴跳如雷了,因为儿子竟然如此不给自己面子。可姑姑就不一样了,尽管被侄子拒绝了,但她仍然用理解的眼神看着他。她从来都不会对布伦特发脾气。布伦特也对姑姑的为人了如指掌,于是他便把姑姑一个人留在房间里,朝妈妈的房间走去。当他来到妈妈的房间门口时,眼前又浮现出了以前爸爸对妈妈施暴的那一幕幕的可怕场景,顿时他的心中充满了恐惧。此时此刻,妈妈一个人静静地躺在床上,就像个死人一般。布伦特此时宁愿听到爸爸那粗暴的、让人不寒而栗的叫嚷声,也不愿意看到眼前如此寂静的一幕。想到这里,他的内心竟然产生出了一些对爸爸的愧疚感。

布伦特走进这间静悄悄的屋子,他听到了妈妈微弱的呼吸声。四周一片漆黑,只有走廊中昏暗的灯光给屋子里带来了一丝光亮。妈妈一动不动,双眼紧闭,微弱的灯光洒在她的脸上,这种情景让布伦特内心的恐惧感越来越强烈。在他看来,妈妈就像是电影里的僵尸一样可怕。她仰面躺在床上,双手放在身体两侧,既像是疲惫至极,又像是极为放松。

“到那时你就解脱了!”阿提耶对派丽汗说道。曾经有一天,布伦特放学回家,刚准备进门时,就听到了阿提耶和妈妈的谈话。他于是弯下腰,朝虚掩着的门里望去。“到那时你就解脱了,就可以开始自己的新生活了。”

“不,阿提耶,我不能这样做。如果真的离婚了,我拿什么来养活自己呢?”

“你当然是从他那里得到生活费了。你买个房子,过自己甜蜜的小日子。难道这样不好吗？如果你把他的丑事到法官那里去说一说,那法官肯定二话不说，立刻就批准你离婚了。”

当布伦特听到“离婚”二字时，一下子就警惕起来。他有些同学的家长就离了婚，但至今为止，他从未想过这样的事有一天会发生在自己身上。比如，有一个叫谢伊达的同学，她的父母就离婚了，她跟着母亲生活，而她的哥哥则跟着父亲生活。而且从那以后，她就再也没有见过自己的哥哥和父亲。布伦特想，如果自己的父母也离婚了，他会跟谁一起生活呢？想到这里，他不禁紧张和害怕起来，不敢再继续往下想。于是，他继续偷听屋里两人的谈话。

“我说姐们儿，你让我怎么开口跟法官提这事儿呢？”派丽汗说，“我可没脸当着这么多人的面，把这事儿说出来！”

“你这样做就行了。”阿提耶一边说，一边从自己脚上取下拖鞋，鞋底朝下放在茶几上。“根本就不需要你讲什么，你就学我这样，把鞋放在法官面前就行了，他肯定马上就懂了，也不会再问你什么了，肯定对你特别配合。”

“我说你这个人啊，瞧瞧你给我出的什么馊主意！你让我还怎么做人！”派丽汗答道。正说着，派丽汗不经意间发现了站在门口的布伦特，于是立刻神色慌张起来，支吾着说道：“我，我的小祖宗，你是什么时候回来的啊？饿不饿呀？要我给你做点什么好吃的？”

“不用，我不饿。”布伦特走进客厅，他差点都要哭出来了。可一想起妈妈并不愿意离婚时，难过的心情又渐渐平复下来。他不禁在心里骂道，既然阿提耶对离婚这么感兴趣，那她为什么自己不离婚呢？应该让她也尝尝离婚的滋味，让法院判她见不到自己的孩子。布伦特之所以非常害怕父母离婚，不是因为他害怕成为一个没有父亲的孩子，也不是因为他害怕失去家庭的温暖，而是他怕以后再也见不到自己的母亲。对他来说，失去母亲才是最可怕的事。也许正是因为如此，父亲死后，他的内心只是稍稍感到一丝歉疚。每个人的一生中总会有一个最爱的人，对布伦特来说，这个人就是他的母亲。

布伦特走进清真寺的院子,院子的角落里停放着爸爸的棺椁。尽管外面酷热难耐,但走进院子中却让人感觉冷彻心扉。布伦特无论如何也不能理解,曾经身形高大的爸爸此时此刻竟然躺在这样一个小小的棺椁中,他甚至得出了一个奇怪的结论:爸爸其实并不像他想象中的那样高大。布伦特小的时候,爸爸总是喜欢把他放在自己的肩膀上,在他眼里,爸爸就是一个巨人,而他坐在这个巨人的肩膀上可以俯视整个世界。那时的他认为:爸爸是这个世界上最高大、最机智,也最强壮有力的男人。直到有一天,他发现自己的母亲竟然是这个世界上最不幸的女人。从那以后,他就开始不再崇拜自己的爸爸。

此时此刻,布伦特一直记恨的爸爸正一动不动地躺在眼前的棺椁里。此前,布伦特从姑姑那里得知,爸爸的遗体在被放入棺椁之前,首先要被摆放在白色的大理石上清洗干净,就像一个刚刚出生的、一丝不挂的婴儿被放在温水中洗干净一样。一个好管闲事的远房亲戚大清早就赶到他家,向派丽汗建议道:"你丈夫入殓的时候,你儿子也应该在场。"派丽汗答道:"这么小个孩子,让他到入殓房去干什么呢?"布伦特听到母亲的回答,才知道世界上还有个叫做"入殓房"的地方。由于母亲强烈反对他进入这个地方,他甚至更加对这个地方感到好奇。于是,他问米塞:"姑姑,什么叫'入殓房'呀?"

"就是给死人清洗遗体的地方。"听到姑姑的回答,布伦特开始害怕起来。

"这是一个什么样的地方?死人又是如何被清洗的呢?"

"死人是被放在大理石上清洗的。"

"姑姑,你去过入殓房吗?"

"我当然去过了!"

"你是什么时候去的呢?"

"那是很久以前的事了。那时候你还没有出生呢!你奶奶去世的时候,我去了入殓房。”

“那你在那里做了什么呢?”

对于布伦特不停地刨根问底,米塞一时手足无措,不知应该如何作答。她不愿意触碰这样阴森森的问题,特别还是跟一个小孩子讨论。

“你快回答啊,姑姑?”布伦特依然缠着这个问题不肯放松,他非要米塞回答。

“是我把你奶奶的遗体清洗干净的。”

对于姑姑的回答,布伦特起初并未真正相信。因为他从来没有见过给死人清洗遗体,他努力地在脑海里想象着这种场景,却怎么也想象不出来。他越想越害怕:一个人怎么会去清洗自己妈妈的遗体呢?这太可怕了!

“我永远也不会进入殓房的。”

“你可不能这么说。”姑姑安静地说道,“每个人最终都会去那里的。”

当布伦特听懂姑姑这句话的含义时,浑身就像被冰水浇灌了一样。站在一旁的派丽汗生气地走上前来,对米塞说:

“够了!你觉得跟一个小孩子说这些合适吗?”

“我说什么了?”

“感谢真主!我本来就够烦了,你就别再给我找事了!我现在站都快站不稳了,我是强打着精神呢!有些话可以跟小孩子说,可有些是不能说的,你怎么连这个道理都不懂呢?”派丽汗一边说,一边把布伦特拽到自己身边。“你要当了母亲,就知道为什么不能跟孩子说这些话了。”派丽汗轻声嘟囔道。

布伦特全神贯注地盯着清真寺的角落里那个呈放着他爸爸遗体的棺椁。棺椁上面裹着一个小小的、绿色的跪毯。棺椁比他想象得要小很多,远远望过去,就像一个水洗过后、缩水的小件绿色毛衣一样,他无法想象这么小的一个棺椁,竟然可以装得下爸爸那巨大的身躯。而且,更让他费解的是,爸爸的遗体竟然是被一个从未谋面的陌生人清洗干净的。他不觉想起小的时候，妈妈逼着他去洗澡的情景：妈妈连推带搡，不依不饶地要求他洗，而他则拼命地反抗，就是不愿意洗。可是今天，爸爸的身体是被谁清洗的呢？他愿意让陌生人替他洗澡吗？想到这里，布伦特竟然泪流满面。如果爸爸活着的时候，他能再多给予爸爸一些关爱该有多好啊！如果他早些时候能当着爸爸的面，对他亲口说出“我爱你”该有多好啊！现在，只要他一想起爸爸，早先的那些仇恨就都变成了歉疚，也许对待一个死去的人，他所能做的唯一的事情也只有歉疚了。他呆呆地看着角落里爸爸的棺椁。那个早上出门时，执意要自己到入殓房去的远房亲戚，现在就按着他的肩膀，把他领到了棺椁跟前。

布伦特仔细地打量着放在姆萨拉石①上的爸爸的棺椁。这个木制的方盒子，竟然让自己和爸爸阴阳两隔。他虽然和爸爸近在咫尺，但却永生不能相见，这是多么恐怖啊！爸爸昨天还是一个活生生的人，而现在却变成了一具躺在木盒子里的、冷冰冰的尸体。他现在一动不动，再也不能说话、不能微笑、不能哭泣，他已经踏上了一条去往另一个世界的道路。想到这里，布伦特嘴唇微张，情不自禁地脱口喊出：“爸爸！”

布伦特第一次如此近距离地感受到了死亡。他突然想起姑姑早上对自己说的话：每个人总有一死。也就是说，他自己早晚也会被装在这样一个棺材里，被放在清真寺的院子里。想到这里，他不禁浑身战栗起来。他感觉心头异常沉重，面对死亡的恐惧，像一座大山一样压得他喘不过气来。这种恐惧，甚至远远大于他失去父亲的痛苦。

这时，布伦特向身后望去，他发现不知什么时候，身后聚集了许多来参加

---

① 土耳其清真寺中，举行葬礼时放置棺椁的石桌。

葬礼的人，而且越聚越多。亲戚朋友，街坊邻居，以及爸爸超市附近商店的掌柜们，他们全都来了，一下子把清真寺的院子挤得水泄不通。自己家里被前来吊唁的人群挤得满满的，这曾经让他感到心烦意乱。而现在的清真寺又被人们挤得水泄不通，他却感到有些骄傲和自豪。他突然想，如果叶克塔的爸爸雷哈也去世了，是否也会有这么多人来参加他的葬礼呢？

参加葬礼的所有女宾们此时都退到了人群后面，而男宾们则在棺椁前站成一排。这些人中有布伦特的舅舅宾亚敏，还有从班德尔玛赶来的姨奶奶梅黛的丈夫塞扎。塞扎一边把手放在布伦特的肩膀上，一边问："布伦特，你会诵念葬礼上的祷告词吗？"布伦特从来没有念过葬礼的祷告词，他甚至从来就没有参加过任何人的葬礼。他的注意力一下被塞扎鼻孔中伸出的硬硬的鼻毛所吸引。那些鼻毛和塞扎的头发一样，都是白色的。布伦特心想，这个老头子这么大年纪，一只脚都已经踏进棺材了，难道他不知道自己最近有可能要死吗？尽管是个快要死的人了，可他为什么要站得离棺椁这么近呢，难道他不怕折了阳寿吗？塞扎似乎看透了布伦特的想法，他说道："孩子，你别怕。死亡没什么可怕的。罪孽深重的人才会怕死！这些作恶的人会被地狱之火焚烧，而一心向善的人是不会怕死的。"布伦特并不认为自己的爸爸是一个好的穆斯林，因为他做过不少的坏事，自己就亲眼看到过爸爸动手殴打妈妈。如此说来，难道爸爸会下地狱并遭受烈火焚身之苦吗？

"你知道祈祷词讲的是什么吗？"塞扎问道。他的眼睛紧紧盯着布伦特，仿佛如果他回答不出来，就是一件很耻辱的事。也许塞扎认为，如果一个穆斯林不懂祈祷词，那么他一定不算是一个好的穆斯林。这样的人在死后是不会进入天堂的，就会像自己的爸爸那样下地狱。可是自从他出生后到现在这12年中，从未有人教过他什么祈祷词啊！想到这里，布伦特不禁十分生气，这么重要的事情，妈妈和姑姑怎么就从未教过他呢！

“我不知道。”布伦特怯生生地回答。接着，他的内心被一种莫名的羞愧感所笼罩。他不敢再看塞扎的脸，只是低头盯着地上人们的鞋子看。

“那我现在念一次，你可听好了啊！”塞扎说。随后，他开始高声诵念起祈祷词来：“啊，安拉！请宽恕我们这些人：活着的和死了的，出席的和缺席的，少年和成年，男人和女人……”

塞扎念完后，又盯着布伦特的脸看，仿佛在问他：学会了吗？记住了没有？可对于布伦特来说，塞扎念的实在是太快了，别说背诵了，就连他念的是什么都几乎没听清。

“好吧。听一次你无论如何也是学不会的。但从现在开始你一定要开始学了，千万别把这个不当回事，你可不是个小孩子了。”塞扎说。

布伦特实在不喜欢一下子就承担这么多的责任。他已经够可怜了，爸爸刚去世，他成了一个没爸的孩子。他们把爸爸的遗体抬走了，放在一个棺椁中，他永远也见不到自己的爸爸了。现在，难道还要逼着他去学他从未接触过的祈祷词吗？想到这里，布伦特从塞扎身边走开，朝舅舅宾亚敏走去。他轻轻地依偎在舅舅身边，这时，他才有了一丝安全感。他知道就算自己不会念祈祷词，舅舅也不会责怪他的，只会更好地保护他。

*

我内心充满恐惧地向前走着，四周一片漆黑、雾气弥漫。为了防止跌倒，我使出浑身的力气紧紧抓住爸爸的大手。

我的周围全部都被雾气笼罩，看不到眼前的东西。突然传来一阵狗叫，可我却看不到这些狗，只有它们跑到我的脚边时，我才能感觉到它们的存在。我心里很清楚，如果你看不到危险，那么你就感受不到危险的存在。尽管四周危险重重，但由于爸爸在身边，所以我仍然感觉很安全。

正走着，一不留神我被一块石头绊倒，身子腾空而起摔倒在地上。我的身体开始几十次、上百次地不断重复着腾空、摔倒的动作。腾空的时候，我的四肢伸展，就像一只展翅高飞的鸟儿。然后，我又顺势向前扑倒，栽到地面上，就像电影中的慢镜头一样。因为害怕，我紧闭双眼，我想发出尖叫，但喉咙却像被堵住了一般，只能发出嘶哑的声音。最后，就在我即将再一次摔倒在地时，一只有魔力的大鸟把我抓住并带向了高空。这时我睁开眼睛，发现那只大鸟竟然是我的爸爸，此时，我就躺在他的臂弯里。当他回到地面后，就把我揽入怀中，继续迈着坚实的脚步朝前走去。爸爸的身躯高大强壮，就像巨人一般，他用自己的身体劈开了浓雾与黑暗，从此我便再也没有摔倒。我感觉爸爸的臂弯，就是全世界的中心，这令我感到无比的安全。

小的时候，爸爸曾常常进入我的梦。我总是梦见他像一个看门老人一般，站在我的房间门口。梦境深处有他，梦醒时分还有他。梦中，每当我身处危险时，他总是能在第一时间赶到我的身边。在危险面前，他就像一头雄狮般勇敢地冲在最前面，必要的时候，他还能飞上天空，简直就是一个真正的超级英雄。因为有了他的保护，不管是夜晚还是白天，我都不再害怕、不再恐惧。可后来，不知从什么时候开始，他慢慢地从我的梦中褪去。事实上，我儿时的大部分时间，都是在没有爸爸陪伴的情况下度过的。在那段时间，我的梦里也不再有爸爸的存在。不论是白天还是黑夜，我的身边再也没有了爸爸的身影。

随着年龄的增长，我已经很难回忆起与爸爸共同相处的日子了。可在我很小的时候，无论什么时候想起他，我的眼前总能浮现出他穿的那双黑色的皮拖鞋。那时，爸爸经常趿拉着拖鞋，难怪我的耳畔时常回响起拖鞋擦地的“沙沙”声呢？

可也是，除了爸爸，家里没人有资格穿这样高级的皮拖鞋。一般来说，我们家最稀罕的东西都是留给客人使用的。因此，我经常偷偷穿爸爸这双皮拖鞋，并以此为荣。

爸爸经常在兜里揣一把咖啡色的细齿牛骨梳。说到爸爸，就不能不提起这把梳子，因为它甚至成为我人生中不可或缺的一段记忆。很遗憾，对我来说，有关爸爸的回忆既不是他曾经说过的什么寓意深远的话语，也不是什么充满智慧的人生哲理，而只是这么一把微不足道的牛骨梳子！某个节日的清晨，爸爸就是用这把梳子，慢慢地把我的头发从左向右分成了两部分。这种梳头的方式让我感到非常舒服，与妈妈给我梳头的方式截然不同，因为她喜欢拼命地、使劲地梳，总是把我的头皮刮得生疼。不知道为什么，我们家所有的女性成员，在洗漱或是沐浴时，都像是要和自己过不去一样使劲和用力。如果都像她们那种洗漱方法，我早就疼得大喊出声了。并且不论是妈妈还是姐姐，她们在给我洗澡时，也都使用了这种拼命的方式，不仅搓澡的力度很大，而且水温也很烫，每次我的皮肤都被她们搓得通红，浑身上下钻心地疼痛。她们总是这样使劲用力，就好像我通身附着了看不见的细菌，她们一定要把它们洗掉一样。与她们的性格截然相反，爸爸是一个安静的人，虽然他从未给我洗过澡，但我可以肯定，如果由他来洗，我肯定会感觉很舒服。他肯定会像给我梳头时那样，用丝瓜络轻柔地帮我擦拭身体，而不像妈妈和姐姐那样发疯似地帮我搓。小时候，由于在家里我最少见到的人就是爸爸，因此我也格外地信任他。

爸爸去世时，我只有 5 岁。因此我一直认为，如果他依然在世的话，我的人生肯定将是另一种样貌。由于没有一个可以效仿和学习的榜样，因此我的人生之路只能由自己摸索着走。根据弗洛伊德的理论，像我这种从小就失去父亲的孩子，不是更加具有攻击性，就是软弱的娘娘腔。根据他的理论，父亲在一个家庭中的作用，就是平衡孩子和母亲之间彼此过度依赖的关系。可我们家的情况绝对是世上少有，孩子和母亲之间没有相互依赖的关系，父亲又早早死去，所有这些会对孩子的心理上产生何种影响呢？我想，即使是弗洛伊德，恐怕也回答不了这样复杂的问题吧！

10. 宾　亚　敏

我们的工作，

就是用死者的尸体、风信子花和寂静的夜晚，

把空空如也的房间填满，然后再腾空。

——麦利赫·杰夫代特·安达
《这些燕子没有飞走吗?》

当宾亚敏发现自己的外甥布伦特乖顺地依偎在自己身边时，他紧紧地搂了一下布伦特的肩膀。他这一辈子，没有什么人向他寻求过帮助，反而一直都是别人在帮助他。因此，当他发现自己能给外甥一些关爱时，这令他十分高兴。外甥依偎在他的身边，让他感到自己不再是一个没有用的人。

当伊玛目(对穆斯林礼拜主持人或领拜师的尊称)走到棺椁前的时候，站在清真寺院中的闲散人群立刻跟随着他聚拢起来。伊玛目看了看棺椁，又看了看拥挤的殡礼人群，然后对他们说："你们认为逝者是怎样一个人呢?"人群们异口同声地答道："大好人!"宾亚敏此时也跟着众人随声说着："大好人!大好人!"他一边说，一边把眼睛眯成一条缝。小时候，当他听到大人们说着

言不由衷的谎话时，就会经常露出这样的表情以示轻蔑。当然，那时的他并没有现在这么圆滑和世故。如果说了谎话，他的睫毛马上就会抖动，脸也会憋得通红。但是即便妈妈明知他说了谎话，通常也不会深究的。可他在咖啡店做学徒的时候，师父拉赫米却总是严厉地把他叫到面前，毫不留情地揭穿他的谎言，并长时间地斥责他，就好像他犯了很大的过错似的。那时，宾亚敏一家寄住在舅舅家。到了夏天，家里人把他送到咖啡店打零工。拉赫米一点儿也不顾及他脸面的做法让宾亚敏既反感，又害怕。每次训斥完毕，他的耳畔还总是回响着师父那没完没了的训诫，以及师父那一分钟最多只说十个字的慢条斯理的讲话方式。他烦透了师父的训诫和讲话方式。可马上又觉得，一日为师，终身为父。他想到这么恨师父也是一种罪过，不禁内疚起来。最后，他发现，发自内心地恨一个人是罪过，违背良心地对别人说谎也是罪过，这让他一时间不知所措。此时此刻，师父经常对他讲起的可怕的地狱场景一幕幕地在他的眼前浮现。

在宾亚敏看来，葬礼上异口同声地夸赞逝者的人们，虽然说了谎话，但罪过并不在他们，真正犯错的是那个询问人群是否了解逝者、并逼着他们不得不说谎的人。换言之，罪过都应该记在伊玛目身上，可是显然，人们是不会因此而指责伊玛目的。

尽管宾亚敏跟着其他人异口同声地说“他是一个大好人”，可实际上宾亚敏觉得他姐夫根本就不是什么好人。他始终也搞不明白，判断某个人一生的功过是非，为什么要由旁人说了算呢？姐夫其实就是一个不学无术的街头小混混，这一点其实他本人最清楚。

这时，伊玛目询问参加葬礼的人们：“你们宽恕逝者生前的一切过错吗？”人们回答：“我们宽恕！”宾亚敏对这个祈祷词不以为然。他心想，这个伊玛目既不认识逝者，也不认识参加葬礼的人，那么问这样的问题又有何意义呢？

谁知道眼前这个伊玛目是不是吃闲饭的，在这里装腔作势呢？可对于这样的问题，又有谁会站出来大叫“我不宽恕”或者说“逝者是一个非常差劲的人”呢？又有谁会说“他勾引了我老婆，给我戴绿帽子，还总冤枉我”呢？宾亚敏认为，肯定不会有人当着大家的面说这样的傻话。他当然也知道其中的原因所在。人们之所以说“逝者是个大好人”这样的谎话，主要是因为害怕自己死后会遭到报应。人们可以对活着的人贪婪，但绝不愿意对死去的人吝啬。人们活着的时候尔虞我诈，相互倾轧，而对死去的人却显得宽容和慷慨。这时，伊玛目又问道：“你们宽恕逝者生前的一切过错吗？”

“我们宽恕！”

“你们宽恕逝者生前的一切过错吗？”

“我们宽恕！”宾亚敏想，你们当然要宽恕了，明天，或是总有一天，当别人参加你们的葬礼时，你们当然也希望自己能顺利地通过天桥[①]，安静祥和地走进天堂，而不是浑身发抖、充满恐惧地进入地狱。

这时，伊玛目面向维伊泽的棺椁站定，开始带领参加葬礼的人们做礼拜。他强调逝者是个男子，然后让大家默念举意[②]，之后，便开始高声吟颂赞主词：“安拉乎，阿克巴尔！”（意为安拉至大）这声音如此尖利，把站在宾亚敏身边的布伦特吓得双脚都跳离了地面。宾亚敏则首先机械地默念了一遍举意：“真主啊！我为你站葬礼拜，礼拜归于你，回赐归于这个男逝者。”他心想，反正伊玛目念什么，我跟着念就行了！默念完举意，他紧跟着伊玛目诵念道：“安拉乎，阿克巴尔！真主啊！赞你清净超绝！……”之后，他又随着伊玛目第二次吟诵赞主词：“安拉乎，阿克巴尔！请主宽恕……请主赐福……”念完后，他跟

---

① 伊斯兰教中架在火狱之上，直通天堂的桥，也叫奈何桥。

② 穆斯林葬礼的礼拜由举意、抬手和大赞组成。“举意”系阿拉伯语“意念”或“动机”的意思，是一切行为中必不可少的，是伊斯兰中善功的基础。一般认为举意是个人内心的意向，无须口头表白。

着伊玛目念了第三遍赞主词“安拉乎，阿克巴尔！”然后便跟着众人一起开始正式吟诵起葬礼礼拜词来。这些礼拜词与拉赫米经常喋喋不休地在宾亚敏耳边灌输的那些阿拉伯语礼拜词并无二致，因此他听得真真切切。尽管他对这些礼拜词的意思一点都不理解，但却可非常流利地诵读。这也难怪，小时候由于背不好礼拜词，宾亚敏没少挨打。而在那段时间里，经常背礼拜词带给他最直接的影响就是，他又开始尿床了。当早晨母亲发现他的被褥已经湿了时，总是狠狠地打他。母亲只知道打他，却不知道去拉赫米那里找原因。宾亚敏尿床，难道跟拉赫米整天逼迫他学葬礼的礼拜词没有关系吗？就这样，从孩提时代开始，每当看到那些令人恐惧的棺椁，听到伊玛目那尖利的颂念礼拜的声音，他都非常害怕。有时，他会梦见自己跟死人玩捉迷藏的游戏，并且游戏的最后，他总是在藏身的地方被找到。他现在开始明白，清真寺的院子和葬礼也许真的并不适合小孩子。因此，不应该让布伦特念葬礼礼拜，应该把他带到清真寺外面去，特别还要叮嘱他不要在梦中跟死人玩捉迷藏的游戏。当宾亚敏陷入对过去的回忆时，耳畔边传来了伊玛目第四次吟诵“安拉乎，阿克巴尔！”的声音，宾亚敏的思绪一下子被打断了。他深深地吸了一口气，把双手从耳边移开，并自然下垂至身体两侧，然后，他与站在自己身边的人们互致问候。就这样，礼拜终于结束了。

维伊泽的棺椁被抬上灵车，宾亚敏则坐在维伊泽的那辆小汽车里。这辆车昨天还属于他姐夫，而从今以后则极有可能变成他的财产。布伦特坐在副驾驶的位置上，派丽汗、米塞和一个宾亚敏之前从未见过的妇女坐在后排的坐位上。宾亚敏发现，他姐姐的脸上满是疲惫，米塞的脸上则全是痛苦和忧伤，而那个他从未谋面的妇女脸上，则是一种绝望的神情。布伦特呢？他的脸上是一副百感交集的表情，甚至还带有一些不知所措。布伦特用无助的眼神看着自己，仿佛在等待舅舅告诉他现在该怎么办。宾亚敏非常喜欢这个外甥，他甚至认为这个世界上值得他去关爱的只有这个孩子。而布伦特也是这个世界上唯一崇拜他的那个人。这种崇拜对宾亚敏来说并不陌生，因为在孩提时代，他就懂得这种小马仔对大哥的崇拜之情。

在孩提时代，宾亚敏特别崇拜和他住在同一街区的亚曼大哥，亚曼就是他心中的偶像。亚曼是一家水果店老板菲特的儿子，当时大概十七八岁的样子，是这个街区最有影响力的小伙子。他还是阿拉斯兰空手道俱乐部的"铁杆"学员，曾经获得过空手道蓝带级别。那时候，住在这个街区里的大人们为了不让孩子们放学后无事可干，要么把他们送去空手道俱乐部，要么把他们送去古兰经学习班，要么就同时送去这两个班。宾亚敏对学习空手道望眼欲穿地渴望了很久，可家人偏偏把他送到了古兰经学习班。由于在他打零工的那段日子里，师父拉赫米经常强行给他灌输伊斯兰教义，使他感觉心烦透顶，因此他更不愿意去古兰经学习班。每次宾亚敏从阿尔斯兰空手道俱乐部门前经过时，都忍不住想往里头多看几眼，尤其是看他崇拜的亚曼大哥在不在里面。亚曼大哥爱寻花问柳，他闲暇的时候不是待在爸爸的水果店里，就是去空手道俱乐部消磨时光。所有来这家俱乐部的学员，不仅从俱乐部老板塔塔尔·希克梅特那里学到了空手道的基本招式，还学到了空手道的思想精髓。希克梅特始终告诫他们：在日式软垫"榻榻米"上学会的空手道功夫，不能用作炫耀武力和伤害别人的工具，特别是干那些以大欺小的勾当，否则就是空手道界的最大羞耻。平常，有些学员也会使用刚刚学到的招式来相互切磋技艺，但那毕竟是假装动手。宾亚敏从未在本街区真正的打架斗殴中，看到有人使用学来的空手道招式。比如，亚曼大哥在和别人打架时，从不像中国功夫巨星李小龙那样，采取致人死命的拳术，而是像美国拳王阿里那样采取更为"绅士"的打法。亚曼一直奉行"人不犯我，我不犯人，人若犯我，我必犯人"的信条。他从不主动挑衅别人，但如果有人欺侮到他头上，他定会狠狠地教训这个人。因此，在雷西特大街居住的人们，从来不把亚曼当成是小混混看待，而是把他看成是一个义薄云天的大哥。这背后当然还有别一个原因，那就是亚曼与本地区的街坊邻里关系都处的非常融洽。亚曼善于交际，能很快与各个年龄段、各个阶层的人打成一片，与他们交谈甚欢。比亚曼年纪小的人都十分尊敬他，在他同龄人的眼中，他就是他们的领导，而年长一些的人们虽然看不惯亚曼喜欢寻花问柳的生活方式，但却也很敬重他敢作敢为的人品。宾亚敏在孩提时代最大的梦想，就是能够成为像亚曼那样的人。

不过，宾亚敏的梦想只实现了一半，他真的像其他孩子一样长大了，但受尊敬程度却远远不及亚曼，英雄可不是那么好当的。宾亚敏的梦想很美好，可现实却太残酷。于是没过多久，宾亚敏就抛弃了要当英雄、当大哥的梦想，因为需要他帮助的人至今仍未出现。也许在他的血管里压根儿就没流淌过“爱拼才会赢”的精神。他小时候有多么无能，长大以后，他仍然这样无能。在别人看来，他简直就是一个废物，而且这个事实仿佛已经被一把尖刀深深地刻在了他的额头上。也许他本人对自己的无能并不在意，但周围的人对他无能的印象却根深蒂固。比如，他在姐夫的超市里拼命干活。可姐夫却怎么也看不起他，每次给他发工资的时候，都是一副趾高气扬的样子，就好像给他发的不是工资而是施舍给他的钱一样。在姐夫眼中，他就像是带着不值一文的嫁妆而嫁过来的小媳妇一般，没有任何地位，更令人气愤的是，姐夫从不在他面前掩饰对他的轻蔑。如果姐夫能对他再好一些，他也不至于到现在连个像样的栖身之处都没有！在姐夫眼里，超市里的每件商品都比这个小舅子值钱。姐夫根本就不信任他，每天都不厌其烦地把他做过的账目查上好几遍，生怕他做了什么手脚。宾亚敏确实也喜欢在超市里玩点小偷小摸的勾当，因为他认为这是自己应得的。不管怎么说，自己的亲姐姐是这个超市的老板娘。谁让姐夫对自己这么小气呢？可现在情况完全变了，姐夫死了，留下了这么大一座房产，还有一个超市。宾亚敏心想，也许这就是姐夫的命吧！

宾亚敏的姐夫死了，他家的房子就归姐姐派丽汗所有了。因此他决定搬去和姐姐一起住。他既想改善自己的居住条件，也担心姐姐孤单无助。如果自己崇拜的亚曼大哥还活着的话，他肯定也会这么做的。和姐夫一样，亚曼大哥也是英年早逝。有一次，他把哄骗的一个小姑娘带去看电影，可不巧的是，居然在放映厅里撞见了那个小姑娘的哥哥，这位哥哥二话不说就用匕首把亚曼扎死了。宾亚敏心想，如果现在立刻就搬到姐姐家去住，肯定会被旁人说闲话的："这小子真没良心！姐夫刚刚去世就盯上了人家的财产。"于是，宾亚敏想等到一个合适的时机，再把自己的这个想法向姐姐挑明。

宾亚敏心想，当姐夫去世所带来的纷乱状态归于平静、暂停的生活又开始重新运转的时候，姐姐派丽汗是否又会重蹈以前的覆辙、再找个男人鬼混呢？他怎么也不会忘记姐姐年轻时候做出的那件让全家蒙羞的丑事。可姐姐结婚以后就再也不提这件事了，仿佛在向别人证明，她早就已经完全忘记了这件事。不过，宾亚敏可没有忘记，也永远不会忘记。如今，他甚至开始害怕姐姐会再犯旧错，从而再次让他在外人面前抬不起头。想到这里，宾亚敏认为，他还是应该在姐姐尚未勾搭上男人、流言飞语尚未传出之前尽快搬到她家。寡妇门前是非多，如果让姐姐一个人待着，早晚会出事。

宾亚敏一边想着这些乱七八糟的事，一边紧跟着灵车，很快他就开到了一片墓地群。这个墓地群虽然面积很大，但姐夫的家族墓地并不难找。因为，这个家族墓地距离一位宗教圣贤的墓地相当近。这位圣贤的墓地终日香火不断，有求姻缘的，有求生子的，每天前来朝拜的人流络绎不绝。圣贤的墓地前聚集了各式各样的人，有许愿的，有流泪的，还有嘴里念念有词、默默祷告的。为了方便前来朝拜的人群，还有人在通往圣贤墓地的路边大树和石墙上画上了绿色的箭头，并在箭头下署名：助人为乐的德夫朗老爹。宾亚敏心想，这个人肯定是许愿灵验后，也想让圣贤恩泽一下其他的人。米塞透过汽车的车窗指着前来参拜的人群，对坐在身旁那个宾亚敏并不认识的妇女说道："你看，他们都是到圣贤这里来祈福的。这个圣贤可不是一般人，我弟弟的墓居然离他的墓不远，这是多么幸运啊！"那个陌生女人朝车窗外望了一眼，苦笑了一下。

宾亚敏找了个合适的地方停好车后，就朝灵车走去。他一边默念"真主保佑"，一边跟另外几个人把姐夫的棺椁抬在肩头。

棺椁后面，是参加葬礼的男宾，女宾由于被禁止触碰棺椁，所以都走在最后面。送葬的队伍很快就来到了姐夫所隶属的巴赫利耶家族墓地前。谁也说不清这个家族的主人雷凡特·巴赫利耶为买下这片墓地到底花了多少金钱。事实上，金钱不只对活着的人有用，它对死去的人也同样重要。比如，穷人总是随便找个地方就葬了。而富人却不一样，他们总是在活着的时候，就要考虑那些百年之后的事，而且他们一定要让自己的墓地建在一片青山绿水之中，最好得有海景，视线宽阔。更有甚者，他们会把自己的墓地建得像一座城堡，内外都用大理石砌成，仿佛这样就可以保证墓地的安全，使他们高贵的躯体可以永恒地远离世俗袭扰。可实际上，被埋到地下后，他们的躯体也将与他人无异，变得一文不值。此外，一些特别富裕的家族还有更高层面的追求。他们要建一个家族墓地，把所有家族成员都葬在一起，以在地下继续延续家族的辉煌和荣耀。也就是说，家族中的成员不仅要在阳间在一起，就连进入阴间后也要天天见面。其实细想起来，这确实是一种把家族各个成员联系在一起的捷径。他们希望死后不仅要拉近彼此之间的物理距离，同时更希望让彼此的灵魂也更加贴近，从而更好地得到真主的佑护。宾亚敏仔细打量着巴赫利耶家族用大理石砌成的墓地，不禁心生疑问：这些死后被葬在一起的家族成员，他们在活着的时候，彼此之间的关系又是怎样的呢？因为在他看来，人类遭受的最大痛苦就是：活着的时候，彼此之间并不相爱的人，死后却硬要被葬在一起相互为伴，这种痛苦远远胜过被地狱之火焚烧。

维伊泽的棺椁被缓缓放入提前挖好的坑中，宾亚敏拿起一把铁锹，往棺椁上扬了一铲土。之后，他把铁锹递给了布伦特，布伦特只好不情愿地和大人一起加入到掩埋棺椁的工作中。正当人们向坑中铲土的时候，突然从人群的后方传来了一阵奇怪的手机铃声。这刺耳的声响把沉浸在严肃氛围中的人们惹怒了，他们都扭过头来寻找声音的源头。没过多久，他们就锁定了发出不和谐声音的"罪魁祸首"，就是那个以逝者的弟媳妇身份来参加葬礼的女人。于是，几乎所有人都瞪着她。人们之所以生气，一方面是因为这铃声响起的既不是时候，也不是地方，另一方面则是因为他们对刚刚流行起来的手机仍然感到很陌生。从那个陌生女人的手提包中传出的手机铃声，让所有参加葬礼的人们感到既震惊又恼怒。

然而，手机铃声很快就消失了。满脸愤怒的人们又把头转向了逝者的棺椁。宾亚敏借口要照看一下自己的姐姐和外甥，就朝手机铃声传来的方向走去。他发现了那个拿着手机，捂着嘴轻声低语的陌生女人。派丽汗把嘴凑到弟弟耳边悄悄说道："她大概从娘胎里爬出来的时候就在打电话吧？应该有人出来制止她，这也太丢人现眼了！这是什么时候？这是什么地方？怎么还能打电话呢？"派丽汗只对弟弟说说觉得还不解气，为了向众人表明自己的立场，她又提高了嗓门说道：

"她不是穆斯林，不懂规矩。"一边说，一边嘴里还发出谴责的"啧啧"声。

听到派丽汗不屑的"啧啧"声，米塞不禁面带难色。宾亚敏不知道米塞是因为碧莱在葬礼上打电话而生气，还是因为派丽汗说了谴责碧莱的话而不安。他知道派丽汗不喜欢米塞，可在自己眼中，米塞其实只是一个谨小慎微、从不招惹是非的女人罢了。她从未说过一句伤害宾亚敏的话，也从来没有看不起他。如果要和死去的维伊泽相比，米塞简直就是一个仙女。

宾亚敏不禁回想起他参加姐姐婚礼的场景：当时他年纪还小。他本身就又小又瘦，却穿了比他身体尺寸更小更紧的西装。不过，虽然极不合身，但他却感觉自己无限风光，正是这件衣服让他感到了做男人的荣耀。因为，这套衣服是米塞送给他的。在送这套西装时，米塞让他立刻就穿上试试。据米塞讲，因为她不知道宾亚敏的尺码，担心买的这套衣服不合适。从那天开始，宾亚敏就决定开始无条件地爱米塞了。可那时宾亚敏年纪还小，并不懂得爱情，总认为每个人都可以去爱。当他长大以后，这种博爱的想法就改变了。因为在他看来，人与人之间只不过是尔虞我诈、相互欺骗而已，哪有什么真爱可以相信呢？因此，宾亚敏从小对米塞产生的美好感觉也逐渐褪去，甚至渐渐归于淡漠。在宾亚敏眼中，现在的米塞既不是他的爱人，也不是他有所亏欠的女人，只是一个没有伤害过他的、成长在自我世界中的一个可怜的、孤独的女人而已。

姐姐派丽汗总说米塞是一个口蜜腹剑的人。派丽汗知道宾亚敏喜欢米塞，就总在他面前说米塞的坏话。许多年前，派丽汗曾对弟弟说过："她简直就是一个扫帚星。其实她的名字本身就不吉利。你知道她名字背后的故事吗？"

宾亚敏当然不知道米塞名字的来历，这么私密的事情他怎么会知道呢？

"其实，她爸爸在娶她妈妈之前爱过一个叫米塞的女人，还托人到那个女人家里说媒，但被拒绝了。之后他爸爸才和她妈妈结婚。不久他们便有了第一个孩子，是个女孩。由于忘不了之前爱过的那个女人，于是他爸爸就给自己的女儿取名'米塞'。取了这个名字也就罢了，他居然还从不避讳谈及此事。自己的老婆知道也就算了，他竟然把这事讲给自己的女儿听：你其实跟我最爱的一个女人同名。所以你想啊，像米塞这样的女人，她怎么能给别人带来幸运呢?”

听过这个故事后,宾亚敏为米塞感到难过。他几乎可以想象,每当她母亲在喊她的名字时,她的内心会有着怎样的一种羞耻感!可事实上,又有谁会为别人真正地伤心和难过呢?所以没过多久,宾亚敏就把这事忘得一干二净了。

此时此刻,米塞正把目光投向刚刚打完电话的那个陌生女人,仿佛想要知道她在电话里说了什么事情。那个女人似乎也明白自己在葬礼上打电话很不礼貌,于是她解释道:

“非常抱歉,可是我不得不接那个电话。”

这个回答让米塞感到非常紧张,她问道:

“难道有什么坏消息吗?”

“不,不是坏消息,可以说是一个好消息。”陌生女人轻声对米塞说道。这个回答一下子让米塞兴奋起来,似乎她已忘记了维伊泽的死带给她的痛苦。

“难道是埃尤布的消息吗?”

“不,不是。电话是我妹夫打来的。我来伊斯坦布尔的事,只有他们夫妇两人知道。我一直跟我的妹妹保持联络。可当看到是妹夫帕科的来电时,我感到有些紧张,除非有急事,否则他是不会和我联系的。”

米塞关切地问:“他有什么事吗?”宾亚敏和派丽汗也毫不掩饰他们的好奇,在一旁竖起耳朵仔细倾听。

“我的妹妹伊萨贝生孩子了!我有外甥女了!”

听到这个消息后,派丽汗努了努嘴,不屑一顾地说:“这种事也值得这么大惊小怪的?”

“哦,让真主赐福于这个孩子吧,祝愿这个孩子长命百岁!”米塞说。接着,她又有些黯然神伤,忍不住继续说道:

“一个生命结束了，另一个生命又诞生了，这就是生命的轮回。”

碧莱不知再说些什么，她想了好一会儿才答道：

“这个孩子的出生是出乎我们预料的。因为距离我妹妹的预产期还有两个月呢。这其实是早产，我妹妹可受大罪了。不过谢天谢地，一切都过去了，母子平安。可还没等我和妹夫说完，手机就没电了。”

“也就是说，你妹妹才怀孕七个月就生了。”米塞说道，仿佛是在强调碧莱妹妹的早产和自己弟弟的突遇车祸死亡都让人措手不及一样。

碧莱此时并不了解米塞在想些什么，她继续说道：“我也是在妈妈怀孕七个月时出生的。外甥女和我一样。”

米塞一时无语，她想了一下，终于找到了合适的话语：

“你这个外甥女肯定也是个急性子。”

参加葬礼的人们三五成群地离去，只留下很少的一些人还在祈祷。看到四周逐渐清静下来，米塞跪到维伊泽的墓地前，她像一个孩子抚摸自己心爱的玩具一样，充满怜爱地抚摸着墓前的土壤，她的嘴唇在轻微颤动，像是在说着什么，但是宾亚敏却听不清楚。她说话的声音如此轻柔，以至于让旁人以为她是在自言自语，也许她是在跟自己的弟弟做最后的道别吧。不久，米塞站起身来，用纸巾擦干自己的眼泪，然后对布伦特说道：“过来，孩子，跟你父亲做个最后的道别！”

布伦特紧张地一步步走向父亲被埋葬的地方。“孩子已经害怕得要命了，为什么还要让他做这种事呀！”派丽汗说道。布伦特站在墓地前，不知如何是好，只是一声不吭地站着。他的爸爸虽然和爷爷、奶奶葬在了一起，但暂时还没有属于自己的墓碑。宾亚敏发现，布伦特对于父亲的冷漠和疏远，是发自内心深处的。

葬礼终于结束了，宾亚敏觉得是时候与逝者做最后的道别了。他招呼所有来参加葬礼的亲戚们上车。正在此时，一个声音从他背后传来："年轻人，请留步。"这声音把他吓了一跳。他扭头向后望去，原来是守墓人。他一下子就明白了守墓人为什么叫住他，因为他现在是家里唯一能够主事的男人，因此，守墓人有事当然要找他说了。

宾亚敏对其他人嘱咐道："你们先上车，我一会儿就来。"说着，他朝守墓人走去。

宾亚敏跟守墓人交谈了几分钟，之后，朝着自己的车走去。他一边走，一边回想着守墓人和他说的话。当他打开车门时，一股让人难以抵挡的热浪扑面而来，仿佛让人置身土耳其浴室一样。宾亚敏根本就没有把墓地发生的事放在心上，他仿佛也没有在意这酷热难耐的天气，而是昂首挺胸地坐进驾驶座。米塞问他："守墓人找你有什么事吗？"他知道如果照实回答，肯定会让这些女眷们感到惊慌的，可他还是毫不迟疑地如实回答了她们的问题：

"其实也没什么事，他只是说有个情况必须告诉咱们，这几天一直有个男人在我姐父的家族墓地周围转悠……"

*

梦里，我正站在伊斯坦布尔我家客厅的门口。我朝屋里望去，因为错过了吃晚饭的时间，因此我害怕被家人训斥。事实上，并没有人训斥我。我在门口站着，等待家人叫我进去吃饭，可他们谁也没有搭理我。于是，我脱下黏满泥土的鞋子，向屋内走去。屋里的一切摆设都变得那么陌生。客厅里郁金香花朵图案的地毯变成了棋盘状的黑白花瓷砖。原来挂在墙上的那些我熟悉的照片都换成了陌生人的照片。我变得手足无措，呆呆地望着这个我度过了自己童年时光的家。我突然感觉，现在失去的远远不只是一顿晚饭这么简单。

我又转身出去，回到了大街上，想去找一些自己熟悉的东西。我发现不远处站着一个小孩。他看起来病怏怏的，整个人瘦弱无力。因为天气冷，他的两只小手插在裤兜里。他正在看着自己面前的橱窗，就好像在欣赏全世界最美的风景一样。之后，他那双毫无血色的小手从裤兜里伸出来，抓过一张报纸，开始裁剪报纸上的优惠券。可一阵大风吹过，那些承载了他所有美好愿望的优惠券都被无情地吹到空中。而我伸出手，抓住了其中一张优惠券，但纸片却在我手中瞬间化成了灰烬。此时，远处传来了熟悉的旋律，这是一首让我心碎的吉他曲。乐曲一下子把我带回了曾经熟悉的、过去的伊斯坦布尔。我一下子变成了那个站在街上的孩子，正好奇地朝橱窗里望去。可是我什么也看不见，只能看到反射在橱窗玻璃上的、大街上的景象。正看着，橱窗的玻璃突然变成了一个电影荧幕，荧幕上首先登场的是手拿塑料采血袋的麦廷・阿克泊那尔①，之后上场的是阿迪拉・娜希特②，忧心忡忡的她在屋里来回踱步，接着，哈利特・阿克恰泰派③上场了，他满脸愁容地从一个凉亭后面走出来。紧跟在他身后的是塔勒克・阿坎④。阿坎头戴一顶压舌帽，身穿一件褪了色的大衣。演员们依次登场后，电影荧幕突然又变回了橱窗。我的耳畔边又响起了那首用吉他演奏的乐曲。我的身体向前倾，双手撑在那片肮脏的橱窗玻璃上，我的呼吸让玻璃上形成了一片水蒸气。透过那片水蒸气，我看到了橱窗里面的东西。那是一个高高的架子，架子上有一台小电视机，正在播放蚂蚁跳舞的节目。看着看着，我感觉一股暖流涌遍了全身，仿佛我要开始做一个深梦一般。可我并不愿踏上这次梦的“旅程”，因为我知

---

① 土耳其著名喜剧男演员。
② 土耳其著名喜剧女演员。
③ 土耳其著名喜剧男演员。
④ 土耳其著名男演员。

道这可能是一次不归的行程！如果每个人都能按照自己的意愿，可以自由确定自己梦醒的时间该多好呀！而正在此时，我听到了一个来自远方深处的声音：

“别犹豫了！你先幻想，先做梦，之后我们会把你唤醒的！”

我带着难以名状的痛苦从梦中醒来。我身边既没有绿松时代的演员[①]，也没有我的妻子。我一个人无法承受这样的孤独和痛苦。我疲惫不堪，仿佛经历了身体上的巨变，一下子就从那个孩子变成了大人，而那个孩子早已死去，他的灵魂则托付给我这样一个大人。我感觉非常内疚和羞愧，觉得这对那个孩子非常不公平。我躺在床上不能动，仿佛我这一生所经历的所有痛苦此时都涌上了心头。我怎么也找不到从这些痛苦中解脱出来的办法，只好大哭起来。

我十一二岁的时候，有一次，我和姐姐一起去看塔勒克·阿坎主演的电影《我亲爱的弟弟》。之所以去看他的电影，是因为我姐姐当时正痴迷于他。可怜的姐姐对爱情的美好憧憬，也许只有在电影中才可以得到满足。可如果姐姐预先知道这部电影的情节，也许她就不会带我去看了。当我举着雪糕坐在电影院的座位上时，我并不知道电影的情节。电影院的灯熄灭了，放映机开始转动起来。那次看电影的经历深深地烙在我心里，以至于直到今天，我对那部电影的剧情仍然记忆犹新。确切的说，那部电影的情节太感人了，实在是让人难以忘怀。

电影讲的是这样一个故事：演员卡赫拉曼·克拉尔[②]扮演的小卡赫拉

---

① 绿松是伊斯坦布尔塔克西姆广场附近一条街道的名字，上世纪 80 年代，土耳其的主要电影公司都分布在这条街上，绿松随之成为了当时土耳其电影的代名词。上文中出现的麦廷·阿克泊那尔和阿迪拉·娜希特等人都是那个时代的著名演员。

② 土耳其著名男演员，他的名字与电影中的小主人公重名。

曼，一直想要一台小电视。恰巧有一家报社举办“买报纸、送电视”的活动，于是，小卡赫拉曼为了实现自己的梦想，努力地收集每一期报纸上有关送电视的优惠券。可小卡赫拉曼家太穷了，根本就没钱天天买报纸。他的哥哥为了请弟弟到餐馆吃一顿饭，竟然需要卖血凑钱。当然，电影中还有一个重要的角色，那就是由麦廷·阿克泊那尔饰演的血贩子，在影片中，这个血贩子就像吸血鬼一样以收购穷人的鲜血为生。阿迪拉·娜希特也在这部电影中饰演了一个角色，她扮演的是小卡赫拉曼的老师。当她在电影中用苍老的眼神注视着自己学生孤单的背影时，不禁哽咽起来。每当看到这一幕，我也感同身受，热泪盈眶。哈利特·阿克恰泰派在这部电影中扮演的是小卡赫拉曼的哥哥的好友。他虽然穷得丁当响，但却乐于把自己最好的东西拿来与朋友们分享。这部电影的背景都是伊斯坦布尔，是那个时代的这座城市的真实写照。

影片的最后，小卡赫拉曼不幸患上了白血病。穷人命薄如草芥。但小卡赫拉曼却对死亡没有丝毫的畏惧。当朋友问他死后如何处置他唯一的财产——一颗弹球的时候，他十分平静地答道：“我死后，弹球就归你了，你去向我的哥哥要吧！”朋友听后十分高兴，对他说：“你太好了！”我虽然当时还是个小孩子，但在看到这段剧情时，却也眼睛发红，喉咙发酸。我当时甚至想，我要把自己所有的弹球都送给小卡赫拉曼。他的生命就像一颗朝远方滚去的、消失在视线中的小小弹球一样逝去了。所有的观众都哭了，电影院里哭声一片。

在我梦境最后阶段响起的那首吉他曲，就是这部电影的插曲。我当时的心里有一种奇怪的情绪，感觉自己就像一个被击得粉碎的玻璃杯一样，无助而悲惊。当我从梦中醒来的时候，我的内心正是这种情绪。那天，电影院里所有的人都哭了，我和姐姐也不例外。但我们两人都背过身去抹眼泪：即使是表达内心的情绪,我们也要对彼此遮遮掩掩!

我认为,如果一个人在梦里梦见了自己的童年,那么一定表明他现在的生活存在缺陷。正如娥苏拉·勒瑰恩[①]说的那样:"一个成年人不是一个失去童真的人,而是一个在残酷的社会环境中学会生存的孩子。"我想,如果我们现在还没有死去,那么就让我们继续体面地活下去吧!可我们怎么才能体面地活下去呢?只有自己打掉牙齿、混合着鲜血往下吞吗?我们确实长大成人了,可像小卡赫拉曼那样的童真却永远荡然无存了。我们原本都是白纸一张,而现在,白纸上却沾满了各种污迹。因此,当一个人希望回忆起自己那充满乐趣的童年过往时,一定不是希望找回人生最宝贵的时光,而是怀念已经失去的童真而已。

当我在回忆刚刚做过的这个梦,梦中的玻璃橱窗上播放的电影以及我和姐姐看电影的经历时,过程很不顺畅,如果不冥思苦想,我根本就不能回忆起来。一个人可以回避过去,但这只是一种自欺欺人的表现罢了。过去是不可能被忘记和抹杀的。比如,一条共同走过的街道、一部共同看过的电影、一首彼此熟悉的旋律,甚至是共同做过的梦境,所有这些都会像烙印一般深深刻在他的心中,不会随着时间消散,只能更加鲜活。

现在,我在梦境记录本上写下这些回忆的时候,恰恰证明我一定是想念自己的姐姐了。那天在电影院里,她就坐在我的旁边,像一只被水浇湿的、瑟瑟发抖的猫一般。同时这段梦境还证明,我一定是想念伊斯坦布尔了。这么多年过去了,我以为自己已经忘记了那个生我养我的地方,可事实恰好相反,我怎么可能忘记那里呢?我甚至想,这座城市应该没有什么太大的变

---

① 娥苏拉·勒瑰恩(Ursula K. Le Guin, 1929年—),美国重要科幻、奇幻、女性主义与青少年儿童文学作家。

化吧！我曾努力地忘记这座城市，可却怎么也做不到。我其实是太害怕失去这座城市，我害怕自己一旦失去与故乡的联系，就永远也找不回来了。此时此刻，我深深地陷入对伊斯坦布尔的思念之中，已经到了不能自拔的地步。

11. 碧　　莱

现在且不论你知道不知道那个秘密，
嗨！你到底现在身在何方？我又是谁呢？

——谢赫·嘉利普
《秘密真相大白》

“难道是埃尤布吗？”碧莱在汽车中惊叫道。

“对，对，肯定是埃尤布！也许他因为想念爸爸和妈妈，所以就来墓地了。这么多年他都没有来过这里，来墓地看看或许真的是他的一块心病呢。”米塞兴奋地接着说。

碧莱突然想起，她最近几天在读埃尤布的梦境记录本时发现：他的爸爸、妈妈已经开始进入他的梦境了。也许真的是米塞说的这个原因呢。

“不可能是埃尤布，你们肯定想错了。你们说，埃尤布在他哥哥活着的时候都不回来，那么他哥哥死后他会来吗？很明显，一定是个没事儿在墓地里瞎转悠的流浪汉！你们这么凭空猜测没有意思，简直是空欢喜一场。”派丽汗反驳道。她的话就像是给米塞和碧莱当头泼了一盆冷水。

“你说的也有道理，可难道就没有其他的可能了吗？”米塞气恼地回敬道。

之后，她又把脸转向了宾亚敏："那个守墓人到底都跟你说了些什么，你能再给我复述一遍吗?"宾亚敏只好把刚才说过的话又重复了一次：

"啊，他就说：'这几天总有一个人在你们家墓地附近转来转去。刚开始我们还以为这个人是来扫墓的呢。可后来发现，他总在这里转悠，怎么也不肯走，我们就觉得不对劲了。可当另外一个守墓人想找他问个究竟时，他却飞快地溜走了。'情况就是这样的。"

"这是个什么样的人呢？他长得像埃尤布吗?"

"我的好姐姐哟，我和守墓的人都没见过那个人的正脸，我们怎么会知道他长得像不像埃尤布呢？但是据守墓人描述，那个人并非是个衣冠不整、不三不四的人。因此，他们也并不觉得他是个来搞破坏的人，只是觉得应该把他们知道的情况告诉咱们。守墓人还说，他们之所以没有去抓这个人，主要是因为守墓是他们的职责，他们不会为了从咱们这儿得到几个赏钱，就把看守墓地的职责丢在脑后的。"

米塞本来想说"我们是不是应该再回去，仔细询问一下守墓人一些具体的情况呢"，可派丽汗却急着插话道：

"不行，坚决不能再回去了！这一天我已经烦透了，你们能不能让我清静一下呢?"

"那么这个人到底会是谁呢?"米塞自言自语道。她的脸上流露出焦急和期待的表情，显然，她多么希望那个人就是自己亲爱的弟弟埃尤布啊!

"米塞姐，你就别再劳神了，算了吧！管他是谁呢，你就别再琢磨守墓人说的那些话了。墓地里不是经常可以见到这样的人嘛，不是精神有问题，就是喝醉了酒或者一些无家可归的人，再不然就是小偷什么的，守墓人也是这么说的。他们看到这样的人，就会立刻把他们轰走的。"

"是啊!"派丽汗马上对弟弟的话表示支持，她继续说道："我们刚刚举行过葬礼，本来事情就够多的了，难道还要再没事找事吗？”

“可是，万一那个人真的是埃尤布呢？”米塞仍然坚持自己的疑虑。可派丽汗仿佛没听到她的话一样，继续说：

“我的头都开始疼了，你就闭上嘴吧！咱们这个家唯一的支柱都已经死去了，你们却还在这里争论什么墓地里的疯子！我现在都快站不稳脚了，整个人都要崩溃了。”派丽汗的话音刚落下，车内陷入一片沉默。对碧莱来说，如果是在别的场合，即使是出现再微小的蛛丝马迹，她都会毫不犹豫地把它弄个水落石出。而此时此刻，她又怎么忍心去继续烦扰一个刚刚死了丈夫的女人呢？

碧莱觉得，在下葬的过程中，她的手提电话发出声响是一种非常不尊敬的行为，而她为了赶紧挂掉电话，迫不得已把电话从手提包里掏了出来。可是，当看到电话屏幕上显示的是“帕科”的名字时，她又担心自己的妹妹会有什么意外，于是只好按下了接听键。她当时的心怦怦跳得很厉害，她害怕妹妹发生什么不测。可谢天谢地，来电是个好消息，她的妹妹生孩子了！顿时一股暖流涌遍了她的全身。妹妹生了个女孩，她有外甥女了！她想，等她回到西班牙后，一定第一时间就去看这个孩子。她努力抑制住自己内心的兴奋，挂断了电话，并站回原地。此时，她发现派丽汗正在用敌视的眼神瞪着她。也许维伊泽遗体的掩埋过程，因为她接电话而被扰乱，这种行为确实激怒了派丽汗。她如此气愤也是符合常理的，有哪个失去丈夫的女人在这种情况下会不生气呢？碧莱本来就应该遵守这里下葬的规矩。

当宾亚敏转述守墓人对他说了什么的时候，碧莱再也不能沉默下去了。她无法判断在墓地出现的那个神秘人物到底是不是埃尤布，但她开始相信，埃尤布一定就隐藏在她周围的某个地方，而且仿佛一直在躲着她。而她则早就应该放弃寻找，立刻离开这座城市。在昨天晚上，她就是这么想的。她抚摸着那本怎么也看不完的梦境记录本。她现在只有一个愿望，就是马上找到埃尤布并看着他的眼睛问道：你所做的这一切究竟是为了什么？但在寻找埃尤布这个问题上，她又不知该从何下手。既然她找不到埃尤布，也就无法与他面对面地交谈。她现在只能漫无目的地寻找。她开始痛恨包括自己的爱情在内的、她所不能掌控的所有一切东西。

碧莱还痛恨自己，为什么总也读不完埃尤布的梦境记录。她实在不适应去看那些用土耳其语写成的记录。土耳其语并不是她的母语，因此要读懂这些记录真是难为她了。但她自己也清楚，梦境记录之所以读得如此缓慢，原因正是由于她自己，尽管她对这些记录充满了好奇，但她的内心深处并不情愿去读这些记录。因为每读一次，都会让她的心破碎一次，就像埃尤布抛弃了她一样。她更害怕会在记录本中发现一些令她难过的秘密。这个记录本里的全部记录都是那么的匪夷所思，让人难以理解。

就在一周之前，如果有人告诉她，她将会在墓地里得到自己外甥女降生的消息，她一定会觉得那个人精神有问题。而现在，真正让她怀疑的人却是她自己。此时此刻，她为什么要来到这个墓地和一群陌生的人待在一起呢？当初是怎样一种冲动，让自己踏上了这条前途未卜的寻夫之路呢？她又想到了伊尔哈姆。昨天晚上，伊尔哈姆所表现出的一切是极端偏执的，还是在继续欺骗她呢？有一个声音在她心底里说道：伊尔哈姆是个十足的大骗子，其实埃尤布就和他在一起。可即便事实如此，碧莱还是不想马上就动身回巴塞罗那，难道她不该找埃尤布讨一个说法吗？难道她不该直视着埃尤布的眼睛，质问他为什么要对自己这么残忍吗？他为什么要离开她呢？这么多天来，这些问题一直苦苦地困扰着她，可她却怎么也找不到合理的答案。难道这些问题真的就没有答案吗？还是她潜意识里根本就不想去触碰这些棘手的问题呢？她头脑中的真实情况，为什么仿佛又是一个个的假象呢？她再次想到了埃尤布的梦境记录本，也许这个本子是埃尤布故意留给她看的，因为她的丈夫羞于在她面前提及这个本子中的事情……她的思绪乱作一团。

当碧莱和其他人一起回到家，走到门口时，一个上了年纪的妇女出来迎接。房门打开后，一股浓烈的香气扑面而来，一阵阵令人讨厌的低语声进入碧莱的耳畔。她原以为葬礼已经结束，但看到屋里仍是一片紧张气氛时，她才明白葬礼其实远没有结束。“可能有电话找你的弟媳妇。”一个妇女一边把电话听筒递给米塞，一边说道，“你们刚才去墓地的时候，就有人打来电话，电话里说的是外语，我也不知道他到底说的是什么？”

那个妇女发现碧莱后，提高了嗓门，一字一句故意拉长音调大声说道：“大概……是找你……的电话。你……去接……吧！”她一边说，一边把电话递给碧莱。碧莱感到很吃惊，她想，除了妹妹伊萨贝，她没有把这里的电话号码告诉过任何人。况且也不可能是伊萨贝打来的，她刚生了小孩，又怎么会通过米塞家的电话找她呢？她慢慢把电话听筒拿到耳边，心里一阵忐忑。

“喂。”她战战兢兢地说。她有一种预感：肯定是坏消息。

“碧莱，是你吗？”

“妈！”

当碧莱挂上电话的时候，她感到脸上火辣辣地发烫，她满脸通红，仿佛一直红到了耳朵根。她想回自己的房间平复一下心绪。当她走到楼梯口时，被米塞拦住了。

“有什么新消息吗？”

“没有，没什么消息。”

“那么是谁打来的电话呢？”

“是我妈妈。”

“啊？”

面对米塞的疑惑，碧莱磕磕巴巴地答道：

“我妈妈，让我代表她，向你们全家表示哀悼。”

“谢谢。”

“我想回房间整理一下东西。”碧莱一边说，一边拿着手提包向二楼走去。当她坐到床上时，不禁长长舒了一口气，她感到一种莫名的放松。

妈妈维姬刚才与碧莱通话时，先是担心，再是气恼，然后是惊讶。她试图打电话给碧莱，分享伊萨贝顺利分娩的喜悦，可后来她才发现自己陷入了碧莱编织的一个巨大的谎言之中。碧莱和埃尤布的手机都关机。她给碧莱的家里、单位甚至是出差的地方打电话，都音信全无。尤其是当她听说碧莱是陪埃尤布参加什么葬礼的时候，心里更是一阵忐忑：女儿为什么要编谎话骗她，故意隐瞒这个葬礼呢？她的第一反应就是，女儿参加葬礼也许只是一个幌子，一定是女儿的丈夫埃尤布出了什么事！

碧莱不具备妈妈那种洞察一切的能力。如果她和妈妈互换角色，即便想不明白女儿为什么要骗自己，也还是会相信女儿说的有关去奔丧的话，至少不会去想自己的女婿是否会有性命之忧。可维姬远比碧莱精明得多，哪怕是一丁点的破绽，也逃不过她的眼睛。即使她不能预测将有何种噩运降临，却可以敏锐地找出噩运将降临到谁的头上。当碧莱在电话里向她坦白，埃尤布已经失踪，而自己为了不把这件事搞大，所以一直对她隐瞒真相时，维姬只是静静地听着。在碧莱讲到自己只身来到伊斯坦布尔寻找丈夫，并与他的同学们见面的时候，她甚至都没插嘴多问。但当碧莱讲到埃尤布的哥哥维伊泽真的去世了的时候，维姬却突然打断她说道：“我说碧莱，今后，你可以想骗谁就骗谁，我行我素地为所欲为，但是千万不要再瞎编有关死亡的谎言了。现在你可看见了吧！死亡是经不起念叨的，只要一念叨，它真的马上就会来。”

碧莱突然想到，妈妈的话的确在现实生活中灵验了。她对同事们胡编的有关埃尤布哥哥去世的谎话竟然真的变为现实,她的内心因此充满了恐惧。她确实曾对办公室里的同事们说过：埃尤布的哥哥去逝了。她现在后悔不已,谎话有千万种,可她为什么偏偏要选择这一种呢？之前,她刚刚还因为没有带上维伊泽一起去寻找埃尤布而感到内疚。可如今,这种内疚早已荡然无存了,因为她做了一件影响更坏的事：她竟然编瞎话说维伊泽去逝了。如今,谎话竟然变成了事实,她真是难辞其咎啊！她居然是这桩悲剧的制造者！不过,还没等碧莱的内心陷入深深的自责,维姬竟然很快就给女儿出了一个主意：

"你以为单枪匹马地赶到伊斯坦布尔寻找埃尤布会有什么好结果吗？你应当陪伴在刚刚分娩的妹妹身边啊！而不是跑那么远去参加了一个陌生人的葬礼。请别再犯傻了,赶紧回来吧！"

碧莱很爱自己的妈妈,非常非常地爱。但她真的不喜欢妈妈凡事都要替自己作主的这个毛病。她知道妈妈是因为怕她受到伤害才这么做的,可是她也不能一辈子都把自己当作一个小孩子啊？

"如果我回去了,那谁来替我找埃尤布呢？"

"行了,行了！我们会去找他的,但肯定不是用你这种方法。你去伊斯坦布尔只是徒劳。你还自己一个人承受着这一切痛苦,竟然谁也不告诉！"

"埃尤布来伊斯坦布尔了。这事我不是告诉你了吗？"

"对,对。你是说过了,你可是一字不落地全告诉我了,哼！"

"妈妈！"

"碧莱,你必须要按我说的去做！我这么说都是为了你好,我不愿看到你受伤害。你这么一声不吭地就去了伊斯坦布尔,简直就是昏了头。我请你趁着事态还不算太严重,赶紧回来西班牙吧！"

"……"

“你听到我在说话吗?”

“妈妈,你是给我打了好几次电话吗?”

“你说什么,这是什么意思?”

“我的意思是,你是往埃尤布家里打了好几次电话吧?你打电话的时候我们还在墓地呢,现在刚进家门。在这之前,你是不是给我打了很多次电话呢?”

“哦,没有,这个号码我只打过这一次。请你别再想这些无关紧要的事了,你只需按我说的去做。伊斯坦布尔跟你没关系,你赶紧回国来吧。”

碧莱突然想起,刚才把电话递给她的那个妇女曾说,此前有人给她打了好几次电话。可她当时并没有对这些话太在意。有那么多更重要的谜团等着她去破解,她怎么会在意那几句话呢。碧莱深深地吸了一口气,然后,她一边吐气,一边把积压在心里很多年的话一股脑地说了出来:

“妈妈,请你不要什么事情都替我做主好不好?你最好以后不要再干涉我的私生活了!”

挂上电话时,维姬整个人显得有些呆滞。而碧莱也是脸部涨红了好一阵,但马上又感觉一身轻松。

碧莱躺在床上回忆着刚才和妈妈之间的谈话。妈妈每次都是竭力地保护自己的女儿,久而久之,碧莱养成了这样一个习惯,那就是在任何时候,她首先想到的就是她自己。在她眼中,没有其他人比自己更有价值。直到现在,她才意识到自己有自私的性格。然而,碧莱本应该更加关注在离家出走事件的背后,埃尤布所经历的那些不为人知的痛苦;也应该明白爱与被爱本是彼此独立的两件事,她有权爱埃尤布,而埃尤布也有权拒绝她的爱。比如,她这次来伊斯坦布尔的真正目的,到底是害怕埃尤布会发生什么不测,还是忧虑他们之间的夫妻关系呢?她现在又为什么会这么害怕呢?难道他们之间的关系真的已经破裂了吗？碧莱此时此刻不敢再继续想下去，再怎么想下去，她的内心给出的也一定不是什么好答案。她低下头，看到了一直拎在手中的提包，她突然想起在墓地接电话时手机就没电了。于是她给手机换了一块电池。刚换好，手机的铃声就再次响起，看到又是妹夫帕科打来的。

“帕科，有什么事吗？”

“碧莱，维娅已经知道你在伊斯坦布尔了！”

帕科的声音慌张、语速也越来越快，以至于碧莱想插话告诉他不要着急慢慢讲，都找不到机会。

“我给你的手机又打了好几次电话，都关机了！你留给伊萨贝的固定电话我也打过了，接电话的女人不懂英文，我跟她说了你的名字，她还是听不懂，我当时都快急死了，真不知道该怎么和你联系。”

听到这里，碧莱不禁感到一丝愧疚，帕科的女儿刚刚降生，他本应该沉浸在人生最美好的时刻里，但却因为要替她保守秘密，整日提心吊胆、担惊受怕。

“好，我知道了，帕科，你别担心。妈妈已经给我打过电话，我们刚才已经聊过，没问题了。”

“你现在这个地方的固定电话号码，是我给妈妈的。”帕科心怀愧疚地对碧莱讲述了事情的来龙去脉，“妈妈听说伊萨贝生了，欣喜若狂。我想她当时肯定是想找你聊聊，一起分享这种喜悦。她先给你的手机打电话，但没打通，然后又给埃尤布打，结果也关机，于是她又给你们的家里和工作单位分别打了电话，都一无所获。于是她又打到你单位，想得到你在塞维利亚出差的联系方式。可你的同事告诉她实际上你不在塞维利亚，而是去了伊斯坦布尔参加一个葬礼，你妈妈当时十分惊讶。她只是听到了‘葬礼’这个词，有一种不祥的预感。但她又不知道是谁的葬礼，所以就开始替你担心了。于是，又给我打了电话，我本来不想告诉她的，可是不忍心看到她这么着急。我知道你现在的固定电话只告诉了伊萨贝一个人。伊萨贝的意思是：既然妈妈已经知道了你在伊斯坦布尔，反正早晚也是纸里包不住火，那就干脆把这个电话告诉她吧，让她听到你的声音也就安心了！你可千万别怪我啊。”

“没关系的，帕科，事情都过去了。伊萨贝现在怎么样？”

“她挺好的，非常好。现在正在睡觉呢。她刚给小孩喂了奶。护士把孩子带走了，她就可以安心睡觉了。”

碧莱努力地想象着自己的妹妹给小婴儿喂奶时的场景，可这却让她心乱如麻。她的内心充满了幸福、惦念和兴奋，真可说是百感交集。一个小巧玲珑的婴儿从此走进了她们的生活。从今以后，伊萨贝就成为了母亲，而她则成了这个孩子的姨妈。

“孩子长得像谁啊？帕科。”

“现在看起来，谁也不像。”帕科回答道。碧莱能感觉到妹夫此时露出了会心的微笑。她多么想立刻就飞到他们夫妇身旁，去见证这生命的奇迹啊。

“请你替我亲吻她们母女俩。我一回家就去看你们。”

“你打算什么时候回来呢？”

“很快。”碧莱答道。她想，自己当然不会一辈子都待在这个地方，她肯定会回去的，不是和埃尤布一起回去，就是自己单独回去。最后到底会怎样，就让时间来决定吧。

“好吧，我亲爱的姐姐。你要跟我们随时保持联系啊，如果姐夫有什么消息，请一定及时告诉我们。”

“好的，再见。”

碧莱十分羡慕自己的妹妹，可自己什么时候才能当妈妈呢？她不仅不知道时间，就连自己到底还能不能成为妈妈都是一个未知数。之前，她不敢想象真正成为妈妈后将是一种什么感觉。当妈妈就意味着肩负重大的责任，也意味着无尽的烦恼，还意味着你的后半生都要为这个孩子而忙碌。特别是，这个孩子还不是一个玩具那么简单，而是一个活生生的人，而大多数时候他(她)都会任性且不听话，成天又吵又闹，把你搞得心烦意乱、筋疲力尽。每当见到熟人的孩子时，碧莱总是露出客套的微笑，可很快她就会失去耐性，没了兴趣。小孩子基本可以分为两种，一种是跟你自来熟、愿意和你一起玩游戏；另一种是知道你不喜欢他(她)。因此，要么会向你做鬼脸，要么就用脚踢你。这两种孩子碧莱都不喜欢。为了回避去有孩子或者养狗的朋友家，她找尽了各种借口。狗为了引起人们的关注，总是会扑到你的身上，用嘴不停地乱舔；孩子们也一样，他们一会儿哭，一会儿笑，反正总是使尽浑身解数，以赢得大人的喜欢。因此，碧莱既不喜欢小孩也不喜欢狗。可是，随着时间的推移，碧莱的想法，确切地说，是对人生的期待也发生了一些改变。与此同时，她所害怕的东西也发生了变化。以前，她最害怕平庸，而现在她逐渐开始害怕孤独。不论是在要孩子的问题上，还是在生活方式的问题上，她的观点都发生了根本的变化。她现在渴望生个孩子，渴望过另一种生活。在她看来，只有做了妈妈才能弥补自己生活中的缺憾。过去，生个孩子对她来说意味着失去自我。而现在，生孩子则意味着她可以重拾自我。她也想像她的那些女性朋友们一样，在半夜被自己孩子的哭声吵醒，然后睡眼惺松地帮他们喂奶、换尿布。

当她偶然发现自己怀孕后，认为没有什么比肚子里的孩子更值得期待。可埃尤布却不想要这个孩子，为了不失去埃尤布她只好委曲求全，不仅放弃了这个孩子，也放弃了一直以来当妈妈的渴望。刚开始，她还可以用“没什么大不了的，反正我还可以再次怀孕”来安慰自己，可此后，一种难以控制的、不安的情绪充斥了她的整个内心。她想，她堕掉的那个孩子是她创造的绝无仅有的生命奇迹，而多数奇迹都只能发生一次。因此，她所期待的当妈妈这件事也许离她越来越远了，就如同一列已经错过的火车，永远也不会再回头了。

即便如此，一个婴儿降生了！使这一切都发生了改变。这个婴儿就是伊萨贝的女儿，从某种意义上来说，这个婴儿也是她的孩子。每当想到这里的时候，碧莱的脸上都会情不自禁地流露出一丝微笑。但她的笑容马上就凝固了，内心突然被恐惧所填满，手脚顿时变得冰凉。她难道也要像米塞爱着布伦特那样去爱伊萨贝的女儿吗？这真像是有人给她缺憾的人生发了一个安慰奖一般。

客厅里，一些参加维伊泽葬礼的妇女们把烤好的哈尔瓦[①]端上桌，之后，开始为维伊泽做祈祷。此时，碧莱也来到客厅，她想表现出对这些妇女们的尊重，而且，除此之外她确实也无事可做。她的内心仍然充满了疑惑。为了搞清楚在墓地出现的那个神秘人物是不是埃尤布，她是否应该再次回到墓地去呢？或者，她是否应该去找伊尔哈姆商量一下办法呢？可明知伊尔哈姆在骗她，还要与他面对面地去谈论埃尤布的下落，真是一件自欺欺人的事啊！碧莱此时的内心纷乱无序，她转念一想，也许现在最应该做的事，就是待在家里什么也不做。一个正在烤哈尔瓦的妇女告诉碧莱，哈尔瓦烤的时间越长，香味就越浓，味道就散得越远，因此，逝者的灵魂可以借此得到安息。碧莱听后，不禁开始仔细端详起哈尔瓦，她同时上下打量着那些烤哈尔瓦的妇女。她控制不住内心的忧伤，暗自想道：要是有人能给我这个痛苦的灵魂也烤上一个哈尔瓦该有多好啊！难道活人的灵魂不比死人的更值得安慰吗？

当祈祷结束、街坊邻居陆续离开米塞家的时候，已经是晚上了。客人走后，家里一下子安静下来，米塞去了布伦特的房间，想看看他在做什么。而派

---

① 用面粉、糖、油制作的土耳其甜点。

丽汗则走进了厨房。白天一整天，她都在刻意回避这个地方。碧莱把头伸进厨房，关心地问道："你想做什么呢？需要帮忙吗？"

"我想随便做点什么，可是又不知道该做什么！"

"为什么会这样呢？"

"这是我们这里的风俗习惯。有人去世的家里是不能开伙的。"

"这是为什么呢？"

"如果开伙，就意味着逝去的那个人的肉体将遭受折磨。"

碧莱努力地想让自己不表现出对派丽汗这番话的反感，但她还是不自觉地撇了一下嘴。派丽汗的脸上是一副无所适从的表情，她来厨房大概也只是想放松一下。原本做饭就是她最拿手的事，可今天却缩手缩脚的、不知所措。碧莱想了想，找到了一个安慰派丽汗的办法。

"那你就别做荤菜了！"碧莱说道，她敏锐地发现派丽汗刚才告诉她的风俗中有一个小漏洞，于是便借此钻了一个善意的小空子。

"你说什么？"

"我的意思是说，你不要做荤菜了，就做素菜吧！这样的话，逝者的肉体就不会遭受折磨了。"

派丽汗的眼中闪现出孩子般兴奋的光芒，整张脸上都写满了幸福的表情。

"这样做真的可以吗？"

"我认为可以。"

虽然派丽汗也搞不清是什么让自己一下子这么兴奋，但当她看到碧莱的脸上也露出孩子般的喜悦时，她的内心感受到了一丝温暖。其实碧莱并不喜欢派丽汗，但她可以感受到，这个女人不招人喜欢的背后，也深藏着无尽的心酸和苦楚。为什么一些人会不喜欢另外一些人呢？是因为那些人本身就不好，还是因为他们本身就不喜欢对方呢？而且，我们用什么标准来评判一个人到底是好、还是坏呢？是根据这个人的天性，还是根据这个人所遭受的命运呢？还是由那些有权进行评判的人来决定这个人是好还是坏呢？每个人都有权利享受幸福，只要一个人还会微笑，那么就说明他还是心存善意的。

“既然是这样，那我就用橄榄油来做些菜吧，没有肉的素菜！”

“当然了，那太好了，你就做吧。”

派丽汗努力地收敛起刚才因为兴奋而咧开的嘴角。正在这时，客厅的电话又响了。

“啊，他们怎么老打电话，也不嫌烦。”派丽汗一边抱怨，一边向客厅跑去。碧莱则跟在她身后，准备回到楼上自己的房间。当她经过客厅时，与派丽汗紧盯着她的目光不期而遇。

“电话是找你的。”派丽汗说。碧莱有些不好意思地接过听筒，她觉得自己今天的电话确实太多了，已经很让派丽汗她们反感了。她猜想打电话的可能还是妈妈维姬。因为她的手机此时正在充电，可妈妈为什么要反复打给她呢？难道又有什么急事吗？

“你好。”

“碧莱，你好。”

原来打电话的不是妈妈。听筒里传出一个男人的声音，是一个说土耳其语的男人。碧莱瞬间有些兴奋起来，难道会是埃尤布吗？可她马上就发现这个假设不成立，电话那头男子的声音与埃尤布根本就不一样，于是内心的兴奋立刻变成了不解。

“请问您是哪位？”

“我是伊尔哈姆。”

碧莱心想，居然是伊尔哈姆。就是这个埃尤布的知心密友，也是最有可能窝藏埃尤布的人。昨天一整天竟然都在欺骗她，把她玩弄于股掌之间。而现在竟然还好意思用从埃尤布那里得到的电话号码打给她，难道他又准备玩什么新的把戏吗？他从埃尤布那里要来这个家的电话，他的把戏其实已经露馅了。可是她不会再上当了。

“你是从哪里得到这个电话号码的？”

“是你给我的呀！”

“啊？我给过你吗？”

碧莱心想，这个男人真是不知羞耻。他接下来是不是要对她说：你现在心绪太纷乱了，你都想不起来你之前做过什么了吧！既然是这样，你还是赶紧回家去吧，剩下的事由我来处理！

“我给过你手机号码，可没给你家里的固定电话号码啊。”

“就是你昨天给我的呀，难道你忘了吗？就在我去报案之前。”

“啊，对了。”碧莱终于想起来了。她确实最近脑子有点乱，因此有些不好意思。从昨天到现在，她的心里装了太多的事情，以至于好多已经发生的事她都忘记了。

“发生什么了？你还好吗？”

“我，我还好。只是感到这一天很无聊。”

“发生了什么事吗？”

碧莱向伊尔哈姆简要地讲述了维伊泽的死。听到维伊泽的死讯，伊尔哈姆显得很吃惊。碧莱原以为会从伊尔哈姆的嘴里听到一些关于埃尤布的坏消息。可后来她转念一想，也许由于维伊泽的死，她可以再次见到埃尤布呢！她不禁对自己的想法感到深深自责：难道要把维伊泽的死当作让埃尤布现身的诱饵吗？可她虽然自责，却又始终没有根除这种想法。

伊尔哈姆对维伊泽的死表示哀悼，之后他又回到正题：

"我是因为埃尤布的事才给你打电话的。我们最好见个面,当面谈谈这件事。"

被酷热折磨得无精打采的咖啡店服务员来到碧莱面前,问她要喝些什么,而碧莱却精神紧张,根本就无心应答。伊尔哈姆刚才执意要和她面谈,让她心中产生了巨大的疑虑,"你太累了,我去找你吧!你也好节省一下精神。"伊尔哈姆和她约在埃米尔干大街[①]见面。实际上,只要能找到埃尤布,去哪儿见面对碧莱来说都没有关系,不然她也不会大老远地从西班牙跑来这里。碧莱来到了和伊尔哈姆说好的那家咖啡馆,她比约定的时间早来了20分钟。对她来说,没有埃尤布的日子简直度日如年。

"请问您要喝些什么呢?"当服务员再次询问的时候,她终于缓过神答道:"请给我来杯茶吧。"她的回答令自己都感到吃惊,甚至是害怕。因为她以前从不喝茶。可是从昨天起,她就开始不断地喝茶,就好像怎么也喝不够似的。因此,她今天仍然选择喝茶。竟然这么快就入乡随俗了,连自己都感到惊讶。仿佛坐在法国梧桐树下的她能做的最有意义的一件事就是喝茶。

当快喝完第二杯茶时,伊尔哈姆终于出现了。因为天气燥热,他满脸通红,简直像个醉汉一般。伊尔哈姆满头大汗,豆大的汗珠仍在不断地往外冒。

"抱歉,让你久等了。"伊尔哈姆一边道歉,一边坐在了座位上。刚才见到碧莱时,他没有选择拥抱或者行贴脸礼,而是轻轻拍了拍她的肩膀。

"没等多久,我只是来得稍早了一点点。"

"你找到这里没费什么劲吧?"

"没有,这家咖啡馆离我们家太近了。"

---

① 位于伊斯坦布尔萨勒耶尔区,整条大街紧临博斯普鲁斯海峡,该市最大的城市公园就坐落在这条大街上。

伊尔哈姆举起一根食指，呈阿拉伯数字“1”状，示意站在不远处的服务生给他拿点喝的东西来。伊尔哈姆并未说话，只是用手势和眼神与服务生交流。碧莱并不知道他到底点了什么，不过此时此刻，她更关心的是，眼前这个男子是否能给她带来什么有关埃尤布的最新消息。

“你要跟我说些什么呢？”

“我相信我们会找到埃尤布的。”

“难道你已经决定了，要告诉我他藏身的地点吗？”

“你说什么？”伊尔哈姆满脸疑惑地看着碧莱。

碧莱想知道伊尔哈姆的真实意图究竟是什么，他是否真的愿意与她分享一切有关埃尤布的消息，还是又想出了什么其他的鬼主意，只想让她从伊斯坦布尔空手而归。其实她本来也不想问得这么直接，这样就把她自己的猜测全都暴露无疑。她期望能够在没有惊动伊尔哈姆之前，听听他到底想说些什么。

“我的意思是说，你知道埃尤布在哪对吗？”

“不，我不知道。但我怀疑有个人知道他的下落。”

“那么，这个人是谁呢？”

“是魏赫比！”伊尔哈姆一边说，一边摆动了一下身子，就好像他的内心正在被痛苦和不安所折磨。

“你为什么这样说呢？”碧莱有些吃惊地问道。

“今天没有经过你的同意，我就做出了一个决定，因此首先我得向你道歉。我想如果埃尤布真的失踪了，我们肯定很想找到他，而除了报警之外，我们还应该把这件事告诉一个人。也就是说，如果这个人也能加入进来，我想我们就有可能找到你的丈夫。其实，最开始我就想找一些人来帮忙，而我最先想到的那个人就是魏赫比。他八面玲珑、神通广大。特别是他与埃尤布的交情也很深。我想，如果他知道埃尤布失踪了，一定会尽力帮助我们的。”

“啊?”

伊尔哈姆的话让碧莱似乎看到了一丝希望，她心里一阵激动。她非常好奇，那个穿得像圣诞老人似的魏赫比，到底能在寻找埃尤布这件事上对他们有什么帮助。

“几个小时以前，我给魏赫比的咖啡馆打电话找他。电话是一个服务生接的。那个服务生估计你也见过。”

“对，我对那个服务生还有印象。”

“就是他接的电话。”

“嗯，那之后呢?”碧莱急切地追问道。对于伊尔哈姆这种慢条斯理、一字一句地叙述方式，碧莱有些不耐烦。她认为伊尔哈姆应该先把事情的结果讲出来，然后再叙述细节。

伊尔哈姆停顿了一下，也许是为了引起碧莱对他接下来要说的话的关注。他清了清嗓子，接着说道：

“那个服务生对我说，老板的一个国外的朋友来伊斯坦布尔了，他要去和这个朋友见面。”

伊尔哈姆说完，意味深长地望向碧莱，似乎在用眼神说：这里的秘密你懂的。由于可能将会见到自己失踪的丈夫，碧莱的心里一阵兴奋。寻找丈夫的事情终于有了转机，她的脸上不禁露出了一丝微笑。不过，这种兴奋和喜悦马上又被满满的疑问替代了。

“万一这个从国外回来的朋友不是埃尤布呢!”

“我问了这个服务生，老板的这个朋友到底是谁?从哪个国家来的?”

“他是怎么回答的?”

“他说他不知道那个朋友的名字，但好像听老板说这个朋友是从西班牙过来的。”

“真的吗?”

伊尔哈姆无奈地摇了摇头,满脸愁容。碧莱知道伊尔哈姆此时的心情肯定不太好。为了帮助她,他要对一个多年的老同学遮遮掩掩,这种感觉肯定让他不舒服。是啊,从某种角度来看,伊尔哈姆所做的这些事是对朋友的欺骗,甚至是在背后偷偷挖墙角。可从另外一个角度来看,他只是在帮助一个失去了丈夫的女人而已。在埃尤布失踪这件事情上,也许在朋友那里他显得不够哥们,而对于碧莱,他简直就是一个“大救星”。想到这里,碧莱决定趁着自己的想法还没有改变,应该对寻找埃尤布这件事情加大干预的力度,好让这件事能够尽快地水落石出。

“那我们赶快去找一趟魏赫比吧! 找他问问埃尤布的下落。”碧莱边说,边急着就要站起身来。伊尔哈姆赶紧抢上前去拽住了她的胳膊。

“别,别,你冷静点! 就算魏赫比真的知道埃尤布的事,他看起来好像也不太愿意告诉我们真相。”

“这是为什么呢? 你到底是怎么跟他说的?”

“是这样的,为了找到他,我又给他的咖啡馆打过好几次电话。最后我终于逮住他了。我直截了当地问他到底见没见过埃尤布。他的语气显得十分惊讶,但却说没有见过。”伊尔哈姆又停顿下来,无奈地摇了摇头。碧莱知道,其实伊尔哈姆并不相信魏赫比的回答,但他也不好意思揭穿魏赫比的谎言。

“你肯定也不相信魏赫比的话,那又是为什么呢?”

“我和魏赫比是多年的老同学了。我非常了解他。这次他在回答我的时候,语调和平常说话很不一样,而且他一直在回避我的问题,只是滔滔不绝地跟我说了些别的东西,什么好多年都没见过埃尤布了,非常想念他啊等等。简而言之,我能感觉到他有些惊慌失措。其实,如果他要是心里很坦荡,那么他完全可以很轻松地说‘我没见过’就行了，顶多再反问一句‘你为什么要这么问呢’，可他却不是这样的。”

“那后来呢？”

“我又问他，那个从西班牙回来的朋友是谁。他先是胡乱敷衍了几句，还反问我是‘哪个人’。我直白地告诉他，我是从咖啡馆的伙计那里得到的消息，他就跟我说那个伙计说错了，根本没有人从西班牙过来，只是他在意大利的姨妈家的儿子过来看他，他们倒是见了个面。”

“那然后呢？”

“然后就没什么了。我本来想亲自去找他一趟，和他当面谈谈，可他却说今天还要出门去，而且不再回咖啡馆了。所以我们今天就没能见面。”

“如果魏赫比真的知道埃尤布的下落，可他为什么要瞒着我们呢？”

“那我可真不知道了。”

“而且，埃尤布有什么事不和你说，反而却告诉了魏赫比？难道你和埃尤布之间的关系不比他和魏赫比之间的关系更亲密吗？”

“对啊，我也是这么想的，可事实却证明不是这样。”伊尔哈姆用失望和沮丧的语气回答道，就像一个受伤的孩子一般。碧莱看到这里，真不知该说些什么才好。

“这个魏赫比，他知道我跟你见过面。所以，我猜他们真正想要隐瞒的对象不是你，而是我。你看咱们下一步该怎么办呢？”

“你可别误会啊，其实我并不喜欢掺和朋友家的私事。如果非要掺和，那我也会站在我朋友的一边。可你们家这个情况有点特殊，埃尤布连句话都没留下，就离家出走了。可怜你忧心忡忡地大老远跑来这里找他，我认为，就算他有千种理由，也没权利让你如此担忧。所以，我们得先把他找到，这样你心里的石头就算落了地。然后剩下的事情就跟我没关系了，你们再去自己解决。其实我现在已经介入了很多你们之间的私事,可这全是因为我向你保证过要帮助你的!"

"你也认为埃尤布是为了躲避我才离家出走的,对吗?"

"刚开始的时候,我也担心他可能是最近遭遇了什么事情。可直到今天我才明白,他根本就没事。说的再直白些就是,我不知道他为什么要躲着你。可我觉得,不管到底是因为什么,他总要就离家出走这件事给你一个说法。所以,现在我们最应该做的事就是尽快找到他本人。"

"好是好,可该怎么找呢?"

"我们这个魏老板嘴巴很严实,如果他真想瞒着我们,那可就不好办了。不过,他也是一个很有同情心的人,他不会对你的担忧和焦虑视而不见的。他知道你这么远跑来这里,完全是因为对埃尤布的担忧。我了解魏赫比这个人,他一定不会做伤害你的事的。不只是对你,他对所有的人都不会做出有伤害的事情。比如,咱们假设有一个女人,她跟你的遭遇一样,她告诉魏赫比自己目前心急如焚、担心自己的丈夫遭遇不测,她不想知道太多,只求知道她丈夫现在是死是活就够了,那么魏赫比也许会……"

"魏赫比真的会把他知道的一切和盘托出吗?当然这一切的前提是他的确知道埃尤布的下落。"

"我也不知道。不过我真的希望他能说出自己所知道的一切。他的人生观、价值观虽然和我们不太一样,但他对真主也是心存敬畏的,属于与人为善的那类人,不会故意去害别人的。"

"也就是说,你认为魏赫比是这样的人?"

"我认为是这样的。"

在回家的路上,碧莱心情烦乱,她此前对埃尤布的这两位密友的印象全部被颠覆了。就在昨天,她还觉得伊尔哈姆是个十足的大骗子,可今天,她却又和伊尔哈姆结成了“盟友”。而之前,她觉得最不可能知道埃尤布下落的魏赫比,现在却成了最大的怀疑对象。不过这也合乎情理,埃尤布跟魏赫比是这么多年的老同学加笔友,他们的关系确实非同一般。可魏赫比遇事喜欢大惊小怪,穿着也邋遢不堪,实在不像是那种能给她提供帮助的人。事实上,碧莱此时的心绪已经比昨天稳定很多,伊尔哈姆实在不是那种能让她不假思索就可以信赖的人,也许直到现在他还是在继续消遣她,企图分散她的注意力呢。想到这,她的脑中又乱作一团,就像有无数只小狐狸在上下乱窜。这么多虚虚实实的信息,她到底应该相信谁?到底应该何去何从?所有这一切就像一个疑点颇多、亟待解析的谜团。而在众多的疑点中,最让她不能理解的就是,埃尤布为什么要采取这种伤害她自尊的方式离开她呢?她在不停地自问,埃尤布背着她做的这一切到底是为了什么呢?对埃尤布来说,和他最亲密的那个人难道不是自己吗?就算不是最亲近的,那么至少与伊尔哈姆和魏赫比一样,也是这个世界上和他比较亲近的人吧?就算他真想离开自己,为什么不能明明白白地找她好好谈一次呢?

碧莱决定明天自己一个人去找魏赫比,不用伊尔哈姆陪她。碧莱知道,伊尔哈姆认为自己已经介入了太多朋友家的私事,而且他已经开始在另一个朋友背后“挖墙脚”了,不能让他的负罪感继续加深。碧莱想,如果明天在魏赫比那里得不到任何埃尤布的下落,那么她就应该放弃这种“捉迷藏”的游戏。也许她早就应该放弃寻找,回到巴塞罗那,回到妹妹身边去看看她的小外甥女。她甚至还可以直接去马德里。反正她不想再继续在伊斯坦布尔多待一分钟,继续待下去对谁都没有好处。

她身心疲惫地回到米塞家。门是派丽汗打开的。派丽汗爱搭不理地随口问道:“有什么新的进展吗?”

“没有。”碧莱答道,“明天,我要去找埃尤布的另一个朋友了解一些情况。

或许从他那里能得到一些线索。”

“好啊，那我们就拭目以待吧！”

碧莱不愿再与派丽汗过多寒暄，她借口自己太累了便直接上楼回去自己的房间。她想马上躺下好好休息一会儿。可当她打开房门后，一件意想不到的事情却正在等待着她……

*

一声轻声尖叫打破了黑夜的沉寂，这声音把我吵醒了。发出尖叫的是姐姐。我战战兢兢地从床上坐起来，向姐姐睡觉的地方望去，床上没有人。我连忙眨了眨惺忪的睡眼，好让自己尽快适应房间里伸手不见五指的黑暗。我跳下床，迈着颤抖的步伐，向楼梯口走去。此时，叫喊声不断地从楼梯下传来，不断地刺痛着我的心。

我拖着颤抖、疲惫的脚步来到楼梯扶手处。我整个人处于一种半梦半醒的状态，已经没有力气再继续向前走，于是便瘫倒在地。不过，在再次进入梦乡之前，我仍然强打着精神，顺着楼梯的木质扶手向下望去。我看到爸爸、妈妈、哥哥和姐姐都在下面，还看到了两个柔软的枕头。

这两个枕头，一个捂在姐姐的脸上，她此时一边用枕头遮住脸，一边不住地尖叫和哭泣。

另外一个枕头盖在爸爸的脸上。他此时正直挺挺地靠在三脚长椅上，而妈妈和哥哥则正在用枕头使劲地压住爸爸的脸，这个枕头已经让他断了气。此外，我只能听到自己的心跳声。就这样，我再次进入了深深的梦乡。

以上所有的一切就是我在多年前、和妈妈讲述过的我做的那个梦。当时，我趁还没有把这个混乱的梦完全忘掉之前，赶紧把它告诉了妈妈。妈妈耷拉着头听完我的讲述后，直勾勾地盯着我的眼睛，没有做过多的解释，只是告诫我说:“梦是不能对外人讲的”。就是她这句话,把爸爸一动不动的躯体永远定格在了我的记忆中。对我来说,那个夜晚比真实的梦境还要诡异,而姐姐发出的把我惊醒的尖叫声,像一把锋利的匕首,始终刺痛着我的内心。

我认为,正是在这个梦以后,他们才开始说我得了“梦游症”。虽然他们说我梦游,可他们却从未提到过梦游的我是在何时、何地醒过来的。不过,事实的真相不会永远被隐藏。我只希望那个诡异的夜晚所发生的一切,真的只是一个梦而已。我本想忘记那个夜晚发生的事,可它却鬼使神差般地又出现在了我的梦境中。要是我从未回忆起过这个梦该有多好啊!要是梦中那个诡异的夜晚,我一直在长睡不醒该有多好啊!我本可以选择永远地忘记这个梦,可最后却执意要打开这个该死的记录本,把梦记录下来。于是,这个诡异的夜晚便永远阴魂不散的围绕着我。其实我这么做,并不是要强迫自己去回忆起这个梦,我知道自己在做一件蠢事。因为发生过的一切终将被忘记,而一旦把它们记录在案,那么就永远失去了遗忘的机会。我真不该把这个梦记下来,应该让它自生自灭。可现在一切都晚了,我记录的越多,有关那个梦的场景和细节就越清晰。其实所有的事情都是如此,梦境可以被遗忘,但罪恶却永远不能被抹去。

也许妈妈不让我对外讲出那天晚上的梦,不仅保护了她自己,同时也保护了我。可在我看来,即便这么做,她和姐姐、哥哥也逃脱不了曾经犯下的罪行。在我的梦中,是他们一起闷死了我的爸爸。而现在,在我的后半生中,我是否应该弄清楚他们这么做的原因呢?不然我的内心背负着如此沉重的折磨,我该如何继续生活下去呢?这件事的罪魁祸首到底又是谁呢?现在我到底该怎么办呢?

12. 米　　塞

家里有一个秘密，
像风一样四处游荡，
所有人都担心起来，
可以感受到这个秘密的存在。

——亚海亚·凯末尔·贝叶泽特
《恶毒的眼睛》

当碧莱推开自己的房门时，她看到坐在她床上的米塞惊慌失措，像一个正在偷父母钱的孩子被抓了现行一样。米塞原本应该在非常短的时间内，至少做三件事情：飞快地从碧莱的床上站起身；设法把埃尤布的梦境记录本藏好；努力擦干自己脸上的泪水。可由于身心疲惫，因此她只做了第二件事，把梦境记录本藏在了身后。米塞清楚地知道，碧莱肯定对这个记录本并不陌生，要不然她怎么会把这个小本子大老远地从西班牙带来这里、并把它放在床头柜上呢。米塞想，如果碧莱已经读完了梦境记录，那么她一定会把这个本子像保存犯罪证据一样藏好的。可现在，她把这个本子随便地摆在外面，一定是因为她还没有读完，提醒自己今天或是明天继续读罢了。

如今，这个象征着米塞家族耻辱的梦境记录本，已被碧莱这样的外人读过，这个事实让米塞实在不能接受。她不敢与碧莱四目相对。这个外国女人到底对记录本的内容了解多少，对这个家里难以启齿的丑事又知道多少呢？米塞对此不得而知。她的心中充满了羞耻、懊恼和恐惧。这么多年来一直缠绕在她心头的痛苦一股脑地涌上来，快要把她击倒了。这就好像一些原本不为人知的丑事，现在被公之于众，而她却正处在这些丑事旋涡的中心一样。她现在首先想做的，就是赶紧收拾这一地鸡毛的残局。可米塞转念一想，既然这些丑事已经暴露，如果再想挽回也是白费力气了。丑事会通过一切渠道快速传播，一传十，十传百，闹得满城风雨。以前不知道的人也知道了，以前没有看过的人，也会像看到过一般。这些丑事就像全身赤裸的麻风病人一般，在大街上四处乱跑、瞎撞，而路人则千方百计地躲避他们，但他们却硬要纠缠着路人。特别是，当丑事传到那些喜欢搬弄是非的人那里，就会成为他们嘴里变了味儿的“赞美诗”，就算有人不想听，他们也会千方百计地把这些事灌进他们的耳朵里。一旦丑事传开以后，他们就只有颜面扫地的下场，再怎样想挽回，都只不过是一厢情愿罢了。

米塞家的丑事已经被埃尤布泄露了，这些丑事开始了一条危险的旅程。米塞这么多年以来，曾经仔细思考过导致埃尤布离家出走的各种原因，但她从来没想到过可能是因为他发现了那天晚上的秘密。直到今天，她还一直认为埃尤布对那天晚上发生的一切毫不知情，甚至那晚之前所发生的一切也都毫不知情。如果埃尤布真的知道那天晚上的秘密，那么这对米塞来说，就像是天塌下来了一般让人难以承受，仅仅是假设埃尤布已经知道了这件事，都让米塞不能承受的。她非常清楚，有很多种原因可以让一个人离家出走。所以这么多年以来，她替自己弟弟的出走寻找过很多借口，但归根到底，都是在自欺欺人。

参加完维伊泽的葬礼，米塞感到万念俱灰。街坊邻居、亲朋好友给予她的那些安慰，以及她为了寻求灵魂的解脱而念的祈祷词，都不能让她内心的痛苦减轻一丝一毫。维伊泽在她心中的位置，无可替代。她知道，应该给自己的内心重新寻找一个慰藉。而侄子布伦特是最好的人选，她可以在他的脸上找到维伊泽的痕迹。这孩子小小的年纪便失去了父亲，因此他可能比任何时候都需要姑姑的关爱。当然，她的姑姑也需要他。他们两个人就像是维伊泽留在世间的两件遗物一般，为了找到自身存在的价值，只有抱团取暖。

一整天的时间，米塞关爱的眼神一直没有离开过布伦特。她随时都需要知道他在哪里，在干什么。而布伦特则又伤心又惊慌。米塞比任何人都能理解这种因为爸爸的死而产生的惊慌。与她相比，布伦特还算是一个幸运的孩子，爸爸死后，他还能伤心。对，不管怎么说，他都算得上是个幸运的孩子。

世人的苦难各不相同。很明显，布伦特选择的方式是对痛苦视而不见，他把经受的一切痛苦都深埋心底。但事实上，他越快速地接受这种痛苦，那么痛苦给他幼小心灵带来的创伤就越可能更容易愈合。为此，米塞今天让布伦特参加葬礼，并要求他和爸爸做最后的道别，她想让侄子尽早从痛苦中解脱出来。可到目前为止，这个孩子看起来似乎仍然不愿意直面父亲已经去世的现实，至少他表面上给人的感觉是这样。他很少谈及爸爸的死。从葬礼回来以后，他只是说想去看看那个像残缺唱片一般的日食。人们不是常说吗，只要出现了日食现象，那么世间的秘密就会一个接一个地暴露真相。他的同学叶克塔一家就要去看日食了，他也想跟着一起去，这件事爸爸在生前就同意了。后来，因为爸爸的去世，布伦特不情愿地把这件事搁置了。他对满屋前来吊唁的人群感到非常厌烦，于是退回自己的房间，也许在那里，他才能再一次彻底忘记爸爸已经去世的事实，才能想些其他的事情。

米塞做完祈祷后，来到了布伦特身旁。现在，唯一能让她感到一丝欣慰的就是去看一看自己的侄子。可后来她却发现，能让侄子高兴起来的那个人却不是自己。布伦特只在她身边待了一小会儿，就找借口说找妈妈有事，跑到楼下去了。

米塞在布伦特的房间里待了一会儿，也下楼来到客厅。派丽汗告诉她，刚才有人打来电话要找碧莱，碧莱接了电话之后便急匆匆地出门去了。米塞心里祈求真主赐福，希望碧莱再次回来的时候能够带来一些好消息。之后，她竟鬼使神差地蹑手蹑脚地走进碧莱的房间，可为什么要这样做她自己也不知道。也许是靠近了这个外国女人以及她所有的东西，就意味着靠近了自己的弟弟埃尤布。她甚至躺在碧莱的床上，那是和埃尤布同床共枕的女人所躺过的地方啊。这样做是否就可以让她的内心与埃尤布靠得更近一些?

碧莱房间里的东西被摆放得井井有条，她从西班牙带过来的小手提箱就放在门后，仿佛随时就要跟主人起程似的。碧莱的床铺虽然被收拾过，但仍然有些皱褶。很明显，床单被整理过后，碧莱又重新在上面坐过或者躺过。米塞不由自主地又把床单铺平。她在房间里走了一圈，好像在努力地寻找带有埃尤布气息的东西。她甚至想翻一下放在门边的小手提箱。但她没有恶意，她只是想看看能不能找到什么埃尤布曾经用过的东西。维伊泽的葬礼已经在今天上午举行过了，经常萦绕在她身边的维伊泽的气息已经荡然无存了，现在她心底里对埃尤布的思念和依赖与日俱增。

米塞亲手把维伊泽穿过的鞋子摆放在花园门前。在她把爸爸和妈妈的鞋子放到屋外以后，这是她第三次把死去亲人的鞋子放到屋外了。

爸爸的鞋子又大又黑，就像压在米塞心头的千斤巨石一般。爸爸死后，她立刻就把他的鞋子放到了花园门前，仿佛只有这样她的内心才能得到解脱。而妈妈的鞋子就像羽毛一样轻，妈妈的脚非常小，只穿 35 码的鞋。可能正是由于脚太小的原因，妈妈才不能及时地替孩子们分忧解难，她们家总是隔三岔五地就会发生不吉利的事情，甚至是死亡的惨剧。而今天早上，米塞放到花园门外的鞋子与爸爸、妈妈的都不一样。当她拎起维伊泽的鞋子时，仿佛感觉鞋里面仍然留有维伊泽身体的余温，就好像他根本就没有死，而是还待在家里的某个角落似的。也许是因为维伊泽死得太冤，而且太可惜了。虽然他的鞋子留有余温，但却再也没有人穿了。

米塞今天上午不仅把维伊泽的鞋子放在了花园的门外，也把对弟弟的所有感情都放到了门外。她还需要用几天的时间来整理他的其他遗物，把这些东西送给有需要的人。因为，活人居住的地方，是不需要保留死人的东西的。就这样，在短短两天之内，弟弟维伊泽和属于他的所有东西都离米塞而去。虽然谁也不能替代谁，但最近这些天来，她却特别希望自己的另一个弟弟——埃尤布能够回到她的身边，以此来慰藉她饱受创伤的心灵。她原本想着能在碧莱的房间里找到一些埃尤布用过的物品，可是却一无所获，于是只好百无聊赖地坐在床上，漫无目的地四处张望，那个放在门边的小手提箱再次进入她的视线，她十分好奇：那个箱子里到底装了些什么东西呢？可转念一想，她觉得随便翻别人的箱子是不应该的，于是就放弃了这个想法。接着，她发现床头柜上有个小笔记本，碧莱到她家之前，柜子上并没有这个本子，因此它一定是碧莱带过来的。她想，这个本子也许是工作记录本，也许是个地址簿，要不然就是个电话簿。总之，她没有认为这个笔记本有多重要，也不认为里面会有什么能够引起她重视的内容。可尽管如此，她还是毫不犹豫地拿起了这个本子，并随手翻看起来。

那是 1969 年的 9 月。内吉戴特经常偷偷跑到米塞房间的窗下，满心期待着与她的幽会。每当那时，米塞的心都会怦怦直跳，害羞得双颊泛红，但她却从未站到窗前来。她没有给内吉戴特一丁点的机会和希望。但内吉戴特似乎在苦苦地追求，且不愿放弃。如果两人在外面遇到，内吉戴特会直接向米塞表达爱意，说自己对她是认真的，他要和她结婚。尽管没有得到米塞肯定的回应，但这个执着的小伙子仍然两次委托自己的妈妈来米塞家求婚。但是米塞执意不同意，最后内吉戴特只好作罢了。尽管拒绝求婚也让米塞的内心十分痛苦，但她知道自己的决定是正确的。因为她根本就不能结婚，不管嫁给谁，她都只会给对方带来不幸。因此，她从未正眼看过内吉戴特，更别提其他男子了。一想到将来可能会与男人们上床，她就感到非常恶心。每次只要一想到这件事，她都要去好好洗个澡。她拼命地搓洗自己的身体，以至于都搓出了血，之后，这些伤口又都结了痂。她不仅要充当别人恶行的牺牲品，而且还要把这些没人愿意承受的恶行的印记都刻在自己的身体上。孤独终老，是命运对她的惩罚，也是她的命运使然，她只有默默地接受，接受命运对自己的嘲弄和摆布。当年她拒绝了内吉戴特的求婚，也拒绝了所有可能给她带来快乐和幸福的好事，她放弃了做母亲的权利，一切都准备听从命运的安排。她咬紧牙关，忍辱负重，默默地承受了一切。当然，她本身也并不想过这样的生活，只是她对命运无可奈何，她无力与命运抗争，也无法改变命运安排的一切。

1969 年 9 月，米塞拒绝了那个苦苦追求她的胆小青年，这也标志着她下定决心要孑然一身、孤独终老。正是在那个月，有一天，米塞在收拾埃尤布和维伊泽的生活学习用品时，无意中发现了一个埃尤布用过的笔记本。笔记本的第一页，是埃尤布用笨拙地字体书写的自己的名字。米塞聚精会神地看着埃尤布那歪七扭八的字体，仿佛是在欣赏一件艺术品。她的心中充满自豪，眼睛也湿润起来，就好像一个母亲看到了孩子满分的试卷一样。她久久地凝视着这片歪七扭八的字体，情不自禁地哭了很久，她也不知道自己为什么而掉眼泪，是埃尤布的笔记本？是她痛苦的过去？还是自己不抱任何希望、已经放弃了的未来？说来也很奇怪，即便是在今天，埃尤布的字体依然没有多大改变，他现在写的字，几乎跟当年一模一样。可米塞怎么也不能理解，埃尤布这么聪明的一个人，成绩这么好，可为什么写出的字却总是一塌糊涂呢。在她看来，可能是因为埃尤布的思维太过敏捷，所以写起字来飞快，因此也就舍弃了字体的美观。她甚至认为，这些歪七扭八的字体是埃尤布超强能力的象征。

当米塞翻开埃尤布的梦境记录本时，不禁想起多年前她对着埃尤布笔记本久久哭泣的那个夜晚。这么多年来，她曾经很多次从埃尤布的不同笔记本中见到过他写的这些字，而这蹩脚的字体和弟弟本人帅气的外表形成了鲜明的对比。米塞翻开记录本时，映入眼帘的仍然是那些匆忙写出的、蹩脚的字体，这个字体和她多年前对着哭泣的、埃尤布写的代表自己名字的那个字体一模一样，仿佛就是同一天，同一时刻，同一个孩子写出来的一样。米塞的眼睛突然闪出光芒，就像是一个长久遭受病痛折磨的病人，突然找到了治愈的良方一样。她的嘴角露出了微笑，满脸像花儿一般绽放。她感觉自己的心脏就像一匹脱了缰的野马，怦怦乱跳。

米塞是个内向且害羞的女人。私自闯入别人的房间、未经允许就乱动别人的私人物品，这绝对与她的人生信条不符。可是，当她发现了弟弟埃尤布用过的梦境记录本时，就再也忍不住要拿起来翻看，甚至忘记了应该得到碧莱的允许。她对埃尤布已经思念成疾，不断地回忆着弟弟的点点滴滴。在她看来，她才是这个笔记本真正的主人。她手握笔记本，眼前浮现出了弟弟用他那修长漂亮的手指在这个本子上写字的样子，她甚至用鼻子闻了闻这个本子，仿佛想捕捉到弟弟在本子上留下的气味似的，这个记录本就是她的，而不是别人的。本子中的内容对她来说毫不重要，不管是情诗还是借条，那又有什么关系呢？反正只要是弟弟用过的、写过的就行！对米塞来说，最亲爱的弟弟用过的这个记录本，简直就是自己痛苦心灵的极大慰藉。

因此，她迫不及待地开始阅读笔记本中的内容，没有感到一丝负罪和不安：

> “给我看病的医生认为，我睡眠不规律、爱做噩梦的情况分析起来非常复杂，因此，一定要对我夜间的梦境进行解析。他希望我把所做的梦都记录下来。这些梦不仅让我晚上心力交瘁，白天也搅得我不得安宁、苦不堪言。医生告诉我，要想摆脱这些噩梦的纠缠，就必须首先把梦境记录下来。于是，我遵从医嘱，专门到梅卡多纳超市买来笔记本，用来记录我的梦境。”

米塞看着看着，发现埃尤布写的这些东西有点不对劲。她发现理解这些东西根本就不费劲，很容易可以看出来，弟弟当时的情绪非常不好。米塞知道，弟弟之所以记录梦境，完全是心理医生要求他这么做的，而去看心理医生，非弟弟所愿。此外，她怎么也想不明白弟弟为什么要一字一句地记录下自己的梦境呢？看过这个记录本后，她知道，这个让她日思夜想、牵肠挂肚的弟弟虽然没有在现实生活中和她谋面，但至少在梦中和她相见了。米塞不禁苦笑起来。这个记录本仿佛让埃尤布对她敞开了心扉，让她知道了他的痛苦和伤心。她接着读下去，自己无尽的思绪伴随着弟弟的梦境，一起都回到了那遥远的过去。对于自己的痛苦，人们往往可以采取某种方式来麻醉自己，而要审视你所爱的人所经历的痛苦，则是一件很残酷的事。

对米塞来说，不仅看懂埃尤布的字体很费劲，要猜透这些蹩脚文字背后的含意就更不容易了。埃尤布小的时候，米塞就经常听不懂他说的话。要想弄明白他要表达的意思，需要连蒙带猜才可以。而现在，要想真正理解这个记录本中所写的内容，同样需要连蒙带猜。因为在记录的时候，埃尤布总是左右而言他，让人搞不清他真正想要表达的含义。他哭泣的时候，看起来却像是在笑；而他呜咽的时候，却突然会来上一阵大笑。因此，米塞开始怀疑埃尤布在这个本子上做记录的初衷。因为，本来他去找心理医生是想解决自己的心理问题，可根据记录的内容来看，他却好像是在捉弄医生；他根本就没有认真对待自己内心的痛苦和医生提出的解决办法，他就好像是在玩一个特别的游戏一般。事实上，这正是埃尤布本人的风格。米塞从记录本的内容得出结论，埃尤布回避的不是别人，正是他自己。他就像所有用心不专的人一样，选择对自己内心的真实感受视而不见。他根本就不愿意对这个小本子敞开心扉，全盘托出自己内心的真实想法和感受。

米塞一口气读完了埃尤布记录的第一个梦。多年以后，自己仍能进入弟弟的梦境中，这让米塞感到非常高兴。可另一方面，这些梦境中所记录的过去仍让她感到惊恐万分。从记录中可以看出，弟弟决定放弃与他们一家的血缘关系、离开这个生他养他的地方时，竟然表现得十分轻松，甚至是头也不回地就走了。这让米塞伤心欲绝。而与此不符的是，他竟然也记载了米塞对着紫罗兰花倾诉衷肠的事，这表明他并没有完全忘记家里的亲人。

米塞阅读的内容越多，内心就感觉越难过。那些埃尤布被噩梦纠缠的不祥的夜晚，同样也使米塞感到心情沉重。说来也怪，在记录梦境时，埃尤布的字越写越乱。那种歪七扭八的字体，几乎与刚刚读书认字的小学生没什么区别。米塞心想，也许是由于埃尤布记录得十分匆忙，因为他要赶在忘记梦境内容之前就把它们写下来。而与那些索然无味的梦境描写相比，相关的评论内容更能吸引米塞的注意力。与描写梦境内容的部分相比，评论部分的字体多少会更清晰一些，也更容易使米塞发现他心灵的“伤口”。他记录梦境时，就像一个麻风病人一般，不仅句子记录得断断续续，每句话的内容后面还要加上一些诅咒，让阅读这些内容的人，心情也随之变坏了。米塞想，碧莱看过这个记录本中的内容了吗？如果她看过，那么对于丈夫描写的有关她自己的那部分内容，她又会持何种态度呢？她会嫉妒那些在记录本中出现过的其他女人吗？她的内心深处是否因此产生了创伤呢？米塞突然想起碧莱此时应该又是出去寻找自己的丈夫了，这个可怜的外国女人，她还在因为丈夫的失踪而担惊受怕，饱受折磨。她是带着伤痛阅读这个记录本吗？她又想在这个本子中寻找到什么呢？

在米塞看来，埃尤布做的每一个梦，都能让她发现一些以前她所不了解的关于弟弟的情况。埃尤布在梦中的形象，一会儿是个她从不相识的男人，一会儿又是那个她十分熟悉的小弟弟。当看到他和维伊泽之间爆发"冷战"的那部分记录时，米塞不禁感到十分伤心。从孩提时代起，他和哥哥之间那种小肚鸡肠般的误会、甚至是"冷战"便不断加剧。他们两人都害怕见到对方，故意回避对方。他们之间的隔阂因为缺少沟通和关爱，变得越来越深。这种积怨又让俩人之间的关系变得相当冷淡。维伊泽认为埃尤布自私卑劣，而埃尤布则认为维伊泽是小人，不可理会。兄弟俩人由于都害怕被对方拒绝，所以均放弃了向对方主动示好的机会。可现在，他们一个失踪，一个去世。既便埃尤布现在想和哥哥重归于好，也只能是一场空了。恐怕人世间最痛苦的事莫过于此了……

米塞发现，埃尤布起初的记录有些心不在焉，到后来慢慢变得严肃起来。起初荒诞不经的记录，最后却变成了痛苦的回忆。当读到母亲准备晚餐的梦时，她吃惊地发现，埃尤布竟然在梦中感到那样地绝望和无助。事实上，家里人一直都很宠爱埃尤布，任由着他的性子，说他是在"蜜罐"里长大的一点都不为过。特别是米塞，她一直就把他视为自己的孩子，而不只是个弟弟。现在米塞才明白，她所能给与埃尤布的不成熟的"母爱"，对埃尤布来说是远远不够的。虽然宠爱有加，但仍使埃尤布感觉自己游离于这个家庭之外。于是，他就抛弃了那个梦中对他视而不见的、温暖的家。米塞不禁开始检讨起自己来：难道在现实生活中，包括她在内的家庭成员，真的在无意间把埃尤布排斥在外了吗？可事实并非如此啊，他们一直是对埃尤布呵护有加、把他视为掌上明珠的啊！难道埃尤布觉察到，家里人一直有秘密瞒着他吗？可这种隐瞒，是为了不使他遭受伤害，是爱护他，故意不让他卷进来的啊！

埃尤布的梦境记录使米塞陷入对过去的痛苦回忆中，她的内心被一种奇怪的恐惧所笼罩。当看到弟弟为了回忆梦境、分析梦境而寻求医生的帮助，并且有了一些好转时，她的内心却没有感到丝毫的轻松。恰恰相反，她的心里越来越紧张。她认为，他之所以回忆不起梦境，是由于他做过的梦根本就是他们家里隐藏着的罪恶的现实，因为害怕触碰现实他才不愿回忆。根据梦境记录，埃尤布曾经把他做过的梦告诉过妈妈，那恰好说明他确实在现实生活中看到了什么。尤其是，埃尤布记录的梦境，从头到尾都与他孩提时代的回忆紧密相连。米塞心中疑问的“种子”不断生根发芽：弟弟一定是在梦境的掩护下回忆过去的。尽管这看起来有些神秘，但可以看出他更喜欢沉浸在过去。

一人千面。由于看问题的目的和视角不同，不同的人对同一个人的认识往往会截然相反。在你的眼中，一个人也许是天使，而这个人到了别人那里，可能就是魔鬼。当米塞读到埃尤布和爸爸在一起的梦境记录时，她不禁得出了这样的结论。在埃尤布的印象中，爸爸是一个可以让人信赖、依靠，并且宽厚的人。在埃尤布被整个家庭排斥在外的时候，唯一接纳他的那个英雄式的人物就是爸爸。可埃尤布的姐姐和哥哥却和他的想法截然相反。因为在他们的印象里，爸爸雷凡特·巴赫利耶根本就是另外一个人，一个十恶不赦的人。

在梦境记录本中，埃尤布曾提到和爸爸在伸手不见五指的夜晚共度危险。可他并不知道,真正的危险就是爸爸本人。为了让他免受爸爸的伤害,米塞他们一直把他排斥在家庭之外。埃尤布并不知道,他和姐姐、哥哥其实是一条绳上的蚂蚱,他们曾面对共同的危险。可当时他还小,根本分不清谁是凶手,谁是暴君,谁是牺牲品,谁又是英雄。如果他真的懂得了这些,也许他会更早地离开这个家、远走高飞的。可现在,又是什么把他带回了这个他曾经一心想要离开的城市呢?难道他身后又隐藏着什么需要躲避的危险吗?仅从梦境记录来看,埃尤布的确只是思念故乡。他回忆过去越多,对故乡的思念就越强烈。尽管如此,也许促使他回国的原因并不是他对故乡的思念,而是米塞对他的思念。也许正是她对弟弟的日思夜想,才最终把弟弟唤回到了自己身边。她的好友阿达拉不是曾说过吗,所有的坏事和好事都是人自己念叨出来的。米塞不同意阿达拉的观点。因为她深有体会:一些不好的事情,就算你自己不去想,也会主动送上门来的。而且,经历了这些坏事的人,还要自责一辈子。按照阿达拉的观点,一个人所经历的事情都是自找的,那么弟弟埃尤布饱受心中痛苦的煎熬、爸爸对她残酷地施暴,难道都是她经常念叨的结果吗?想到这里,她不禁恨得咬牙切齿。

米塞的内心怒火中烧。她当然念叨过自己的爸爸,可因此而带来的痛苦不仅降临到了她的头上,还让她的弟弟埃尤布也深陷其中、不能自拔。如果埃尤布没有深陷痛苦,那么他们家那应该永远被隐藏起来的秘密怎么会堂而皇之地出现在了埃尤布的梦境记录本上,又被碧莱这样的外人看到了呢?这让她感到了无尽的痛苦。米塞心不在焉地继续翻看着记录本,她全身颤抖,快要窒息。当她读到埃尤布记录的那段,有关她、维伊泽和妈妈一起谋杀爸爸的梦境记录时,她感到难以呼吸,就像一个濒临死亡的动物一般。她已经不能控制自己的情绪,她的心中充满了极大的羞耻和罪恶感。米塞又把谋杀事件之后的梦境记录看了一遍,她甚至是一口气读完了这个本子上的所有内容。她痛恨自己当初为什么没有自杀。她曾经以为,维伊泽死后,就再也不会有人知道她的耻辱了。可看过埃尤布的梦境记录后,她发现,自己的小弟弟埃尤布竟然也见证了谋杀事件的整个经过!

以前,米塞一直想不明白埃尤布为什么要离家出走,她甚至为此想出了十几个理由。可她怎么也没料到,他和她居然是在躲避同一个噩梦。噩梦发生的时候,埃尤布的年纪很小,他根本分不清现实和幻象之间那细如发丝般的区别。正是由于分不清现实和虚幻,埃尤布的内心才产生了极度的不安,于是他做出了选择,决定永远离开这个家。埃尤布因此而陷入了梦境和现实的双重折磨之中,他不知道应该如何面对过去,他究竟是应该忘记它们,还是应该彻底搞清楚它们!这些纠缠不清的事情在他的内心愈演愈烈,于是便产生了那些噩梦。可记录这些梦境很难,每天早上当他从睡梦中醒来,他几乎想不起自己在梦境中看到和听到的一切。即使是这样,他也无法消除这些梦境带给他的恶劣影响。不论白天还是黑夜,他始终都得不到安宁,清晨从极度不安的梦中惊醒是他的家常便饭。于是他最终决定,要找到回忆起这些梦境的方法。他想方设法去回忆这些梦,却发现自己被卷入了家族中不可告人的丑恶秘密之中。而米塞多年来内心饱受的痛苦折磨,也都源自这个秘密。

那个丑恶秘密发生的晚上,家人在二楼靠近楼梯的围栏旁边发现了埃尤布。他蜷缩在地毯上,就像一只小小的蜗牛。他额头很烫,发着高烧。家人赶紧把他抬到床上,他们相互嘀咕着,搞不清他是否看到了昨晚家里发生的一切,他们断定这个孩子什么也没看见。如果真的看到了什么,他能这么悄无声息地在楼梯边睡着吗?而且,当他第二天醒来后,也没有做出任何异常的举动。即便是爸爸已经去世的消息,也是他在第二天醒来之后才知道的。他的发烧持续了整整三天,三天中一直没下床。而且,他曾把有关这个晚上发生一切的梦讲给妈妈听,米塞对此竟一无所知。妈妈从来都没有跟米塞谈起过这点。大概妈妈不想扩大这件丑事的影响。妈妈以为埃尤布会相信那晚所有发生的一切,只不过都是他做的一个梦,并且告诉他,不要向任何人提起。妈妈天真地以为仅靠这样就能解决埃尤布的疑虑与困惑。当时,埃尤布竟然对妈妈的话信以为真,他真的认为这一切只是一个梦而已。而多年以后,他以为自己早就忘记了这个梦,并把它锁在了记忆的最深处。就像所有那些无法告诉别人的梦境一样。

米塞一边读着埃尤布的梦境记录本,一边不停地哭泣。此时此刻,她仿佛置身于梦境和现实的交界处,置身于过去和现在的连接点,置身于地狱和天堂之间!当房门被轻轻推开,发出“吱吱”的声音时,她停止了哭泣,快速把记录本藏到身后。在未经碧莱允许的情况下,她私自翻看了埃尤布的梦境记录本。她感到非常羞耻,甚至想把这个本子销毁。看到站在门口的碧莱满脸惊诧时,她的大脑在飞速旋转:碧莱到底有没有看到有关家庭秘密的那部分内容呢?一时间她不知所措,呆呆地停顿了几秒钟。可她马上觉得隐藏起记录本毫无意义,于是就放弃了这个想法,她把记录本拿到胸前,仿佛进行了一次最坏的诅咒一样,要努力战胜内心的羞耻,她提高嗓门问道:

“你看过这个记录本吗?”

碧莱十分惊讶,支支吾吾地回答道:

“是的,我正在看。”

“那么,你看了多少?全都看完了吗?”此时,米塞原本不安、烦躁的语气变得像是在乞求一般,仿佛希望听到对方回答“我还没有看”。碧莱无法理解米塞此刻的心情,她紧张地说道:“我还没有完全看完,可就快看完了,已经接近尾声了。”回答完米塞的问题,她又有些不好意思地问道:

“你为什么要问这些呢?”

米塞没有心思回答碧莱的问题,她只是想打消自己的疑虑。因此,没有正面回答碧莱的问题，接着问道：

“你最后看到哪段梦境了？“

听到这个问题，碧莱的脸色一下变得煞白，她不由得向后退了一步。因为米塞咄咄逼人的态度让她感到很不舒服，甚至是有些害怕。

此时米塞感到异常的无助，就像是一个无药可救的、濒死的病人一样。她用双手捂着脸，不想让任何人看到她的痛苦，她一边歇斯底里地哭起来，一边不停地问：

“不管怎样，请你回答我！你到底读了多少？你读了多少？到底读了多少？”

*

我在伊斯坦布尔的家里，在我还没上寄宿学校之前，和姐姐一起睡觉的房间里。半夜时分，伴随着“吱吱”的开门声，我睁开了双眼，睡眼惺忪地依稀看到门口站着一个巨大的黑影，我害怕极了。那个黑影慢慢地向屋里移动，当他走近我时，我发现这个黑影原来是爸爸，于是我紧张的心情放松下来。爸爸并未发现我已经醒了，正盯着他看。他蹑手蹑脚地来到姐姐的床头边，推了推一直蒙头大睡的姐姐的肩膀，把她摇醒。姐姐惊恐地瞬间坐了起来，如瀑布般的长发一下子从她的肩头散落开来。爸爸转过身，拉着姐姐向房门外走去，还时不时地回头查看，生怕姐姐跑掉似的。姐姐则低垂着脑袋，不情愿地跟在他后面，就像一个小小的幽灵一般跟随着爸爸，在他身后迈着沉重的脚步。发现屋子里只剩下我一个人的时候，内心迅速被极大的惊恐所占据。我在半梦半醒之间，大喊着“姐姐”。听到我的叫声，姐姐马上跑回我的身边，她把我抱起来哄睡。可我怎么也平静不下来，她必须完全躺在我的身旁，我才能够继续睡下去。爸爸站在门口，看着我们，没过多久他就离开了。

我们能够听到他走路发出的清晰的脚步声。可他并未回到自己的房间，而是走到旁边哥哥的房门口停了下来。在我再次睡着之前，我听到爸爸打开了哥哥的房门，我非常害怕，紧紧地抱着姐姐米塞。

当我再次醒来的时候，姐姐正坐在床上梳着头发。我看到她的肩膀在不停地颤抖。窗户开着，一阵风吹进来，窗帘随风起伏，像孕妇上下起伏的肚子一般。花园中的树枝拍打着窗户。姐姐的肩膀仍然在不住地颤抖，她在梳着头发。

我终于醒了，我要是醒不过来该有多好啊！

13. 碧　　莱

请抓住我那颤抖的手，
把这个家和所有这一切都忘记，
让我们一起仰望天空，期待未来的恩赐。

——图尔古特·乌亚尔
《观天亭》

看着米塞歇斯底里的样子，碧莱不禁目瞪口呆，她站在门口一动不动。由于亲爱的弟弟突然去世，眼前这个可怜的女人，她的内心世界已经濒临崩溃。从昨天开始，她就一直在竭力维持着内心的坚强，可到最后却功亏一篑，终于爆发出来。碧莱理解并同情面前这个可怜的女人，可是未经允许就进入她的房间，这种怪异的举动她却怎么也不能理解。米塞为什么要进入她的房间呢？他们家发生的所有这一切与埃尤布的梦境记录本又有什么联系呢？是什么让米塞的情绪这么激动，难道埃尤布在记录本里真的写了什么不可告人的秘密吗？从她已经读过的内容来看，埃尤布确实写了一些让米塞颜面扫地的事情，可米塞看起来本应该是性格内敛的人，喜怒从不挂在脸上，就算心里波涛汹涌，表面上也会装做风平浪静，而不是像现在这样，仅仅因为伤心就发这么大的脾气。

碧莱踌躇着走到了正在哭泣的米塞身边，努力表现出一副关心的样子，问道："你怎么了？我不在的时候，这里发生了什么吗？"

"发生了很多。"米塞泪眼婆娑地简短答道，随后，又是一副欲言又止的样子。接下来的时间里，米塞的泪水一直就像断了线的珠子一般，不停地往下落。一个冷静内敛的人不可能永远保持冷静。米塞也一样，她也是个有血有肉的人，因此在某些时候失去理智在所难免。如果内心的痛苦已经堆积如山，那么一定会在某个时刻爆发出来，就像炸裂的玻璃杯一样。如果不这样，米塞也许就会被自己的痛苦所淹没和吞噬，并最终被击倒。碧莱一直在等待米塞安静下来。她看到米塞浑身疲态，动作迟缓，整个人苍老了很多。米塞的双肩一直在不停颤抖，止不住地哭泣，就像一个可怜的小女孩一般。看到这种状态，碧莱多么想立刻就给予她一些安慰和温暖啊，可她知道，此时此刻，任何的语言和动作都会显得苍白无力。虽然不知道米塞会对她的安抚做出何种反应，但碧莱还是忍不住把手放在米塞的头上，轻轻抚摸起来。为了让对方不至于感到不舒服，碧莱的动作尽可能地轻柔。米塞痛苦万分，碧莱温柔安抚，两人就这样默默地待了一会儿。两个原本陌生的女人，虽然没有任何语言和眼神上的沟通，但由于彼此身体紧紧相靠，依然实现了内心的交流。米塞感受到了多年以来从未感受过的关爱，她慢慢张开紧闭的嘴唇，就像一扇已经生锈的大门缓缓打开一样：

"看来，埃尤布之所以离开我们这么多年、远走他乡并非没有原因啊！"米塞一边尽量忍住哭泣，一边用沙哑的声音继续说道，"他确实知道了一些我们家族的秘密，可又没有完全了解这些秘密。因此，他在不完全知情的情况下，试图把这些秘密隐藏在内心深处。唉！如果他不会来探究秘密的真相该多好呀！他还像以前那样，身在异乡，过着无忧无虑的生活该多好呀！可现在，他回到家乡，一旦知道了真相，一定会无法承受的！”

“米塞，你为什么要这么说呢？”碧莱用几乎撕裂的声音对米塞说。

此时的米塞仿佛已经万念俱灰，她平静地答道：“你看，其实你也想知道这个秘密。人们的猎奇心理为什么这么强烈呢？可他们并不知道，一旦知道了秘密，根本无法承受相应的后果，而且还要被秘密所控制，成为它的牺牲品。你看，埃尤布为了破解秘密，付出了如此惨痛的代价，难道他可以抵挡得住这些代价吗？”

碧莱努力地思考着米塞所说的话的含意，可是却怎么也想不明白。她试图从米塞的表情中寻找到一丝线索，但也失败了。她能感受到，面前这个女人承受了太多的痛苦，她需要宣泄，如果米塞能够吐露出自己的心声，也许会好受一些。而且，说不定她可能还会从米塞吐露的事情中找到寻找埃尤布的线索。

“你和我说说吧！”碧莱用柔和、信任和平静的语气问道，就好像在给米塞作催眠一样，“你讲出来吧，也许我还能帮助你。”

“帮助我？”米塞苦笑着重复道。她就像一只受伤的、垂死挣扎的困兽一般。可紧接着，她脸上苦笑的表情消失了，换上了一副令人惊讶的、镇定且平和的表情，就像一只破茧成蝶的虫蛹一般。她把碧莱想知道的事情原原本本地讲述出来，而所有这些事情正是她这么多年来一直试图忘记的，就像把苦水从一个杯子倒进了另一个杯子。

讲完之后，米塞就像恐怖小说中，在墓地里游荡的孤魂野鬼一般，慢慢地走出了碧莱的房间。碧莱此时脸色煞白，心脏怦怦地剧烈跳动着。在米塞讲述的整个过程中，碧莱没插一句话。米塞讲述的内容在碧莱的心里荡起了惊涛骇浪，她感到自己的大脑极度混乱。由于讲述的内容太过沉重，米塞在不停讲述的过程中，甚至都没有抬头看碧莱一眼。因为讲述的秘密让米塞自己都感到恶心，使她再次坠入痛苦的深渊。不过米塞相信，今天把这个秘密和盘托出以后，她今后就再也没有什么需要隐瞒的事情了。她撕心裂肺般地讲述着，仿佛想要尽快从这个深深的痛苦中解脱出来一般。

米塞把她们家的丑恶秘密一股脑儿的全部讲述出来。她对碧莱说，她曾经经历过炼狱般的痛苦：爸爸经常在半夜潜入她的房间，对她进行骚扰。而每当这时，母亲总是“沉睡不醒”，仿佛对女儿房间里发生的事情一概不知似的。爸爸对米塞的骚扰持续了很多年，每当半夜，当她听到房间外传来爸爸拖鞋发出的声响时，内心都感到极度的紧张和惊恐，直到清晨时分，仍然惊魂未定。

埃尤布在上小学之前，一直和姐姐同住在一个房间。因此，每当半夜时分，爸爸潜入她的房间后，总是先把她叫醒，然后再把她领到客厅。爸爸就是在客厅对她做出那些为人所不齿的罪恶行为。可是有一天晚上，当她跟在爸爸身后向客厅走去时，埃尤布却醒了。由于害怕，他呼唤着姐姐。米塞便借口照顾弟弟立刻逃回了自己的房间，同时，她竖起耳朵倾听着爸爸的动向。爸爸本应该转身下楼，但他却没有这样做，而是进入了隔壁维伊泽的房间。米塞惊呆了，她想跑过去帮助自己的另一个弟弟。可是与那个禽兽一般的爸爸相比，她是那么的弱小和无能为力。况且在这个家中，不仅仅是她无力与爸爸抗争，实际上根本没有一个家庭成员可以与他抗争，就连妈妈也不例外。也许正因如此，每到半夜，妈妈都会沉沉地“睡去”不愿醒来。

从那个夜晚开始，维伊泽和姐姐拥有了相同的痛苦命运。而米塞除了恐惧和痛苦地蜷缩在床上，祈祷真主保佑埃尤布不要遭受那个“畜生”的骚扰以外，没有任何其他的办法。之后的夜晚，那个“畜生”的拖鞋声，不是停留在米塞的房门口，就是停留在维伊泽房门口。那些年是米塞的身心最受煎熬的时期。每当听到爸爸的拖鞋声临近时，她都祈祷那个“畜生”不要进入自己的房间，可每次听到拖鞋声进入维伊泽的房间时，她又为自己自私的想法感到深深自责。就这样，米塞变得越来越沉默寡言，而维伊泽那张天真无邪的脸也渐渐失去了原本的光彩。更可怕的是，她发现埃尤布看她的眼神，似乎也开始带有一些异样。她明白，埃尤布似乎也已经知道了夜晚所发生的一切，每到夜晚，他也在战战兢兢地等待着噩运的降临。尽管三人心照不宣，但彼此之间却从不提及夜晚发生的那些可怕的事情，就连相互暗示也没有。生活就这样继续着，三个孩子就在这种无尽的苦难和恐惧中慢慢长大。

那个该死的“畜生”可以很轻松地造访维伊泽的房间，而到米塞的房间就没那么容易了。他担心把爱吵闹的小埃尤布吵醒，只好命令米塞和他一起到客厅去，在那里的三脚长椅上实施那些令人不齿的行为。就是在那个椅子上，米塞曾无数次地祈求真主，让妈妈快快从睡梦中醒来。她甚至曾经想到过，如果此时家里能被洪水、大火或是地震所吞噬该有多好啊！米塞无数次地祈求真主，要是妈妈能醒过来该多好啊，哪怕只是醒一次呢！可妈妈总是把头深深地埋在枕头里，即使头上响起隆隆的雷声，她也根本醒不过来。米塞还祈求道，哪怕妈妈能起来去趟厕所呢？说来也奇怪，妈妈在晚上从不去厕所。米塞也曾想过大声地把妈妈喊醒，可是她却不敢这样做。如果这样做了，会让妈妈颜面扫地的，妈妈要是找她的麻烦可怎么办呢？如果妈妈不相信她的话呢？因此，她的妈妈哈菲兹女士，就像一头冬眠的母熊一样，一年到头总在睡觉，从来不醒。有一天晚上，维伊泽做了一件姐姐不敢做的事，他鼓足勇气来到妈妈的房间，用手指把妈妈捅醒了。从那个晚上以后，她们的妈妈再也没有睡过一个安稳觉，而她的丈夫却在那个夜晚沉沉地睡去了，且永远也没有再醒过来。

从那个夜晚开始直到现在，由哈菲兹、维伊泽和米塞组成的“悲惨同盟”，一直对那天晚上发生的一切守口如瓶。确切地说，是米塞一直以为那些秘密没有被泄漏。爸爸死后，妈妈、维伊泽和米塞都不愿再提起这些丑事。他们都希望这些见不得人的事情可以随着时间的流逝而烟消云散。可这件事已经刺痛得深入到他们的骨髓，尽管已经过去多年，他们仍然在诅咒那个该死的“畜生”爸爸。这如同地狱一般的可怕经历让他们都感到痛苦万分，无法解脱。

米塞的讲述，让碧莱的脑海中呈现出一幕幕可怕的场景，就像放恐怖电影一般。她的耳畔“嗡嗡”作响，眼睛里充满了恐惧。她紧咬着嘴唇，不知该对米塞说些什么。她不禁自问：埃尤布对这个家庭里所发生的一切究竟知道多少呢？他是因为这个原因才离开这个家的吗？而这个家所发生的一切，与他抛弃自己有什么联系吗？碧莱没有就此向米塞提出任何疑问。随着米塞的讲述，她心中的谜团也一个个地被解开了。就连埃尤布执意不买三脚椅的原因也真相大白了。

米塞像一台上足了发条的机器一样，一刻不停地对碧莱讲述着她们家那个不可告人的秘密，这也是她有生以来第一次对外讲出这个秘密。在讲述的过程中，时间仿佛停滞了一般。屋子里只有她在讲话，她说的每一个字都像射出枪膛的子弹一般撞击在白色的墙壁上不断发出回响。实际上她讲了很长的时间，可由于在讲述的过程中完全没有停顿，因此又让人觉得她仿佛在瞬间之内就讲完了。家庭里的秘密如此迅速地真相大白，以至于碧莱都没有时间去仔细回味整个事件的细节。事实上，向别人讲述自己内心的痛苦以及去理解别人的痛苦都不是一件容易的事，而只是倾听别人讲述痛苦，就非常容易了。那面白色的墙壁仿佛在不断地催促米塞，“再讲多一些吧，再讲多一些！”其实米塞根本就不愿意讲出这些不堪回首的丑事，可她又不得不讲，她甚至希望听她讲述的人最好什么都听不懂。而此时，碧莱也感到内心慌乱、不知所措，她想堵住自己的耳朵、不再听这些可怕的秘密，她甚至想让自己变成一个聋子。

米塞把隐藏在内心深处的秘密一股脑地讲了出来，碧莱则一边倾听一边哭泣。之后，米塞把捧在胸前的埃尤布的梦境记录本递给了碧莱。她想让碧莱明白，她为什么直到现在才把家里的一切秘密讲出来。之后，她起身走出了碧莱的房间。她刚才讲述的痛苦经历所带来的令人窒息的气氛在房间中弥漫开来，仿佛连空气中都飘散着一股难闻的恶臭。

此时碧莱的内心五味杂陈。四周白色的墙壁有多么洁白和光亮，那么它的背后就有多么的肮脏和骇人。但她仍然不明白米塞所讲述的这一切究竟与埃尤布的梦境记录本有什么关系。从她最近读过的埃尤布的梦境记录来看，他记录了一些过去的回忆。或许自己还没有读到的记录内容与米塞的讲述存在一定的关系。可自己是否做好了知道真相的心理准备呢？其实她并不想知道的太多，因为秘密会像传染病一般影响那些知道秘密的人。于是，她打开了记录本，从上次读到的部分继续读起来。

当碧莱把梦境记录本剩下的所有部分读完时，她感到眼前天旋地转，内心充满了怒火。在来伊斯坦布尔的飞机上，她刚开始阅读这个记录本时，只不过认为这是一个孩子般的恶作剧而已，但却怎么也没想到，自己的秘梦追踪之旅带来的结果却是如此可怕。她原本以为，埃尤布做过的梦和其他人也没什么区别：无非是从高处坠落，或是明明张嘴说话却发不出声音之类的。她一直猜想埃尤布的童年或许并不幸福，但却怎么也没想到他的童年竟是如此的不幸。就好像每个人都相信噩运只会降临到别人头上一样。

碧莱满腹怨气地再次打开了梦境记录本，就像是要去斥责一个让她伤心的老朋友一般。直到现在她才明白，埃尤布刚开始记录的那些表面上波澜不惊、平淡无奇的梦境，其实都是内部在暗流涌动，给后来家里发生的惨剧早就埋下了伏笔。可即便是能够找到一些蛛丝马迹，她也不能把它们组成一个完整的故事。以自己的土耳其语水平，就算她想认真地阅读记录，她也并不能完全看懂，更何况她根本就不想去研究这些记录，而且在她阅读的过程中，还经常会随意地漏看很多内容。记录本中的最后一个梦境，已经超出了做梦的范畴，同时也透露出了埃尤布在性格上的许多缺陷。碧莱暗自感叹道：我可真幼稚啊！这么多年来，竟然没有对埃尤布从不回老家这件事产生过任何怀疑，居然还认为这是很正常的事。直到现在才彻底明白，原来这背后竟然还隐藏着一个谁也不愿触碰的惊天秘密，自己真是天底下最傻的人了！世界上所有的事物都不是偶然存在的，偶然的背后总是存在着必然性。知道了这个道理，就可以非常容易理解埃尤布没有把梦境记录本带在身边，又让碧莱很轻松地找到它的原因了。埃尤布是因为对老家的那个秘密难以启齿，而故意把记录本泄露给碧莱的吗？可他为什么不直接把这个秘密讲给她听呢？难道这个秘密讲起来那么难吗？碧莱转念一想，如果这种事情发生在自己身上，她能神情自若地讲述给别人听吗？她又会如何面对这件事呢？她想想就觉得很可怕，于是决定马上放弃这种假设。如果埃尤布完全是因为想破解家里的秘密才来到伊斯坦布尔，那么他就有可能对自己的妻子羞于启齿，因此才不辞而别。

由于埃尤布没有在记录的梦境上标注日期，因此碧莱并不知道他的最后两个梦是何时做的。但据她猜测，这两个梦境记录的时间应该是最近一个星期内的事情。因为在这段时间内，埃尤布经常在书房中工作到很晚，整个人看上去非常疲惫不堪。埃尤布解释说，他是在忙着为一家购物中心制作装饰画，可显然这个可怜的男人之所以如此疲惫，其实并不完全是工作的原因。因为记录了心灵最深处的痛苦和秘密，他的内心世界其实早已波涛汹涌，可在外人面前，他又不得不装作若无其事的样子。可如果他自己不肯说，又有谁能知道他心里的真实状况呢？一个人在内心极度痛苦的状态下，当然会想要自己独处。他会想去做一些特别的事情，比如回到家乡去寻找过去的印记，或许还会去找相关的人算算旧账呢？可他会去找谁算这笔旧账呢？

碧莱躺在床上想沉沉地睡去。也许只有这样，才能让她那颗痛苦的心得到片刻的放松。关于丈夫的秘密，她知道得太迟了！如果她根本就不知道这个秘密该有多好啊！现在，每当她闭上眼睛，所有的痛苦都会一股脑儿地涌上心头。有时，她会看到还是一个小姑娘的米塞惊恐绝望地跟在爸爸的身后朝客厅走去；有时，她又会看到埃尤布正在透过楼梯的扶手，偷看家人联合起来亲手杀害自己的父亲。从某种意义上说，埃尤布是幸运的，他只身逃离了这个残害他哥哥和姐姐的巨大“魔窟”。可米塞就应该永远被“囚禁”在这个“魔窟”中，伴随着这些不堪回首的痛苦记忆，度过自己的余生吗？就连见证米塞遭受蹂躏的、客厅中的那把三脚椅都“逃离”了这个家，而米塞却还一直待在这里。她一直待在这个四壁洁白的“牢笼”里，直到死亡。可是她在死后，甚至还要被埋葬在家族的墓地中，和那个“畜生”爸爸葬在一起！碧莱想，米塞的命运真是太悲惨了。世人谁也不应该是这种活法和死法啊！想到这里，她痛苦地、慢慢地闭上了双眼……

半夜时分，碧莱梦见自己身处一个伸手不见五指的黑井中，埃尤布陪伴在她身边。他们用尽了全身的力气才从井里爬到地面上。埃尤布对她说：“你就在这儿等着我，等我办完了事就回来找你。”之后，碧莱梦见自己又站在了圣塞巴斯蒂安(西班牙北部的海滨城市)大教堂后面的广场上，当时她正在和其他的人一起观看砍木头比赛。这个比赛是巴斯克人最喜欢的民间体育活动之一，碧莱小的时候经常和伙伴们一起去看砍木头比赛。碧莱兴奋地观看着选手们拼命地用斧子砍木桩，仿佛又回到了自己美好的童年时光。参加比赛的1号、5号两位选手实力超群，遥遥领先。他们两人实力相当，正在激烈地争夺着比赛的冠军。碧莱仔细观察了1号选手的表现，他满脸怒气，手中的板斧甩得像车轮一般，嘴里还不时地吐着唾沫，碧莱一点儿也不喜欢他。与之相比，5号选手显得既坚定又有耐心。由于他的脸贴近木桩，所以碧莱看不清他的模样。尽管如此，碧莱仍然决定要为5号选手加油。5号给所有在场的观众传递了坚定的信念和力量，他每砍一下都要停顿片刻，好像在心疼被他砍"破了相"的木桩一般。他的表情也仿佛在告诉观众：我本来不想与人争夺，可既然来了，就一定要赢得这场比赛。碧莱似乎知道5号选手心中所想的一切，她的心里也一直在为5号加油。在比赛的最后关头，1号和5号双双跳到了属于各自的最后一个木桩上面，二人谁先把脚下的木桩劈成两段，谁就将赢得比赛的最终胜利。比赛随之也进入了最高潮，时间仿佛凝固了一般，在场的观众们屏住呼吸，赛场上只能听到斧子劈在木桩上发出"砰砰砰砰"的声音。碧莱此时紧张极了，她不由自主地闭上了眼睛。随着终场的哨声响起，现场爆发了雷鸣般的掌声。碧莱睁开眼睛，她首先看到了气急败坏的1号选手。她知道，肯定是自己喜欢的5号选手夺冠了，她高兴地尖叫起来。恰好这时5号选手跑到了她的面前，当她看到这张之前一直被木桩遮住的脸时，一下子惊呆了。她认识这个男人，他正是她多年以来一直想念的人。她一下子从看台上跳了下来，想和他来个深深的拥抱。5号选手此时也张开了双臂，把她紧紧地抱在怀中。"安德尔叔叔！"她用胳膊搂住5号的脖子说道，"您看，我都已经长大了。"

当碧莱睁开眼睛的时候，已经是早晨七点钟了。她起身坐在床上，后背倚靠着墙壁，努力回忆着梦境中安德尔叔叔的脸以及叔叔把她举在半空中紧紧拥抱的难忘瞬间。同时，她的眼前还浮现出了那些摆满木桩的比赛场地以及跟她一起观看比赛的孩子们的画面。不过，所有的画面突然全部消失了。于是，碧莱试图再次回忆起这个梦、特别是梦中与安德尔叔叔有关的情景。碧莱突然想，她也应该像埃尤布一样把做过的梦境记录下来，这样就可以永远保留那份美好的回忆了。这个想法虽然好，可是应该把梦境记录在哪里呢？埃尤布的梦境记录本就放在床头，可是碧莱并不想再去碰它。她只好匆匆去翻自己的手提箱。她想在那里可能会找到一张白纸。无意间她发现了魏赫比送给她的红色封面的小本子。她把这个本子拿到自己面前，似乎一下子想起了什么，她的身子不由自主地向前倾斜了一下：发现自己竟然忽视了首次与魏赫比见面时的一个细节。当她回想起昨晚米塞对她讲述的一切时，仍然感到异常痛苦，根本就无法静下心来去记录自己的梦境。如果她能继续沉浸在梦中没有醒来、没有回忆那该有多好啊！她拿起魏赫比送给她的红色小本子，漫不经心地翻起来，突然一张名片从中滑落下来。她随意地瞥向这张名片：帕拉·帕拉·帕拉斯酒店，厄兹塞尔路，埃尔万大街 7 号，贝亚泽特[①]。

碧莱看了看这张名片，上面写的"帕拉斯"似乎是一家店的名字，她好像在哪儿听说过。经过思索后她找到了答案，想起刚和魏赫比认识时，他似乎对她说过要去拜访这家酒店，他甚至还拿酒店的名字开起了玩笑。之后，碧莱又想起魏赫比送给她的这个红色小本子，好像只是魏赫比随手从书包中翻出来直接送给她的，并非预先设计好的。也就是说，这张酒店的名片出现在这个本子中也只是一个偶然，只是魏赫比疏忽了而已。可她又想起了伊尔哈姆昨天对自己说过的话。难道他没告诉自己魏赫比有可能知道埃尤布的下落吗？难道他没说"魏赫比不是那种对朋友漠不关心、冷血无情的人"的话吗？难道她今天没有怀着希望想去找魏赫比谈谈有关埃尤布失踪的事吗？可为什么魏赫比送给她的小本子中会滑出一张酒店的名片呢？这其中是否暗藏着什么玄机？碧莱努力地回忆着魏赫比当时把这个本子送给她时的场

① 隶属于伊斯坦布尔的一个区。

景。当时，她正准备和魏赫比告别，而魏赫比在分手的最后一刻把这个红色的小本子送给了她，看起来他好像还对这个小本子有些不舍。在送出它之前，他在自己的背包里找了好一阵。碧莱仔细地回忆着当时的每个细节，就好像在看电影回放一般，不想放过任何蛛丝马迹。她在多年前曾经读过一本书，书中说人类的大脑可以储存海量的场景信息，只不过人类自己并没有察觉。就像埃尤布一样，他的大脑里其实储藏了大量的信息，有些信息的存在甚至连他本人也没有察觉，只要他愿意，就有可能回忆出这些信息。因此，碧莱努力地回忆着魏赫比送给她红色小本子时的情景细节，可她就是办不到，无论如何也记不清了。魏赫比当时把手伸进背包中，拿了一个红色的东西，而这个红色的东西正是他送给自己的小本子。不过，似乎他当时是一手拿本子，另一只手好像还在包里摸索着什么。可之后发生的事情，碧莱实在是想不起来了。她甚至觉得，魏赫比可能当时是故意把名片塞进这个红色小本子的。也许他是想通过这张名片把埃尤布的下落透露给她。可是，如果他真的想把埃尤布的下落告诉她，为什么不能直接和她说，而是费了这么大的周折呢？大概是他既不想背叛埃尤布，又对碧莱深表同情，因此才想出的这个折中之策吧。而事实上，魏赫比这样做，也符合碧莱迄今为止对他的性格判断。以魏赫比的风格，他即使不愿把事情的真相直接告诉碧莱，也可能会留下一些细小的线索给她，让她自己去找问题的答案。而即便碧莱没有发现和重视这些线索，他也已经在没有背叛朋友的前提下，尽力帮助了碧莱，因此良心上也会好受一些。碧莱这时不禁反问自己：我是不是把事情想得太过复杂了？如果魏赫比根本就不是这样想的呢？正在此时，她突然想起了另外一个细节。她在茶馆里和魏赫比首次相遇时，他仿佛对埃尤布来伊斯坦布尔这件事并不感到惊讶，反而对她不辞辛劳地从西班牙赶过来倒有些吃惊。他的这种举动让碧莱觉得，他有可能真的知道埃尤布的下落，而又故意对碧莱隐瞒。

那天在茶馆里，碧莱并未对他产生怀疑，因为她当时并没有理由去怀疑。而现在的情况就不一样了，她现在得到了一张有可能是埃尤布栖身的酒店的名片。如果她所有的猜测都是正确的，那么魏赫比真是送给她了一份远比那个小红本要贵重得多的“礼物”。难道魏赫比真的就像埃尤布在梦境记录本中描述的那样，是一个慷慨大方且富有同情心的人吗？他在这件事情上的所做所为，难道真的如她想象的那样吗？

早晨八点钟，碧莱悄悄地溜出了米塞家。出来之前，她在家里轻手轻脚的，生怕把其他人吵醒。也许当其他人醒来后看到她不在家会感到惊讶，她们甚至有可能认为碧莱已经不辞而别了。米塞说不定会痛苦地认为，由于碧莱昨晚已经知道了她们家的秘密，因此再也不想在这里待下去了。不过，也许当米塞发现碧莱的手提箱仍然放在原处时，她的心情也许会稍微放松一下。可即便如此，她那种自寻烦恼的本性也会再次驱使她产生另外的担心：弟媳妇大清早会到哪里去呢？会不会遇到什么危险呢？不过，如果米塞要是再想偷看埃尤布的梦境记录本，那可就办不到了。想到这里，碧莱下意识地把手伸进自己的提包中，以确认本子就在自己的包里，这个动作就像一个刚参加工作的财务人员，仔细检查放在保险箱中的钱一样。当她摸到记录本的封皮时，心里才感到放松了一些。这个本子里记录了那些丑陋的见不得人的秘密，记录了那些令人诅咒的恶行。因此，她认为只有把这个本子随身携带才够安全。早上出发的时候，她就把它放在了自己的手提包里。

碧莱坐上一辆出租汽车，她把酒店的名片递给了司机。

“大姐，是去这家酒店吗？”司机并不知道碧莱是个外国人。

“是的。”碧莱轻声答道。之后，她便一言不发，如同一个面壁打坐、静静思考的僧人一般。她恰好可以利用这段时间，整理一下纷乱的思绪。

一缕清晨凉爽的微风从车窗外吹了进来，碧莱不禁沉醉其中。她把脸的一侧靠在座位上，闭上了双眼。在孩提时代，她就特别喜欢躺在汽车的后排座椅上，在那里陷入朦胧、青涩的幻想之中。而今天，伴随着微风和车窗外的风景，她的思绪又慢慢流动起来，她多么希望能在即将到达的酒店中找到自己日思夜想的丈夫啊！也许幻想正是面对残酷现实的一剂解药。因此，她想起了和埃尤布在里斯本一起度过的美好时光，她的耳畔仿佛传来了悠扬的法朵乐曲①。他们穿街过巷，来到了城边的一个山坡上，在那里可以俯瞰全城的美景。鳞次栉比的大大小小的红色屋顶，就像一片上下起伏的红色海洋一般。伴随着阿玛利亚·罗德里格斯动情演唱的歌曲，他们不禁沉醉于这迷人的景象中。她和埃尤布第一次共同度假的美好回忆，和这座城市所特有的、浓浓的古老的味道交织在一起。正当碧莱陷入深深的回忆时，突然听到出租车司机在叫她，她顿时清醒过来，但精神仍然有些恍惚。

“大姐，我们到了。”

碧莱匆匆看了一眼计价器，从手提包中取出钱付了车费，然后跳下车来。此时此刻，那个装着埃尤布梦境记录本的手提包对她来说异常沉重，包里就像放了块千斤巨石一般。

一栋简陋的建筑物映入了碧莱的眼帘。这家酒店根本就不像个酒店，倒更像是一栋普通的公寓楼。碧莱走进酒店大堂，一股浓浓的消毒水味扑鼻而来。很显然，肯定是服务员一大清早就对大堂的里里外外进行了精心的打扫和消毒。虽然酒店的外观看起来有些破旧，但内部却非常干净整洁，处处都显得井然有序，给人一种很清新的感觉。大堂的角落里并排放着几大盆观赏花卉，碧莱不禁想到，这些花盆里不会也隐藏着什么可怕的东西吧？难道所有人的内心都像她那样阴暗、戒备吗？

① 法朵是一种历史悠久的葡萄牙音乐，在葡萄牙大街小巷的酒馆、咖啡室和会所中都可以听得到。

“早上好。”服务员微笑着对她说道。这个年轻人大概二十岁上下，唇红齿白，说话也干净利索。

“早上好。”

“请问，有什么可以为您效劳吗？”

“为我效劳”？碧莱心想，我需要被帮助的事情太多了，以至于她都不知道怎么把这些事情归纳起来，然后来回答这个服务员。她是来找丈夫的。而丈夫正在试图彻底揭开一个困扰他多年的惊天秘密，这个秘密有可能会吞噬他的整个人生。在这个世界上，没人愿意成为他那样的人，而和他有着类似经历的人，也许还尚未发觉自己已经身处痛苦的漩涡之中。她的丈夫已经被痛苦的回忆所压垮，终日处在痛苦和恐惧之中不能自拔。她可怜的丈夫，有可能就隐藏在这个酒店的什么地方。她和丈夫一起经历了世间无限的美好，现在却又共同陷入了深深的痛苦和危机。夫妻二人都需要把这些痛苦一扫而光，并重获新生。她仿佛看到了埃尤布那张苍白的脸，他正站在一个四周空旷的地方，身穿土耳其奥斯曼帝国时代的男式束腰长袍，正准备自杀。碧莱心里不禁打了一个寒颤，陷入了极度的不安之中。“我要找埃尤布·巴赫利耶。”碧莱低声说道。服务员用惊讶的眼神看着她，他的两只眼睛如同一对精雕细琢的橄榄核一般。碧莱不知他为什么满脸疑惑，是他根本就不知道这个人，还是自己说话声音太低，他根本就没听清楚？于是，碧莱清了清嗓子，提高了音调，直奔主题地询问埃尤布的房间号码。她觉得已经没有必要再问埃尤布是否住在这个酒店。因为如果这样问的话，服务员可能仍然要和她绕弯子。碧莱决定立刻结束这种“猫捉老鼠”的游戏。她不想再绕弯子、再浪费时间，她想直截了当的得到答案。她急切地想知道当她大声说出“埃尤布”这个名字时，服务员会有怎样的反应。她非常想在这张刚刚剃过胡须、光洁发亮的脸上找到一丝破绽。

当听清楚“埃尤布”的名字后，服务员疑惑的眼神瞬间消失了。他对碧莱报以微笑，仿佛他知道这个问题的答案，因此而感到一身轻松。碧莱想，埃尤布的处境肯定不错，也许他此时就在酒店里，或是酒店附近。也许再上几层楼梯她就可以和埃尤布相遇了。她屏住呼吸，似乎不想错过服务生将要讲出的每一个字。

“埃尤布先生就住在301房间，不过他刚刚出去了。”听到服务生的回答，碧莱兴奋得几乎要晕倒，她暗自庆幸找对了地方，而不是遗憾地与丈夫擦肩而过。可她马上又清醒过来，如果埃尤布出去后不再回来了该怎么办？如果那样的话，他不是又要再次失踪了吗？

“他退房了吗？”

“没退，女士。他还没有结账呢，只是出去办事。”

尽管服务员的回答是个好消息，但仍然没有使碧莱的担忧减少一丝一毫。她想，得到与失去往往总会在瞬间转换，因此她的心里不禁感到一阵慌乱，她急切地想向服务员问个究竟。正在此时，酒店的大铁门被推开。碧莱心想，正是这扇门隔开了自己和心爱的丈夫，俩人虽然身处在同一座城市，却至今不能相见。“早上好，大哥。”服务生热情地向来人打着招呼，毫无疑问他和刚进来的这个人十分熟悉。刚进来的客人走路时，脚下的鞋子发出恼人的“啪啪”声，仿佛整个酒店大堂都被震得开始摇晃起来。碧莱定睛一看，自己居然也认识这个行为举止有些怪异的人，而这个人就是把她引到酒店来的魏赫比！

魏赫比显然对于能在这个酒店遇到碧莱早有心理准备，可他却并没有大方地跟碧莱打招呼，只是很不自然地朝她微微点了点头。他径直走到酒店前台，像是在验证道听途说的传言是否准确一般，问道：“埃尤布在吗？”

“他刚刚出去了，大哥。这位女士也在找他呢。”

碧莱紧紧地盯着魏赫比的双眼，等着他向自己做出解释。可魏赫比并未急着和碧莱说话，他继续对服务员说道：“你知道他去哪儿了吗？他离开的时候，留下什么话了吗？”

“没有，他什么也没说，大哥。”

碧莱再也忍不住了，她一下爆发出来，向魏赫比大声喊道：“到底都发生了什么？难道你不想对我说点儿什么吗？”

“昨天晚上，伊尔哈姆给我打过电话，他告诉我埃尤布的哥哥去世了。我今天过来就想把这个消息告诉埃尤布。”魏赫比答道。不过，魏赫比心里非常清楚，自己的这个回答对于碧莱来说，简直是答非所问。

碧莱无法继续忍耐下去，她提高了嗓门说道：“你的戏演完了没有？你现在应该把事情原原本本地跟我讲清楚了吧？”此时此刻，碧莱气急败坏，她最亲爱的丈夫失踪了，自己却一直被蒙在鼓里，而一个局外人居然对事情的真相了解得清清楚楚。她再也不想跟魏赫比兜圈子了，因此她选择直截了当地挑明一切。

魏赫比知道现在除了对碧莱坦白以外，已经别无退路了。于是，他一边用手指着旁边的沙发，一边用祈求的口吻说道：“好吧，咱们坐下慢慢说吧！”

“你为什么一直瞒着我？”碧莱刚坐到沙发上，便迫不急待地问道，“既然你早就知道埃尤布一直住在这里，你为什么不告诉我呢？”

魏赫比收起脸上一直微笑的表情，变得羞愧难当，就像一个犯了错误的孩子一般。他说：“埃尤布不让我把他在这里的事告诉别人。为此，我还向他发了誓。”

“那你为什么还在送给我的红色小本子里夹上这家酒店的名片呢？”

一时间，魏赫比不知如何作答，他陷入了沉默。碧莱试探地问道：

“那张名片是你专门放进去的，对吗？或者……”

“对，是我故意放进去的。”

“既然你都向他发了誓，为什么还要放这张名片呢？如果我没发现这张名片呢？或者即便我发现了，要是没想到它的作用呢？”

魏赫比的脸色很难堪，表情也是五味杂陈，显然他不知道如何向碧莱解释。只是支支吾吾地低声说道：“放这张名片肯定是有原因的。我之所以这么做，是因为我当时看到你心急如焚，从那么远的地方跑来找埃尤布，挺不容易的……”

魏赫比虽然发过誓，不会把埃尤布藏身的酒店告诉其他人，但当他看到碧莱身处异乡、孤立无援的时候，实在于心不忍。于是才想出这个既不背叛朋友、又不违背良心的两全其美的方法。事实上，虽然他把名片塞进了那个红色的小本子，但是却一直认为碧莱根本就不会发现这个细小的线索，他之所以还要这么做，只是要对自己的良心有个交待而已。

“太荒唐了。”碧莱生气地说，“我从来没听过这么荒唐可笑的事。”

“终于还是让你发现了埃尤布的下落，你可真幸运啊！”魏赫比说道，“我可没你这么幸运。当埃尤布莫名其妙地回到伊斯坦布尔时，我虽然觉得很奇怪，但是也没敢多问，我以为他自有回来的道理！”

魏赫比这样解释，让碧莱觉得还可以接受。如果相同的话从别人嘴中说出，她一定会认为这番话的背后还有什么别的含义。可魏赫比这个人向来是有什么就说什么，因此也没有什么可见怪的。也许他给人一种很古怪的感觉，正是由于他说起话来口无遮拦吧。可实际上，他却拥有着一副菩萨般的好心肠，当看到碧莱束手无策、痛苦万分时，他就觉得自己不能对此置之不理，应该做点什么来帮助这个可怜的女人，于是他就偷偷把酒店的名片塞进了送给碧莱的小本子中。对他来说，这样做仅仅是举手之劳，就像小孩子玩捉迷藏游戏一样，但却可以让自己的良心得到安慰。尽管有出卖好朋友的嫌疑,但他善良的本性却显露无遗。

“埃尤布告诉你他为什么要回伊斯坦布尔了吗?”

“没有。他只对我说想让自己的脑子静一静。就在这里待上几天,然后再神不知鬼不觉地离开。他还让我帮他找个住的地方。”

“既然他不想让任何人知道自己回到了伊斯坦布尔,可为什么还要来找你帮忙呢?这么大一个城市,如果你不帮忙,难道他就找不到一个住的地方吗?”

“我也不知道,也许他想见见我吧!”

碧莱不知道接下去该继续说些什么。也许有些谜团从表面上看起来错综复杂,但实际上它的真相却简单至极。

“可我就是想不明白,他到底回来要干什么?”

“他对我也守口如瓶。你知道多少我就知道多少。”

“可我什么都不知道啊!”碧莱像是用责备的口气答道,“他竟然不辞而别地离开了我,我竟然都不知道他的死活!”

“你的担心确实有道理。可我觉得你对这件事情的处置有些操之过急。埃尤布就是想要几天自由的休息时间而已,你要是再有些耐心,不来伊斯坦布尔找他,很可能再过两天他就回去了,你是不是有点太心急了。”

“你说什么?请等一下!”碧莱马上打断了魏赫比的话,“他并没有跟我说要休息几天啊,他根本就是一句话都没留下,不辞而别的。”

“是啊,如果他能当面和你说一下就好了,可他却没这么做,不过他不是给你留了一张字条吗?”

“你说的是什么字条啊?”碧莱满脸疑惑地问道。

“我是说,他离家之前不是给你留下了一张字条吗?可能是由于他走得太仓促,所以来不及当面向你解释,但他确实说给你留下了一张字条,让你不要担心的，他告诉你过几天他就回来了。”

“可我根本就没看见什么字条啊！”碧莱疑惑地说道，“你确定他真的留下了什么字条吗？”

“是的，他给你留了个字条。他亲口对我说的。他刚回到伊斯坦布尔的时候，曾嘱咐我，不要把他回来这件事告诉任何人。据他讲，他来伊斯坦布尔这件事连你都不知道，因为他不想让任何人知晓。后来，当知道你也来了伊斯坦布尔时，他非常吃惊。他知道你是替他担心，因此他非常难过。因为你私自见了他的家人和伊尔哈姆，让他“失踪”这件事变得复杂起来，他甚至因此而感到生气。因为按照他的初衷，他根本就不想让任何人知道他在这里。可现在，他来到伊斯坦布尔这件事已经众人皆知了。特别是伊尔哈姆，他为了帮你找到埃尤布，急得头发都要白了，成天缠着我，让我帮他找人。”

“埃尤布真的给我写了什么字条吗？”

“你就别再问了。当我告诉他伊尔哈姆和你来过我的茶馆之后，他就跟我讲了留字条的事。据他讲，他并没有在留言上写明要去哪里，但却写了几天后就会回来。因此，他不明白为什么既然你都看过了字条，还要这么担心。可真主啊！看起来你压根儿就没看到过那张字条！那么你来这儿干什么呢？这真是一次悲情的寻夫之旅啊！他说他把那张字条放在书房的桌子上了，你一定是没仔细查看他的书房吧？”

“我怎么能没仔细看呢？”

刚说到这儿，碧莱突然想起来，当时她为了找埃尤布老家的电话号码，确实去过埃尤布的书房，当她打开房门时，屋子里刮进了一阵风，把桌上的纸张吹得散落一地。她当时匆匆地把这些纸张捡起来，随手就放在了一边，然后就去抽屉里找别的东西了。现在她才明白，原来她想要找的东西就在她的眼前，最后却和她失之交臂了。伴随着回忆，她的眼前又浮现出了埃尤布的模样：他刚从爸爸被谋杀的可怕的噩梦中惊醒，神情紧张地在屋子里来回踱步。老家对他来说，仿佛就是一个人间地狱，他虽然逃出了这个地狱，但仍饱受痛苦的折磨。于是，他决定不惜一切代价回到伊斯坦布尔，把这些年来一直折磨他的丑恶的秘密彻查清楚，也许真相他早已知道，但始终佯装不知而已。他重新审视了一下自己，依然没有勇气把真相告诉妻子，虽然他也想找个借口暂时骗过妻子，但每次话到嘴边却又咽下。于是他走进书房，在桌面上给妻子留了一张纸条，然后终于神色轻松了下来。就这样，碧莱反复假设埃尤布离家出走之前的各种场景。然后，她又开始回忆自己在丈夫出走之后的一举一动：她首先急匆匆地从单位回到家里，焦急地等待着埃尤布的消息。在寻找丈夫老家的电话号码之前，她曾经走进埃尤布的书房去找过什么东西，可是虽然去过书房，也只是匆匆地扫了一眼，胡乱地找了几下，因为她当时认为埃尤布不会在书房留下什么重要的线索，所以并没有仔细寻找。在她看来，这间书房就是埃尤布的私人领地，如果他想给自己留下什么字条，也一定不会放在书房，而应该放在卧室的床头柜上、客厅的冰箱上或是直接放在床上。

碧莱继续回忆那天在家寻找丈夫失踪线索的场景。为了找到埃尤布老家的电话号码，她再次走进了书房。当时由于开门的一瞬间、空气对流的原因，天鹅绒窗帘一下子扬了起来，原本放在桌子上、大大小小的一堆纸张也被风吹起来，像一只只死去的鸟儿一般散落了一地，她匆忙地捡起这些纸张，然后又把它们摆放回原处。埃尤布写的那张小字条，一定是被混在这些纸张中了，所以她当时并没有发现。这张小小的字条，是埃尤布依然爱着她的证据！

"也就是说，他确实给我留了字条的……"碧莱自言自语地说道。

"你知道是什么事情把埃尤布折磨成现在这样吗？"

"是的，我知道。"碧莱有气无力地回答，"我认为，我已经知道了。"

“是个无法解决的问题吗？也就是说，这件事真的很难解决吗？”魏赫比非常急切地想要知道事情的真相，也许他真的是替自己的好朋友担心。可碧莱一时间却不知如何回答他。在她的整个人生经历中，还从未听说过有谁做过埃尤布这样可怕的噩梦，特别是，这个梦竟然就是发生在他家里的真实的故事。如果把埃尤布内心深处伤口上面覆盖的、厚厚的硬壳揭去，真不知道到底会发生什么。“其实也没什么问题，不是你想象的那样。”她敷衍地回答，只是想打消魏赫比的担心。因为在帮助别人减轻心理负担的时候，她自己的心情也会好受一些。此时此刻，对碧莱来说，她只想马上就找到埃尤布，抚慰一下他那颗孩子般的、脆弱的心灵。就算她无法真的替他去做些什么，至少她可以待在他的身旁，陪伴在他的左右。现在，关于埃尤布失踪的事已经传得满城风雨，虽说一切似乎都已经发展到了不可收拾的地步，但也是时候该对所有人有个交待了。她不禁想到，如果来伊斯坦布尔之前，她发现了那张字条，那么现在这一切还会发生吗？但是碧莱认为，即使她看到了那张字条，一切还是会发生的。因为事实上，寻找离家出走的埃尤布只是她的借口，她来伊斯坦布尔的真正目的，是来寻找已经迷失的爱情和迷失的自我。她承认，之所以能够不远千里地来到伊斯坦布尔，除了担心埃尤布的安危之外，她更加担心自己的已经出现了裂痕的婚姻。可来到伊斯坦布尔以后，尤其当她了解到那个一直深藏在埃尤布心中的秘密以后，她幡然领悟了爱情的真谛：只有全心全意为别人着想，才是真爱。她不禁对自己的自私表现感到羞愧。她的内心第一次为一个与她没有直接联系的痛苦而难过，她的躯体第一次因为别人的伤口而感到疼痛。这些天在伊斯坦布尔的亲身经历，让她对埃尤布产生的不同以往的同情和关爱。她现在认为，不管自己之前有没有看到埃尤布留下的字条，她来伊斯坦布尔都是自己命中注定的安排。她想，她一定要找到埃尤布！如果丈夫的运气足够好，那么希望他能够找到自己内心痛苦的根源，并找到修补那颗已经变得千疮百孔的内心的办法。她现在没有任何责怪埃尤布的想法，即使他根本就没和自己打招呼就“离家出走”。他内心的痛苦太深重了，连他自己都不愿意去触碰的事情，又怎么能轻松地向她坦白呢？但是，自从昨晚米塞对她讲出了那个丑恶的秘密之后，她终于明白：把痛苦憋在心里，只会使痛苦加倍扩大。就像一个人，再怎样强忍着不去流泪，泪水最终也会夺眶而出。生活总要继续，人们应该大声地讲出自己内心的痛苦，应该放声地哭泣来宣泄所有的委屈，努力忘却那些种种的黑暗和不快。也就是说，憋在肚子里的话要大胆地倾诉、积蓄在眼中的泪水要尽情地挥洒、酝酿在胸中的哀伤要尽快地疏解，我们应该让自己饱受痛苦和悲伤折磨的灵魂得到充分的释放。因为所有的痛苦是如此的沉重，一个人即便终其一生，也难以承受和化解。

埃尤布为什么要来伊斯坦布尔呢？这个问题始终萦绕在碧莱的心头。他来到的这座城市，是生他养他的地方，也是所有一切丑恶秘密的发端地，他来这里难道真的只是因为要清静吗？难道他在巴塞罗那就不能清静吗？他也可以在那里随便找个什么酒店独居几日啊？可为什么偏偏要来到伊斯坦布尔呢？如果他真的只是想证实儿时的那个梦的真假，难道不应该直接去找他的哥哥或姐姐吗？从他目前的举动可以看出来，他并不想去找他们谈话。可他为什么还要回来呢？他的目的是什么呢？难道，他想找那个早已死去的“畜生”父亲算账吗？

碧莱一边盯着酒店大堂中摆放的花，一边问魏赫比：

“埃尤布到底为什么来伊斯坦布尔，你真的不知道吗？”

“我怎么会知道呢？我都来这里找过他好几次了，可连他的人影都没见到。他经常就像今天这样，不知道跑到哪里去了。他跟谁都没有交待，我当然也不好意思追着问他。”

“我想，我应该知道他去哪儿了。”碧莱一边呆呆地看着大堂中央的花，一边自言自语地说道。此时，她的大脑在飞速转动，就像一个要竭力冲破白色茧壳的毛毛虫一般。

“那你就不要再追问我了，好吗？”碧莱一边说着，一边从沙发上站起身来。现在，她要去找到埃尤布，和他从此洗心革面，重新做人。

“到了，就停在这儿吧！”碧莱对出租车司机说道。她来的地方正是埃尤布的家族墓地。也许，再过一会儿她就能与埃尤布重逢了。她设想着见到埃尤布时的场景，面对她充满期盼的、咄咄逼人的眼神，他一定是无话可说。碧莱的眼睛虽然可以洞穿一切，可她为什么却偏偏没有看到自己的自私性格呢？她的自私表现在凡事只注重自己的感受，作为一个从小就被父母娇惯坏的人，她最害怕的事就是受到别人的冷落，她渴望丈夫和全世界的人都永远把她捧在手心里。是的，从表面上看，她是因为担心自己的丈夫可能遭遇不测，才匆忙地赶来伊斯坦布尔。在向身边的人解释她来伊斯坦布尔的原因时，她就是这么说的，甚至对此还有些乐此不疲。而实际上，她来这里的真正原因是，害怕自己被抛弃，发疯似的害怕孤独。幸好，她现在终于跟心灵深处那个自私自利的自己，进行了一番有益的对话。是的，她是因为害怕被抛弃才来寻找埃尤布的，可万万没想到，在寻找的过程中，她竟然遇到了已经被命运抛弃的一群人，他们被抛弃全都源于一个孩子曾经做过的一个梦。现在，是时候该让自己和那个做梦的孩子从头开始了。他们应该用一种之前从未尝试过的、全新的方式来真心面对彼此，直接抚摸彼此心灵上的创伤。只有这样，他们才能成为一对真正的爱人，他们的感情才能更加地真挚和升华。现在是时候要重新勾勒今后的新生活了，应该开始憧憬一些关于未来的美好的梦想了。可尽管如此，碧莱仍然不知道应该怎样去开启新的生活，她甚至不知道见面后该对埃尤布说些什么。可这又怎么能怪她呢，她又能对被噩梦折磨了整整三十七年的“孩子”说些什么呢?

碧莱想,既然她和埃尤布之间已经毫无秘密可言,那么现在正是两人应该相互温暖、彼此关心的时候了。他们不应再回忆那些曾经共度的美好时光,而应相互亲吻心灵上惨烈的伤口,让它们早日痊愈。当然,刚开始这个过程可能会有些艰难,就像一个刚开始蹒跚学步的孩子那样,难免要摔跤、跌倒,而且充满了担忧、缺少依靠;也可能会像一只刚开始学飞的雏鸟那样,难免要跌落、折伤,而且过程中会充满了危险和难以预料的困难。可尽管如此,他们也必定要开启新的生活,要同呼吸、共命运、手挽手,一起走出心灵的阴霾。想到这里,碧莱的脚步变得坚定起来,她迈开大步、朝着埃尤布可能会待的地方走去。

碧莱猜测,埃尤布可能会在他父亲雷凡特·巴赫利耶的墓前,他或许会因为内心极度的痛苦而正放声大哭,又或许正在愤怒地向那个禽兽不如的父亲进行质问。她眼前甚至浮现出了这样的场景:埃尤布站在父亲的表面斑驳的大理石墓碑前,不断地诉说着什么。可碧莱全都猜错了,当她找到埃尤布时,发现他并未站在父亲的墓碑前,他既没有放声痛哭,也没有愤怒质问。碧莱看到他时,他正坐在家族墓地中最新立起的那块墓碑前。他一动不动、静静地坐在地上,双眼呆呆地望着一只在他面前来回踱步的鸽子。此时的埃尤布,似乎正是多年前的那个夜晚,因为看到了家中发生的秘事而瘫倒在楼梯口的小孩。他在梦境记录本中记录下了这桩丑恶的秘密,他想找一个知道内幕的人,把这一切质问清楚,可是却未能找到。看到丈夫此时此刻的状态,碧莱的内心猛然一阵酸楚。她想立刻跑到丈夫面前,紧紧地拥抱他,把他从所有的痛苦中拯救出来。可是,她不知该如何打破此时的沉默。因此,她一声不吭、静静地站着,等待埃尤布发现自己。

埃尤布听到了身后的动静,他回过头,发现了自己的妻子,可是他却并未感到惊讶，仿佛早有心理准备似的。他只是把眼神从那只鸽子身上移开，就像宽恕了一个刚刚做过错事的孩子一般，对碧莱说道：“看来，你最后还是找到我了。”

在来墓地的路上，碧莱一直在思考，该如何向埃尤布坦白自己偷看了他的梦境记录本这件事。可当她的眼神和埃尤布交汇的一瞬间，她知道自己说什么都已经没有必要了，一切尽在不言中，丈夫已经知道了一切。

“我终于找到你了，我终于来到了你的身边……”碧莱用颤抖的、断断续续的声音答道，就像一个刚刚犯了错误的孩子，正在紧张、害怕地乞求家长的宽恕。听到有人说话的声音，墓地里的那群鸽子“呼啦”地一下全都飞走了。碧莱停顿了一下，接着说道：“我随时听从你的召唤！就算没有召唤，我一样也会永远守候在你的身边。”她用一种固执的，饱含深情的，甚至是有些调皮的声音补充道。

埃尤布的双眼注视着远方，仿佛在回忆一首古老的情歌一般。听到碧莱的话，他那双毫无生气的眼睛里竟然掠过了一丝充满希望的神采。他眨了眨眼睛，嘴角露出了春天般的微笑。天空中，一群鸽子在自由地飞翔。虽然时至夏日，天气酷热难耐，但埃尤布嘴角的微笑却如同春天般的温暖和灿烂。他望着眼前的墓碑，像是要揭开一个绝世秘密一般，对碧莱轻声说道：

“你知道吗，这些天我一直在跟他说话。”

“你还可以接着，继续对他说下去！”

“算了吧。”埃尤布对妻子答道。他抓起一把土，在手掌中用力揉碎，说道：“对活着的人来说，跟死人说话毫无意义！斯人已逝、凡事皆空。如果真想说什么，最好还是趁这个人活着的时候告诉他吧。”

碧莱充满怜爱地望着丈夫那双孩童般的眼睛。

“好了，咱们走吧。”碧莱一边说着，一边把手伸向埃尤布。埃尤布望着这只将把自己从痛苦的“深渊”中拉上来的手，这是妻子充满了关爱和友善的手，他不停地眨着眼睛，用最单纯、最不设防的声音问道：

“我们去哪儿呢？”

“去有阳光的地方。”

埃尤布扶着妻子的手站起身来。随后他抬起手，指着面前的墓地说道：“当有一天我死了，请你千万不要把我葬在这里，好吗？”

碧莱深深吸了一口气，毫不犹豫地点了点头。这个家族中的成员死后都要被葬在一起，看来这个一成不变的规矩要被打破了。死人的命运难以改变，而活人的命运却可以变更。可以肯定的是，多年以后，埃尤布那具没有生气的躯体，将不会被埋葬在这里，不会被埋在这个外表光鲜、却承载了太多痛苦与罪恶的家族墓地里。碧莱紧紧握着埃尤布的手，仿佛是在向他保证一般。一阵轻风拂过，周围绿树婆娑，白云在空中浮动，碧莱和埃尤布相互依偎着离开了墓地，这片墓地永远地被他们甩在了身后。几个小时以后，月亮就将像一面巨大的窗帘一般，来到地球和太阳中间，整个太阳将全部被埋进地球的影子里，随后就会出现日食，到那时，所有的人间秘密将被破解。如果人们有幸看到了日食，那么他们的命运就有可能被改变。

“昨晚我做了一个梦。”碧莱对埃尤布说，“我梦见和你在一起，咱们被困在一个黑洞洞的、伸手不见五指的深井中……”

这对夫妻迈着疲惫的脚步，头也不回、大步地向前走去。此时此刻，人世间那些被各种各样的痛苦所折磨的灵魂们，却仍在不断的挣扎和呐喊。此时是二十世纪九十年代末期的八月份，正是一年当中的初夏。这世界上的每个家庭的紧闭的大门背后，都隐藏着属于他们自己的痛苦和秘密，这些痛苦和秘密可以把这个家庭折磨得千疮百孔、不堪承受。而在这个残酷的世界里，强壮的男子们本应作为家庭的主宰，对他们的女人和孩子们倍加呵护。可事实上，最应该受到保护的女人和孩子们往往沦为家里的受害者，她们的亡灵悲苦地被埋进白色的大理石墓碑。而且，这种人间悲剧像是事先有着某种默契一般，不断上演，无穷无尽！但是，逝者安息，生者坚强，希望却永恒存在！因为每个悲惨的故事完结之后，都将有新的故事上演，周而复始，永不停歇。

碧莱和埃尤布相互依偎地向前走着。他们的内心承载了太多痛苦，仿佛整个大地都不堪重负，向下塌陷进去，使得藏在地壳里的那些肮脏的东西要暴露出来一般。就算暂时没有暴露，这些肮脏的东西总有一天也会喷发出来，晒在阳光下面，进而腐烂干枯，永远消失。

参 考 文 献

1. 埃杰·阿伊汉,诗集《紫色的儿童燕尾服》,YKY 出版社,2011 年 2 月第 3 版
2. 法鲁克·纳菲兹·嘉乐贝勒,诗集《旅店的墙》,YKK 出版社,2011 年 10 月第 16 版
3. 比尔汗·凯斯金,短篇小说集《大地的容颜》,YKY 出版社,2002 年 1 月第 1 版
4. 艾迪普·姜塞维,短篇小说集《我是鲁西先生,我怎么了?》,阿达姆出版社,2001 年第 12 版
5. 阿赫迈德·哈姆迪·唐伯纳尔,《唐伯纳尔诗歌总集》,德尔嘉出版社,1982 年第 2 版
6. 艾哈迈德·哈希姆,《哈希姆诗歌总集》,心灵出版社,1983 年
7. 贾希特·扎里夫奥卢,《扎里夫奥卢作品集诗歌卷》,拜燕出版社,2000 年 11 月
8. 比盖·卡拉苏,《杂种》,2009 年 12 月,第 5 版
9. 杰马尔·苏莱亚,《情话》,YKY 出版社,2012 年 1 月,第 45 版
10. 麦利赫·杰夫代特·安达,《心语》,商业文化出版社,2007 年,第 1 版
11. 谢赫·嘉利普,《美丽与爱情》,阿达姆出版社,2003 年 4 月,第 1 版
12. 亚海亚·凯末尔·贝叶泽特,《土耳其古典名著精选》之《我们的苍天》,青年与体育部出版社,1988 年出版
13. 图尔古特·乌亚尔,《乌亚尔诗歌集》,YKY 出版社,2011 年 10 月,第 11 版

图书在版编目（CIP）数据

伊斯坦布尔梦中的秘密/(土) 内尔敏 · 耶尔德勒姆著；刘文俊译.
-上海：上海文艺出版社.2017.7
(新丝路文库)
ISBN 978-7-5321-6345-8
Ⅰ.①伊… Ⅱ.①内… ②刘… Ⅲ.①长篇小说－土耳其－现代 Ⅳ.①I374.45
中国版本图书馆CIP数据核字(2017)第153026号

发 行 人：陈　征
出 版 人：张　翔
策　　划：曹　晴
责任编辑：李珊珊
封面设计：周伟伟

书　　名：伊斯坦布尔梦中的秘密
作　　者：(土尔其) 内尔敏 · 耶尔德勒姆
译　　者：刘文俊
出　　版：上海世纪出版集团　上海文艺出版社
地　　址：上海绍兴路7号　200020
发　　行：上海世纪出版股份有限公司发行中心发行
　　　　　上海福建中路193号　200001　www.ewen.co
印　　刷：江苏苏中印刷有限公司
开　　本：700×1000　1/16
印　　张：22.25
插　　页：2
字　　数：273,000
印　　次：2017年7月第1版　2017年7月第1次印刷
I S B N：978-7-5321-6345-8/I · 5068
定　　价：55.00元
告读者：如发现本书有质量问题请与印刷厂质量科联系　T: 0523-82898066